高等院校机械工程·工业工程系列教材

工程训练指导

潘晓弘　陈培里　编著

ZHEJIANG UNIVERSITY PRESS
浙江大学出版社

前　　言

　　本书在工程训练(金工实习)教学基本要求的基础上,增加了现代机械制造新技术、新工艺、新材料内容,全书按实践项目分开编写,介绍了机械制造工程训练中的基本理论和实践操作,便于教学人员组织教学及学生训练。此书可作为高等院校工科机械类、非机械类专业学生工程训练或金工实习的教材。

　　工程训练(金工实习)是一门实践性的技术基础课,是机械类各专业学生学习工程材料及机械制造基础等课程必不可少的必修课,是非机械类有关专业教学计划中重要的实践环节之一,为学生学习后继课程打下必要的实践基础。为此,本教材强调以实践教学为主,采用启发式教学,重点介绍金属的成型方法、加工方法和现代机械制造技术,主要设备的工作原理及典型结构,工夹量具的使用方法,毛坯制造和零件加工的一般过程及安全技术操作规程。

　　本书结合浙江大学多年教学实践的成果,加以精编。书中的工程训练指导与工程训练报告配套使用,供教学人员选用,以便检查教学效果。

　　本书中的技术名词、定义符号均采用国际标准化组织(ISO)标准,有关数据采用国际标准(SI)和最新国家标准。

　　本教材共分两篇11章,第一篇为工程训练指导,第二篇为工程训练报告。参加编写的有陈培里(第1章、第2章、第3章、第4章、第6章、第7章、工程训练报告(工程材料、铸造、锻造、焊接、车削加工、铣削与刨削加工、磨削加工、钳工、综合试卷))、唐小卫(第5章)、魏南云(第8章)、倪益华(第9章、第10章、第11章、工程训练报告(数控加工、特种加工、CAD/CAM))。全书由潘晓弘、陈培里主编并统稿。

　　限于编者水平,书中错误与不妥之处在所难免,诚恳希望广大读者批评指正。

编著者

2008 年 4 月

目　　录

第一篇　工程训练指导

第二篇　工程训练报告

第一篇

工程训练指导

第一篇

第1章　工程材料

【目的和要求】

1. 了解工程材料的分类及其特点、材料成形工艺的分类及特点。
2. 了解机械制造的基本工艺过程。
3. 了解机械制造技术经济分析的基本概念。
4. 了解热处理的分类、特点及应用。
5. 了解常用热处理的工艺特点及应用。
6. 了解热处理缺陷及其对零件质量的影响，以及对零件结构的基本要求。

1.1　金属材料与钢的热处理

金属材料进行热处理是改善和提高零件性能的重要方法，因此在零件的制造加工过程中，热处理是不可缺少的环节。

1.1.1　常用的金属材料——钢与铸铁

金属材料包括纯金属及合金（即在一种金属中加入其他元素所形成的金属材料）两大类。工业上又把金属材料分为两大类：一类为黑色金属，它包括铁、锰、铬及其合金，其中以铁基合金（即钢和铸铁）应用最广；另一类为有色金属，是指除黑色金属以外的所有金属及其合金。

在工业上使用的金属材料中，以钢和铸铁使用最多。钢和铸铁（总称为钢铁材料）是以铁元素为主，加入碳等其他合金元素所组成的，故称为铁碳合金材料。一般把含碳质量分数小于 2.11％的铁碳合金称为钢，大于 2.11％的铁碳合金称为铸铁。

1. 钢的分类、编号及性能特点

根据成分不同，钢可分为碳素钢（简称碳钢）和合金钢两类。

(1) 碳素钢　碳素钢中以铁和碳为主要元素，但常含有 Mn、Si、S、P 等杂质元素，其中 S、P 对钢的性能危害很大。因此根据硫、磷含量多少，把钢分为：普通质量钢（S≤0.05％，P≤0.045％）、优质钢（S≤0.03％，P≤0.035％）、高级优质钢（S≤0.02％，P≤0.003％）等。碳钢的性能主要决定于含碳质量分数的高低，随着含碳质量分数的增多，碳钢的强度、硬度提高，塑性和韧性降低。根据含碳质量分数的多少，碳钢分为低碳钢（C≤0.25％）、中碳钢（C=（0.3％~0.6％））和高碳钢（C＞0.6％）。低碳钢的强度、硬度低，塑性、韧性好，常用于受力较小的冲压件（如皮带轮罩壳、垫圈、自行车的挡泥板等）、焊接件等；高碳钢的强度高、塑性低，常用于制造受力较大的弹簧等零件；中碳钢既有一定强度，也有一定塑性，常用于制备受力较大、较复杂的轴类零件等。

工业上根据用途不同,将碳素钢分为碳素结构钢和碳素工具钢。

①碳素结构钢 该类钢主要用于各种结构件。根据钢的质量不同(即 S、P 的含量)分为碳素结构钢和优质碳素结构钢。

碳素结构钢 碳素结构钢属于普通质量钢,其牌号表示方法为 Q 加 3 位数字。Q 为"屈"字的汉语拼音字首,后面三位数为表示该钢的屈服点(MPa)数值,如常用的 Q235 钢,表示屈服点为 235MPa 的普通质量钢。Q235 钢的旧牌号称为 A3 钢,一般受力不大、不重要的零件常用 Q235 钢制造,如一般的螺钉、螺母、冲压件、焊接件、桥梁建筑的结构件等。属于这类钢的还有 Q195、Q215、Q255、Q275 等。

优质碳素结构钢 优质碳素结构钢常经热处理后使用,其牌号的一般表示方法为两位数字,这两位数字表示该钢的含碳质量分数的万分数。如 45 号钢,表示该钢的含碳质量分数为 0.45% 左右。常用的优质碳素结构钢有 20、45 和 65 号钢。20 号钢属低碳钢,45 号钢属中碳钢,65 号钢属高碳钢。

②碳素工具钢 该类钢主要用于制造各种工具、量具、模具及量具等。该钢的牌号表示方法是 T 后面加一位或两位数字组成。T 为"碳"字汉语拼音字首,后面的数字表示该钢含碳质量分数的千分数。如 T8A 钢,表示含碳质量分数为 0.8% 的高级碳素工具钢;T12 表示含碳质量分数为 1.2% 的高级碳素工具钢。常用的碳素工具钢有:T7、T8、T10、T12 等。

该类钢的含碳质量分数较多,强度强、硬度高、耐磨性好,经热处理后使用,常用于高强度、高耐磨性的零件和工具,如锉刀、锯条、简单小型冲模等。

(2)合金钢 合金钢是在碳素钢的基础上再加入其他合金元素所形成的钢。合金元素的加入是为了改善与提高钢的力学性能和获得某些特殊性能(如耐蚀性)。常用的合金元素有 Mn、Cr、Ni、Si、W、Mo、Ti 等。

按加入合金元素的含量多少可分为低合金钢(合金元素总含量<5%)、中合金钢(合金元素总含量 5%~10%)和高合金钢(合金元素总含量>10%)。工业上按合金钢的用途分为合金结构钢、合金工具钢和特殊性能钢。

①合金结构钢 这类钢用来制造各种重要的机械零件,其编号为数字加化学元素符号再加数字,前面的为两位数字,表示钢的平均含碳质量分数的万分数,后面的数字表示含合金元素含量的百分数。如 60Si2Mn,60 表示含碳质量分数 0.6%,Si2 表示含硅质量分数为 2%,含 Mn 为≤1.5%。这类钢中应用较多的是 40Cr 钢。

②合金工具钢 这类钢常用于制造各种刀具、模具和量具。其牌号表示方法和合金结构钢类似,不同的是第一位数表示含碳质量分数的千分数,且大于 1% 时不标出。例如 3Cr2W8V 钢。高速钢是常用的合金工具钢,含碳质量分数一般不标出,如 W18Cr4V,其含碳质量分数为 0.7%~0.8%。W18Cr4V 常用于制造车刀、铣刀、刨刀和各种冲模。

③特殊性能钢 这类钢是指具有特殊物理和化学性能的合金钢。不锈钢是其中一种,常用的牌号为 1Cr18Ni9,1Cr18Ni9Ti 等。

2. 铸铁

常用铸铁的成分与钢不同,铸铁的含碳质量分数大于 2.11%(常用 2.5%~4%),其杂质含量远大于钢。铸铁的组织中有石墨存在,石墨的强度近于零,因此石墨存在相当于钢的基体上存在裂缝或空洞,使铸铁的性能比钢低,特别是抗拉强度和塑性低,不能进行锻压加工,但其硬度和抗压强度较好,所以铸铁主要用于承受压力的零件。工业上根据石墨形状的不同,分为灰铸铁、可锻铸铁和球墨铸铁等。

(1)灰铸铁　石墨以片状形态存在的铸铁称为灰铸铁。由于片状石墨存在,其石墨片尖端有应力集中现象,使灰铸铁的抗拉强度及塑性低。灰铸铁的牌号为 HT 后加 3 位数字。三位数字表示最低的抗拉强度(MPa),有 HT200、HT250 和 HT300 等共 6 种。

(2)可锻铸铁　石墨以团絮状的形态存在的铸铁称为可锻铸铁。由于团絮状石墨对应力集中影响较小,故可锻铸铁的力学性能较灰铸铁高。可锻铸铁的牌号为三个拼音字和两组数字:如 KTH300-06、KTZ550-04。KT 表示可锻,H 和 Z 分别表示黑和珠的拼音字首。前一组三位数表示最低的抗拉强度(MPa),后一组数字表示最低伸长率(%)。

(3)球墨铸铁　石墨以球状形态存在的铸铁称为球墨铸铁。由于球状石墨的应力集中影响更小,故球墨铸铁的性能最好。球墨铸铁的牌号表示和可锻铸铁类似,就是球铁的拼音字母 QT,如 QT450-10、QT600-3 等。

1.1.2　钢的热处理工艺

热处理就是将固态金属或合金,采用适当的方式进行加热、保温和冷却以获得所需组织结构的工艺。所以热处理的过程就是按加热→保温→冷却这三阶段进行,这三个阶段可用冷却曲线来表示(如图 1-1 所示)。不管是哪种热处理,都分这三个阶段,不同的是加热温度、保温时间和冷却速度不同。

热处理工艺的特点是不改变金属零件的外形尺寸,只改变材料内部的组织与零件的性能。所以钢的热处理目的是消除材料的组织结构上的某些缺陷,更重要的是改善和提高钢的性能,充分发挥钢的性能潜力,这对提高产品质量和延长使用寿命有重要意义。

钢的热处理种类分为整体热处理和表面热处理两大类。常用的整体热处理有退火、正火、淬火和回火;表面热处理可分为表面淬火与化学热处理两类。图 1-1 是热处理工艺示意图。

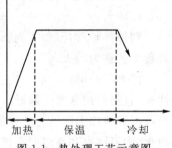

图 1-1　热处理工艺示意图

1. 退火

退火就是将金属或合金的工件加热到适当温度(高于或低于临界温度,临界温度是使材料发生组织转变的温度),保持一定的时间,然后缓慢冷却(即随炉冷却或者埋入导热性较差的介质中)的热处理工艺。退火工艺的特点是保温时间长,冷却缓慢,可获得接近于平衡状态的组织。

钢退火的主要目的是为了改善组织和性能,降低硬度,以便于切削加工;消除内应力;提高韧性,稳定尺寸;使钢的组织与成分均匀化;也可为以后的热处理工艺作组织准备。根据退火的目的不同,退火有完全退火、球化退火、消除应力退火等几种。

退火常在零件制造过程中对铸件、锻件、焊件接进行,以便于以后的切削加工或为淬火作准备。

2. 正火

将钢件加热到临界温度以上 30℃～50℃,保温适当时间后,在空气中冷却的热处理工艺称为正火。正火的主要目的是细化组织,改善钢的性能,获得接近平衡状态的组织。

正火与退火工艺相比,其主要区别是正火的冷却速度稍快,所以正火处理的生产周期短,故退火与正火同样能达到零件性能要求时,应尽可能选用正火。大部分的中、低碳钢的坯料一般都采用正火处理。一般合金钢坯料常采用退火,若用正火,由于冷却速度较快,使其正火后硬度较高,不利于切削加工。

3. 淬火

将钢件加热到临界点以上某一温度(45 号钢淬火温度为 840℃~860℃,碳素工具钢的淬火温度为 760℃~780℃),保持一定的时间,然后以适当速度冷却以获得马氏体或贝氏体组织的热处理工艺称为淬火。

淬火与退火、正火处理在工艺上的主要区别是前者冷却速度快,目的是为了获得马氏体组织,也就是说要获得马氏体组织,钢的冷却速度必须大于钢的临界速度。所谓临界速度就是获得马氏体组织的最小冷却速度。钢的种类不同,临界冷却速度不同。一般碳钢的临界冷却速度要比合金钢大,所以碳钢加热后要在水中冷却,而合金钢在油中冷却。冷却速度小于临界冷却速度就得不到马氏体组织。但冷却速度过快,会使钢中内应力增大,引起钢件的变形,甚至开裂。

马氏体组织是钢经淬火后获得的不平衡组织,它的硬度高,但塑性、韧性差。马氏体的硬度随钢的含碳质量分数提高而增高,所以高碳钢、碳素工具钢淬火后的硬度要比低、中碳钢淬火后的硬度高。同样,马氏体的塑性与韧性也与钢的含碳质量分数有关,含碳质量分数低,马氏体的塑性、韧性就较好。

4. 回火

钢件淬硬后,再加热到临界温度以下的某一温度,保持一定时间,然后冷却到室温的热处理工艺称为回火。

淬火后的钢件一般不能直接使用,必须进行回火后才能使用。因为淬火钢的硬度高、脆性大,直接使用常发生脆断。通过回火可以消除或减少内应力、降低脆性、提高韧性;另一方面可以调整淬火钢的力学性能,达到钢的使用性能。根据回火温度的不同,回火可分为低温回火、中温回火和高温回火三种。

(1)低温回火　淬火钢件在 150℃~250℃之间的回火称为低温回火。低温回火主要是消除内应力,降低钢的脆性,一般很少降低钢的硬度,即低温回火后可保持钢件的高硬度。如锯条、锉刀等一些要求使用条件下有高硬度的钢件,都是淬火后经低温回火处理。

(2)中温回火　淬火钢件在 250℃~500℃之间的回火称为中温回火。淬火钢件经中温回火后可获得良好的弹韧性,因此弹簧、压簧、汽车中的板弹簧等,常采用淬火后的中温回火处理。

(3)高温回火　淬火钢件在 500℃~650℃之间的回火称为高温回火。淬火钢件经高温回火后,具有良好的综合力学性能(既有一定的强度、硬度,又有一定的塑性、韧性)。所以一般中碳钢和中碳合金钢常采用淬火后的高温回火处理,轴类零件中应用最多。淬火加高温回火处理也称为调质处理。

5. 表面热处理

仅对工件表层进行热处理以改变组织和性能的工艺称为表面热处理。

(1)表面淬火　仅对钢件表层进行淬火的工艺称为表面淬火。其热处理的特点是用快速加热的方法,把钢件表面迅速加热到淬火温度(这时钢件的心部温度仍较低),然后快速冷却,使钢件获得一定深度的表层淬硬,心部仍保持其原来状态。这样就提高钢件表面硬度和耐磨性,心部仍具有较好的综合力学性能(一般表面淬火前钢件均进行了调质处理)。例如齿轮工作时,表面接触应力大,摩擦激烈,要求表层具有高硬度,而齿轮心部通过轴传递动力(包括冲击力),所以中碳钢制造的齿轮是调质处理后,再经表面淬火。表面淬火采用不同的快速加热方法,如:火焰加热表面淬火、感应加热表面淬火。感应加热表面淬火又由于电源频率不同,分高频淬火、中频淬火和工频淬火。

(2)化学热处理 将金属或合金工件置于一定温度的活性介质中保温,使一种或几种元素渗入它的表面,以改变工件表面的化学成分、组织和性能的热处理工艺称为化学热处理。化学热处理的过程也有加热→保温→冷却的三个阶段,其不同是工件放在一定介质中保温。根据渗入元素不同,化学热处理有渗碳合金钢(如 20 钢、20Cr 钢),气体渗碳时的渗碳剂为煤油或乙醇,渗碳温度为 900℃~950℃,煤油或乙醇在该温度下裂解出活性碳原子⌊C⌋,⌊C⌋就渗入低碳钢件的表层,然后向内部扩散,形成一定厚度的渗碳层。

6. 热处理常用加热设备

热处理中常用的加热设备主要有加热炉、测温仪表、冷却设备和硬度计。其中加热炉有很多种,常用的有电阻炉和盐浴炉。

(1)电阻炉 电阻炉是利用电流通过电热元件(如金属电阻丝,SiC 棒等)产生的热量来加热工件。根据其加热的温度不同,可分为高温电阻炉、中温电阻炉和低温电阻炉等。又根据形状不同,分为箱式电阻炉和井式电阻炉等多种。这种炉子的结构简单、操作容易、价格较低,主要用于中、小型零件的退火、正火、淬火、回火等热处理。其主要缺点是加热易氧化、脱碳,是一种周期性的作业炉,生产率低。

(2)盐浴炉 盐浴炉是用熔融盐作为加热介质(即工件放入熔融的盐中加热)的加热炉。使用较多的是电极式盐浴炉和外热式盐浴炉。盐浴炉常用的盐为氯化钡、氯化钠、硝酸钾和硝酸钠。由于工件加热是在熔融盐中进行,与空气隔开,工件的氧化少、脱碳少,加热质量高,且加热速度快而均匀。盐浴炉常用于小型零件及工、模具的淬火和回火。

1.2　钢铁材料的火花鉴别

1. 火花鉴别的基本知识

火花鉴别是利用钢铁材料在高速旋转砂轮上进行磨削时,根据所产生的火花形状、光亮度和色泽等特征大致鉴别钢铁材料的种类及化学成分。

钢铁材料在砂轮上磨削时所射出的全部火花称作火花束,它分有根部火花、中部火花和尾部火花。火花束中由灼热发光的粉末形成线条状的火花称为流线。流线在中途爆炸而形成的稍粗而明亮的点称为节点。节点处所射出的线称为芒线。流线或芒线上由节点、芒线所组成的火花称节花。节花按爆发先后可分为一次花、二次花、三次花等。芒线附近呈现明亮的点称为花粉。有时在流线尾端会出现不同形状的尾花(菊花状尾花、弧尾花、羽状尾花等)。

2.常用钢铁材料的火花特征

碳是钢铁材料火花形成的基本元素,也是火花鉴别法需要测定的主要成分。由于含碳量不同,其火花形成也不同。另外合金元素也影响火花的特征。

(1)碳素钢的火花特征　随着碳质量分数的增加,火花束中流线增多,长度逐渐缩短并变细,其形状也由挺直转向抛物线,芒线也逐渐变细变短,节花由一次花逐渐形成二次花、三次花,色泽由草黄带暗红色逐渐转变为亮黄色再转变为暗红色,光亮度逐渐增高。

低碳钢的火花束为粗流线,流线数量少,一次花较多,色泽草黄带暗红。

中碳钢流线较直,中部较粗大,根部稍细,二次花较多,色泽呈黄色。

高碳钢流线长、密而多,有二次花、三次花,色泽呈黄色且明亮。

(2)高速钢(W18Cr4V)的火花特征　它的火花束细长,流线较少,大部分呈断续状态,有时呈波状流线,整个火花束呈暗红色,无火花爆裂,尾端膨胀而下垂成弧尾状。

(3)灰铸铁的火花特征　它的火花束细而短,尾花呈羽状,色泽为暗红色。

1.3　热处理安全技术操作规范

热处理操作过程中应严格遵守安全操作规程,必须做到以下几点:

1.进入车间要穿工作服,并经常保持工作场地的清洁整齐。

2.熟悉一切安全技术规程,随时注意避免可能发生的事故。

3.操作时应注意安全,不准用手触摸试样或工件,待试样冷却到一定温度后,用钳子夹住试样浸入水中冷却后,吹干,去除氧化皮,在金相砂皮纸上磨平试样表面,然后再测定硬度。

4.测定硬度时,先掌握硬度计的操作方法,以免损坏硬度计。

5.在使用热处理设备时要注意安全,防止事故发生。

6.进行训练时要严格遵守安全技术规程,如有违反操作规程的现象应及时纠正。

第2章　铸　造

【目的和要求】

1. 熟悉铸造生产的基本工艺过程、特点及应用。
2. 熟悉砂型铸造生产中造型方法的基本工艺过程、特点及应用。
3. 熟悉手工整模造型与分模造型的工艺方法,初步掌握基本造型方法。
4. 了解其他手工造型工艺、机器造型工艺及特种铸造工艺。
5. 了解铸件主要缺陷的产生原因,初步建立铸造工艺性的概念。
6. 了解选择铸造方法及造型方法的基本原则。

2.1　概　述

2.1.1　铸造生产的特点

铸造是将熔融金属液浇入具有和零件形状相适应的铸型空腔中,凝固后获得一定形状和性能的铸件的生产方法。

各种零件毛坯,经过切削加工制成零件。毛坯可以是锻件、铸件或锻—焊钢件、铸—焊钢件。铸件毛坯比锻件毛坯的力学性能要差,但是铸件毛坯的形状可以非常复杂。对一般动力机械来讲,铸件占的重量比例达 80%～85% 以上。铸件具有许多优点,例如:形状可以很复杂(汽车上的发动机、拖拉机的气缸),外形可以与所需要的零件很接近,尺寸和重量的范围很大,材料的适应性大,因此铸件在普通机械中应用非常普遍。

2.1.2　铸造生产的工艺过程

铸造主要是砂型铸造,它的生产工序很多,主要工序为制模、配砂、造型、造芯、合型、熔炼、浇注、落砂、清理和检验。套筒铸件的生产过程如图 2-1 所示。首先分别配制型砂和芯砂,并用相应的工艺装备(模样、芯盒等)造出砂型和砂芯,然后合为一个整体铸型,将熔融的金属浇注入铸型内,冷却凝固后取出铸件。

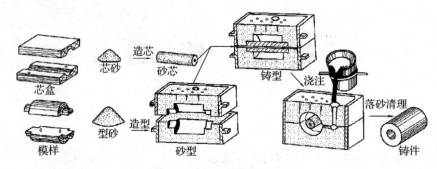

图 2-1　套筒的砂型铸造过程

2.2　铸造工艺参数选择与确定

在制作模样时要考虑起(拔)模斜度、加工余量、收缩余量、分型面、活块及浇注系统等工艺参数的要求。

2.2.1　铸造工艺参数

影响铸件、模样的形状与尺寸的某些工艺数据称为铸造工艺参数,其值与铸件大小、合金种类及生产条件有关。

主要的铸造工艺参数有下列几项:

(1)加工余量　指铸件上预先增加而在机械加工时切去的金属层厚度。单件、小批生产的小铸铁件的加工余量为 4.5～5.5 mm。

(2)不铸出的孔和槽　对过小的孔、槽,由于铸造困难,一般不予铸出。单件、小批生产的小铸铁件上直径小于 30 mm 的孔一般不铸出。

(3)起模斜度　指平行于起模方向的模样壁的斜度,其值与模样壁的高度有关,壁矮时(≤10 mm)为 3°左右,壁高时(101～160 mm)为 0.5°～1°。

(4)铸造收缩率　指铸件自高温冷却至室温时,尺寸的缩小值与铸件名义尺寸的百分比,灰铸铁件为 0.8%～1% ,铸钢件为 1.8%～2.2% 。

2.2.2　浇冒口系统

浇冒口系统和铸件质量密切相关,如果设置不当,铸件易产生冲砂、砂眼、渣孔、浇不足、气孔和缩孔等缺陷,造成的废品约占铸件废品的30% 。

典型的浇注系统由外浇口、直浇道、横浇道、内浇道组成,如图 2-2 所示。另外还有出气孔和冒口。

(1)外浇口　它承接金属液,缓冲液态金属浇入时的冲击力,使之平稳流入直浇道,并部分分离熔渣。外浇口的型式很多,其中漏斗型外浇口用于中、小型铸件,盆型外浇口用于大型铸件。

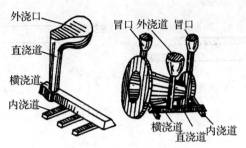

图 2-2 典型浇注系统

(2)直浇道　它是连接外浇口和横浇道的垂直通道,作用是利用其高度,使金属液产生一定的静压力而迅速充填型腔。

(3)横浇道　它是连接直浇道和内浇道的水平通道,并位于内浇道之上,起挡渣作用。

(4)内浇道　它是引入金属液进入型腔的通道,可控制金属液流入型腔的位置、速度和方向。

浇注系统是液态金属流入型腔的通道,应能平稳地将液态金属引入铸型,还有挡渣和排气、调节铸件各部分冷却速度和凝固顺序的作用。

(5)出气孔和冒口　出气孔的作用是帮助排气。冒口主要起补缩作用,并可观察金属液的流动情况。

根据铸件形状、大小、合金种类、铸造方法及各组元的截面比例关系不同,可选用不同的浇口位置和浇注系统。常用的有顶注式、底注式、中间注入式、阶梯式、封闭式、开放式和半封闭式等。本书不作介绍,请参阅有关教材。

2.2.3　浇注位置的确定

铸件的浇注位置是指浇注时铸件在型内所处的空间位置,它关系到铸件的内在质量及尺寸精度。确定铸件的浇注位置应考虑以下原则:

(1)应使铸件中重要的机加工面朝下或位于侧面　因为浇注时液体金属中的渣子、气泡总是浮在上面,铸件的上表面缺陷较多,铸件的下表面和侧面的质量较好,如图 2-3 所示。

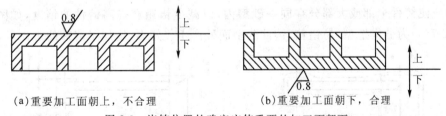

(a)重要加工面朝上,不合理　　　　　(b)重要加工面朝下,合理

图 2-3　浇铸位置的确定应使重要的加工面朝下

(2)应使铸件的薄壁部分放在型腔下部　这样有利于金属液充满,防止产生浇不到、冷隔等缺陷,如图 2-4 所示。

(3)应使铸件中厚大部位放在型腔上部或侧面　这样便于在该部位设置浇冒口,以补充金属液冷却、凝固时的收缩,避免出现缩孔、缩松等缺陷,如图 2-5 所示。

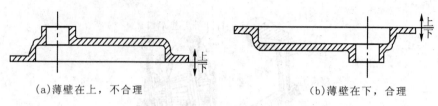

(a)薄壁在上，不合理　　　　　　　(b)薄壁在下，合理

图 2-4　薄壁部分浇注位置的确定

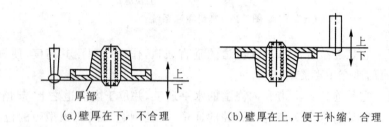

(a)壁厚在下，不合理　　　　　(b)壁厚在上，便于补缩，合理

图 2-5　厚大部位浇注位置的确定

2.2.4　分型面的选择

分型面是指上、下砂型的接触表面，表示方法如图 2-6 所示。细实线表示表示分型面位置，箭头线和"上""下"两字表示上砂型和下砂型的位置。分型面的确定原则如下：

(1)分型面应选择在模样的最大截面处，以便于起模，如图 2-6 所示。

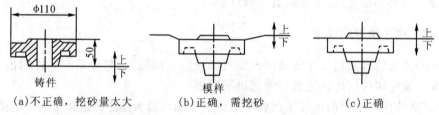

(a)不正确，挖砂量太大　　　　(b)正确，需挖砂　　　　(c)正确

图 2-6　分型面应选择在模样的最大截面处

(2)应使铸件全部或大部分在同一砂型内，以减少错箱和提高铸件的精度，如图 2-7 所示。图 2-7(a)为分模造型，易错箱，铸件分型面处产生飞翅多，增加了清理的工作量，因而分

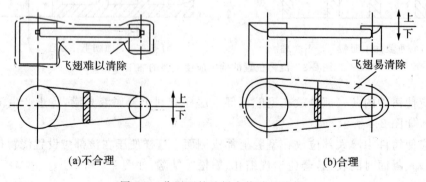

(a)不合理　　　　　　　　　　　(b)合理

图 2-7　分型面的选择应能减少错箱

型面位置不够合理。图 2-7(b)为整模、挖砂造型,铸件大部分在同一型内,不易错箱,飞翅少,易清理,分型面位置较合理。

(3)应尽量减少分型面数目。这样可以减少砂型数目,提高造型效率。成批、大量生产时应避免采用三箱造型,如图 2-8 所示。

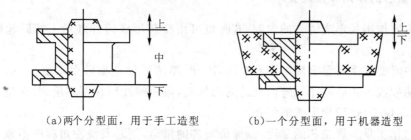

(a)两个分型面,用于手工造型　　　(b)一个分型面,用于机器造型

图 2-8　分型面数目的选择

2.3　型(芯)砂

2.3.1　型(芯)砂组成和性能要求

砂型是由型(芯)砂制成的,型(芯)砂质量不好会使铸件产生气孔、砂眼、粘砂和夹砂等缺陷。因此,对型(芯)砂应有一定的性能要求。

1. 型(芯)砂的组成

型(芯)砂主要由原砂、粘结剂、附加物和水等组成。原砂主要成分是 SiO_2,它是型(芯)砂的主体,其颗粒的形状、大小及其均匀度、SiO_2 含量的多少,对型(芯)砂的性能影响很大。砂与适量的粘结剂和水混合后形成均匀的粘土膜。粘土膜包敷在砂粒表面,使砂粒粘结起来并具有一定的湿态强度。砂粒之间的空隙起透气作用。煤粉是附加物质,可以使铸件表面光洁、防止粘砂缺陷。

2. 对型(芯)砂的性能要求

(1)强度　型(芯)砂在外力的作用下不变形、不破坏的能力,称为型(芯)砂的强度。足够的强度可以保证砂型在铸造过程、搬运过程以及承受液体金属的冲刷时不被破坏,避免造成塌箱、冲砂和砂眼等缺陷。若型(芯)砂强度太高,又会使铸型太硬而阻碍铸件的收缩,使铸件产生内应力,甚至开裂,还使透气性、退让性变差。

(2)透气性　型(芯)砂的透气性是指紧实砂样的孔隙度。当高温液体金属浇入铸型时,铸型内就会产生大量气体,如果砂型的透气性不好,部分气体就会留在液体金属内而不能排出,使铸件产生气孔等缺陷。用圆形、粒大且均匀的砂粒,制造紧实适宜的砂型,其透气性就较好。

(3)耐火性　它指型(芯)砂抵抗高温液体金属热作用的能力,称为耐火性。型(芯)砂中含 SiO_2 越多,耐火性越好,不易烧结粘砂,而且型(芯)砂粒度大,耐火性也好。

(4)可塑性　它指便于塑成一定形状的能力。可塑性好,有利于制造形状复杂的砂型和起模。

(5)退让性 当铸件冷却收缩时,型砂和型芯的体积可以被压缩而不阻碍铸件收缩的能力,称为退让性。型(芯)砂的退让性不好,铸件易产生内应力、变形和裂纹等缺陷。

2.3.2 型芯的作用和性能要求

型芯的主要作用是形成铸件的内腔,有时也可用型芯形成铸件外形上妨碍起模的凸出部分或凹槽。

由于浇注时型芯受高温金属冲刷和包围,因此,型芯砂比造型砂要求更高,形状复杂的薄型芯采用油砂或树脂砂制作。弯曲型芯的通气孔,可用蜡线埋在型芯里,并在型芯两端留出线头,将型芯烘干,蜡熔化形成通气孔。

型芯骨的作用是加强型芯的强度,以保证型芯的搬运,下芯及浇注过程中不致弯曲和损坏。小型芯骨用铁丝、铁钉制成,中、大型芯骨则用铸铁浇注成滑架,以便铸件在清理时容易将芯骨敲断取出。芯骨的尺寸、形状和型芯大致相同,并埋入型芯头中,芯骨不能露出型芯表面,以免阻碍铸件收缩。大型芯的芯骨必须做出吊环,供吊运和下芯用。

为了提高铸件内腔表面光洁度,在型芯与金属液接触的部位应刷上涂料。铸铁件型芯用石墨作涂料。型芯一般必须烘干,目的是提高型芯的强度和透气性,从而使浇注时型芯产生的气体大大减少,以保证铸件质量。

2.3.3 制芯方法

砂芯一般是用芯盒制成的,芯盒的空腔形状和铸件的内腔相适应。根据芯盒的结构,手工制芯方法可分为下列三种:

(1)对开式芯盒制芯 适用于圆形截面的较复杂砂芯,其制芯过程如图2-9所示。

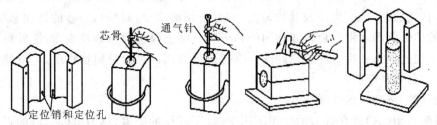

(a)准备芯盒 (b)舂砂、放芯骨 (c)刮平、扎气孔 (d)敲打芯盒 (e)打开芯盒(取芯)

图2-9 对开式芯盒制芯

(2)整体式芯盒制芯 用于形状简单的中、小砂芯,其制芯过程如图2-10所示。

(3)可拆式芯盒制芯 对于形状复杂的中、大型砂芯,当用对开式和整体式芯盒无法取芯时,可将芯盒分成几块,分别拆去芯盒取出砂芯,如图2-11所示。芯盒的某些部分还可以做成活块。

成批大量生产的砂芯可用机器制造,粘土砂芯可用震击式造芯机,水玻璃砂芯和树脂砂芯可用射芯机。

(a)春砂、刮平   (b)放烘芯板   (c)翻转、取芯

图 2-10　整体式芯盒制芯

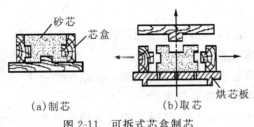

(a)制芯   (b)取芯

图 2-11　可拆式芯盒制芯

2.4　砂型铸造方法和工艺

　　用型砂及模样等工艺装备制造铸型的过程称为造型,这种铸型又称砂型。铸型由上砂型、下砂型、型芯、型腔、浇注系统和上砂箱、下砂箱等部分组成。上砂型和下砂型的接合面称为分型面。上下型砂的定位通常用定位销(大批量生产时),也可用泥号(单件、小批量生产时)。铸型的组成及各部分名称如图 2-12 所示。

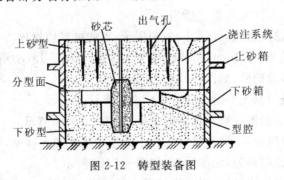

图 2-12　铸型装备图

造型方法可分为手工造型和机器造型两大类。

2.4.1　手工造型

　　手工造型的方法多种多样,操作灵活,工艺装备简单,但生产效率低,劳动强度大,仅适用于单件、小批生产。

造型基本操作及步骤:

15

（1）了解模样的结构特点,确定其浇注方法和位置,决定采用哪种造型方法。

（2）经过必要的考虑后,将模样放在底板上合理的安排位置上。套上下箱,要做分型面的部分朝下。

（3）舂砂,先用手指将模样边缘,特别是转角处或较复杂部位紧实,然后用平方锤的尖点捣,做到先轻后重,后用平方锤的平头捣,尽量使型砂松硬均匀。

（4）用刮板刮去多余的型砂,使型砂表面和砂箱边缘齐平。

（5）稍移动,翻转砂箱。

（6）用刮刀修平分型面,然后撒上一层分型砂。模样上的分型砂用皮风箱吹掉。

（7）将上箱准确地放齐。

（8）放上浇口棒和压边冒口,适当地注意位置,然后铲上型砂。

（9）用平方锤捣实,刮去多余的型砂。

（10）在浇冒口模周围适当地刷水,敲松起出,上箱松动一下,做上标准线（泥号）,开箱。

（11）用水笔润湿模样边缘部分的型砂。

（12）用起模钉,钉在中心的位置,将模样四周敲松然后平稳地将模样从型砂中取出。

（13）模样取出后,砂型如有部分损坏要进行修理。必须准确地使用工具。

（14）撒上石墨粉,合箱,加上压铁（紧固）后准备浇注。（实习时,因为第一次不进行浇注,所以不需要合箱。在分型面上刻上学生的学号便于检查）。

手工造型的方法很多,应按铸件的形状、大小和生产批量的不同进行选择,常用的造型方法有以下几种。

1.整模两箱造型

以轴承座的砂型铸造为例,将整模两箱造型的操作过程分述如下,过程如图 2-13 所示。

（1）将模样擦净后放在底板上,如图 2-13(a)所示。

（2）将下砂箱翻转后放在底板上,加型砂,用舂砂锤的尖头舂紧,如图 2-13(b)所示。舂砂应注意:

①必须分层加砂,每次加入量要适当。

②舂砂应按一定路线进行,如图 2-13(c)所示,不能过紧或过松。

（3）加砂高于砂箱 20～30mm,用舂砂锤平头舂紧,如图 2-13(d)所示。

（4）用刮板刮去多余的砂,如图 2-13(e)所示。

（5）翻转砂箱用墁刀修光分型面,如图 2-13(f)所示。

（6）撒分型砂,并吹去撒在模样上的分型砂,如图 2-13(g)所示。

（7）放上上砂箱和浇口棒,加型砂。按照下砂型的程序造上砂型,如图 2-13(h)所示。

（8）扎通气孔,要分布均匀,深度适当,如图 2-13(i)所示。

（9）刮平上砂型,取出浇口棒,修外浇口成为漏斗形,如图 2-13(j)所示。

（10）揭开上砂箱并翻转,使分型面向上,放好,如图 2-13(k)所示。

（11）取模,如图 2-13(l)所示,取模前要在模样四周刷少许水,取模时应向水平方向轻敲起模针,使模样松动后再取出。

（12）修型,用墁刀和砂钩修型,如图 2-13(m)所示。

（13）开内浇道,如图 2-13(n)所示。

（14）撒石墨粉,合型准备浇注,如图 2-13(o)所示。

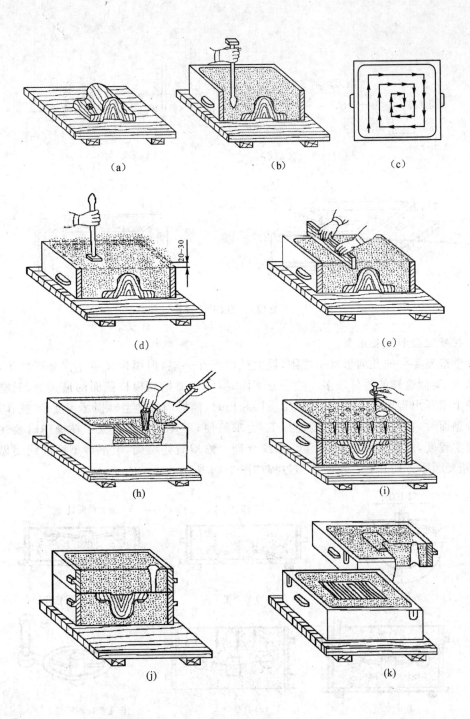

（a）　　　　　　　　　（b）　　　　　　　　　（c）

（d）　　　　　　　　　　　　　　　（e）

20~30

（h）　　　　　　　　　　　　　　　（i）

（j）　　　　　　　　　　　　　　　（k）

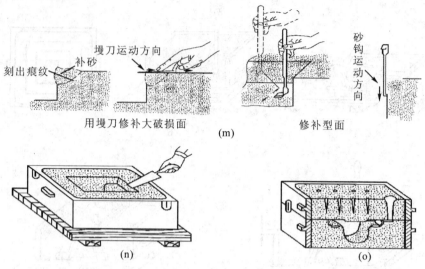

图 2-13　整模两箱造型的操作过程

2.挖砂造型和假箱造型

挖砂造型零件的几何形状不规则,最大截面不在一端,但模样又不允许分成两半,在各种机床上,类似这样的零件较多。挖修分型面时,一定要挖到模样截面的最大处,只有这样才能使上型开出得比较完整,且使下型模样起出时,模样周围的型砂损坏程度少,操作顺利。考虑分型面时,在保证铸件质量的前提下,力求简便,不要使难度过大。在操作时要注意砂型的结实程度,做到分型面光洁,浇注系统合理。修型时要准确,上下砂型标准线要做到准确,开箱要顺序方向开起。挖砂造型过程如图 2-14 所示。

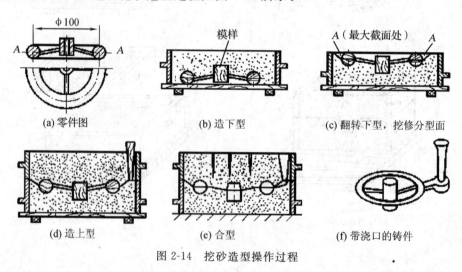

图 2-14　挖砂造型操作过程

采用挖砂造型时,每造一型要挖一次,操作麻烦,生产率低。如果生产数量多,要提高生产率,可用假箱代替平面底板,将挖砂造型的模样放在假箱上造型,捣实翻转,就能获得理想的曲线分型面,可省去挖砂的时间。此方法称假箱造型。假箱只用于造型,不参与浇注。假箱根据生产的数量不同,分别采用金属、木材、水泥、含粘土较多的砂制作,称为成型底板。

假箱造型是利用预先制好的半个铸型(此即为假箱)代替底板,省去挖砂的造型方法。假箱只参与造型,不参与浇注。手轮的假箱造型如图 2-15 所示,以不带浇口的上型当假箱,其上承托模样,造下型。随后的造上型、合型等操作同挖砂造型。整个造型如图 2-14(d)、(e)所示。

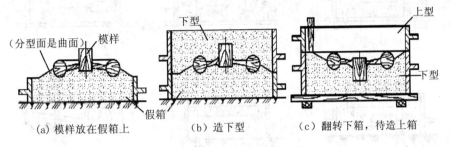

(a) 模样放在假箱上   (b) 造下型   (c) 翻转下箱,待造上箱

图 2-15   手轮的假箱造型过程

假箱一般采用强度较高的型砂制成,舂得很紧。假箱分型面的位置应准确,型面应光滑平整。假箱的分型面可分为曲面分型面(如图 2-15(a)所示)和平面分型面(如图 2-16(a)所示)。

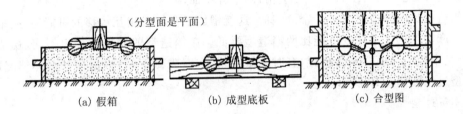

(a) 假箱   (b) 成型底板   (c) 合型图

图 2-16   假箱和成型底板

假箱造型可免去挖砂操作,提高造型效率,适用于形状较复杂铸件的小批量生产。当生产数量更大时,可将模样制成成型底板,如图 2-16(b)所示。平面分型面假箱造型的合型图,如图 2-16(c)所示。

3.分模两箱造型

有些铸件最大截面不在端部,若采取用整模的造型方法就无法将模样起出。在这种情况下,将模样沿最大截面处分开,使造型方便,整个分型面形成了平整分型面,但上下型都有型腔,分模造型操作简便,应用广泛。套筒分模两箱造型如图 2-17 所示。

4.活块造型

活块造型是将模样上妨碍起模的部分做成活动块,活块用销子或燕尾榫与模样的主体连接,造型时先取出模样主体,然后再从侧面将活块取出。采用活块造型应特别细心,以防止捣坏活块或使其位置移动,要求操作技术水平高。活块部分的砂松紧应均匀,活块部分的砂型损坏后修补较困难,取出活块需花费工时,要做到活块位置准确不移位。此造型方法生产率低,仅适于小批生产。活块造型如图 2-18 所示。

5.三箱造型

如铸件外形具有两头截面大、中间还夹有一个小截面时,一般采用三箱造型,将模样在

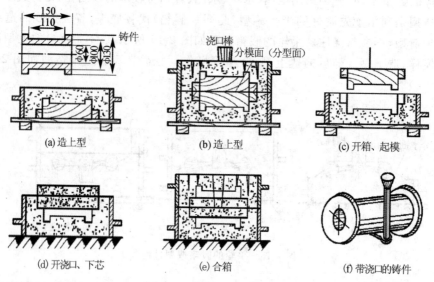

图 2-17　套筒分模两箱造型

小截面处分开,这样就有上、中、下三个箱,两个分型面。

　　三箱造型比两箱造型多了一个分型面,这就增加了合箱时相互错移的可能性,故采用三箱造型生产铸件的尺寸精度可能比两箱造型要低。三箱造型的操作过程也不同,视情况而定,特别是中箱应与模样高度相近,有时先做中箱,有时先做下箱,根据模样具体情况而定。三箱造型过程如图 2-19 所示。

　　6.车板造型

　　制造回转体,如皮带轮、飞轮等铸件时,如果生产数量少,尤其是单件时,为了节省制造样模的工时,另一方面也为了节省木材,可采用车板造型。车板为绕轴线旋转的,车板轴的上支点常用支架固定,下支点由埋入砂型中的木桩固定。安装车板要用水平仪校正,以保证轴与分型面垂直。这种造型方法难度大,要有较高的技术水平才能操作。车板造型过程如图 2-20 所示。

　　7.地坑造型

　　地坑造型是将木模埋入地坑中进行捣实的造型。以地坑代替下砂箱,其优点是可以节省砂箱,铸件越大,优越性越突出。但地坑造型比砂箱造型麻烦,效率低,技术要求也较高,故常用于大件单件生产,在此不作介绍。

2.4.2　机器造型

　　机器造型的实质是利用造型机来完成手工紧砂和起模两项基本操作的造型方法。与手工造型相比,机器造型生产率高,铸件尺寸精度较高,表面粗糙度较低,但设备及工艺装备费用高,生产准备时间长,仅适用于成批、大量生产。

　　造型机的种类很多,其紧砂和起模方法主要有以下几种:

　　造型机的紧砂方法可分为压实、震实、震压和抛砂四种基本形式。压实式紧砂时砂型紧实度上紧下松,而震实式紧砂则上松下紧,因此多数造型机采用震压式紧砂,砂型上下紧实

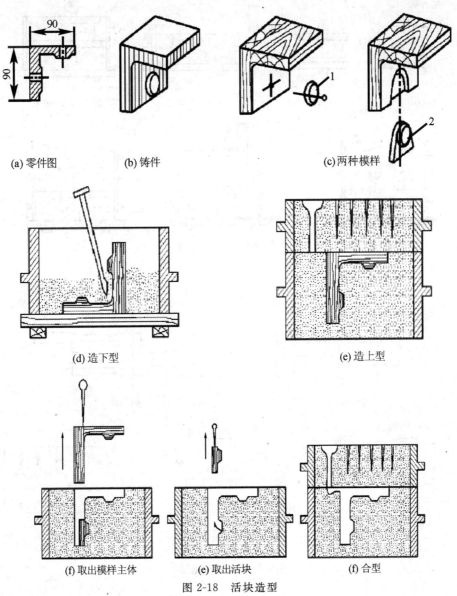

(a) 零件图　　　　(b) 铸件　　　　　　　　　　(c) 两种模样

(d) 造下型　　　　　　　　　　　　　(e) 造上型

(f) 取出模样主体　　　(e) 取出活块　　　　(f) 合型

图 2-18　活块造型

1—用钉连接的活块　2—用燕尾槽连接的活块

度比较均匀。

1. 震压式造型机工作原理

工作开始,先将固定砂箱放上工作台,模板固定在砂箱上面,充填型砂。打开压缩空气气阀,使压缩空气从进气口进入震实气缸,震实活塞就带动工作台和砂箱上升,至排气孔露出,缸内压力降低,工作台便迅速下降,而撞击震实气缸就完成了一次震实过程。如此反复多次,即可将砂型基本震实。关闭震实气阀,打开压实气阀,压缩空气便进入压缩气缸而将压实活塞顶起,至压头将砂箱顶面的型砂压实为止。压实气缸排气后,工作台及砂箱下降,紧砂操作全部完成。

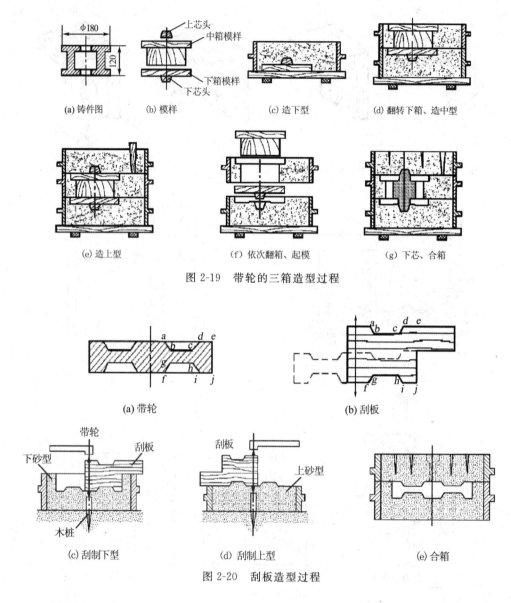

图 2-19 带轮的三箱造型过程

图 2-20 刮板造型过程

2. 起模方法

造型机大部分均有起模机构,其动力也是压缩压气。由压缩空气震动模板后,将模板向上顶起,这样就完成了起模工序。然后将上、下型砂箱合好即可浇注。

机器造型一般都只用两个砂箱,而且不用活块,模样结构与手工造型所用的模样也不同,机器造型都采用金属型板,而且采用专用的砂箱。

砂型铸造应用虽很普遍,但也存在一些缺点,如一个砂型只能浇注一次,生产率低,铸件的精度低,表面粗糙度值大,加工余量大,废品率高。在大批量生产中,这些缺点显得更为严重。为了满足生产需要,先后出现了许多区别于普通砂型铸造的铸造方法,统称为特种铸造。特种铸造在生产上用得较普遍的有金属型铸造、压力铸造、熔模铸造、离心铸造等。本书不作介绍,请参阅有关教材。

2.5 铸铁的熔炼、浇注成型以及铸造缺陷分析

2.5.1 铸造合金种类

用于铸造的金属材料种类繁多,有铸铁、铸钢、铸造铝合金、铸造铜合金等,其中铸铁件应用最多,占铸件总重量的 80% 左右。

工业中常用铸铁是含碳质量分数大于 2.11% 的铁、碳、硅三元合金,其中的碳绝大部分以石墨形式存在,金属断口呈暗灰色,称为灰口铸铁,因其具有良好的铸造性能、减振性能和减磨性能而获得广泛应用。在不同的生产条件下,灰口铸铁中的石墨又呈现不同的形态,如片状、球状、团絮状和蠕虫状等,使铸铁产生不同特性,因而相应形成灰铸铁、球墨铸铁、可锻铸铁和蠕墨铸铁等品种,其中石墨呈片状的灰铸铁铸造性能最好,价格较低,适于制造形状复杂的底座、箱体类铸件;石墨呈球状的球墨铸铁力学性能最好,适于制造受力较大的轴类铸件,如凸轮轴和曲轴等。但是铸铁的强度较低,尤其塑性更差。

制造受力大而复杂的铸件,特别是中、大型铸件往往采用铸钢。铸钢包括碳钢(含碳质量分数小于 0.60% 的铁碳二元合金)和合金钢(碳钢与其他合金元素组成的多元合金)。铸钢的铸造性能差,但焊接性能好、强度较高、塑性好,有的合金钢还具有耐磨、耐腐蚀等特殊性能。铸钢一般用于铸造受力复杂、要求强度高并且韧性好的铸件,如水轮机转子、高压阀体、大齿轮、辊子、履带板和抓斗齿等。

常用的铸造有色合金有铝合金、铜合金等,其中铸造铝合金应用最多。它密度小,具有一定的强度、塑性及耐蚀性,广泛用于制造汽车发动机的汽缸体、汽缸盖、活塞,飞机螺旋桨及起落架等。铸造铜合金耐磨性和耐蚀性良好,其应用仅次于铝合金,如制造阀体、泵体、齿轮、蜗轮、轴承套、叶轮、船舶螺旋桨等。

2.5.2 铸铁的熔炼

合金的熔炼是铸造的必要过程之一,对铸件质量影响很大,若控制不当会使铸件化学成分和力学性能不合格,以及产生气孔、夹渣、缩孔等缺陷。

对合金熔炼的基本要求是优质、低耗和高效,即金属液温度高,化学成分合格和纯净度高(夹杂物及气体含量少);燃料、电力耗费少,金属烧损少;熔炼速度快。

铸铁一般在冲天炉中熔炼,铸钢一般在电弧炉中熔炼,铸造铝、铜合金一般在坩埚炉中熔炼。下面仅介绍铸铁的熔炼。

1. 冲天炉构造

冲天炉构造如图 2-21 所示,由炉体、火花捕集器、前炉、加料系统和送风系统五个部分组成。炉体是一个直立的圆筒,包括烟囱、加料口、炉身、风口、炉缸、炉底和支撑等部分。炉体的主要作用是完成炉料预热、熔化和铁水的过热。位于烟囱上部的火花捕集器起除尘作用,炉顶喷出的烟尘火花沉积于其底部,可由管道排出。前炉起贮存铁水的作用,在其前部设置有出铁口和出渣口。

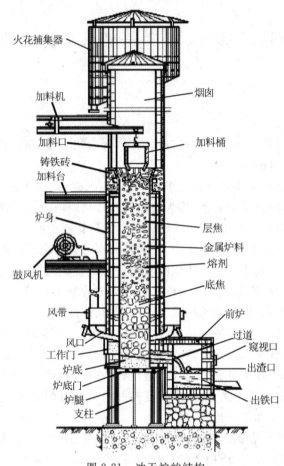

图 2-21　冲天炉的结构

冲天炉的大小以每小时熔化多少吨铁水来表示,称为熔化率。常用的冲天炉熔化率为2～10 t/h。

2.铸铁的熔化原料

铸铁的熔化原料为:

(1)金属炉料　包括新生铁、回炉铁(废品旧料)、废钢、浇冒口和切屑以及铁合金(如硅铁、锰铁、铬铁等)。

(2)燃料　主要是焦炭,要求灰分少,强度高。

(3)熔剂　最常用作熔剂的材料为石灰石和萤石。其主要作用是为了与灰分、金属氧化物和其他的夹杂物造成适当黏度的熔渣从炉内排出,并易于金属液的分离和流动。

3.冲天炉的熔化操作过程

冲天炉的熔化操作过程:修炉→烘炉→点火与装底焦→装料→出铁、出渣→打炉。

(1)修炉　熔化终了的冲天炉,自然冷却后,即可着手修炉,为下次熔化做好准备。炉壁修好后,把炉底门关闭,并用型砂修砌冲天炉和前炉底。炉壁修好后,把炉底门关闭,并用型砂修砌冲天炉和前炉底,炉壁修好后装入木炭,缓慢烘干,以免突然加热而发生裂纹。

(2)点火与装底焦　炉子干后,在炉底铺一层刨花,再装入木柴点燃,在火焰旺盛后即加入 40%底焦。这时各风口开放着,让其自然通风。当第一批焦炭上面被烧红后再加入第二批底焦,其数量仍为全部底焦的 40%。这批焦炭烧红后从风口将其捣实,再装入剩余的底焦,并测量底焦的高度。底焦表面应达到高于风口的一定高度,如达不到应予补足。

(3)装料　底焦高度正常后即可装料,先在底焦顶面加入适量的石灰石(用以去硫及造渣),此后按下列顺序加入金属料→层焦→熔剂→金属料——这样一层层地装到加料口位置为止。在熔化过程中炉料逐渐下降,而新的炉料逐渐地依次再由加料口装入炉内。

(4)出铁及出渣　加料完毕后即鼓风。当底焦高度正常时,鼓风 3～6min 之后,在风口处即可看到铁水滴下。经过一定时间(如一刻钟或半小时)就将炉渣从出渣口放出。打通出铁口的泥塞,把铁水放到预先准备好的浇包里。浇包充满后即可将出铁口塞住,而浇包的铁水即送去浇注。

2.5.3　浇注成型以及铸造缺陷分析

将熔化的金属液进行浇注成型,浇好的成品集中进行分析,结合现场的铸件缺陷,分析产生的原因和防止的方法。

1.浇注

把液体金属浇入铸型的操作称为浇注。浇注工艺不当会引起浇不到、冷隔、跑火、夹渣和缩孔等缺陷。

(1)浇注前的准备工作

①准备浇包　浇包是用来盛装金属液进行浇注的工具。浇包容量大小不一,可自 15 千克至数吨。常用的有手提浇包、抬包和吊包,如图 2-22 所示。手提浇包容量 15～20kg,抬包容量 25～100kg,吊包用吊车吊运,容量数吨不等。对使用过的浇包要进行清理、修补,要求内表面光滑平整。

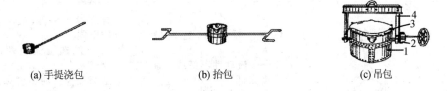

(a) 手提浇包　　　　　(b) 抬包　　　　　(c) 吊包

图 2-22　浇包种类

1—吊包　2—蜗轮蜗杆装置　3—挡渣板　4—吊架

②清理通道　浇注时行走的通道不应有杂物挡道,更不能有积水。

③烘干用具　预先烘干用具,可避免因挡渣钩、浇包等潮湿而降低铁水温度及引起铁水飞溅。

(2)浇注时注意的问题

①浇注温度　浇注温度过低,铁水的流动性差,易产生浇不到、冷隔、气孔等缺陷。而浇注温度过高,铁水的收缩量增加,易产生缩孔、裂纹及粘砂等缺陷。

对形状较复杂的薄壁灰铸铁件,浇注温度为 1400℃左右;对形状简单的厚壁灰铸铁件,浇注温度可在 1300℃左右;而碳钢铸件则为 1520℃～1620℃。

②浇注速度　浇得太慢,金属液降温过多,易产生浇不到、冷隔、夹渣等缺陷;浇得太快,

型腔中气体来不及逸出,易产生气孔缺陷;金属液的动压力太大易造成冲砂、抬箱、跑火等缺陷。浇注速度应据铸件的形状、大小决定,一般用浇注时间表示。

③浇注技术 注意扒渣、挡渣和引火。为使熔渣变稠便于扒出或挡住,可在浇包内的金属液面上撒些干砂或稻草灰。注意及时用红热的挡渣钩点燃从砂型中逸出的气体,以防CO 等有害气体污染空气及使铸件形成气孔。浇注过程中不能断流,应始终使外浇口保持充满状态,以便于熔渣上浮。

2.落砂与清理。

(1)铸件的落砂 从砂型中取出铸件的过程,称为落砂。铸件在砂型中应冷却到一定温度后才能落砂。落砂的方法有手工落砂和机械落砂两种。大批量生产中可采用各种落砂机来落砂。

(2)清理 清理是清除铸件上的浇冒口、毛刺、型芯及表面粘砂等工作。

3.铸件缺陷分析

常见的铸件缺陷名称、特征、产生的原因及预防措施见表2-1。

表 2-1 铸件的常见缺陷、特征、产生的主要原因及预防措施

类别	名称	图例及特征	产生的主要原因	预防的主要措施
形状类缺陷	错箱	铸件在分型面处有错移	1.合箱时上、下砂箱未对准 2.上、下砂箱未夹紧 3.模样上、下半模有错移	1.按定位标记、定位销合箱 2.合箱后应锁紧或加压铁 3.在搬运传送中不要碰撞上、下砂箱 4.分开模样时用定位销定位 5.可能时采用整模两箱造型
	浇不足	液态金属未充满铸型,铸件形状不完整	1.铸件壁太薄,铸型散热太快 2.合金流动性不好或浇注温度太低 3.浇口太小,排气不畅 4.浇注速度太慢 5.浇包内液态金属不够	1.合理设计铸件,最小壁厚应限制 2.复杂件选用流动性好的合金 3.适当提高浇注温度和浇注速度 4.烘干、预热铸型 5.合理设计浇注系统,改善排气

类别	名称	图例及特征	产生的主要原因	预防的主要措施
孔洞类缺陷	缩孔	铸件的厚大部分有不规则的较粗糙的孔形	1. 铸件结构设计不合理,壁厚不均匀,局部过厚 2. 浇、冒口位置不对,冒口尺寸太小 3. 浇注温度太高	1. 合理设计铸件,避免铸壁过厚,可采用 T 形、工字形等截面 2. 合理放置浇注系统,实现顺序凝固,加冒口进行补缩 3. 根据合金种类不同,设置一定数量和相应尺寸的冒口 4. 选择合适浇注温度和速度
孔洞类缺陷	气孔	析出气孔多而分散,尺寸较小,位于铸件各断面上 侵入气孔数量较少,尺寸较大,存在于铸件局部地方	1. 熔炼工艺不合理、金属液吸收了较多的气体 2. 铸型中的气体侵入金属液 3. 起模时刷水过多,型芯未干 4. 铸型透气差 5. 浇注温度偏低 6. 浇包工具未烘干	1. 遵守合理的熔炼工艺,加熔剂保护,进行脱气处理等 2. 铸型、型芯烘干,避免吸潮 3. 湿型起模时,刷水不要过多,减少铸型发气量 4. 改善铸型透气性 5. 适当提高浇注温度 6. 浇包、工具要烘干 7. 将金属液进行镇静处理
夹杂类缺陷	砂眼	铸件表面上有不规则并含有熔渣的孔眼	1. 型砂、芯砂强度不够,紧实较松,合箱时松散或被液态金属冲垮 2. 型腔或浇口内散砂未吹净 3. 铸件结构不合理,无圆角或圆角太小	1. 合理设计铸件圆角 2. 提高砂型强度 3. 合理设置浇口,减小液态金属对型腔的冲刷力 4. 控制砂型的烘干温度 5. 合箱前应吹净型腔内散砂,合箱动作要轻,合箱后应及时浇注
夹杂类缺陷	夹杂物	铸件表面上或内部有型砂充填的小凹坑	1. 浇注时挡渣不良 2. 浇注温度太低,熔渣不易上浮 3. 浇注时断流或未充满浇口,渣和液态金属一起流入型腔	1. 从熔炉、浇包到浇注系统加强挡渣 2. 掌握合适的浇注温度 3. 合理设计浇、冒口浮渣,浇注时一次充满铸型

类别	名称	图例及特征	产生的主要原因	预防的主要措施
裂纹冷隔类缺陷	冷隔	铸件表面似乎已熔合,实际并未熔透,有浇坑或接缝	1.铸件设计不合适,铸壁较薄 2.合金流动性差 3.浇注温度太低,浇注速度太慢 4.浇口太小或布置不当,浇注曾有中断	1.根据合金种类来限制铸件最小壁厚 2.可能时选用流动性较好的合金浇注复杂薄壁铸件 3.适当提高浇注温度和浇注速度,能明显提高充型能力 4.增大浇口横截面积和多开内浇口
	裂纹	在夹角处或厚薄交接处的表面或内层产生裂纹	1.铸件厚薄不均,冷缩不一 2.浇注温度太高 3.型砂、芯砂退让性差 4.合金内含硫、磷较高	1.合理设计铸件结构,使壁厚均匀 2.合理设置浇注系统,实现同时凝固 3.改善型砂、芯砂的退让性 4.严格控制合金的含硫、磷量 5.让高温铸件随炉冷却
表面缺陷	粘砂	铸件表面粘砂粒	1.浇注温度太高 2.型砂选用不当,耐火度差 3.未刷涂料或涂料太薄	1.根据不同的合金及浇注条件,确定合适的浇注温度 2.选用耐火性较好的型砂 3.按要求刷涂料

2.6　铸造新技术及发展

2.6.1　造型技术

新的造型方法的出现,促进了造型技术的改进和发展。例如,气体冲压造型技术是近年来广为发展的一种低噪音的造型方法;静压造型可消除震压造型的缺陷;真空密封造型(也称V法造型),其工艺过程是在特制的砂箱内填入无水无粘结剂的干砂,用塑料薄膜将砂箱密封后抽成真空,借助铸型内外的压力差,使型砂紧实成型。

2.6.2　金属凝固理论

随着金属凝固理论的不断发展和深入,在生产实践中逐渐总结出凝固过程和铸件质量的密切关系,目前已应用到差压铸造、定向凝固、单晶精铸、快速凝固技术中,证明均可获得优质铸件。差压铸造又称反压铸造,其实质是使液体金属在压差的作用下,充填到预先有一定压力的型腔内,进行结晶、凝固而获得铸件。它是将压铸和压力下结晶两种先进的工艺方法结合起来,从而使浇注、充型条件和凝固条件相配合的一种新的铸造工艺。定向凝固可使结晶后的工件内部的结构全部是纵向粒状晶,晶界与主应力方向平行,故各项性能指标较高。目前定向凝固工艺为生产高温合金涡轮叶片的主要手段之一,已发展到很高水平。快速凝固要求金属与合金凝固时具有极大的过冷度,它可由极快速度冷却或液体金属的高度净化来实现。快速凝固可以显著细化晶粒,提高固溶度,从而具有显著的强化效果。

在金属凝固理论指导下还出现了悬浮铸造、旋转振荡结晶铸造和扩散凝固铸造等新的工艺。

2.6.3　金属基复合材料

用铸造法制造金属基复合材料的工艺过程就是把颗粒、晶须或短纤维等不连续增强物直接加入到液体金属中去,并采用预制件浸渗法、搅拌法、半固态复合铸造法、喷射法及中间合金法等工艺措施,使其在浇注凝固中不偏析、不粘结,混合和均匀分散后铸造成型。

2.6.4　铸件的轻量化与组合铸件

近年来,轻合金铸件在铸件中所占比重不断增加,如铸造铝合金、镁合金、钛合金及泡沫金属等轻合金铸件的应用范围不断扩大。在改善合金性能的基础上,采用更合理的铸件结构,从而减轻其单位重量,是铸造发展的一种趋势。目前,部分发达国家的铸件壁厚已减薄 $1/4 \sim 1/3$,从而使轻合金大型铸件的一般壁厚为 $1.5 \sim 2.5$mm。

2.6.5　计算机在铸造中的应用

计算机首先应用于铸造生产中的管理、工艺、熔化和热处理等方面,其次是应用于铸造检测、造型数据处理自动化等方面。

计算机应用范围极广,使铸造生产提高到新的水平。仅就铸造工艺设计而言,铸造凝固过程的模拟,可进行缩孔、液体金属流动性、金属型系数值计算以及浇冒口系统、加工余量、冷铁、分型面、型芯等形状和尺寸的确定。

2.7　铸造训练

2.7.1　造型工具及辅具

(1)砂箱　砂箱如图 2-23 所示。砂箱分上箱和下箱,用于造铸型的上、下型腔。

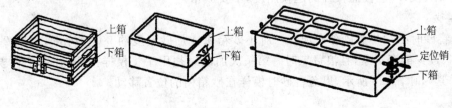

图 2-23　砂箱

（2）底板 底板如图 2-24(a)所示,底板平面要平直,用于放置模样。

（3）春砂锤 春砂锤如图 2-24(b)所示,春砂锤用尖头锤春砂,用平头锤打紧砂箱顶部的砂。

（4）通气针 通气如图 2-24(c)所示,用通气针扎出砂型通气孔。

（5）起模针 起模针如图 2-24(d)所示,起模针比通气针粗,用于起模。

（6）皮老虎 皮老虎如图 2-24(e)所示,用来吹去模样上的分型砂或散落在型腔中的散砂。

（7）堤刀（砂刀） 堤刀（砂刀）如图 2-24(f)所示,堤刀用于修平面、挖沟槽及开设内浇道。

（8）秋叶（圆勺、压勺） 秋叶（圆勺、压勺）如图 2-24(g)所示,秋叶用于修凹的曲面。

（9）砂勾（提勾） 砂勾（提勾）如图 2-24(h)所示,砂勾用于修凹的底平面或侧面及勾出砂型中的散砂。

（10）半圆（铜环、竹片梗） 半圆（铜环、竹片梗）如图 2-24(i)所示,半圆用于修整圆柱形内壁和内圆角。

造型用的辅助工具还有筛子、敲棒、铁锹、水罐等。

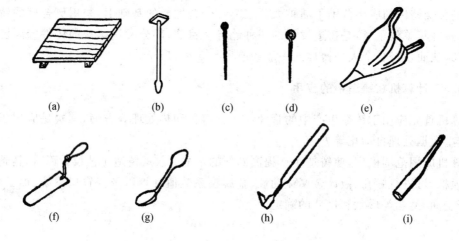

(a)　　　　(b)　　　　(c)　　　　(d)　　　　(e)

(f)　　　　(g)　　　　(h)　　　　(i)

图 2-24　造型工具

2.7.2　造型操作基本技术

1.造型前准备工作

（1）准备造型工具,选择平直的底板和大小合适的砂箱。模样与砂箱内壁及顶部之间应留有 30～100mm 距离,称之为吃砂量,其值视模样大小而定。

（2）安放模样,应注意模样的起模斜度,不要放错。

2.春砂

（1）春砂时必须将型砂分次加入。对小砂箱每次加砂厚度约 50～70mm,如图 2-25 所示。过多、过少都春不紧,且浪费工时。第一次加砂时须用手将模样按住,并用手将模样周围的砂塞紧,如图 2-26 所示,以免春砂时模样在砂箱内的位置移动。

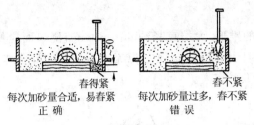

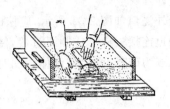

图 2-25 每次加入砂量要合适　　　　图 2-26 用手将模样周围的砂塞紧

（2）舂砂应均匀地按一定的路线进行，如图 2-27 所示，以保证砂型各处紧实度均匀，舂砂时应注意不要舂到模样上，如图 2-28 所示。

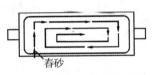

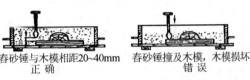

图 2-27 要按一定路线舂砂　　　　图 2-28 舂砂锤不能舂及模样

（3）舂砂用力大小应适当。舂砂用力过大，砂型太紧，浇注时型腔内的气体排不出来，使铸件产生气孔等缺陷；舂砂用力太小，砂型太松易造成塌箱。同一砂型的各处紧实度是不同的，如图 2-29 所示。

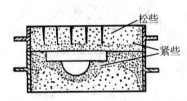

图 2-29 砂型各处的紧实度应不同

3．撒分型砂

下砂型造好，翻转 180° 后，在造上砂型之前，应在分型面上撒上无粘性的分型砂，以防上、下箱粘在一起而开不了箱。最后应将模样上的分型砂吹掉，以免造上砂型时，分型砂粘到上砂型表面，浇注时被液体金属冲洗下来，落入铸件，使其产生缺陷。

4．扎通气孔

上砂型舂紧刮平后，要在模样投影面的上方，用直径 2～3mm 的通气针扎出通气孔，以利于浇注时气体逸出。通气孔要分布均匀，深度适当，如图 2-30 所示。

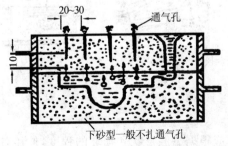

2-30 在上砂型上扎通气孔便于气体逸出

5.开外浇口

开外浇口如图 2-31 所示,应挖成约 60°的锥形,大端直径约 60～80mm,浇口面应修光,与直浇道连接处应修成圆滑过渡,便于浇注时引导液体金属平稳流入砂型。如外浇口挖得大、浅,成为碟形,则浇注液体金属时会引起飞溅伤人。

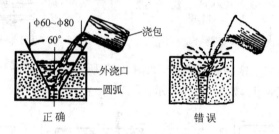

图 2-31　漏斗形外浇口

6.做合箱线

若上、下砂箱没有定位销,则应在上、下砂型打开之前,在砂箱壁上作出合箱线。最简单的办法是在箱壁上涂上粉笔灰等,然后用划针画出细线。合箱线应位于砂箱壁上两直角边外侧,如图 2-32 所示,以保证 X 与 Y 方向均能定位,并可限制砂型转动。

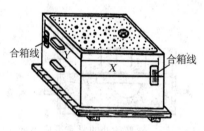

图 2-32　合箱线应位于砂箱壁上两直角边外侧

7.起模

(1)起模前要用水笔沾些水,刷在模样周围的型砂上,以增加这部分型砂的强度,防止起模时损坏型腔。

(2)起模时,起模针位置要尽量与模样的重心垂直线重合,如图 2-33 所示。起模前要用小锤或敲棒轻轻敲打起模针的下部,使模样松动,以利于起模,如图 2-34 所示。

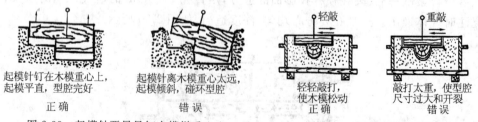

图 2-33　起模针要尽量钉在模样重心上　　图 2-34　起模前要松动模样

8.修型

起模后,型腔如有损坏,应根据型腔形状和损坏的程度,使用各种修型工具进行修补,如图 2-35 所示。

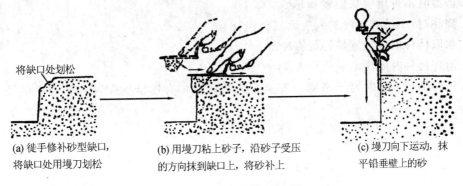

（a) 徙手修补砂型缺口，
将缺口处用墁刀划松

（b) 用墁刀粘上砂子，沿砂子受压
的方向抹到缺口上，将砂补上

（c) 墁刀向下运动，抹
平铅垂壁上的砂

图 2-35　用墁刀修型示例

9. 合箱

铸型装配工序简称为合箱。合箱时应注意使砂箱保持水平，均匀下降，并应对准合箱线，防止错箱。合箱过程包括修补砂型及型芯，安放及固定型芯、型芯及砂型的排气道，检验型腔尺寸，压箱或紧固铸型等工作。合箱工序直接影响铸件的质量。

10. 熔炼

现就铸造铝合金的熔炼作一简单介绍。

熔炼设备：电阻坩埚炉。

熔炼操作原则：

（1）炉料成分准确，清理干净并且充分预热。

（2）熔炼工具及坩埚应仔细清理，喷涂适当涂料并经充分干燥。严格避免铁器直接与铝液接触。

（3）所用覆盖剂、精炼剂及变质剂必须脱水处理。

（4）避免炉气与铝液直接接触，必要时使用覆盖剂。

（5）快速熔化，但应注意坩埚的"热惯性"，避免合金过热。

（6）熔炼过程中，尽量保持氧化膜的完整，避免不必要的搅拌。搅拌时，搅拌勺上下运动，但不能破坏表面氧化膜。

（7）精炼后，熔液应除渣，镇静 8~15min 后浇注或再进行变质处理。

2.8　铸造安全生产操作规程

铸造是热加工车间，劳动条件比较差，事故发生也比别的工种多，所以，安全生产要引起主管领导、实习技工，尤其是大专院校来工厂实习学生的高度重视。铸造车间的安全问题要由专人负责，订立并严格遵守安全生产规程和制度等。

1. 进入车间要穿工作服，并保持工作场地的清洁整齐。

2. 熟悉一切安全技术规程，随时注意避免在生产实习中可能发生的事故。

3. 熟悉各种机器设备的性能，以避免损坏机器的事故发生。

4.造型时不可用嘴吹型砂和芯砂。

5.浇注时,不操作浇注的人应远离浇包。

6.拿取铸件前应注意是否足够冷却。

7.清理铸件时要注意避免伤人。

8.进行生产训练时要严格遵守安全生产规程。如有违反操作规程的现象应及时给予纠正。

第3章 压力加工

【目的和要求】

1. 了解锻造与冲压生产的工艺过程、特点及应用。
2. 熟悉自由锻造基本工序,并通过操作实训初步掌握基本操作方法。
3. 了解锤上模锻和胎模锻的工艺过程。
4. 了解冲压基本工序、设备,熟悉简单冲压模具的结构。
5. 了解锻压件的主要缺陷及形成原因,初步建立的锻压件结构工艺性的概念。

3.1 概　述

压力加工是指对坯料施加外力,使其产生塑性变形,改变形状、尺寸和改善性能,以制造机械零件、工件或毛坯的成形加工方法。其中锻造和冲压是机械制造中常用的方法。

压力加工的特点:金属力学性能好、生产率高、节省金属,但设备价格较昂贵,锻件的精度光洁度还不够高。

压力加工在机械工业、国防工业、民用工业中都占有重要的地位,如航空、汽车、拖拉机、电器仪表工业中均被广泛采用。在飞机制造业中锻压件占85%,汽车拖拉机中锻压件占重量的60%~70%,在电器、仪表上达90%,在日用品中达90%~95%。在机器制造业中,凡是受力大、力学性能要求高的零件,如汽轮机主轴、飞机的螺旋桨、内燃机的曲轴连杆、重要的齿轮、枪管、炮筒等,都是采用压力加工方法制造。

锻压生产过去主要是提供毛坯,近年来,锻压生产已向着部分或全部取代切削加工,直接大量生产机械零件的方向发展。随着锻压技术的发展,产生了许多锻压新工艺、新技术,如精密模锻、超塑性加工、零件的轧制、零件的挤压等。锻压技术已成为机械零件加工极为重要而又很有前途的加工方法之一。

但锻压加工与铸造、焊接等方法比较,也有不足之处,例如不能获得形状较为复杂的零件。

3.2 压力加工的分类及简介

压力加工的主要类型有六种,即轧制、拉丝、挤压、自由锻造、模型锻造、板料冲压。冶炼后的金属铸锭,除一部分用于大型锻件的锻造外,大部分要通过轧制、拉丝、挤压等方法制成型材、板材、管材。前三种压力加工类型主要是生产金属的原材料,后三种压力加工类型是用来生产各种零件的毛坯或成品。六种压力加工类型如图 3-1 所示。

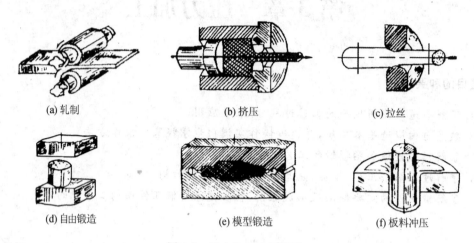

(a) 轧制 　　　　　　 (b) 挤压 　　　　　　 (c) 拉丝

(d) 自由锻造 　　　　 (e) 模型锻造 　　　　 (f) 板料冲压

图 3-1　压力加工主要方法

（1）轧制　它是将金属坯料通过一对回转轧辊之间的空隙而受到压延的加工方法。轧制生产所用的坯料主要是钢坯。在轧制过程中,金属坯料截面减小,长度增加,从而获得各种形状的原材料,如钢板、无缝钢管及各种型钢等。随着生产技术发展,近年来,在机械制造工业中,利用轧制还可生产各种零件,通常在热态下进行。零件轧制方法甚多,如利用辊锻轧制可生产扳手、叶片、连杆等,利用辗环轧制可生产火车轮箍、齿轮、法兰、轴承座圈等,利用螺旋斜轧可直接热轧出带螺旋线的高速滚刀体、自行车后壳及冷轧丝杆等。

（2）拉拔　它是将金属坯料拉过拉拔模的模孔而变形的加工方法。拉拔主要生产各种线材、螺丝、薄壁异型管材和各种特殊形状的型材。拉拔适用于有色金属及其合金、塑性好的钢材。通常拉拔加工是在冷态下进行。

（3）挤压　它是将金属坯料放在挤压模具内,用强大的压力使其从一端的模孔中挤出而变形的加工方法。按照外力施加方向与金属移动方向的关系,挤压可分为正挤压(金属流动方向与施力方向相同)、反向挤压(金属流动方向与施力方向相反)、径向挤压(金属流动方向与施力方向成 90°角)及复合挤压(金属流动方向一部分与施力方向相同,另一部分则相反)。

挤压既可在钢铁或冶金工业中用于生产各种异形截面的型材,又可在机器制造工业中用于生产机器零件。挤压多用于塑性好、强度低的有色金属及其合金。

（4）自由锻造　它是将金属坯料放在上下锤砧之间受冲击力或压力而变形的加工方法。自由锻造主要用于生产机器零件或毛坯。

（5）模型锻造　它是将金属坯料放在具有一定形状的锻模模膛内,受冲击力或压力变形的加工方法。模型锻造主要用于生产机器零件或毛坯。

（6）板料冲压　它是将金属板料放在冲压模具之间,使其受压产生分离或变形的加工方法。板料冲压主要用于冲制薄板的零件或毛坯。

金属压力加工之所以获得广泛应用,是由于通过压力加工后,可使毛坯具有细晶粒组织,同时还能压合铸造组织内部的缺陷(如微裂纹、气孔等),因而提高了金属的力学性能。它的应用可减小零件截面尺寸、减轻产品重量、节约金属材料。

3.3 常用锻造设备及使用

锻造是在加压设备及工(模)具的作用下,使坯料产生局部或全部的塑性变形,以获得一定几何尺寸、形状和质量的锻件的加工方法。

按照成形方式的不同,锻造可分为自由锻造和模型锻造两类。用简单的通用性工具,或在锻造设备的上、下砧间,直接使坯料变形而获得所需的几何形状及内部质量的锻件的方法称自由锻造。自由锻造按其设备和操作方式可分为手工自由锻和机器自由锻。利用模具使毛坯变形而获得锻件的锻造方法称模型锻造。中小型锻件常以圆钢、方钢为原料,锻造前要把原材料用剪切或锯切等方法切成所需的长度。对大型锻件则常使用钢锭为原料。

3.3.1 锻造加工设备

常用的锻造设备种类很多,按工艺可分为两类:自由锻造设备及模型锻造设备。本节仅简介自由锻造设备。

机器自由锻造是目前工厂普遍采用的锻造方法。

机器自由锻造的设备有空气锤、蒸汽—空气锤及水压机等。空气锤是生产小型锻件的通用设备,其外形及工作原理如图 3-2 所示。

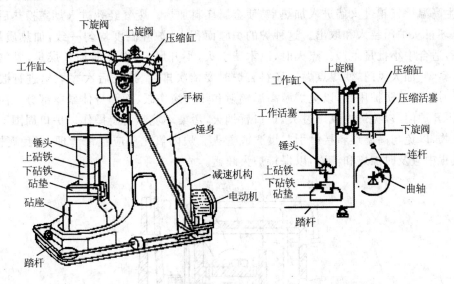

图 3-2 空气锤

电动机通过减速器带动曲轴转动,再通过连杆带动活塞在压缩气缸内做上下往复运动。在压缩缸和工作气缸之间有两个气阀(转阀),当压缩缸内活塞做上、下运动时,压缩空气经过气阀(旋阀)交替地进入工作气缸的上部或下部空间,使工作气缸内的活塞连同锤杆和上砧铁一起做上、下运动,对金属进行连续打击。气阀(旋阀)可使锤头实现空转、上悬或下压、连续打击及单次打击等动作。空气锤的吨位是按落下部分(工作气缸内的活塞、锤杆、上砧铁等)的重量来确定的。例如 65kg 空气锤,就是指锤的落下部分重量为 65kg。一般空气锤的吨位为 50～1000kg。

3.3.2 常用手工自由锻造工具

手工锻造按其用途可分为支持工具(如铁砧)、打击工具(大锤、手锤)、成形工具(如冲子、平锤、摔锤等)及夹持工具(手钳)。常用的几种工具有:

(1)铁砧由铸钢或铸铁制成。其形式有:羊角砧、双角砧、球面砧和花砧等。

(2)大锤可分直头、横头和平头三种。

(3)手锤有圆头、直头和横头三种,其中圆头用得最多。在手工锻造操作时,掌钳工左手握钳用以夹持、移动和翻转工件,右手握手锤,用以指挥打锤工的锻打——落点和轻重程度,以及做变形量很小的锻打。

(4)平锤主要用于修整锻件的平面。按锤面形状可分为方平锤、窄平锤和小平锤三种。

(5)摔锤用于摔圆和修光锻件的外圆面。摔锤分上、下两个部分,上摔锤装有木柄,供握持用;下摔锤带有方形尾部,用以插入砧面上的方孔内固定之。

3.3.3 加热设备

1.反射炉

反射炉是以煤为燃料的火焰加热炉,结构如图 3-3 所示,它由炉膛、灰洞、鼓风机、风管、风门等部分组成。空气由鼓风机供给,经过换热器预热后送入燃烧室。燃烧室中燃料经燃烧,产生高温炉气越过火墙进入加热室,使金属坯料加热。废气经孔进入烟室换热后由烟道排出。坯料从炉门装入和取出。这种炉的炉膛面积大,炉膛温度均匀一致,加热质量好,生产率高,适合中小批量生产。点火时,以木柴引火,小开风门,燃旺后加入煤焦,煤焦燃透后再加入新煤,加大风门,使煤点燃。坯料装炉时要依次排列,按先后次序取出进行锻造。装取坯料时要穿戴防护用具,以免炉膛高温辐射和热气烤伤眼、面和身体暴露部分。注意先关风门,再开炉门,以免炉内风压过大,炉口冒烟火,污染环境和妨碍操作。炉口周围不得有积水和杂物,以免与高温坯料接触引起爆溅或着火。炉内氧化皮应经常清理,以免腐蚀炉衬。操作过程中应及时加煤和清渣,以保持炉火旺盛。

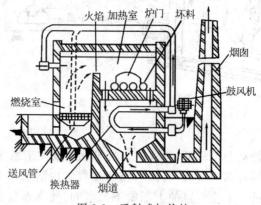

图 3-3 反射式加热炉

2.电加热炉

电加热炉通常分为电阻加热、电接触加热和感应电加热三种方式,如图 3-4 所示。

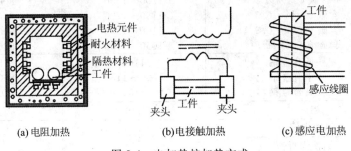

(a) 电阻加热　　　(b)电接触加热　　　(c)感应电加热

图 3-4　电加热炉加热方式

电阻炉是利用电阻通电时所产生的热量来加热坯料。电阻炉操作简便,温度控制准确,可通入保护性气体以控制炉内气氛,防止坯料加热时的氧化和脱碳。电阻炉主要用于精密锻造、高合金钢及有色金属的加热。

电接触加热是利用变压器产生低电压大电流,通过金属坯料,以坯料自身的电阻产生热量而加热,主要用于棒料或局部加热。

感应电加热是利用交流电产生的交变磁场,使得坯料内部感应产生涡流,在坯料的内阻作用下产生热量而加热坯料。感应电加热的设备较复杂,但加热速度快,自动化程度高,用于现代化生产。

3.4　锻造工艺

锻造工艺主要可分为自由锻、胎模锻和模锻,而自由锻又分为手工自由锻和机器自由锻。

3.4.1　金属的加热目的和锻造温度

1.金属的加热目的

金属的加热目的是提高金属塑性和降低变形抗力。通过锻造获得的毛坯,其力学性能获得大大的改善。

2.锻造温度范围

各种材料在锻造时所允许加热的最高温度称为始锻温度,如低碳钢的始锻温度约为1250℃。允许锻造的最低温度称为终锻温度,如低碳钢的终锻温度为800℃。所以低碳钢的锻造温度范围为1250℃～800℃。从始锻温度到终锻温度之间的温度区间称为锻造温度范围。常用金属材料的锻造温度见表 3-1 所示。

表 3-1　锻造温度范围

合金种类		始锻温度/℃	终锻温度/℃
碳素钢	含碳 0.3% 以下	1200～1250	800～850
	含碳 0.3%～0.5%	1150～1200	800～850
	含碳 0.5%～0.9%	1100～1150	800～850
	含碳 0.9%～1.5%	1050～1100	800～850
合金钢	低合金钢	1100	825～850
	中合金钢	1100～1150	850～870
	高合金钢	1150	870～900
硬铝		470	350
9-4 铝铁青铜		850	700
10-4-4 铝铁镍青铜			
59 硅黄铜		750	600

3.4.2　手工自由锻造的基本工序及操作

手工自由锻造基本工序有镦粗、拔长、冲孔、弯曲、扭转、错移、切割等,其中以前三种工序应用最多。

手工自由锻造基本工序及其规则如下。

1.镦粗

镦粗是减少坯料高度而增加其横截面的工序。根据坯料的镦粗范围和所在部位的不同,镦粗可分为全镦粗和局部镦粗两种形式,如图 3-5 所示。

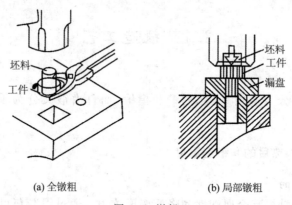

(a) 全镦粗　　　　　　　　(b) 局部镦粗

图 3-5　镦粗

镦粗常用来锻造齿轮坯、凸缘、圆盘、螺栓等锻件。在锻造环、套筒形空心类锻件时,作为冲孔前的预备工序,以减小冲孔深度。

镦粗的规则、操作方法及注意事项:

(1)坯料镦粗部分的高度 H 不超过其直径 D 的 2.5 倍,即 $H/D \leqslant 2.5$,否则会镦弯。一旦镦弯后,应将工件放平,轻轻锤击矫正。

(2)镦粗前应使坯料的端面平整,并与轴线垂直,以免镦歪。坯料镦粗部分的加热必须均匀,否则镦粗时变形会不均匀,出现畸形。

(3)镦粗时锻打力要重而且正。如果锻打力正,但不够重,工件会锻成细腰形,若不及时纠正,会镦出夹层;如果锻打力重,但不正,工件就会镦歪,若不及时纠正,就会镦偏。图 3-6 (b)(c)为镦粗时用力不当所产生的现象。

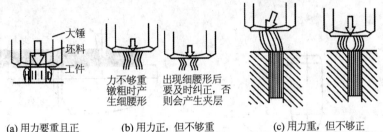

(a) 用力要重且正　　(b) 用力正,但不够重　　(c) 用力重,但不够正

图 3-6　镦粗时的用力情况

工件镦歪后应及时纠正,方法如图 3-7 所示。

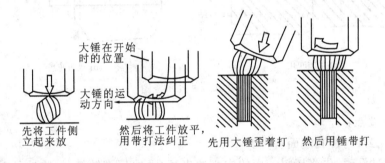

（a）全镦粗　　　　　　　（b）局部镦粗

图 3-7　镦歪的纠正

2. 拔长

拔长是减少坯料横截截面积而增加其长度的工序。拔长基本规则为:$L<a$;$L=(0.4\sim 0.8)b$;$a/h\leqslant 2.5$,反复翻转拔长。拔长用于锻造轴类和杆类锻件。如果是锻造空心轴、套筒形锻件,坯料应先镦粗、冲孔,再套上芯轴进行拔长。拔长的规则、操作方法及注意事项如下:

(1) 拔长的方法有:反复 90°翻转和螺旋形翻转两种,如图 3-8 所示。后一种翻转适用于锻造塑性差的钢料。

(2) 用圆形坯料拔长时,应先锻成方形,当拔长到方形边长接近工件要求的直径时,将方形锻成八角形,最后倒棱滚打成圆形,如图 3-9 所示。这种拔长方法效率高,且可避免引起锻件中心裂纹。

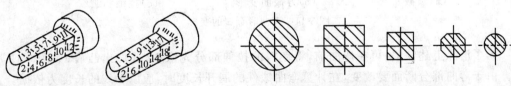

图 3-8　拔长时的翻转方法　　　　　　图 3-9　圆形坯料拔长方法

3. 冲孔

冲孔是在坯料上冲出通孔或盲孔的工序。其基本规则为冲孔面应该墩平,直径大于

450mm 的孔用空心冲子,直径小于 25mm 的孔一般不冲出。常用的冲孔方法有单面冲孔和双面冲孔。单面冲孔常用于薄型板料冲孔,双面冲孔常用于较厚坯料的冲孔,两者如图3-10所示。

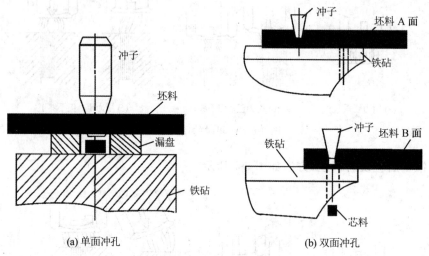

(a) 单面冲孔 　　　　　　　(b) 双面冲孔

图 3-10　冲孔示意图

冲孔操作要点:

(1) 冲子必须与冲孔端面垂直。

(2) 双面冲孔时,先将坯料一面的中心冲出盲孔,然后翻转坯料,将冲子对准坯料中心冲出透孔,否则会产生孔壁歪斜。

(3) 为防止冲子受热变形,应随时在水中冷却。

4. 弯曲

弯曲是把坯料弯成曲线或一定角度的工序。坯料弯曲时变形的特点是:轴线外侧的金属受拉变窄,而且可能产生裂纹;轴线内侧的金属受压变宽,容易产生皱纹;轴线附近的金属既不受拉也不受压,称为中性层,如图 3-11 所示。

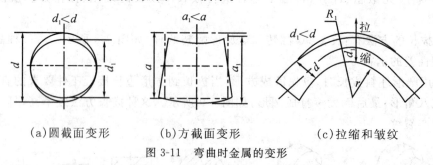

(a)圆截面变形　　　　(b)方截面变形　　　　(c)拉缩和皱纹

图 3-11　弯曲时金属的变形

为了消除上述缺陷,可在弯曲前,将坯料的拉伸部分先镦粗,或修出凸肩,如图 3-12 所示。由于弯曲部分断面要改变,在计算弯曲锻件的展开长度时,应以轴线的长度为依据。

常见的几种弯曲方法如图3-13所示。

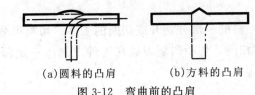

(a)圆料的凸肩　　　(b)方料的凸肩

图 3-12　弯曲前的凸肩

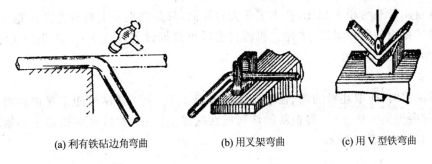

(a) 利有铁砧边角弯曲　　　(b) 用叉架弯曲　　　(c) 用 V 型铁弯曲

图 3-13　手工锻造弯曲方法

5. 错移

错移是将坯料的一部分相对于另一部分错开一定距离工序,如图 3-14 所示。先在错移部位压肩,然后将坯料支撑,锻打错开,最后修整。

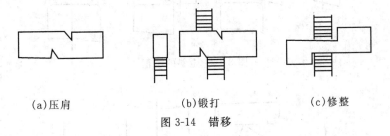

(a)压肩　　　　　(b)锻打　　　　(c)修整

图 3-14　错移

6. 扭转

扭转是将坯料的一部分相对另一部分绕其轴线转动一定角度的工序。扭转时一般在钳台上进行,把锻件的一端夹紧在钳台上,另一端用扳手将锻件扭转到需要的角度,如图 3-15所示。

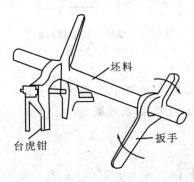

图 3-15　台钳上用扳手扭转

7. 切割

切割又称剁料,是把坯料的一部分切开或切断的工序。切割可分为冷剁和热剁两种,冷剁和热剁的操作方法基本相同。切断时剁刀放在工件上剁入一定深度,然后将工件的剁口移到铁砧边缘再剁断。

3.4.3 机器锻造的基本工序及操作

机器自由锻造与手工相比,基本工序大致相同,只是在操作上略有差异。此外机器锻造所使用的辅助设备更加灵活、多样。机器自由锻可根据设备吨位大小,用来加工小型件、中型件、大型件以及重型件。

1. 镦粗

机锻镦粗时,所取坯料的高、径比应保证小于2.5。由于铁砧砧面不平或坯料的端面不平,镦粗时会歪斜。矫正时,将歪斜的坯料放在砧缘上矫正,然后再在铁砧中心镦粗。其过程如图3-16和图3-17所示。

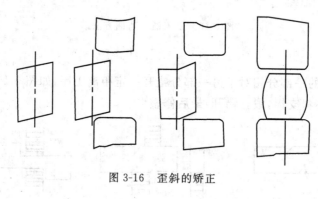

图 3-16 歪斜的矫正

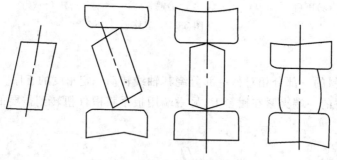

图 3-17 细长坯料歪斜的矫正

2. 拔长

机锻拔长时,工件应沿铁砧宽度方向送进,每次送进量 L 应为铁砧宽度 B 的 $0.3 \sim 0.7$ 倍。送进量大,锻件以宽度增加为主,拔长效果差;送进量过小,又容易在每次送进量间产生夹层。其过程如图3-18所示。

3. 冲孔

机锻冲孔与手锻大体相同,但直径小于25mm的孔一般不冲,留待机加工时加工出来。

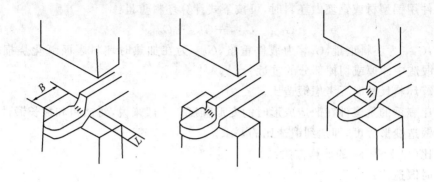

图 3-18　拔长时的送进示意图

4. 弯曲

在气锤上进行弯曲时,可将坯料压紧在上、下铁砧之间,将待弯曲的部分卡在铁砧边缘,然后用大锤打弯工件,或利用吊车拉弯。

3.4.4　自由锻造工艺规程要素简介

制定自由锻造工艺规程应考虑以下因素:

1. 绘制锻件图

锻件图是根据零件图和锻造该零件毛坯的锻造工艺来绘制的,如图 4-19 所示,其中以下几点应着重考虑:

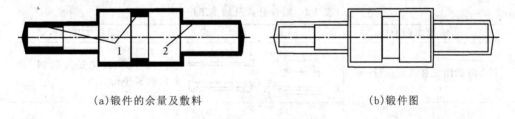

（a）锻件的余量及敷料　　　　　　　　　　　（b）锻件图

图 3-19　锻件图

1—敷料　2—余量

（1）敷料（或余块）　为了简化锻件的形状而附加上去的那部分金属称为敷料（或余块）。由此毛坯将增加一部分金属,并增加了切削加工余量。

（2）余量　自由锻尺寸精度较低,表面质量较差,需要留有一定的加工余量。余量大小应根据锻件的尺寸及公差大小、锻件表面的氧化层深度、锻件表面缺陷层深度等综合因素考虑。

（3）锻件公差　它是指锻件实际尺寸与公称尺寸之间的允许偏差。公差应根据工件形状、尺寸,并考虑实际生产情况确定。

综合考虑以上因素后,计算出锻造所需坯料的尺寸或重量,绘制锻件图。根据锻件的形状和尺寸确定自由锻造工艺过程。

2. 坯料尺寸、重量的确定

锻造用坯料有两类,一类是钢型材或钢坯,用于中小型锻件;另一类是钢锭,用于大中型锻件。

当锻件用钢型材或钢坯做坯料时,可按下式计算坯料重量:

$$G_{坯料}＝G_{锻件}＋G_{烧损}＋G_{切除}$$

式中:$G_{坯料}$为坯料重量,$G_{锻件}$为锻件重量,$G_{烧损}$为在加热时坯料表面氧化烧损的重量,$G_{切除}$为在锻造中冲掉或切掉部分的重量。

在计算坯料尺寸时要考虑锻造比。

锻造比表示的是锻件在锻造成形时的变形程度。一般来说,对镦粗和拔长锻件,应当保证必要的锻造变形程度,即达到锻造比的要求。

锻造比(以 Y 表示)的计算方法:

拔长时锻造比:

$$Y_{拔}＝A_0/A$$

镦粗时锻造比:

$$Y_{镦}＝H_0/H$$

式中:H_0 为坯料变形前的高度,A_0 为坯料变形前的横截面积,H 为坯料变形后的高度,A 为坯料变形后的横截面积。

锻造比的选取应根据坯料特点采用不同的值,对于以碳钢锭作为坯料采用拔长工序进行的锻造,锻造比一般不小于 2.5~3;如果采用轧制型材作坯料,锻造比取 1.3~1.6。

根据计算的坯料重量和截面大小,即可确定坯料的长度。

3. 工序的确定

在实际中,每种锻件形状复杂程度差异很大,因此所确定的锻造工序是不同的,应根据实际情况而定。几种常见锻件分类及其锻造工序见表 3-2。

表 3-2　锻件分类及锻造工序

锻件类别	图 例	锻造工序
实心方截面光杆及阶梯杆		拔长(镦粗及拔长),切割,锻台阶和冲孔
实心圆柱面光轴及阶梯轴		拔长(镦粗及拔长),切割和锻台阶
空心光环及阶梯环		镦粗(镦粗及拔长),冲孔,扩孔
单拐及多拐曲轴		拔长(镦粗及拔长),错移,锻台阶,切割和扭转
弯曲件		拔长,弯曲
空心筒		镦粗(镦粗和拔长),冲孔,扩孔

3.4.5 胎膜锻造

胎模锻造是在自由锻设备上使用可移动模具生产锻件的一种锻造方法。胎模锻造的设备为自由锻设备,胎模一般不固定在锤头或砧座上,只是在使用时才放上去。胎模按其结构可分为摔子、弯模、扣模、套模和合模等类型。

1. 扣模

扣模由上、下扣模组成,如图 3-20 所示,常用来生产回转体类锻件或非回转体类锻件的局部成形,或为合模锻造制坯料。

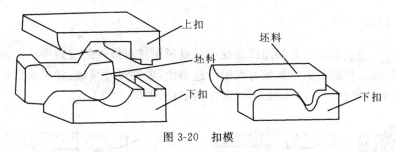

图 3-20　扣模

2. 套模

套膜即套筒模,又分开式和闭式两种,如图 3-21 所示。它多用于回转体类锻件的成形。闭式套模锻造属无飞边锻造。

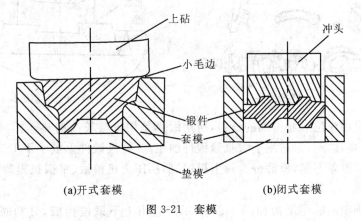

(a)开式套模　　　　　(b)闭式套模

图 3-21　套模

3. 合模

合模由上、下模和导向装置组成,如图 3-22 所示。在上、下模的分模面上常开有飞边

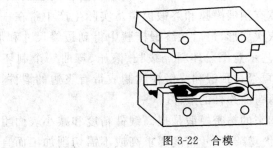

图 3-22　合模

槽,使多余金属流入飞边槽。它适用于形状复杂的非回转体类锻件,如连杆、叉形等较复杂件的终锻成形。

进行胎模锻造时,先把下模放在下砧铁上,然后把加热后的坯料放在模腔内,再把上模合上进行锻压,至坯料充满模腔。

胎模锻造设备和工具简单、工艺灵活、适应性强,可获得形状较复杂、尺寸较精确的锻件。

胎模锻造生产率较高,且不需要较贵重的模锻设备,结构比固定式的锻模简单,与自由锻相比,锻件质量较高,生产率较高,故广泛应用于中、小工厂及中、小批量生产。

3.4.6 模锻

模锻是在专用模锻设备上利用模具使毛坯成形而获得锻件的锻造方法。锻造时上下锻模分别固定在锤头和砧座上。模锻与胎模锻造相比,锻件尺寸精确、加工余量小、余块少、切削加工省时,生产效率高,可以锻出形状复杂的锻件,如图3-23所示。

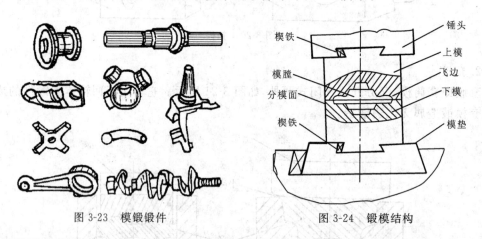

图3-23 模锻锻件　　　　　图3-24 锻模结构

模锻要求使用吨位大而精确的设备,所用锻模是用价格较高的热作模具钢经复杂加工制成的,成本很高,因此,只适用于大批量锻件的生产,并且锻件重量小于150kg。

根据所用的设备不同,模锻分为锤上模锻、曲柄压力机模锻、平锻机模锻、摩擦压力机模锻等。

固定模锻所用的锻模结构如图4-24所示。它由上下锻模构成,分别固定在锤头和砧座上。

形状复杂的锻件,靠一个模腔难以成形,往往需要经过多个模腔逐步变形,才能获得锻件的最终形状。根据模腔的用途不同可分为制坯模腔和模锻模腔。制坯模腔有拔长模腔、滚压模腔、弯曲模腔等。模锻模腔有预锻模腔和终锻模腔。实际生产中常在一副锻模上开设几个模腔,坯料在几个模腔内依次变形,最后在终锻模腔中得到最终尺寸和形状的锻件。图3-25(b)是弯曲连杆多模腔工艺示意图。坯料经拔长、滚压、弯曲三个制坯模腔的变形后,已初步接近锻件的形状,然后再经过预锻和终锻模腔制成带有飞边的锻件,最后在压力机上用切边模切除飞边,从而获得弯曲连杆的锻件。

另外,在模锻的基础上发展起来的精密模锻是提高锻件精度和减小表面粗糙度值的一种先进工艺,它能够锻造一些形状复杂、尺寸精度要求高或不需切削加工而直接使用的零

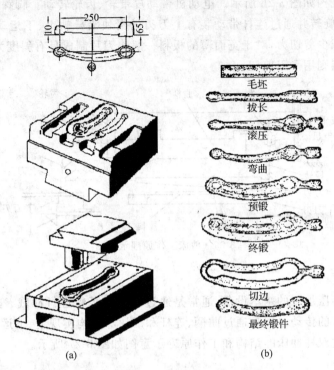

图 3-25 弯曲连杆模膛及其工步图

件,如锥齿轮、叶片、电器零件、航空零件等。

3.5 板料冲压

板料冲压是在室温下,利用安装在压力机上的模具对板料施加压力,使其产生塑性变形或分离的工艺过程,也称为冷冲压。其主要特点为:

(1) 可冲制形状复杂的零件,尺寸精度高,零件强度高、刚性好、重量轻。

(2) 操作方便,生产率高。

(3) 属于无切削加工,节约材料和能源。

(4) 模具加工精度要求较高,模具成本较高。

(5) 适合大批量生产。

目前板料冲压已广泛应用在很多领域,包括轻工业、重工业、军工或民用行业,如汽车、拖拉机、航空、电器、仪表以及国防等制造业中,特别在大批量生产中占有极其重要的地位。

3.5.1 冲压设备

1. 剪床

用剪切方法把板料剪成(分离)一定宽度的条料,以供进一步的冲压工艺之用。

剪床的传动机构如图 3-26 所示。电动机带动皮带轮、齿轮转动。脚踩下踏板可使离合器闭合,带动曲轴旋转并通过连杆带动装有上刀刃的滑块沿导轨上、下运动,从而实现对板料的剪切。为了减少剪切力,对于宽而薄的板料一般将刀片制成具有斜度为 2°～8° 的斜刃,对于窄而厚的板料则用平刃剪切。

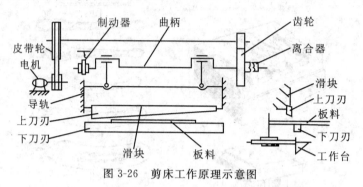

图 3-26　剪床工作原理示意图

2.冲床

冲床是进行冲压加工的基本设备,通常是通过模具对板料进行冲裁、弯曲、拉深和成型等冲压工序。冲床的传动原理是通过曲柄、连杆和滑块等机构实现上、下运动从而完成冲压工序。常用的开式双柱冲床的结构和工作原理示意图如图 3-27 所示。

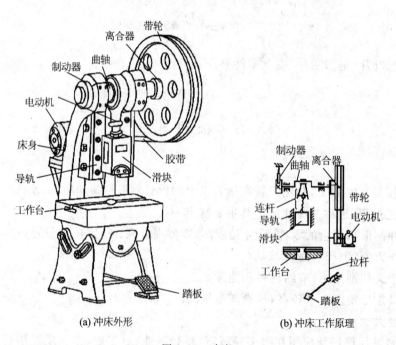

(a) 冲床外形　　　　　　　　(b) 冲床工作原理

图 3-27　冲床

电动机通过三角胶带带动带轮转动。踩下脚踏板时,离合器闭合,使带轮带动曲柄转动,并通过连杆使滑块沿导轨做上、下往复运动。踏板抬起后,滑块便在制动器的作用下自动停止在最高位置。

冲床的主要参数有:

（1）压力(t)　压力是指滑块行至最低位置时所能产生的最大压力。

（2）行程(mm)　曲轴转动时,滑块从最高位置运动到最低位置时所走过的距离,它等于曲柄回转半径的两倍。

（3）闭合高度(mm)　滑块行程到达最低位置时,其下表面到工作台面的距离。冲床的闭合高度应与冲模的高度相适应。冲床的闭合高度一般是可调的。

3.5.2　冲压基本工序和冲模结构

冲压的基本工序一般分成分离工序和变形工序两大类,如剪切、冲裁、弯曲、拉深和成型等。

1.剪切

剪切是把板料沿不封闭的曲线分离的工序,通常在剪床上进行。

2.冲裁

冲裁利用冲模将板料沿封闭的曲线分离的一种冲压方法,包括冲孔和落料。两者不同的是,冲孔是冲出所需的孔,封闭曲线以外的板料为制件(冲孔件)。落料是取得一定外形的坯料,封闭曲线以内的板料为制件(落料件),如图 3-28 所示。

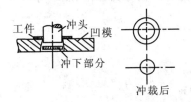

图 3-28　冲裁

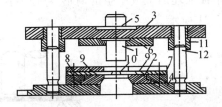

1—凸模　2—凹模　3—上模座
4—下模座　5—柄　6—凸模固定板
7—凹模固定板　8—卸料板　9—导料板
10—定位销　11—导套　12—导柱

图 3-29　典型冲裁模结构

冲裁所用的模具叫冲裁模,典型的冲裁模如图 3-29 所示,其主要组成及各部分的作用如下:

（1）模架　模架包括上、下模座和导柱、导套。上模座通过模柄安装在冲床滑块下端面,下模座通过螺钉、压板等固定在冲床工作台上。导柱、导套的作用是保证上、下模在相对运动中对准。

（2）凸模和凹模　凸模和凹模是冲模的主要工作零件,凸模又称冲头。凸、凹模通过端面刃口使板料分离。

（3）定位零件　定位零件是指导料板、定位销等,它们的作用是控制条料的送进方向和送进量。

（4）卸料板　卸料板的作用是使冲裁后的板料从凸模上脱出。

（5）固定板　凸、凹模固定板用于将凸模或凹模固定在模座上,凹模通常直接用销钉或螺钉固定在模座上。

3.弯曲

使板料、型材或管材在弯矩作用下弯成具有一定曲率和角度制件的成形方法。弯曲模的结构如图 3-30 所示。

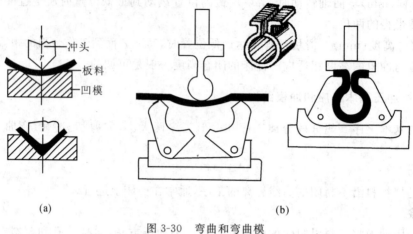

图 3-30 弯曲和弯曲模

4.拉深

把平板毛坯加工成中空的简形零件的冲压工序称为拉深,也称为拉延、压延等。拉深工艺如图 3-31 所示。

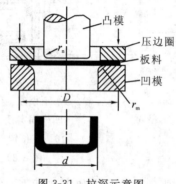

图 3-31 拉深示意图

5.其他

除以上基本工序外,其余的板料冲压工艺一般都属于局部成型工艺,如翻边、胀形、缩口、压筋等。

3.6 自由锻造的工艺分析与检验

对于加工自由锻件来说,由于可采用的工艺较为多样、灵活,因此,能否正确、合理地选择工艺将直接影响到锻件的质量。锻件的检验依据、项目及方法种类繁多。例如,就自由锻件质量的主要检验项目而言,包括原材料质量、锻件的内在质量和锻件的外观质量。

为了正确地选择工艺,并保证锻件质量,下面就常见的锻造缺陷及其产生原因进行介绍。

1. 脱碳

高温下钢料中碳与炉气中的 H_2O 和 CO_2 等进行化学反应,造成钢料表面层含碳质量分数降低。

产生原因:加热温度高、加热时间长、炉气成分和钢的成分都与脱碳有关。

防止办法:快速加热及操作;炉中采用保护气体,如用 CO 气体使钢增碳;加热毛坯埋入碳粉或铁屑中。

2. 过烧

过烧时组织晶粒粗大、晶界烧损,力学性能显著下降,在锻造时会产生开裂。过烧的后果不能用热处理消除。

产生原因:当金属加热到接近熔点时,晶间低熔点物质开始熔化,炉气中的氧化性气体进入晶界,使晶界氧化,破坏了晶间联系,从而大大降低了金属的塑性。

防止办法:尽量快速加热,严格控制炉温,不超过许可加热温度;控制炉气成分;金属件应避免火焰的直接喷射,电加热时需距离电阻丝 100mm 以上。

3. 过热

碳素结构钢的过热往往以晶粒粗大为主要特征。轻度过热可通过正火或退火消除。

产生原因:钢料高温下长期保温,使晶粒过分长大,以至降低了金属塑性。

防止办法:不超过许可加热温度,尽量快速加热,高温下毛坯在炉中停留时间尽量短。

4. 力学性能达不到要求

产生原因:材质冶金成分不合格或杂质过多,锻造比不适当(一般为偏小)。

5. 结疤和重皮

这两种缺陷可见于锻件各表面,大型锻件较多见。其特点是有一层较易剥落的薄层,厚度为 2~5mm,如图 3-32 所示。重皮剥落后形成结疤,这是由于钢锭浇注时钢液飞溅而凝结在表面,经锻打被压薄而形成。

6. 压痕、压伤

这些缺陷为局部缺陷,往往由于操作不当,如拔长时压下较大而砧子圆角较小而造成。

7. 裂纹

裂纹指轴类锻件上的纵裂、横裂和角裂,如图 3-33 所示的横裂是由加热、锻造和钢锭浇注工艺不当所致。锻件端部裂纹,可以是中心裂纹,其取向为纵向,内壁光滑无氧化现象。这是因为原材料中心疏松严重、透热不足、温度过高、送进量过大所致。裂纹可深入端部一定长度。十字裂纹,见于高合金钢、高铬钢拔长工序中毛坯的端部,如图 3-34 所示,有时裂纹可贯穿整个毛坯。锻件镦粗时的侧表面裂纹和锻件各部的折叠裂纹如图 3-35 所示。

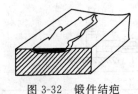

图 3-32　锻件结疤

图 3-33　裂痕

图 3-34　内部裂纹

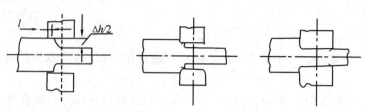

图 3-35　拔长时形成折叠的过程

8. 其他常见外观质量缺陷

(1) 锻件切头不平整、不平滑、带毛刺、斜度较大。

(2) 阶梯形方、圆轴类锻件的压肩不平整,有伤痕。

3.7　锻造训练

自由锻造工艺的灵活性很强,在确定锻造变形工序时,应对设备条件、工具状况、材料性能、工艺复杂程度、生产批量和锻件技术条件等因素进行综合考虑,力求提高产品质量和劳动生产率,采用最少的工序,最经济、最合理的工艺进行锻造。

典型的手工自由锻造螺栓、台阶轴的锻造工艺过程见表 3-3 和表 3-4 所示。

表 3-3　螺栓的锻造工艺过程

序号	操作说明	工序简图
1	下　料	
2	加热	
3	用手锤将加热端局部镦粗	
4	在漏盘中镦粗螺栓顶部	
5	滚圆顶部	
6	将栓头加热	

续 表

序号	操作说明	工序简图
7	在型锤上锻六角	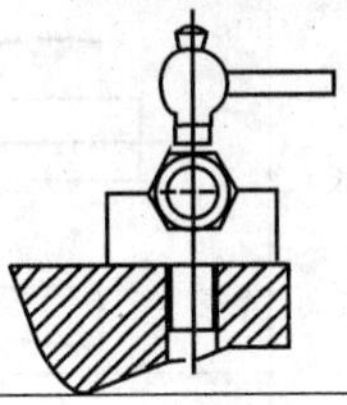
8	罩圆	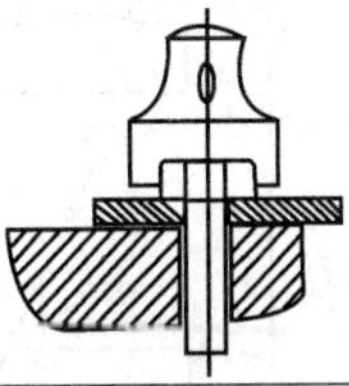
9	用平锤修光	

表 3-4　台阶轴的锻造工艺过程

锻件名称	齿轮轴坯	工艺类别	自由锻
材　料	40Cr	设　备	150kg 空气锤
加热火次	2	锻造温度范围	1180℃～850℃

锻件图	坯料图
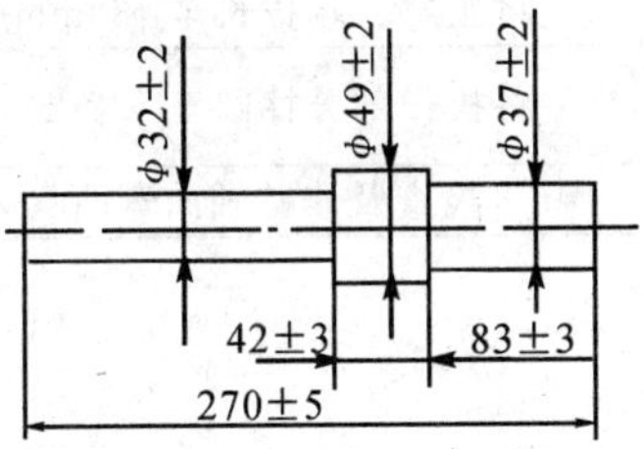	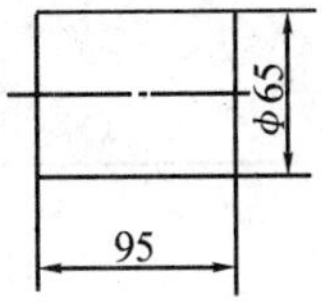

序号	工序名称	工序简图	使用工具	操作要点
1	拔　长	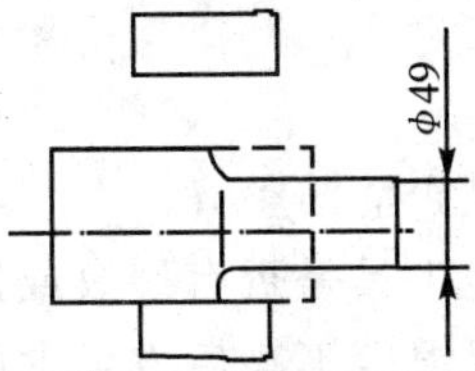	火　钳	整体拔长至 φ49±2
2	压　肩	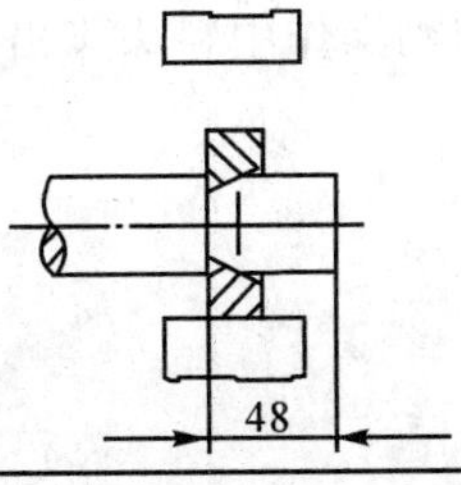	火钳 压肩棒子	边轻打边旋转锻件

序号	工序名称	工序简图	使用工具	操作要点
3	拔 长		火 钳	将压肩一端拔长至 φ38mm
4	摔 圆	φ37	火钳 摔圆棒子	将拔长部分摔圆至 φ37±2
5	压 肩	42	火钳 压肩摔子	截出中段长度 42mm 后,将另一端压肩
6	拔 长	(略)	火 钳	将压肩一端拔长至 φ33mm
7	摔 圆	(略)	火钳 摔圆棒子	将拔长部分摔圆至 φ32±2
8	修 整	(略)	火钳、钢板尺	检查及修整轴向弯曲

3.8　压力加工安全技术操作规程

1. 进入车间要穿工作服,并经常保持工作场地是否清洁整齐。

2. 随时检查锤柄是否装紧,锤柄、锤头,以及其他工具是否有裂纹或损坏。

3. 不准用手去摸锻件。必要时,应洒水工件确保温度不高后方可拿取。

4. 不要站在离操作者太近的位置,更不能站在切割操作中料头飞出的方向。切割时,当料头将要切断时应轻打。

5. 操作时,锤柄或钳柄都不可对着腹部。

第4章 焊 接

【目的和要求】

1. 了解焊接生产的工艺过程、特点及应用。

2. 了解手工电弧的基本原理、工具、设备、焊条及工艺规范；了解工艺规范、工艺参数对焊缝质量的影响；初步掌握手工电弧焊的操作方法。

3. 了解气焊及气体—氧气切割的原理、工艺特点及应用。

4. 了解气体保护焊、埋弧自动焊、电渣焊、电弧焊、钎焊的特点，对焊接自动化有初步认识。

5. 初步了解焊接缺陷与焊接变形及其防止措施；建立焊接结构工艺性的概念。

4.1 概 论

4.1.1 焊接的特点

焊接是通过加热或加压（或两者并用），并且用或不用填充材料，使焊件达到原子结合的一种加工方法，所以焊接是一种把分离的金属件连接成为永固性不可拆卸的一个整体的加工方法。

在焊接被广泛应用以前，不同金属件连接的主要方法是铆接。与铆接相比，焊接具有节省金属、生产率高、致密性好、操作条件好、易于实现机械化和自动化的特点，所以现在焊接已基本取代铆接。

焊接的另一个特点是可以化大为小、以小拼大。在制造大型机件与结构件或复杂的机器零件时，可以用化大为小、化复杂为简单的方法准备坯料，用铸—焊、锻—焊联合工艺，用小型铸、锻设备生产大或复杂零件。例如，我国生产的大型水压机立柱或发电机主轴等就使用焊接的方法。

焊接可以制造双金属结构。用焊接方法可制造不同材料的复杂层容器，对焊不同材料的零件或工具（如较粗的钻头，就是用45号作钻柄、高速钢作钻头的切削部件）等。

所以，焊接是连接金属构件、机器零件等的重要加工方法，在桥梁、建筑构件、船体、锅炉、车厢、容器等有大量应用。此外，焊接还是修补铸、锻件的缺陷和磨损零件的重要方法，经济效益较好。

4.1.2 焊接方法的分类

焊接的方法很多，按焊接过程的特点不同可分为熔焊、压焊和钎焊三大类。

1.熔焊

焊接过程中,将焊件接头加热至熔化状态,不加压力完成焊接的方法称为熔焊。根据热源不同,这类焊接方法有气焊、熔焊、电渣焊、气体保护焊、电子束焊等多种。

2.压焊

焊接过程中,必须对焊件施加压力(加热或不加热),以完成焊接的方法称为压焊。属于这类焊接的方法有电阻焊(点焊、缝焊、对焊等)、摩擦焊、超声波焊、冷压焊等多种。

3.钎焊

钎焊是采用比母材熔点低的金属材料作钎料,将焊件和钎料加热到高于钎料熔点、低于母材熔点的温度,利用液态钎料润湿母材,填充接头间隙并与母材相互扩散实现连接焊件的方法。属于这类焊接方法的有硬钎焊与软钎焊等。

4.1.3　焊接接头的组成

用焊接方法连接的接头称为焊接接头(简称接头),如图 4-1 所示。焊接接头包括焊缝、熔合区和热影响区三部分。焊缝各部分的名称如图 4-2 所示。

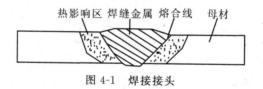

图 4-1　焊接接头

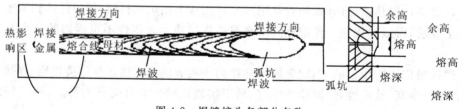

图 4-2　焊缝接头各部分名称

被焊的工件材料称为母材(或称基本金属);焊缝是焊接后所形成的结合部分(即在焊接时,经加热熔化后冷却凝固的那部分金属);热影响区是焊接或切割(见本章4.3节所述)过程中,材料因受热的影响(但未熔化)而发生金相组织和力学性能变化的区域;熔合区是焊缝向热影响区过渡的区域。因此,焊接质量常用焊接接头的性能来评价。

4.1.4　金属材料的焊接性

金属材料的焊接性亦称为可焊性,是指金属材料对焊接加工的适应性。它主要指在一定的焊接工艺条件下,获得优质焊接接头的难易程度。对于钢与铸铁材料,一般随碳质量分数的增加,合金元素的增多,材料的可焊性逐渐变差。因此低碳钢和低碳合金钢的可焊性良好,常用作合金结构件使用。

4.2　手工电弧焊

手工电弧焊是电弧焊的一种,因手工操作而得名。手工电弧焊所用设备比较简单,操作机动灵活,能在任何场合和空间位置焊接各种形式的接头,焊接形状和长度也不受限制,是目前应用最广泛的一种焊接方法。

按焊接热源的形式不同,可分为电焊、气焊和电阻焊等。

电弧焊是利用电弧作为热源的熔焊方法(简称弧焊)。用手工操纵焊条进行焊接的电弧焊称为手工电弧焊(简称手弧焊)。

4.2.1　手弧焊的焊接过程及焊接电弧

1. 焊接过程

手工电弧焊是用电弧热来熔化金属进行焊接的,整个焊接过程都是手工操作,如图 4-3 所示。

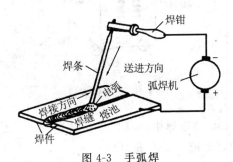

图 4-3　手弧焊

焊接前,先将焊件和焊钳通过导线分别接到弧焊机输出端的两极,并用焊钳夹持焊条。

焊接时,首先在焊件与焊条间引出电弧,电弧热将同时熔化焊件接头处和焊条,形成金属熔池,随着焊条沿焊接方向向前移动,新的熔池不断产生,原先的熔池则不断冷却、凝固,形成焊缝,使分离的两个焊接件连接在一起。

焊后用清渣锤把覆盖在焊缝上的熔渣清理干净,检查焊接质量。

2. 焊接接头的组成

焊接接头包括焊缝,熔合区和热影响区三部分,如图 4-1 所示。焊缝是焊件经焊接后形成的结合部分(金属熔池经冷却凝固而获得);热影响区是焊接过程中材料因受热的影响(但未熔化)而发生组织转变和力学性能变化的区域;熔合区是焊缝向热影响区过渡的区域。

3. 焊接电弧

焊接电弧是由一定电压的两电极或电极(手弧焊时为焊条)与焊件间在气体介质中产生的强烈而持久的放电现象。焊接电弧的最高温度可达 6000°K ～ 8000°K,并发出大量紫外线、可见光和红外线,对人体有害,因此应用面罩及手套保护眼睛和皮肤等。

4.2.2 手工电弧焊设备与工具

进行手弧焊时的工具有:夹持焊条的焊钳,保护眼睛、皮肤免于灼伤的电弧手套和面罩,清除焊缝表面及渣壳的清渣锤和钢丝刷等。

手弧焊的主要设备有弧焊机,按其供给的焊接电流种类的不同可分为交流弧焊机和直流弧焊机两类。

1.交流弧焊机

交流弧焊机供给焊接时的电流是交流电,是一种特殊的降压变压器,它具有结构简单、价格便宜、使用可靠、工作噪声小、维护方便等优点,所以焊接时常用交流弧焊机。它的主要缺点是焊接时电弧不够稳定。交流弧焊机如图 4-5 所示。

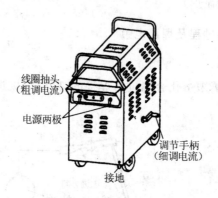

图 4-4 交流弧焊机

常用的弧焊机为 BX1-330 型弧焊机。其型号含义是:B——交流变压器,X1——下降特性,330——基本规格(即额定电流为 330 安培)。

它的空载电压为 60～70V。工作电压在 20～30V 左右,随焊接时电弧长度变化而波动,电弧长度增加,工作电压升高。它可以通过改变绕组接法及调节可动铁芯位置来改变焊接电流大小。

2.直流弧焊机

直流弧焊机可分为弧焊发电机和弧焊整流器两类。

直流弧焊机供给焊接时的电流为直流电。它具有电弧稳定、引弧容易、焊接质量较好的优点,但是直流弧焊发电机结构复杂、噪声大、成本高、维修困难。在焊接质量要求高或焊接 2mm 以下薄钢件、有色金属、铸铁和特殊钢件时,宜用直流弧焊机。

整流器式直流弧焊机如图 4-5 所示。

直流弧焊机的输出端有正极、负极之分,焊接时电弧两端极性不变,因此,弧焊机输出端有两种不同的接线法。将焊件接电源正极,焊条接负极,称为正接;反之,将焊条接电源正极,焊件接负极,称为反接,如图 4-6 所示。由于电弧正极区的温度高于负极区的温度,正接法适于焊黑色金属和厚板,反接法适于焊接有色金属和薄板。但在使用碱性焊条时,均应采用反接法,以保证电弧燃烧稳定。

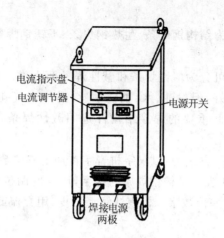

图 4-5 整流弧焊机

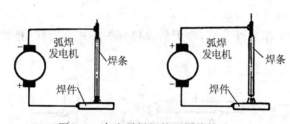

图 4-6 直流弧焊机的不同接线法

4.2.3 焊条

1. 焊条的组成和作用

涂有药皮的供手电弧焊用的焊条由焊芯和药皮两部分组成。

焊芯是一根具有一定直径和长度的金属丝。焊接时焊芯的作用：一是作为电极，产生电弧；二是熔化后作为填充金属，与熔化的母材一起形成焊缝。焊芯的化学成分将直接影响焊缝质量，所以焊芯材料是由炼钢厂专门冶炼的。

我国常用的碳素结构钢焊条的焊芯牌号为 H08、H08A，平均碳质量分数为 0.08%（A表示优质）。焊条的直径是用焊芯直径来表示的，常用的直径为 3.2～6mm，长度为 350～450mm。

涂在焊芯外面的药皮，是由各种矿物质（如大理石、萤石等）、铁合金和粘结剂等原料按一定比例配制而成。

药皮的主要作用是：

(1) 改善焊接工艺性。如使电弧容易引燃，保持电弧稳定燃烧，有利于焊缝成形，减少飞溅等。

(2) 机械保护作用。在高温电弧作用下，药皮分解产生大量气体并形成熔渣，保护金属不被氧化。

(3) 冶金处理作用。通过熔池中冶金作用去除有害的杂质（如氧、氢、硫、磷等），同时添加有益合金元素，提高焊缝质量。

2.焊条的种类及牌号

焊条按用途不同可分为结构钢焊条、耐热钢焊条、不锈钢焊条、铸铁焊条、铜及铜合金焊条、铝及铝合金焊条等。

焊条按熔渣化学性质可分为酸性焊条和碱性焊条两大类。碱性焊条焊出的焊缝含氢、硫、磷少,焊缝力学性能良好,但对油、水、铁锈敏感,易产生气孔。酸性焊条焊接时电弧稳定、飞溅少、脱渣性好。因此重要的焊接结构件选用碱性焊条,而一般结构件都选用酸性焊条。

结构钢焊条的牌号表示方法为:以汉字拼音字首加上三位数字来表示,如结构钢焊条的牌号为J422(或结422)。J表示结构钢焊条的结字,后面的两位数字42为焊缝金属的抗拉强度不小于420MPa,最后一位数字2代表钛钙型药皮,用交流或直流电源均可。

4.2.4 手弧焊工艺

手弧焊工艺主要包括焊接接头形式、焊缝空间位置和焊接工艺参数等。

1.焊接接头形式和坡口形状

根据焊件厚度和工作条件不同,常用的焊接接头形式有对接、搭接、角接和丁字接四种,如图4-7所示。

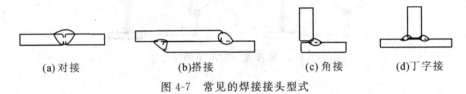

(a)对接　　　　(b)搭接　　　　(c)角接　　　　(d)丁字接

图4-7　常见的焊接接头型式

对接接头是各种焊接结构中采用最多的一种接头形式。因对接接头受力较均匀,所以重要的受力焊缝尽量选用。根据焊接板的厚度不同,对接接头的坡口型式有多种变化,如图4-8所示。

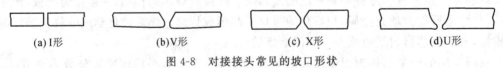

(a)I形　　　　(b)V形　　　　(c) X形　　　　(d)U形

图4-8　对接接头常见的坡口形状

(1)I形坡口(或称平接)　用于焊接板厚为1~6mm的焊接,为了保证焊透,接头处要留有0~2.5mm的间隙。

(2)V形坡口　用于板厚为6~30mm焊件的焊接,该坡口加工方便。

(3)X形坡口　用于板厚12~40mm焊件的焊接,由于焊缝两面对称,焊接应力和变形小。

(4)U形坡口　用于板厚20~50mm焊接的焊接,容易焊透,工件变形小。

2.焊缝的空间位置

按焊缝在空间位置的不同,可分为平焊、立焊、横焊和仰焊等,如图4-9所示。平焊时操作方便,劳动条件好,生产率高,焊缝质量容易保证,并且对操作者的技术水平要求较低,所以应尽可能地采用平焊。仰焊则最难焊接。

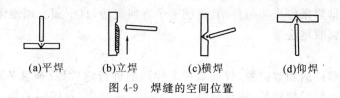

(a)平焊　　(b)立焊　　(c)横焊　　(d)仰焊

图 4-9　焊缝的空间位置

3.焊接工艺参数及其确定

焊接工艺参数是焊接时为保证焊接质量而选定的诸物理量的总称。手弧焊的焊接工艺参数主要包括:焊条直径、焊接电流、电弧电压、焊接速度和焊接层数等。

(1)焊条直径的选择　根据焊件的板厚,按国标标准规定的直径规格进行选择。工件厚时,可选择较粗焊条。平焊低碳钢时,可按表 4-1 选取。

表 4-1　焊条直径的选择(mm)

焊件厚度	2	3	4～5	6～12	>12
焊条直径	2	3.2	3.2～4	4～5	5～6

(2)焊接电流的确定　根据焊条直径选择焊接电流。焊接低碳钢时,按下面经验公式选择焊接电流:

$$I=(30\sim60)d$$

式中:I 为焊接电流(A),d 为焊条直径(mm)。

应当指出,上式只提供一个大概的焊接电流范围,实际生产中,还要根据焊件厚度、接头形式、焊接位置、焊条种类等因素,通过试焊来调整和确定焊接电流的大小。电流过小,易引起夹渣和未焊透;电流过大,易产生咬边、烧穿等缺陷。

(3)电弧电压　由电弧长度决定(即焊条焊芯端部与熔池之间的距离)。电弧长,电弧电压高,电弧燃烧不稳定;熔深减小,飞溅增加,且保护不良,易产生焊接缺陷;电弧短,电弧电压低。操作时应采用短电弧,一般要求电弧长度不超过焊条直径。

(4)焊接速度　指焊条沿焊接方向移动的速度,即单位时间内完成的焊缝长度,手弧焊时,焊接速度由操作者凭经验来掌握。

4.2.5　对接平焊的操作技术

1.引弧

引燃并产生稳定电弧的过程称为引弧。引弧方法有敲击法和摩擦法两种。引弧时焊条提起动作要快,否则容易粘在工件上。如发生粘条、可将焊条左右摇动后拉开,若接不开,则要松开焊钳,切断焊接电路,待焊件稍冷后再作处理。

2.运条

焊接时,焊条应有三个基本运动;焊条向下送进,送进速度应与焊条的熔化速度相等,以便弧长维持不变;焊条沿焊接方向向前运动,其速度也就是焊接速度;横向摆动,焊条以一定的运动轨道周期地向焊缝左右摆动,以获得一定宽度的焊缝。这三个运动结合起来称为运条。

3.收尾

在焊缝焊完时,不应在焊缝尾处出现尾坑。如果收尾时立即拉断电弧、则会在焊缝尾部出现低于焊件表面的弧坑,所以焊缝的收尾不仅要熄弧,还要填满弧坑。一般的收尾方法有：划圈收尾法(即焊条停止向前移动,而朝一个方向旋转,自下而上地慢慢拉断电弧)、反复断弧收尾法和回弧收尾法等。

4. 焊前的点固

为了固定两焊件的相对位置,焊前要在工件两端进行定位焊(通常称为点固)。点固后要把渣清理干净。若焊件较长,则可每隔 200～300mm 左右,点固一个焊点。

4.3　气焊和气割

4.3.1　气焊的特点和应用

气焊是利用气体火焰作热源,来熔化母材和填充金属的一种焊接方法,如图 4-10 所示。最常用的是氧乙炔焊,即利用乙炔(可燃气体)和氧(助燃气体)混合燃烧时所产生氧乙炔焰,来加热熔化工件与焊丝,冷凝后形成焊缝的焊接的方法。

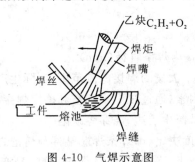

图 4-10　气焊示意图

乙炔利用纯氧助燃,与在空气中燃烧相比,能大大提高火焰温度(约达 3000℃ 以上)。它与电弧焊相比,气焊火焰的温度低,热量分散,加热速度缓慢,故生产率低,工件变形严重,焊接的热影响区大,焊接接头质量不高。但是气焊设备简单、操作灵活方便,火焰易于控制,不需要电源,所以气焊主要用于焊接厚度小于 3mm 以下的低碳钢薄板,铜、铝等有色金属及其合金,以及铸铁的焊补等。此外,也适用于没有电源的野外作业。

4.3.2　气焊的设备与工具以及辅助器具

气焊所用设备及管路系统如图 4-11 所示。

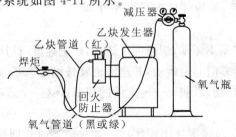

图 4-11　气焊设备

1. 氧气瓶

氧气瓶是贮存和运输高压氧气的容器,容积为 40L,贮氧的最大压力为 15MPa。按规定氧气瓶外表漆成天蓝色,并用黑漆标明"氧气"字样。

氧气的助燃作用很大,如在高温下遇到油脂,就会有自燃爆炸的危险,所以应正确地使用和保管氧气瓶:放置氧气瓶必须平稳可靠,不应与其他气瓶混在一起;气焊工作地与其他火源要距氧气瓶 5m 以上;禁止撞击氧气瓶;严禁沾染油脂等。

氧气瓶口装有瓶阀,用以控制瓶内氧气进出,手轮逆时针方向旋转则可开放瓶阀,顺时针旋转则关闭。

2. 乙炔瓶

乙炔瓶是贮存和运输乙炔的容器,其外形与氧气瓶相似,但其表面涂成白色,并用红漆写上"乙炔"字样,容积为 40L,钢瓶限压 1.52MPa。

在乙炔瓶内装有浸满丙酮的多孔性填料,丙酮对乙炔有良好的溶解能力,可使乙炔稳定而安全地贮存在瓶中。在乙炔瓶上装有瓶阀,用方孔套筒扳手启闭。使用时,溶解在丙酮中的乙炔就分离出来,通过乙炔瓶阀流出,而丙酮仍留在瓶内,以便溶解再次压入的乙炔。一般乙炔瓶上亦要安装减压器。

3. 减压器

减压器的作用是将高压氧气瓶中高压氧气减压至焊炬所需的工作压力(约 0.1～0.3MPa),供焊接使用;同时减压器还有稳压作用,以保证火焰能稳定燃烧。减压器的构造和工作情况见挂图和实物。减压器使用时,先缓慢打开氧气瓶阀门,然后旋转减压器的调节手柄,待压力达到所需要时为止;停止工作时,先松开调节螺钉,再关闭氧气瓶阀门。

4. 焊炬

焊炬是使乙炔和氧气按一定比例混合,并获得稳定气焊火焰的工具,焊炬的构造和外观见挂图与实物。常用的焊炬是低压焊炬或称射吸式焊炬,其型号有 H01-2,H01-6,H01-12 等多种,H 表示焊炬,01 表示射吸式,2、6、12 等表示可焊接的最大厚度(mm)。

射吸式焊炬包括:乙炔接头、氧气接头、手柄、乙炔阀门、氧气阀门、射吸式管、混合管、喷嘴等组成。每把焊炬都配有 5 个不同规格的焊咀(1、2、3、4、5,数字小则焊咀孔径小),以适用不同厚度工件的焊接。

5. 辅助器具与防护用具

辅助器具有:通针、橡皮管、点火器、钢丝刷、手锤、锉刀等。

防护用具有:气焊眼镜、工作服、手套、工作鞋、护脚布等。

4.3.3 焊丝与焊剂

1. 焊丝

焊丝是气焊时起填充作用的金属丝,焊丝的化学成分直接影响到焊接质量和焊缝的力学性能。各种金属焊接时,应采用相应的焊丝。焊接低碳钢时,常用的气焊丝的牌号有 H08 和 H08A 等。焊丝的直径要根据被焊工件厚度来选择。焊丝使用前,应清除表面上的油脂和铁锈等。焊丝直径与焊件厚度的关系见表 4-2。

表 4-2　焊丝直径与焊件厚度的关系(mm)

焊件厚度	0.5~2	2~3	3~5	5~10
焊丝直径	1~2	2~3	3~4	3~5

2.焊剂

焊剂的作用是保护熔池金属,去除焊接过程中形成的熔渣,增加液态金属的流动性。

焊剂在气焊时的作用是:保护熔池,减少空气的侵入,去除气焊时熔池中形成的氧化杂质,增加熔池金属的流动性。焊剂可预先涂在焊件的待焊处或焊丝上,也可在气焊过程中将高温的焊丝端部在盛装焊剂的器具中定时地沾上焊丝,再添加到熔池中。

低碳钢气焊时,由于中性焰本身具有相当的保护作用,一般不使用焊剂。在气焊铸铁、合金钢和有色金属时,则需用相应的焊剂。我国气焊焊剂的牌号有 CJ101(焊接不锈钢、耐热钢)、CJ201(焊接铸铁)、CJ301(焊接铜合金)、CJ401(焊接铝合金)等。焊剂的主要成分有硼酸、硼砂、碳酸钠等。

4.3.4　气焊火焰(氧乙炔焰)

氧与乙炔混合燃烧所形成的火焰称为氧乙炔焰。通过调节氧气阀门和乙炔阀门,可改变氧气和乙炔的混合比例,得到三种不同的火焰,即中性焰、氧化焰和碳化焰。三种气焊火焰的特性与应用见表 4-3。

表 4-3　三种气焊火焰的特性与应用

火　焰	O_2 与 C_2H_2 比值	特　点	应　用	简　图
中性焰	1.0~1.2	气体燃烧充分,故被广泛应用	低、中碳钢,合金钢,铜和铝等合金	焰心 内焰 外焰
碳化焰	<1.0	乙炔燃烧不完全,对焊件有增碳作用	高碳钢、铸铁、硬质合金等	
氧化焰	>1.2	火焰燃烧时有多余氧,对熔池有氧化作用	黄铜	

1.中性焰

当氧气与乙炔的比值为 1~1.2 时所产生的火焰称为中性焰,又称为正常焰。它由焰芯,内焰和外焰组成,靠近焊咀处为焰芯,呈白亮色。其次为内焰,呈蓝紫色,此处温度最高,约 3150℃,距焰心前端 2~4mm 处,焊接时应用此处加热工件和焊丝。最外层为外焰,呈橘红色。

中性焰是焊接时常用的火焰,用于焊接低碳钢、中碳钢、合金钢、紫铜、铝合金等材料。

2.碳化焰

当氧气和乙炔的比值小于 1 时,则得到碳化焰。由于氧气较少,燃烧不完全,整个火焰比中性焰长,且温度也较低。碳化焰中的乙炔过剩,适用于焊接高碳钢、铸铁和硬质合金材料。用碳化焰焊接其他材料时,会使焊缝金属增碳,变得硬而脆。

3.氧化焰

当氧气和乙炔的比值大于1.2时,则形成氧化焰。由于氧气较多,燃烧剧烈,火焰长度明显缩短,焰心呈锥形,内焰几乎消失,并有较强的嘶嘶声。氧化焰中由于氧多,易使金属氧化,故用途不广,仅用于焊接黄铜,以防止锌的蒸发。

4.3.5　气焊的基本操作技术

气焊操作时,一般右手持焊炬,将拇指位于乙炔开关处,食指位于氧气开关处,以便随时调节气体流量,用其他三指握住焊炬柄。左手拿焊丝。气焊的基本操作有:点火、调节火焰、施焊和熄火等几个步骤。

(1)点火时先微开氧气阀门,然后打开乙炔阀门,用明火(可用电子枪或低压电火花等)点燃火焰。这时的火焰为碳化焰,然后逐渐开大氧气阀,将碳化焰调整为中性焰。如继续增加氧气(或减少乙炔)就可得到氧化焰。

(2)点火时,可能连续出现"放炮"声,原因是乙炔不纯,应放出不纯乙炔后,重新点火。有时出现不易点火,原因是氧气量过大,这时应重新微关氧气阀门。点火时,拿火源的手不要正对焊咀,也不要指向他人,以防烧伤。

(3)焊接完毕需灭火时,应先关乙炔阀门,再关氧气阀门,以免发生回火和减少烟尘。回火时,应先关乙炔阀门,再关氧气阀门。

4.3.6　气割

气割是利用气体火焰的热能,将工件切割处预热到一定温度后,喷出高速切割氧气流,使其燃烧并放出热量实现切割的方法。它与气焊是本质不同的过程,气焊是熔化金属,而气割是让金属在纯氧中燃烧。气割形态如图4-12所示。

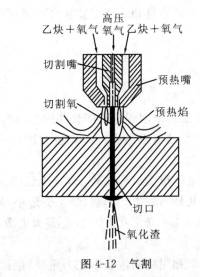

图 4-12　气割

1.金属氧气切割的条件

(1)金属材料的燃点应低于其熔点,这是金属氧气切割的基本条件。否则切割时金属先熔化而变为熔割过程,不能形成整齐的切口。

（2）燃烧生成的金属氧化物的熔点应低于金属本身的熔点，同时流动性要好，便于使燃烧生成的氧化物能及时被熔化吹走，否则切割过程不能正常进行。

（3）金属燃烧时释放大量的热，而且金属本身的导热性要低。这样才能保证气割处的金属有足够的预热温度，使切割过程能连续进行。

只有满足上述条件的金属材料才能进行气割，如纯铁、低碳钢、中碳钢、普通钢、低合金钢等。而高碳钢、铸铁、高合金钢、铜、铝等有色金属与合金均难以进行气割。

2. 气割过程

气割时用割炬代替焊炬，各种型号的割炬，配有几个大小不同的割嘴，用于切割不同厚度的工件，其余设备与气焊相同。

气割时先用氧乙炔火焰将割口附近的金属预热到燃点（约 1300℃，呈黄白色），然后打开割炬上的切割氧气阀门，高压氧气射流使高温金属立即燃烧，生成的氧化物（即氧化铁，呈熔融状态）同时被氧气流吹走。金属燃烧产生的热量和氧乙炔火焰一起又将邻近的金属预热到燃点，沿切割线以一定的速度移动割炬，即可形成割口。

与其他切割方法相比，气割设备简单，操作灵活方便，适应性强；可在任意位置和任意方向，切割任意形状和厚度的工件；生产率高，切口质量也相当好。气割广泛用于型钢下料和铸钢件浇冒口的切除，有时可以代替刨削加工，如厚钢板开坡口等。

气割不易切割的材料，如铜、铝、不锈钢等，现在一般采用等离子弧切割。

4.4　其他焊接方法简介

随着生产的发展，对焊接加工的质量和生产率要求也越来越高，于是，除手弧焊外，出现了许多其他的焊接方法。

4.4.1　电阻焊

1. 电阻焊的特点及应用

电阻焊是压焊的主要焊接方法。电阻焊是将焊件组合后，通过电极施加压力，利用电流通过接头的接触面及邻近区域产生的电阻热进行的焊接方法。加热时，对接头施加机械压力，接头在压力的作用下焊合。

电阻焊的主要特点是：焊接电压很低（1～12V）、焊接电流很大（几十～几万安），完成一个接头的焊接时间极短（0.01～几秒），故生产率高，焊接变形小，操作简单，易于实现机械化和自动化。由于焊接时电流很大（几千安至几万安），故要求电源功率大，设备也较复杂，投资大，通常只用于大批量生产。

电阻焊的应用很广泛，在汽车和飞机制造业中尤为重要，例如新型客机上有多达几百万个焊点。电阻焊在宇宙飞行器、半导体器件和集成电路元件等都有应用。因此，电阻焊是焊接的重要方法之一。

2. 电阻焊的基本形式

电阻焊的基本形式有点焊、缝焊、对焊三种，如图 4-13 所示。

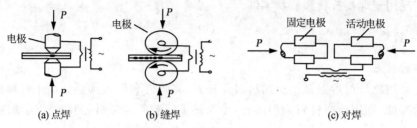

(a) 点焊   (b) 缝焊   (c) 对焊

图 4-13　电阻焊的基本形式

（1）点焊　点焊时将焊件搭接并压紧在两个柱状电极之间，然后接通电流，焊件间接触面的电阻热使该点熔化形成熔核，同时熔核周围的金属也被加热产生塑性变形，形成一个塑性环，以防止周围气体对熔核的侵入和熔化金属的流失。断电后，金属在压力下凝固结晶，形成一个组织致密的焊点。由于焊接时的分流现象，两个焊点之间应有一定的距离。

点焊接头采用搭接形式。

点焊主要适用于焊接厚度 4mm 以下的薄板结构和钢筋构件，目前广泛应用于汽车、飞机等制造业，如飞机蒙皮、航空发动机的火烟筒、汽车驾驶室外壳等。

①点焊机　点焊机的主要部件包括机架、焊接变压器、电极与电极臂、加压机构及冷却水路等。焊接变压器是点焊电器，它的次级只有一圈回路。上、下电极与电极臂既用于传导焊接电流，又用于传递动力。冷却水路通过变压器、电极等部分，以免发热。焊接时，应先通冷却水，然后接通电源开关。

电极的质量直接影响焊接过程、焊接质量和生产率。电极材料常用紫铜、镉青铜、铬青铜等制成。电极的形状多种多样，主要根据焊件形状确定。安装电极时，要注意上、下电极表面保持平行，电极平面要保持清洁，常用砂布或锉刀修整。

②点焊过程　点焊的工艺过程为：开通冷却水；将焊件表面清理干净，装配准确后，送入上、下电极之间，施加压力，使其接触良好；通电使两工件接触表面受热，局部熔化，形成熔核；断电后保持压力，使熔核在压力下冷却凝固形成焊点；去除压力，取出工件。

焊接电流、电极压力、通电时间及电极工作表面尺寸等点焊工艺参数对焊接质量有重大影响。

（2）缝焊　缝焊过程与点焊相似，实际上就是连续的电焊，只是用盘状滚动电极代替了柱状电极。焊接时，转动的盘状电极压紧并带动焊件向前移动，配合断续通电，形成连续重叠的焊点，所以，其焊缝具有良好的密封性。

缝焊的分流现象比点焊严重，在焊接同样厚度的焊件时，焊接电流为点焊的 1.5～2.0 倍。

缝焊主要适用于焊接厚度 3mm 以下、要求密封性的容器和管道等。

（3）对焊　对焊就是用电阻热将两个对接焊件连接起来。按焊接工艺不同，可分为电阻对焊和闪光对焊两种。

①电阻对焊　其焊接过程是：预压—通电—顶锻、断电—去压。它只适于焊接截面形状简单、直径小于 20mm 和强度要求不高的焊件。

②闪光对焊　其焊接过程是：通电—闪光加热—顶锻、断电—去压。它的焊接质量较高，常用于焊接重要零件；可进行同种和异种金属焊接；可焊接直径大或小的焊件。

对焊广泛用于焊接杆状和管状零件。

4.4.2 钎焊

1. 钎焊的特点

钎焊是采用比母材熔点低的金属材料作钎料,将焊件和钎料加热到高于钎料熔点,低于母材熔点的温度,利用液态钎料润湿母材,填充接头间隙并与母材相互扩散实现连接焊件的方法。

钎焊的特点是焊接时加热温度低,工件不熔化,焊后接头附近母材的组织和性能变化不大,压力和变形较小,接头平整光滑。焊件尺寸容易保证,同时也可焊接异种金属。钎焊的主要缺点是接头强度较低,焊前对被焊处的清洁和装配工件要求较高,残余熔剂有腐蚀作用,焊后必须仔细清洗。目前钎焊在机械、仪表仪器、航空、空间技术等领域都得到了广泛应用。

2. 熔剂(或称钎剂)

在焊接过程中,一般都要使用熔剂。熔剂的作用是清除液态钎料和焊件表面的氧化物与其他杂质,改变液态钎料对工件的湿润性,以利于钎料进入被焊件的间隙中,并使钎料及焊件免于氧化。钎焊不同金属材料,应选用不同的熔剂。

3. 钎焊的种类

根据钎料熔点和接头的强度不同,钎焊可分为硬钎焊和软钎焊两种。

(1)软钎焊　钎料熔点低于 450℃,焊接强度低于 70MN/m²。软钎焊常用的钎料为锡铅钎料(又称焊锡)、锌锡钎料、锌镉钎料等。熔剂常采用松香、磷酸、氯化锌等组成。常用于受力不大、工作温度不高的工件的焊接,如电器仪表、半导体收音机导线的焊接等。

(2)硬钎焊　钎料熔点高于 450℃,接头强度可达 500MN/m²。硬钎焊常用的钎料为铜基、银基、铝基、镍基钎料。熔剂常用硼砂、硼酸、氟化物、氯化物等组成。常用于接头强度较高、工作温度较高的工件的焊接,如硬质合金刀头的焊接等。

4. 硬质合金刀片与车刀刀体的火焰硬钎焊

(1)清理刀头(硬质合金刀片)和刀体的刀槽,并装配好。

(2)钎焊时先用火焰的外焰均匀加热刀槽四周,待刀槽四周呈现暗红色时,将火焰加热刀片,并不断用预热过的铜基钎料丝端头蘸着硼砂送入钎缝,使熔剂熔化并布满钎缝,然后将蘸有由熔剂的钎料立即送入火焰下的钎缝接头处,使其快速熔化渗入并填满接头间隙。最后关闭火焰,让焊接处缓慢冷却即可。

4.4.3 气体保护焊

手工电弧焊是以熔渣保护焊接区域。由于熔渣中含有氧化物,因此用手工电弧焊焊接时容易氧化金属材料,如焊接高合金钢、铝及其合金等时,不易得到优质焊缝。

气体保护电弧焊是利用特定的某种气体作为保护介质的一种电弧焊方法。

常用的保护气体有氩气和二氧化碳气两种。

1. 氩弧焊

它是以氩气作为保护气体的电弧焊方法。按照电极结构的不同,分为熔化极氩弧焊和不熔化极氩弧焊两种,如图 4-14 所示。熔化极氩弧焊采用焊丝作为电极,焊接过程可用手工操作,也可以实现半自动化或自动化操作。非熔化极氩弧焊一般用高熔点的钍钨棒或铈钨棒做电极,故又称钨极氩弧焊,根据需要需另加填充焊丝。

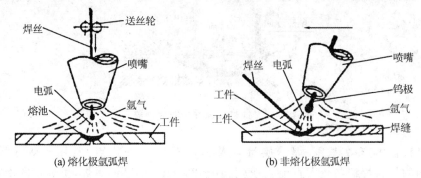

(a) 熔化极氩弧焊　　　　　　　(b) 非熔化极氩弧焊

图 4-14　氩弧焊示意图

（1）不熔化极氩弧焊　　手工钨极氩弧焊是各种氩弧焊方法中应用最多的一种。焊接时,钨极不熔化,仅起引弧和维持电弧的作用。填充金属从一侧送入,在电弧高温作用下,填充金属与焊件熔融在一起形成焊接接头。从喷嘴流出的氩气在电弧和熔池周围形成连续封闭的气流,在整个焊接过程中起保护作用。

不熔化极氩弧焊多采用直流正接,以减少钨极的烧损,通常适于焊接 4mm 以下的薄板。

（2）熔化极氩弧焊　　熔化极氩弧焊利用金属丝做电极并兼作填充金属。焊接时,焊丝和焊件间在氩气保护下产生电弧,焊丝连续送进,金属熔滴呈很细颗粒喷射过渡进入熔池。

熔化极氩弧焊为了使电弧稳定,通常采用直流反接,适于焊接较厚（25mm 以下）的工件。

氩弧焊用氩气保护效果很好,电弧稳定,电弧的热量集中,热影响区较小,焊后工件变形小,表面无熔渣,因此,可获得高质量的焊接接头;而且操作灵活,适于各种位置的焊接,便于实现机械化和自动化。但是,由于氩气价格较贵,焊接设备比较复杂,焊接成本较高,目前主要用于焊接易氧化的有色金属（如铝、镁、钛及其合金）、高强度合金钢以及一些特殊性能的合金钢（如不锈钢、耐热钢）等。

2.二氧化碳气体保护焊

它是以 CO_2 作为保护气体的焊接方法,目前应用最多的是半自动 CO_2 气体保护焊。

CO_2 气体来源充足,成本低;焊接电流密度大,焊接速度快,生产率高;工件变形小;操作灵活,适于各种位置的焊接,便于实现机械化和自动化焊接;缺点是焊缝成形不太光滑,焊接时飞溅大。

由于 CO_2 是一种氧化性气体,因此,它不适于焊接有色金属和高合金钢,主要用于焊接低碳钢和某些低合金结构钢。除了应用于焊接构件生产外,还用于耐磨零件堆焊、铸钢件的补焊。

4.4.4　埋弧自动焊

埋弧自动焊是电弧在焊剂层下燃烧,利用机械自动控制焊丝送进和电弧移动的一种电弧焊方法,焊缝形成过程如图 4-15 所示。开始焊接时,把焊剂堆积在焊道上,焊丝插入焊剂内引弧,电弧热使焊丝、接头及焊剂熔化形成熔池,金属和焊剂蒸发气体形成一个包围熔池的封闭气团,隔绝了空气,起保护熔池的作用,所以获得了很高的焊缝质量。整个焊接过程均由焊接小车自动完成。

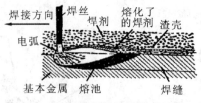

图 4-15　埋弧焊焊缝的形成过程

埋弧焊具有生产效率高、焊缝质量好及劳动条件好等优点，常用于焊中厚板(6～60mm)结构的长直焊缝与较大直径(一般不小于 250mm)的环缝平焊，可焊接的钢种有碳素结构钢、低合金结构钢、不锈钢、耐热钢及复合钢材等。但是，埋弧焊对焊件坡口加工和装配要求高，焊接工艺参数控制较严。

4.4.5　手工等离子切割

将电弧强迫集中、"压缩"，可以获得一种比电弧温度更高、能量更集中的热源——等离子弧。等离子弧的温度高达 15000℃～30000℃，现有的任何高熔点金属和非金属材料都可以被等离子熔化。

切割用的等离子弧，是将通常的自由电弧的弧柱进行强迫"压缩"而获得的。这种强迫压缩的作用通称"压缩效应"。

切割用的等离子弧是经过三种形式的压缩效应得到的：使弧柱直径强迫缩小的机械压缩效应、热压缩效应、电磁收缩效应。

等离子弧的特点是能量强而且集中，具有比自由电弧更高的温度，焰流由喷嘴喷出时有很强的冲刷力。正是具有这些特点，使等离子弧成为切割各种金属和非金属材料的一种十分理想的热源。用等离子弧进行切割，不受材料熔点高低和导热能力强弱的限制，且切割速度快、热影响区小、变形小，能获得满意的切口质量。

随着科学技术的发展，焊接技术也在不断地向高质量、高生产率、低能耗的方向发展。目前，出现了许多新技术、新工艺，拓宽了焊接技术的应用范围。如真空电弧焊接技术，它可以对不锈钢、钛合金和高温合金等金属进行熔化焊接及对小试件进行快速高效的局部加热焊接，是一种最新技术。窄间隙熔化极气体保护电弧焊技术，它具有比其他窄间隙焊接工艺更多的优势，在任意位置都能得到高质量的焊缝，且具有节能、焊接成本低、生产效率高、适用范围广等特点。由于利用表面张力过渡技术，将进一步促进熔化极气体保护电弧焊在窄间隙焊接的应用。强迫成形自动立焊技术，它是在焊接中采用随动的水冷装置，强迫冷却熔池来形成焊缝，由于采用了水冷装置，熔池金属冷却速度快，同时受到冷却装置的机械控制，控制了熔池及焊缝的形状，克服了自由成形中熔池金属容易下坠溢流的技术难点，焊接熔池体积可以适当扩大。因此，可以选用较大的焊接电压和电流，提高焊接生产效率。目前该种焊接方法在中厚度板及大厚度板的自动立焊中具有广阔的应用前景。激光填料焊接，激光焊接是指在焊缝中预先填入特定焊接材料后用激光照射熔化或在激光照射的同时填入焊接材料以形成焊接接头的方法。此法主要应用于异种材料焊接、有色金属及特种材料焊接和大型结构钢件焊接等激光直接对焊不能胜任的领域。

4.5 焊接缺陷与检验

4.5.1 焊接应力与变形

在焊接过程中,由于焊件受热的不均匀及熔敷金属的冷却收缩等原因,将导致焊件在焊后产生焊接应力和变形。应力的存在会使得焊件力学性能降低,甚至会产生焊接裂纹,使结构开裂。而变形则会使焊件的形状和尺寸发生变化,影响装配和使用。

焊接变形的基本形式有:收缩变形、角变形、弯曲变形、扭曲变形和波浪变形等。不同形式的变形如图 4-16 所示。如薄钢板的对接,焊后会发生纵横向的收缩,并有一定量的角变形。

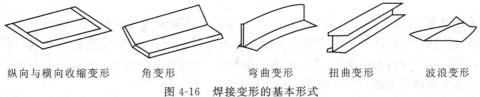

纵向与横向收缩变形　　角变形　　弯曲变形　　扭曲变形　　波浪变形

图 4-16　焊接变形的基本形式

焊接应力和变形是不可避免的,但可以采取合理的结构和工艺措施来减少和消除它。设计结构时,在保证使用性能的前提下,应尽量减少焊缝数量,合理布置焊缝位置,避免焊缝交叉等,可达到减少产生应力和变形的目的。焊接工艺方面的主要措施有:①反变形法;②刚性固定法;③选用能量集中的焊接方法;④合理的焊接顺序及方向;⑤对称焊接;⑥焊前预热。对已经产生的变形,也可以进行矫正,主要的方法有机械矫正和火焰矫正两种。轻轻锤击焊缝边缘以及热处理等办法也可减少甚至消除焊接应力。

4.5.2 焊接缺陷

焊接时,因工艺不合理或操作不当,往往会在焊接接头处产生缺陷。用不同的焊接方法焊接,产生的缺陷及原因也各不相同。常见的焊接缺陷及其特征和产生的原因见表 4-4。

表 4-4　常见的焊接缺陷及其特征和产生的原因

缺陷名称	简图	特征	产生的主要原因
未焊透	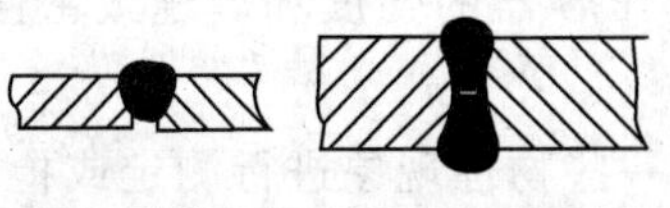	焊接时接头根部出现未完全熔透的现象	1.电流太小,焊速太快; 2.坡口角度尺寸不准
烧穿	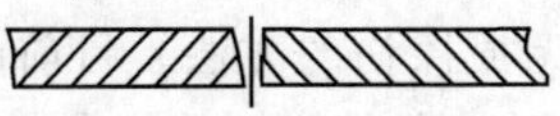	焊接过程中,熔化金属自坡口背面流出而形成的穿孔	1.电流过大,间隙过大; 2.焊速过低,电弧在焊缝处停留时间过长

续 表

缺陷名称	简 图	特 征	产生的主要原因
气 孔		熔焊时熔池中的气泡在凝固时未能逸出而残留下来所形成的空穴	1. 焊条受潮生锈,药皮变质、剥落; 2. 焊缝未彻底清理干净; 3. 焊速太快,冷却太快
裂 纹		在焊缝或近缝区的焊件表面或内部产生横向或纵向的缝隙,具有尖锐的缺口和大的长宽比特征	1. 选材不当,预热、缓冷不当; 2. 焊接顺序不当; 3. 结构不合理,焊缝过于集中
夹 渣		焊后残留在焊缝中的熔渣	1. 坡口角度过小; 2. 焊条质量不好; 3. 除锈清渣不彻底

4.5.3 焊接检验

工件焊完后,应根据相关的产品技术条件所规定的要求进行检验。焊接检验内容包括从图纸设计到产品制出整个生产过程中所使用的材料、工具、设备、工艺过程和成品质量的检验,分为三个阶段:焊前检验,焊接过程中的检验,焊后成品的检验。检验方法根据对产品是否造成损伤可分为破坏性检验和无损探伤两类。

1. 焊前检验

包括原材料(如母材、焊条、焊剂等)的检验、焊接结构设计的检查等。

2. 焊接过程中的检验

包括焊接工艺规范、焊缝尺寸、夹具情况和结构装配质量的检查等。

3. 焊后成品的检验

焊后成品检验的方法很多,常用的有以下几种。

(1) 外观检验 焊接接头的外观检验是一种手续简便而又应用广泛的检验方法,主要是发现焊缝表面的缺陷和尺寸上的偏差。一般通过肉眼观察,也可借助标准样板、量规和放大镜等工具进行检验。

(2) 致密性检验 贮存液体或气体的焊接容器,其焊缝的不致密缺陷,如贯穿性的裂纹、气孔、夹渣、未焊透和疏松组织等,可用致密性试验来发现。致密性检验方法有:煤油试验、载水试验、水冲试验等。

(3) 受压容器的强度检验 受压容器,除进行密封性试验外,还要进行强度试验。常见有水压试验和气压试验两种。水压试验用于检查受压容器的强度和焊缝致密性,试验压力为工作压力的 1.25～1.5 倍。

(4) 物理方法的检验 物理的检验方法是利用一些物理现象进行测定或检验被检材料的有关技术参数,如温度、压力等;或其内部存在的问题,如内应力分布情况、内部缺陷情况等。材料或工件内部缺陷情况的检查,一般都是采用无损探伤的方法。目前的无损探伤有超声波探伤、射线探伤、渗透探伤、磁力探伤等。

① 射线探伤 射线探伤是利用射线可穿透物质和在物质中有衰减的特性来发现缺陷的一种探伤方法。按探伤所使用的射线不同,可分为 X 射线探伤、γ 射线探伤、高能射线探

伤三种。由于其显示缺陷的方法不同,每种射线探伤都又分电离法、荧光屏观察法、照相法和工业电视法。

采用射线照相法探伤时,先在焊缝背面放上专用软片,正面用射线照射,使软片感光,如图 4-17 所示。由于缺陷与其他部位感光不同,所以底片显影后的黑度也不同,缺陷的位置、大小和种类可显示出来。

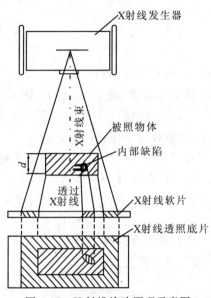

图 4-17 X 射线检验原理示意图

射线检验主要用于检验焊缝内部的裂缝、未焊透、气孔、夹渣等缺陷。

② 超声波探伤 超声波在金属及其他均匀介质传播中,由于在不同介质的界面上会产生反射,因此可用于内部缺陷的检验。探伤时,超声波通过探测表面的耦合剂传入工件,若遇到缺陷和工件的底部就反射回探头。在荧屏上,正常时只反映出表面的发射波和底面的底波,当焊件内部有缺陷时,在荧光屏上的两个波形之间,就会出现缺陷的反射波,根据该反射波的特征可以确定缺陷的位置。

超声波可以检验任何焊件材料的任何部位的缺陷,并且能较灵敏地发现缺陷位置,但对缺陷的性质、形状和大小较难确定。所以超声波探伤常与射线检验配合使用。

③ 磁力检验 磁力检验是利用磁场磁化铁磁金属零件所产生的漏磁来发现缺陷的。按测量漏磁方法的不同,可分为磁粉法、磁感应法和磁性记录法,其中以磁粉法应用最广。

④ 渗透检验 渗透检验是用带有荧光染料(荧光法)或红色染料(着色法)的渗透剂对焊接缺陷的渗透作用来检查表面微裂纹。

4.6　焊接训练

4.6.1　手工电弧焊

1. 工具及操作步骤

（1）选用交流或直流焊机一台,型号为 BX1-330、AX1-500、ZXG-300 等。

（2）准备好面罩、电焊钳、焊条保温筒、清渣锤、錾子、钢丝刷、角向磨光机和平光眼镜,并置于施工处。

（3）选择酸性或碱性焊条,并放在焊条保温筒内。

（4）用角向磨光机打磨钢板的表面和对接面,直至露出金属光泽。

（5）按实习要求,领取工件,并将两工件的坡口端口处对齐,使两板平齐,根据板厚在两板间留一定间隙。

（6）合上电源开关。

（7）将连接电缆线的方钢放在或系在焊接平台上。

（8）选择焊接工艺参数,准备进行定位焊。

（9）调节焊接电流。

（10）将焊条夹紧在电焊钳上。

（11）左手持面罩,右手握电焊钳,在距工件两端 20mm 坡口处进行定位焊。

（12）调整焊接电流,选择规定直径的焊条,准备开始焊接。

（13）引弧。

（14）焊接。

（15）焊完后用清渣锤、钢丝刷清除焊缝表面的焊渣及飞溅杂质。

（16）目测焊缝外观应无夹渣、裂纹、气孔等缺陷。

（17）切断电源,清理现场。

2. 焊接操作要点

（1）引弧　引弧就是使焊条与工件之间产生稳定的电弧。引弧时,首先将焊条末端与工件表面接触形成短路,然后迅速将焊条向上提起约 2～4mm 的距离,电弧即可引燃。常用的引弧方法有两种:敲击法和摩擦法。

引弧时,要注意以下几点:

① 焊条提起要快,否则容易粘在工件上,摩擦法不易粘条,适于初学者采用。如发生粘条,只需将焊条左右摇动即可脱离。

② 焊条提起不能太高,否则电弧又会熄灭。

③ 焊条端部有药皮会妨碍导电,引弧前要除去。

（2）焊条角度和运条方法　在焊接操作中,必须掌握好焊条的角度和运条的基本动作,如图 4-18 和图 4-19 所示。焊接时,电弧长度应一直保持约等于焊条直径;焊条与焊缝平面的两侧夹角应相等,焊条与焊缝的夹角应基本不变;焊条的送进要均匀,焊速适当时,焊缝的熔宽约等于焊条直径的两倍,表面平整,波纹细密。

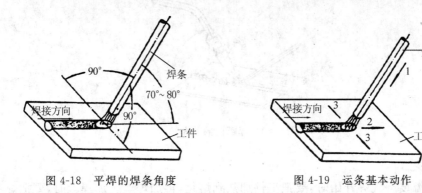

图 4-18　平焊的焊条角度　　　　　图 4-19　运条基本动作

（3）焊缝的收尾　焊缝的收尾是指焊接结束时如何熄弧。常见的焊缝收尾方法有三种。

① 划圈收尾法　利用手腕动作做圆周运动,直到填满弧坑后再拉断电弧。

② 反复断弧收尾法　在弧坑处连续几次地熄弧和引弧,直到填满弧坑为止。

③ 回焊收尾法　当焊条移至焊缝收尾处即停止,但不熄弧,仅适当地改变焊条的角度,待填满弧坑后,再拉断电弧。

4.6.2　气焊

1. 堆敷平焊波

一般低碳钢用中性火焰,左向焊法,即将焊炬自左向右焊接,使火焰指向待焊部分,填充的焊丝端头位于火焰的前下方一起焊时,由于刚开始加热,焊炬倾斜角应大些（50°～70°）,有利于工件预热,且焊嘴轴线投影与焊缝重合。同时在起焊处应使火焰往复运动,保证焊接区加热均匀。待焊件由红色熔化成白亮而清晰的熔池,便可熔化焊丝,而后立即将焊丝抬起,火焰向前均匀移动,形成新的熔池。

堆敷平焊波的操作要点:

（1）焊件准备　将焊件表面的氧化皮、铁锈、油污和脏物等用钢丝刷、砂布等进行清理,使焊件露出金属表面。

（2）焊丝直径　要根据被焊工件的厚度来选择,1～3mm 厚的工件可选用与工件厚度相同的焊丝;5～10mm 厚的工件可选用 3～5mm 的焊丝。焊丝过细熔化太快,将导致焊缝熔合不良和焊波不均匀;焊丝过粗,需要的加热时间长,会使焊缝热影响区加大,形成过热组织。

（3）焊嘴型号及焊嘴大小　我国使用最广的焊炬是 H01 型射吸式焊炬。焊接厚度为0.5～2mm 的板时用 H01-2 型,焊接厚度为 2～6mm 的板时用 H01-6 型。每种型号有焊嘴一套,可根据板厚来选用合适的焊嘴孔径。

（4）焊缝起头　焊嘴的倾斜角度,如图 4-20 所示。焊炬与工件夹角为 α,α 的大小对工件的加热程度有影响。工件越厚,α 角应越大;焊薄板时,α 值范围为 30°～50°。另外,焊炬的焊嘴轴线的投影应与焊缝重合,使热量集中。

（5）火焰高度　保持火焰焰心端距离工件 2～3mm,这样加热速度快、效率高、保护效果

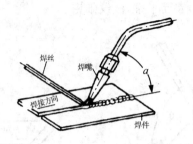

图 4-20　焊嘴的倾斜角度

好,也不会回火。

(6)加热温度　气焊开始时,要把工件加热到熔化,再加焊丝。加焊丝时,要把焊丝输入熔池,使其熔化。不能在工件还没有熔化时,就用火焰把焊丝熔化滴到工件上。气焊时,一般要适当多加些焊丝,使焊缝高出工件表面,但要控制熔池温度,不能让熔池塌下去。

(7)正常焊接　为了获得优质而美观的焊缝和控制熔池的热量,焊炬和焊丝应做出均匀协调的运动,即沿焊件接缝做纵向运动,焊炬沿焊缝做横向摆动,焊丝在垂直焊缝方向送进并作上下移动。

(8)焊缝收尾　当焊到焊缝终点时,由于端部散热条件差,应减小焊炬与焊件的夹角(20°～30°);同时要增加焊接速度和多加一些焊丝,以防熔池扩大,形成烧穿。

4.7　手弧焊的安全技术操作规程

1.进入车间要穿工作服,并经常保持工作场地的清洁整齐。

2.工作前应检查电焊机是否接地,电缆、焊钳绝缘是否完好。不得将焊钳放在工作台上,以免短路而烧毁焊钳。

3.操作前应带好面罩、手套,穿好护袜等防护用具后方可施焊。

4.刚焊完的工件不许用手触摸,以免烫伤。

5.焊件焊后必须用钳子夹持,敲渣时,注意熔渣飞出的方向,以避免熔渣伤人。

6.注意通风。施焊场地要通风良好,防止或减少焊接时从焊条药皮中分解出来的有害气体。

7.保护焊机。焊钳切不可放置在工作台上。停止焊接时,应关闭电源。

8.气焊和气割时,要带好防护眼镜,注意不让火焰喷射到身上、手上和胶皮管上。

9.气焊和气割工作前要检查回火防止器。回火时要立刻关闭焊炬的乙炔阀门,检查原因,采取防护措施。

第5章　车削加工

【目的和要求】

1. 了解车削加工的工艺特点及加工范围。
2. 初步了解车床的型号、结构，并能正确操作。
3. 掌握车削加工中常用的刀具、量具及夹具的使用方法。
4. 掌握基本操作技能，通过实训，能独立加工一般中等复杂程度的零件。

5.1　车削的基本知识

为了使车刀能够从毛坯上切下多余的金属，车削加工时，车床的主轴带动工件做旋转运动，称为主运动；车床的刀架带动车刀做纵向、横向或斜向的直线移动，称为进给运动。通过车刀和工件的相对运动，使毛坯被切削成一定几何形状、尺寸和表面质量的零件，以达到图纸上所规定的要求。车削是金属切削加工的主要加工方法之一。

在机械加工车间中，车床约占机床总数的一半左右。车床的加工范围很广，主要加工各种回转表面，其中包括外圆、端面、内圆、切槽、锥面、螺纹、成形面和滚花等，各种加工类型如图 5-1 所示。普通车床加工尺寸精度一般为 IT10～IT8，表面粗糙度值 R_a 为 6.3～1.6μm。

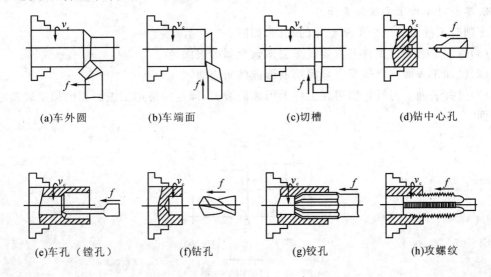

(a)车外圆　　(b)车端面　　(c)切槽　　(d)钻中心孔

(e)车孔（镗孔）　　(f)钻孔　　(g)铰孔　　(h)攻螺纹

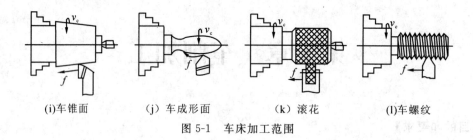

(i)车锥面　　　(j)车成形面　　　(k)滚花　　　(l)车螺纹

图 5-1　车床加工范围

5.1.1　切削运动和切削用量

1. 车削运动

切削加工时,工件和刀具之间的相对运动,称为切削运动。车床的切削运动主要指工件的旋转运动和车刀的直线运动。切削运动可分为主运动和进给运动两类。主运动是切下切屑所需要的最基本的运动。进给运动是使工件的被切层连续被切除,从而加工出完整的表面所需要的运动。进给运动分为纵向进给运动和横向进给运动,如图 5-2 所示。

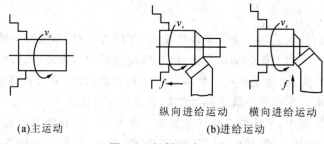

纵向进给运动　　横向进给运动

(a)主运动　　　　　(b)进给运动

图 5-2　切削运动

2. 车削时工件上形成的表面

车削时工件上有三个不断变化的表面,如图 5-3 所示。

(1)待加工表面　工件上将要被车去多余金属的表面。

(2)已加工表面　已经车去金属层而形成的新表面。

(3)过渡表面　刀具切削刃在工件上形成的表面,即连接待加工表面和已加工表面之间的表面。

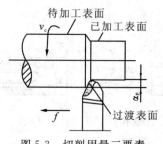

待加工表面
已加工表面

过渡表面

图 5-3　切削用量三要素

3. 切削用量

切削用量(又称切削用量三要素)是衡量车削运动大小的参量。切削用量包括切削速度

80

v_c、进给量 f 和背吃刀量 α_p，如图 5-3 所示。切削加工时，要根据加工条件合理选用 v_c, f, α_p 的具体数值。

主运动的线速度称为切削速度 v_c，单位是 m/mim，计算公式为：

$$v_c = \frac{\pi Dn}{1000} \text{ (m/mim)}$$

式中：D——工件待加工面的直径，mm。

n——工件转速，r/min。

车端面、切断时切削速度是变化的，切削速度随车削直径的减小而减小。

工件每转一转，车刀沿进给运动方向移动的距离称为进给量 f，单位是 mm/r。

车刀每次切入工件的深度称为背吃刀量 α_p，单位是 mm，计算公式为：

$$\alpha_p - \frac{D-d}{2} \text{ (mm)}$$

式中：D、d——分别为工件待加工面和已加工面的直径，mm。

切削速度、进给量和背吃刀量三者统称为切削用量，它们是影响工件加工质量和生产率的重要因素。

例 4.1 车削直径为 60mm 的工件，若选主轴转速为 600r/min，求切削速度是多少？。

解：根据公式可得：

$$v_c = \frac{\pi Dn}{1000} = \frac{3.14 \times 60 \times 600}{1000} = 113.04 \text{ (m/mim)}$$

答：车削直径为 60mm 的工件，若选主轴转速为 600r/min，切削速度是 113.04m/mim。

例 4.2 车削直径为 350mm 的铸铁带轮外圆，若切削速度为 60m/min，试求车床主轴转速是多少？

解：根据公式可得：

$$v_c = \frac{\pi Dn}{1000}$$

所以

$$n = \frac{1000 \times v_c}{\pi D} = \frac{1000 \times 60}{3.14 \times 350} = 54.60 \text{(r/mim)}$$

答：车削直径为 350mm 的铸铁带轮外圆，若切削速度为 60m/min，车床主轴转速为 54.60r/mim。

实际生产中，车床的转速是根据公式计算得出主轴转速后，从车床转速表中选取最接近的一档。

5.1.2 普通车床的组成和传动

1. 车床的型号

机床均用汉语拼音字母和数字，按一定规律组合进行编号，以表示机床的类型和主要规格。

车床 C6132 型号含义如下：

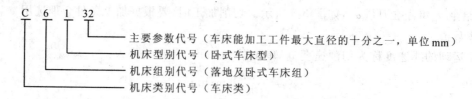

C 6 1 32

　　主要参数代号（车床能加工工件最大直径的十分之一，单位 mm）
　　机床型别代号（卧式车床型）
　　机床组别代号（落地及卧式车床组）
　　机床类别代号（车床类）

即最大加工工件直径为 320 mm，中心高为 160 mm 的普通车床。

　　2. C6132（或 C616）车床的组成及作用

　　车床的种类很多，如卧式车床（或普通车床）、立式车床、转塔车床、数控车床等等，其中应用范围最广的是卧式车床（普通车床）。C6132 型车床的外形、传动系统和传动路线如图 5-4、图 5-5 和图 5-6 所示。

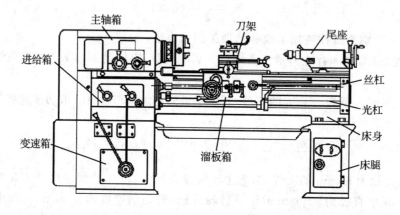

图 5-4　C6132 型车床外形

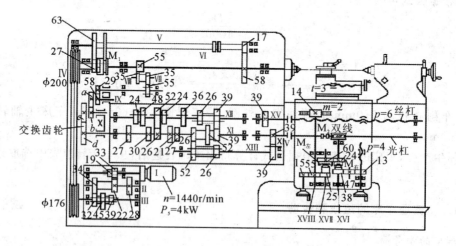

图 5-5　C6132 型车床传动系统

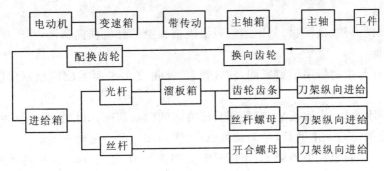

图 5-6　车床的传动路线图

（1）**床身**　床身昰车床的基础零件,用来支承和安装车床的各部件,如床头箱、进给箱、溜板箱等,保证其相对位置。床身具有足够的刚度和强度,床身表面精度很高,以保证各部件之间有正确的相对位置。床身上有四条平行的导轨,供大拖板(刀架)和尾架相对于床头箱进行正确的移动,为了保持床身表面精度,在操作车床中应注意维护保养。

（2）**床头箱(主轴箱)**　床头箱用以支承主轴并使之旋转。主轴为空心结构,其前端外锥面安装三爪卡盘等附件来夹持工件,前端内锥面用来安装顶尖,细长孔可穿入长棒料。C6132 车床主轴箱内只有一级变速,其主轴变速机构安放在远离主轴的单独变速箱中,以减小变速箱中的传动件产生的振动和热量对主轴的影响。

（3）**变速箱**　变速箱由电动机带动变速箱内的齿轮轴转动,通过改变变速箱内的齿轮搭配(啮合)位置,得到不同的转速,然后通过皮带轮传动把运动传给主轴。

（4）**进给箱(又称走刀箱)**　进给箱内装进给运动的变速齿轮,可调整进给量和螺距,并将运动传至光杆或丝杆。

（5）**光杆、丝杆**　光杆、丝杆将进给箱的运动传给溜板箱,光杆用于一般车削的自动进给,不能用于车削螺纹。丝杆用于车削螺纹。

（6）**溜板箱(又称拖板箱)**　溜板箱与刀架相连,是车床进给运动的操纵箱。它可将光杆传来的旋转运动变为车刀的纵向或横向的直线进给运动;也可将丝杆传来的旋转运动,通过"对开螺母"直接变为车刀的纵向移动,用以车削螺纹。

（7）**刀架**　刀架的结构如图 5-7 所示,用来夹持车刀并使其作纵向、横向或斜向进给运动。刀架是多层结构,它包括以下各部分:

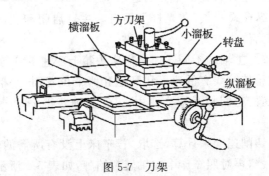

图 5-7　刀架

①**大拖板(大刀架、纵溜板)**　大拖板与溜板箱连接,带动车刀沿床身导轨纵向移动,其

上面有横向导轨。

②中溜板（横刀架、横溜板）　中溜板可沿大拖板上的导轨横向移动,用于横向车削工件及控制切削深度。

③转盘　它与中溜板用螺钉紧固,松开螺钉,便可在水平面上旋转任意角度,其上有小刀架的导轨。

④小刀架（小拖板、小溜板）　它控制长度方向的微量切削,可沿转盘上面的导轨做短距离移动,将转盘偏转若干角度后,小刀架做纵向、横向和斜向的进给运动。

⑤方刀架　它固定在小刀架上,可同时安装四把车刀,松开手柄即可转动方刀架,把所需要的车刀转到工作位置上。

（6）尾架　尾架安装在床身导轨上,其结构如图5-8所示。它由套筒、尾座体、底座等几部分组成。转动手轮,套筒可前后伸缩。当套筒退到底时,便可顶出顶尖或钻头等工具。

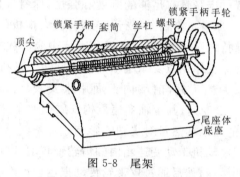

图 5-8　尾架

在尾架的套筒内安装顶尖,支承工件;也可安装钻头、铰刀等刀具,在工件上进行孔加工;将尾架偏移,还可用来车削圆锥体。

使用尾架时注意:

①用顶尖装夹工件时,必须将固定位置的长手柄扳紧,尾架套筒锁紧。

②尾架套筒伸出长度,一般不超过100mm。

③一般情况下尾架的位置与床身端部平齐,在摇动拖板时严防尾架从床身上落下,造成事故。

3.C6132（或 C616）车床各部分的调整及其手柄的使用

车床的调整包括选择主轴转速和车刀的进给量。

C6132车床采用操纵杆式开关,在光杆下面有一主轴启闭和变向手柄。当手柄向上为反转,向下为正转,中间为停止位置。

（1）主轴转速的调整　主轴的不同转速是靠床头箱上变速手轮与变速箱上的长、短手柄配合使用得到的。变速箱传输线有低速Ⅰ和高速Ⅱ两个位置,长手柄有左、右两个位置,短手柄有左、中、右三个位置,它们相互配合使用,可使主轴获得28.5～1430r/min 12 种不同的转速。

主轴的转速可根据切削速度来计算、选取,若车床上没有所需的转速,则应选取车床上近似计算值而偏小的一档,再对照车床上主轴转数铭牌,如表5-1所示,扳动手柄即可。

表 5-1　C6132 型车床主轴转数铭牌(r/min)

手柄位置	长　手　柄					
	I			II		
	↻	○	↻	○	↻	○
短手柄　○	45	66	94	360	530	750
↻	120	173	248	958	1380	1980

例 4.3　用硬质合金车刀加工直径 $D=250$mm 的铸铁带轮,选取的切削速度 $v_c=0.8$m/s,计算主轴的转速为:

$$n = \frac{1000 \times 60 \times v_c}{\pi D} = \frac{1000 \times 60 \times 0.8}{3.14 \times 250} = 61.15(\text{r/mim})$$

从主轴转速铭牌中选取偏小一挡的近似值为 66r/min,即短手柄扳向左方,长手柄扳向右方,床头箱手柄放在低速挡位置 I 。

进给量根据工件加工要求确定。粗车时,一般取 0.2~0.3mm/r;精车时,随所需要的表面粗糙度而定。例如表面粗糙度值为 $R_a 6.4 \mu m$ 时,选用 0.1~0.2mm/r;$R_a 1.6 \mu m$ 时,选用 0.08~0.12mm/r,等等。进给量的调整可对照车床进给量表扳动手柄位置,具体方法与调整主轴转速相似。

操作和使用时应注意:

①必须停车变速,以免打坏齿轮。

②当手柄或手轮扳不到正常位置时,要用手扳转卡盘。

③为了安全操作,转速不得高于 360r/min。

(2)进给量的调整　进给量的大小是靠变换配换齿轮及改变进给箱上两个手传输线的位置得到的,其中一手轮有 5 个位置。另一手轮有 4 个位置。当配换齿轮一定时,这两个手轮配合使用,可以获得 20 种进给量。更换不同的配换齿轮,可获得更多种进给量(详见进给箱上的进给量表)。

离合手柄是控制光杆和丝杆转动的,一般车削走刀时,使用光杆,离合手柄向外拉;车螺纹时,使用丝杆、离合手柄向里推。

(3)手动手柄的使用　顺时针摇动纵向手动手柄,刀架向右移动;逆时针摇动,刀架向左移动。顺时针摇动横向手动手柄,刀架向前移动;逆时针摇动,刀架向后移动。

(4)自动手柄的使用　使用光杆时,当换向手轮处于"正向"(+)位置时,抬起纵向自动手柄,刀架自动向左进给;抬起横向自动手柄,刀架自动向前进给。使用丝杆时,向下按开合螺母手柄,向左自动走刀车削右旋螺纹。当换向手轮处于"反向"(-)位置时,上述情况正好相反。当换向手轮处于"空档"(0)位置时,纵、横向自动进给机构失效。

(5)其他手柄的使用　当需要刀具短距离移动时,可使用小刀架手柄。装刀和卸刀时,需要使用方刀架锁紧手柄。注意:装刀、卸刀和切削时,方刀架均需锁紧,此外,尾架手轮用于移动尾架套筒,手柄用于锁紧尾架套筒。

5.1.3　车刀材料

在切削过程中,刀具的切削部分要承受很大的压力、摩擦、冲击和很高的温度,因此,刀具材料必须具备高硬度、高耐磨性、足够的强度和韧性,还需具有高的耐热性(红硬性),即在高温下仍能保持足够硬度的性能。

1. 对车刀切削部分材料的要求

(1)硬度高 常温下刀头的硬度要在 60HRC 以上。

(2)耐磨性好 耐磨性指车刀抵抗工件磨损的性能。一般讲,材料越硬其耐磨性越好。

(3)耐热性好 指车刀在高温下仍有良好的切削性能。

(4)有足够的强度和韧性 车刀切削时要承受较大的冲击力,所以要求车刀刀头必须有足够的强度和韧性。

(5)有良好的工艺性能 车刀刀头材料要具备可焊接、锻造、热处理、磨削加工等工艺性能。

2. 常用车刀材料

常用车刀材料有高速钢和硬质合金两大类。

(1)高速钢 高速钢又称锋钢,是含有钨、铬、钒、钼等合金元素较多的高合金工具钢。高速钢淬火后的硬度为 63～67HRC,其红硬温度 550℃～600℃,允许的切削速度为 25～30m/min。

高速钢车刀的特点是制造简单、刃磨方便、刃口锋利、韧性好并能承受较大的冲击力,可以进行铸造、锻造、焊接、热处理和切削加工,有良好的磨削性能,刃磨质量较高,故多用来制造形状复杂的刀具,如钻头、铰刀、铣刀等。但高速钢车刀的耐热性较差,不宜高速车削,常用做低速精加工车刀和成形车刀。

常用的高速钢牌号为 W18Cr4V 和 W6Mo5Cr4V2 两种。

(2)硬质合金 硬质合金是用高耐磨性和高耐热性的 WC(碳化钨)、TiC(碳化钛)和 Co(钴)的粉末,经高压成形后再进行高温烧结而制成的,其中 Co 起粘结作用。硬质合金的硬度为 89～94HRA(约相当于 74～82HRC),有很高的红硬温度,在 800℃～1000℃ 的高温下仍有良好的切削性能。硬质合金刀具切削一般钢件的切削速度可达 100～300m/min,可用这种刀具进行高速切削。其缺点是韧性较差、较脆、不耐冲击。硬质合金一般制成各种形状的刀片,焊接或夹固在刀体上使用。

常用的硬质合金有钨钴和钨钛钴两大类:

(1)钨钴类(YG) 这类硬质合金是由碳化钨和钴组成。它的牌号由汉语拼音字母 YG 和数字表示。字母表示钨钴类,数字表示含钴量的质量百分数。它适用于加工铸铁、青铜等脆性材料。

常用牌号有 YG3、YG6、YG8 等。YG6、YG3 因含钨量多而含钴量少,硬度高而韧性差,所以适用于半精加工和精加工。YG8 含钨量少而含钴量多,其硬度低而韧性好,适用于粗加工。

(2)钨钛钴类(YT) 这类硬质合金是由碳化钨、碳化钛粉末,用钴作粘合剂制成。加入碳化钛可以增加合金的耐磨性,可以提高合金与塑性材料的粘结温度,减少刀具磨损,也可以提高硬度;但韧性差,更脆,承受冲击的性能也较差,一般用来加工塑性材料,如各种钢材。

常用牌号有 YT5、YT15、YT30 等,牌号中的字母 YT 表示钨钛钴类,后面数字是碳化钛含量的质量百分数。碳化钛的含量愈高,红硬性愈好;但钴的含量相应愈低,韧性愈差,愈不耐冲击,所以 YT5 常用于粗加工,YT15 和 YT30 常用于半精加工和精加工。

5.1.4 车刀的组成及结构形式

1. 车刀的组成

车刀是车削加工必须使用的刀具,通常采用高速钢或硬质合金来制造。

车刀由刀头和刀体两部分组成。刀头用于切削,刀体用于安装。刀头一般由三面、两刃、一尖组成,如图 5-9 所示。

车刀的刀刃和刀面都要磨出一定的几何角度,这些角度主要有前角、后角、副后角、主偏角、副偏角、刃倾角,如图 5-10 所示。

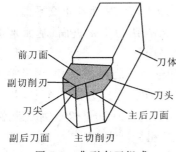

图 5-9 典型车刀组成

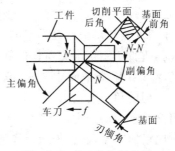

图 5-10 车刀的几何角度

(1)前刀面 前刀面是切屑流经过的表面。

(2)主后刀面 主后刀面是与工件切削表面相对的表面。

(3)副后刀面 副后刀面是与工件已加工表面相对的表面。

(4)主切削刃 主切削刃是前刀面与主后刀面的交线,担负主要的切削工作。

(5)副切削刃 副切削刃是前刀面与副后刀面的交线,担负少量的切削工作,起一定的修光作用。

(6)刀尖 刀尖是主切削刃与副切削刃的相交部分,一般为一小段过渡圆弧。

2. 车刀的结构形式

最常用的车刀结构形式有以下两种:

(1)整体车刀 刀头的切削部分是靠刃磨得到的,整体车刀的材料多用高速钢制成,一般用于低速切削。

(2)焊接车刀 将硬质合金刀片焊在刀头部位,不同种类的车刀可使用不同形状的刀片。焊接的硬质合金车刀,可用于高速切削。

3. 车刀的种类

车刀按其用途可分为:外圆车刀、端面车刀、切断刀、内孔车刀、成形车刀、螺纹车刀等,如图 5-11 所示。常用的车刀有:偏刀、弯头车刀、切断刀、镗孔刀、滚花刀、圆头刀、螺纹车刀、硬质合金可转位车刀等。

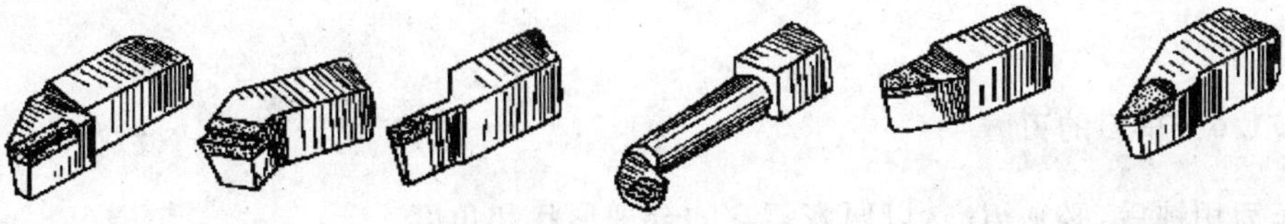

(a)外圆车刀　　(b)端面车刀　　(c)切断刀　　(d)内孔车刀　　(e)成形车刀　　(f)螺纹车刀

图 5-11 车刀种类

4.车刀的用途

90°车刀又叫偏刀,主要用来车削外圆、端面和阶台;75°车刀用来粗车外圆;45°车刀又叫弯头刀,主要用来车外圆、端面和倒角;切断刀用来切断工件或车槽;成形刀用来车削成形面;螺纹车刀用来车削螺纹。

5.1.5 车刀的主要角度及其作用

车刀的主要角度如图 5-10 所示。有前角(γ_0)、后角(α_0)、主偏角(K_r)、副偏角(K'_r)和刃倾角(λ_s)等。

为了确定车刀的角度,要建立三个坐标平面:切削平面、基面和正交平面。对车削而言,如果不考虑车刀安装和切削运动的影响,切削平面可以认为是铅垂面;基面是水平面;当主切削刃水平时,垂直于主切削刃所作的剖面为正交平面。

(1)前角 γ_0 在正交平面中测量,它是前刀面与基面之间的夹角,其作用是使刀刃锋利,便于切削。但前角不能太大,否则会削弱刀刃的强度,容易磨损甚至崩坏。加工塑性材料时,前角可选大些,如用硬质合金车刀切削钢件可取 γ_0 为 10°～20°;加工脆性材料,车刀的前角 γ_0 应比粗加工大,以利于刀刃锋利,使工件的粗糙度小。

(2)后角 α_0 在正交平面中测量,它是主后面与切削平面之间的夹角,其作用是减小车削时主后面与工件的摩擦,一般取 α_0 为 6°～12°,粗车时取小值,精车时取大值。

(3)主偏角 K_r 在基面中测量,它是主切削刃在基面的投影与进给方向的夹角。其作用是:

①可改变主切削刃参加切削的长度,影响刀具寿命。

②影响径向切削力的大小。

小的主偏角可增加主切削刃参加切削的长度,因而散热较好,对延长刀具使用寿命有利。但在加工细长轴时,工件刚度不足,小的主偏角会使刀具作用在工件上的径向力增大,易产生弯曲和振动,因此,主偏角应选大些。

车刀常用的主偏角有 45°、60°、75°、90°等几种,其中 45°用得较多。

(4)副偏角 K'_r 在基面中测量,它是副切削刃在基面上的投影与进给反方向的夹角。其主要作用是减小副切削刃与已加工表面之间的摩擦,以改善已加工表面的粗糙度。

在切削深度 a_p、进给量 f、主偏角 K_r 相等的条件下,减小副偏角 K'_r,可减小车削后的残留面积,从而减小表面粗糙度,一般选取 K'_r 为 5°～15°。

(5)刃倾角 λ_s 在切削平面中测量,它是主切削刃与基面的夹角,其作用主要是控制切屑的流动方向。主切削刃与基面平行,$\lambda_s=0°$。刀尖处于主切削刃的最低点,λ_s 为负值,刀尖强度增大,切屑流向已加工表面,用于粗加工。刀尖处于主切削刃的最高点,λ_s 为正值,刀尖强度削弱,切屑流向待加工表面,用于精加工。车刀刃倾角 λ_s 一般在 $-5°$～$+5°$之间选取。

5.1.6 车刀的刃磨

车刀用钝后,必须刃磨,以使恢复它的合理形状和角度。

(1)砂轮的选择

工厂常用的磨刀砂轮有两种:一种是白色氧化铝砂轮,另一种是绿色的碳化硅砂轮。氧化铝砂轮砂粒的韧性好,比较锋利但硬度较低,适用于刃磨高速钢车刀及硬质合金的刀柄部分。碳化硅砂轮的砂粒硬度高、切削性能好,但比较脆,适用于刃磨硬质合金车刀。

车刀重磨时,往往根据车刀的磨损情况,磨削有关的刀面即可。车刀刃磨的一般顺序是:磨后刀面→磨副后刀面→磨前刀面→磨刀尖圆弧。车刀刃磨后,还应用油石细磨各个刀面,这样,可有效地提高车刀的使用寿命和减小工件表面的粗糙度。

(2)车刀的刃磨

车刀刃磨方法有机械刃磨和手工刃磨两种。

整体式车刀和焊接式车刀用钝后,必须重新刃磨,以恢复车刀原来的形状和角度,保持锋利。车刀是在砂轮机上刃磨的。磨高速钢车刀或硬质合金车刀的刀体部分,采用氧化铝砂轮(白色);磨硬质合金刀片,采用碳化硅砂轮(绿色)。刃磨外圆车刀的一般步骤如图5-12所示。

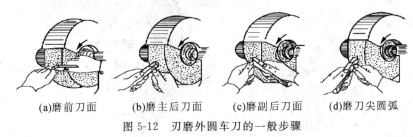

(a)磨前刀面　　(b)磨主后刀面　　(c)磨副后刀面　　(d)磨刀尖圆弧

图 5-12　刃磨外圆车刀的一般步骤

①磨前刀面　　目的是磨出车刀的前角 γ_0 和刃倾角 λ_s。

②磨主后刀面　　目的是磨出车刀的主偏角 K_r 和后角 α_0。

③磨副后刀面　　目的是磨出车刀的副偏角 K'_r 和副后角 α'_0。

④磨刀尖圆弧　　在主切削刃与副切削刃之间磨刀尖圆弧。

刃磨车刀时要注意以下事项:

①刃磨时,人要站在砂轮侧面,双手握稳车刀,刀杆靠于支架,使受磨面轻贴砂轮。用力要均匀,倾斜角度要合适,以免挤碎砂轮,造成事故。

②应将刃磨的车刀在砂轮圆周面上左右移动,使砂轮磨耗均匀,不出沟槽。避免在砂轮两侧面用力粗磨车刀,以至砂轮受力偏摆、跳动,甚至破碎。

③刀头磨热时,即应沾水冷却,以免刀头因温升过高而退火软化。但磨硬质合金车刀时,刀头不应沾水,避免刀片沾水急冷而产生裂纹。

④不要站在砂轮的正面刃磨车刀,以防砂轮破碎时使操作者受伤。

在砂轮机上将车刀各面磨好之后,还应该用油石细磨车刀各面,进一步降低各切削刃及各面的表面粗糙度,从而提高车刀的耐用度和工件加工表面的质量。

5.1.7　车刀的安装

车刀安装在刀架的左侧,安装前应将刀架锁紧,用刀架上的螺栓(2～3 个)将车刀固定在刀架上。安装时应该注意:车刀刀尖必须与车床主轴轴线相同高度(可根据尾架顶尖的高度,通过增减垫片来调整);刀杆中心线应与进给方向垂直;刀体伸出刀架的长度,通常为刀体厚度的 1～2 倍;分别拧紧螺栓时,应交替施用人力,不得使用加力管。

5.1.8 车床附件和工件装夹

车床上常备有三爪卡盘、四爪卡盘、顶尖、中心架、跟刀架、花盘和心轴等附件,以适应不同形状和尺寸工件的装夹。

1.三爪卡盘装夹工件

三爪卡盘是车床上最常用的附件,其结构如图 5-13 所示。当转动三个小伞齿轮中的任何一个时,都会使大伞齿轮旋转。大伞齿轮背面有平面螺纹,它与三个卡爪背面的平面螺纹(一段)相配合。于是当大伞齿轮转动时,三个卡爪在卡盘体的径向槽内同时做向心或离心移动,以夹紧或松开工件。

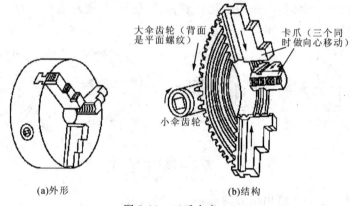

大伞齿轮(背面是平面螺纹)　卡爪(三个同时做向心移动)

小伞齿轮

(a)外形　　　　　(b)结构

图 5-13　三爪卡盘

三爪卡盘的特点是能自动定心,装夹工件方便,但定心精度不很高,传递的扭矩也不大,适用于夹持表面光滑的短圆棒料、六角形或盘类(直径较大的盘状工件,可用反三爪夹持)等工件。

2.四爪卡盘装夹工件

四爪卡盘的结构如图 5-14 所示。四个卡爪分别安装在卡盘体的四条槽内,卡爪背面有螺纹,与四个螺杆相配合。分别转动这些螺杆,就能逐个调整卡爪的位置。

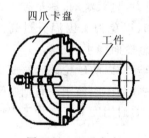

四爪卡盘

工件

图 5-14　四爪卡盘

装夹时,工件上应预先划出加工线,而后仔细找正位置,如图 5-15 所示。用划针盘找正如图 5-15(a)所示;用百分表找正如图 5-15(b)找正。

四爪卡盘的特点是夹紧力大,适宜于装夹毛坯、方形、椭圆形以及一些不规则的工件。

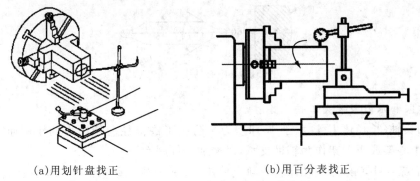

(a)用划针盘找正   (b)用百分表找正

图 5-15   在四爪卡盘上找正工件位置

3.顶尖和拨盘装夹工件

较长的(长径比 L/D 为 4～10)或加工工序较多的轴类工件,常采用两顶尖安装,如图 5-16所示。工件装夹在前、后两顶尖之间,由卡箍(又称鸡心夹头)夹紧,由拨盘带动工件旋转。

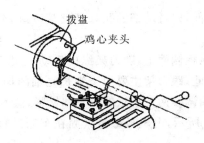

图 5-16   在两顶尖间装夹工件

顶尖的形状如图 5-17(a)所示。60°的锥形是支承工件的部分。尾部则安装在车床主轴孔或尾座套筒孔中。顶尖尺寸较小时,可通过顶尖套安装。顶尖套的形状如图 5-17(b)所示。

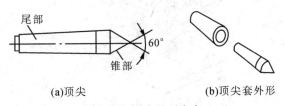

(a)顶尖   (b)顶尖套外形

图 5-17   顶尖及顶尖套

用顶尖安装工件时,应先车平工件端面,并用中心钻打出中心孔。中心钻及中心孔的形状如图 5-18所示。中心孔的圆锥部分与顶尖配合,应平整光洁。中心孔的圆柱部分用于容纳润滑油和避免顶尖尖端触及工件。

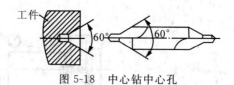

图 5-18　中心钻中心孔

4. 中心架和跟刀架装夹工件

加工细长轴(长径比 L/D 大于 15)时,为了防止工件受径向切削力的作用而产生弯曲变形,常用中心架或跟刀架作为辅助支承,以增加工件刚性。

(1)中心架　中心架固定在床身导轨上使用,有三个独立移动的支承爪,并可用紧固螺钉予以固定。使用时,将工件安装在前、后顶尖上,先在工件支承部位精车一段光滑表面,再将中心架固紧于导轨的适当位置,最后调整三个支承爪,使之与工件支承面接触,并调整至松紧适宜。

中心架的应用有两种情况:

①加工细长阶梯轴的各外圆,一般将中心架支承在轴的中间部位,先车右端各外圆,调头后再车另一端的外圆。

②加工长轴或长筒的端面,以及端部的孔和螺纹等,可用卡盘夹持工件左端,用中心架支承右端。

(2)跟刀架　固定在大拖板侧面上,随刀架纵向运动。跟刀架有两个支承爪,紧跟在车刀后面起辅助支承作用。因此,跟刀架主要用于细长光轴的加工。使用跟刀架需先在工件右端车削一段外圆,根据外圆调整两支承爪的位置和松紧,然后即可车削光轴的全长。

中心架的结构如图 5-19 所示,由压板螺钉紧固在车床导轨上,调节三个支承爪与工件接触,以增加工件刚性。

中心架用于夹持一般长轴、阶梯轴以及端面和孔都需要加工的长轴类工件。

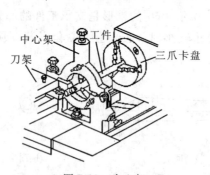

图 5-19　中心架

跟刀架的结构如图 5-20 所示。它紧固在刀架纵溜板上,并与刀架一起移动。跟刀架只有两个支承爪。

跟刀架只适用于夹持精车或半精车细长光轴类的工件,如丝杠和光杠等。

使用中心架和跟刀架时,工件转速不宜过高,并需对支承爪加注机油滑润。

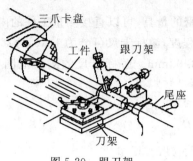

图 5-20　跟刀架

5.花盘装夹工件

不能用三爪或四爪卡盘装夹的形状不规则或大而薄的工件,可以用花盘装夹。用花盘装夹工件如图 5-21 所示。

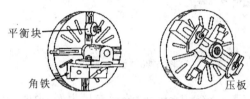

图 5-21　用花盘装夹工件

用花盘装夹工件时,往往重心偏向一边,为了防止转动时产生振动,在花盘的另一边需加平衡块。工件在花盘上的位置需要仔细找正。

6.心轴安装工件

在普通车床上加工内、外圆的同轴度及端面和孔的垂直度要求较高的盘、套类等工件时,可用心轴装夹工件,如图 5-22 所示。将工件安装在心轴上,再把心轴安装在前、后顶尖之间来加工工件外圆或端面。

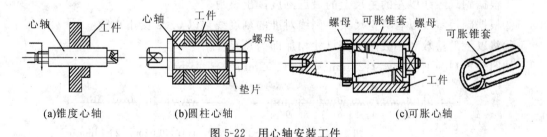

(a)锥度心轴　　　　　(b)圆柱心轴　　　　　　(c)可胀心轴

图 5-22　用心轴安装工件

5.1.9　常用测量工具

为保证加工出符合要求的零件,在加工过程中要对工件进行测量,对已加工完毕的零件也要进行检验,这就要根据测量的内容和精度要求选用适当的量具。

切削加工中使用的量具种类很多,本节仅介绍几种常用量具。

1.游标卡尺

游标卡尺是一种比较精密的量具,可以直接测量工件的内径、外径、宽度和深度等,如图 5-23 所示。按照读数的准确程度,游标卡尺可分为 1/10,1/20 和 1/50 三种。其读数准确度分别是 0.1mm,0.05mm 和 0.02mm。游标卡尺的测量范围有 0~125 mm,0~200mm 和 0~300mm 三种规格。

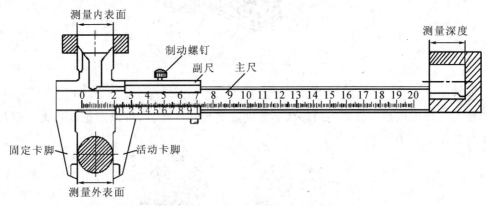

图 5-23 游标卡尺

现以读数准确度为 1/50mm(0.1mm)的游标卡尺为例,说明刻线原理和读数方法。

(1)刻线原理 如图 5-24(a)所示,当主尺和副尺(游标)的卡脚贴合时,在主、副尺上刻一上下对准的零线,主尺按每小格为 1mm 刻线,在副尺与主尺相对应的 49mm 长度上等分 50 小格,则

$$副尺每小格长度＝49/50＝0.98(mm)$$
$$主、副尺每小格之差＝1－0.98＝0.02(mm)$$

此处的 0.02mm 就是该游标卡尺的读数精度。

(2)读数方法 如图 5-24(b)所示,游标卡尺的读数方法可分为三步:

①根据副尺零线以左的主尺上的最近刻度读出整数。

②根据副尺零线以右与主尺某一刻线对准的刻度线乘以 0.02 读出小数。

③将以上的整数和小数两部分尺寸相加即为总尺寸。

如图 5-24(b)中的读数为:23mm＋12×0.02mm＝23.24mm。

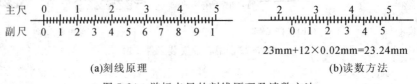

(a)刻线原理   (b)读数方法

图 5-24 游标卡尺的刻线原理及读数方法

读数准确度为 0.05mm 和 0.02mm 的游标刻线间距离分别为 0.95mm 和 0.98mm,游标共分 20 格和 50 格,主尺与游标每格之间的长度差分别是 0.05mm 和 0.02mm,因此可测量出 0.05mm 和 0.02mm 的小数。读数方法与读数准确度为 1/50(0.1mm)的游标卡尺相同。

（3）使用方法　游标卡尺的使用方法如图 5-25 所示。其中图 5-25（a）为测量工件外径的方法，图 5-25（b）为测量工件内径的方法，图 5-25（c）为测量工件宽度的方法，图 5-25（d）为测量工件深度的方法。用游标卡尺测量工件时，应使卡脚逐渐与工件表面靠近，最后达到轻微接触。还要注意游标卡尺必须放正，切忌歪斜，以免测量不准。

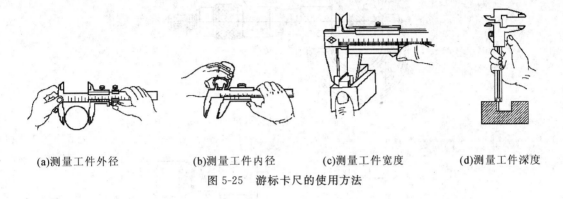

(a)测量工件外径　　(b)测量工件内径　　(c)测量工件宽度　　(d)测量工件深度

图 5-25　游标卡尺的使用方法

也有专用于测量深度和高度的深度游标尺和高度游标尺，如图 5-26 所示。高度游标尺除用于测量工件的高度以外，还用于钳工精密划线。

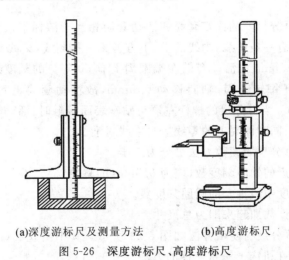

(a)深度游标尺及测量方法　　　(b)高度游标尺

图 5-26　深度游标尺、高度游标尺

（4）注意事项　使用游标卡尺时应注意如下事项：

①使用前，先擦净卡脚，然后合拢两卡脚使之贴合，检查主、副尺的零线是否对齐。若未对齐，应在测量后根据原始误差修正读数。

②测量时，卡脚不得用力紧压工件，以免卡脚变形或磨损，降低测量的准确度。

③游标卡尺仅用于测量加工过的光滑表面。表面粗糙的工件和正在运动的工件都不宜用它测量，以免卡脚过快磨损。

2.百分尺

百分尺是比游标卡尺更为精确的测量工具，其测量准确度为 0.01mm。有外径百分尺、内径百分尺和深度百分尺几种。外径百分尺按其测量范围有 0～25mm，25～50mm，50～75mm，75～100mm，100～125mm 等多种规格。

测量范围为 0～25mm 的外径百分尺如图 5-27 所示。其螺杆与活动套筒连在一起,当转动活动套筒时,螺杆与活动套筒一起向左或向右移动。百分尺的刻线原理和读数方法如图 5-28 所示。

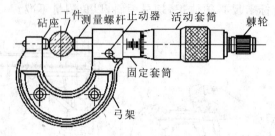

图 5-27　外径百分尺

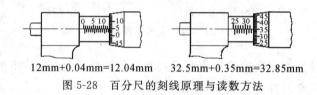

12mm+0.04mm=12.04mm　　32.5mm+0.35mm=32.85mm

图 5-28　百分尺的刻线原理与读数方法

(1)刻线原理　百分尺上的固定套筒和活动套筒相当于游标卡尺的主尺和副尺。固定套筒在轴线方向上刻有一条中线,中线的上、下方各刻一排刻线,刻线每小格为 1mm,上、下两排刻线相互错开 0.5mm;在活动套筒左端圆周上有 50 等分的刻度线。因测量螺杆的螺距为 0.5 mm,即螺杆每转一周,轴向移动 0.5mm,故活动套筒上每一小格的读数值为 0.5mm/50＝0.01mm。当百分尺的螺杆左端与砧座表面接触时,活动套筒左端的边线与轴向刻度线的零线重合;同时圆周上的零线应与中线对准。

(2)读数方法　百分尺的读数方法可分为三步:

①读出距边线最近的轴向刻度数(应为 0.5mm 的整数倍)。

②读出与轴向刻度中线重合的圆周刻度数。

③将以上两部分读数加起来即为总尺寸。

(3)使用方法　百分尺的使用方法如图 5-29 所示。其中图 5-29(a)是测量小零件外径的方法;图 5-29(b)是在机床上测量工件的方法。

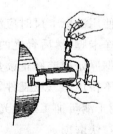

(a)测量小零件外径　　　　(b)在机床上测量工件

图 5-29　百分尺的使用方法

(4)注意事项　使用百分尺应注意以下事项:

①使用前应先擦干净，校对零点，将砧座与螺杆接触，看圆周刻度零线是否与中线零点对齐。若有误差，应记住此数值，在测量后根据原始误差修正读数。

②当测量螺杆快要接触工件时，必须旋拧端部棘轮，当棘轮发出"嘎嘎"打滑声时，表示压力合适，停止拧动(此时严禁使用活动套筒，以防用力过度测量不准)。

③被测工件表面应擦干净，并准确放在百分尺两测量面之间，不许偏斜。

④测量时不能预先调好尺寸，锁紧螺杆，再用力卡过工件，否则将导致螺杆弯曲或测量面磨损，从而降低测量准确度。

⑤读数时不可忘记要少读 0.5mm。

5.2 车床操作要点

1. 刻度盘的使用

车削过程必须正确调整切削深度。切削深度的调整通常是使用机床大、中、小拖板上的刻度盘来进行。对刻度盘的使用，可通过中拖板上的刻度盘来说明：

中拖板的刻度盘装在中拖板的丝杠上，当转动中拖板的手柄转动一周，即带动丝杠转动一圈，刻度盘也随之转了一圈。同时，固定在中拖板上的螺母就带动中拖板、车刀移动一个导程。

如果中拖板丝杠的导程为 5mm，刻度盘分为 100 格，当刻度盘转过一格时，中拖板的移动量为 5mm÷100＝0.05mm。不过，螺杆与螺母之间的配合往往存在间隙，实际操作时会产生一定的空行程，即刻度盘转动而拖板并未移动。所以在使用时应消除螺纹间隙，其方法是反方向将刻度盘转回半周以上，以消除丝杠与螺母之间的全部空行程，然后再进刀，转到所需要的格数。

应该注意，在实际车削时，工件是做圆周运动，中拖板刻度盘的进刀量只是工件直径余量尺寸的 1/2。

2. 切削用量的选择原则

(1)粗车时切削用量的选择 粗车时主要以提高生产率为主，应尽快地把多余材料切除，原则上应选大的切削用量，但又不能将切削用量三要素同时增大。因为切削用量中对车刀寿命影响最大的是切削速度，其次是进给量，影响最小的是背吃刀量。合理的切削用量应该是：首先选用一个大的背吃刀量，最好一次将粗车余量切除，若余量太大一次无法切除时才可分两次或三次，但第一次的背吃刀量要尽可能大一些。其次，为缩短进给时间再选一个较大的进给量。当背吃刀量和进给量确定之后，在保证车刀寿命的前提下，再选择一个相对大而合理的切削速度，即"深切慢走($a_p \rightarrow f \rightarrow v_c$)"。

(2)半精车、精车时切削用量的选择 半精车、精车时，主要以保证工件加工精度为主，但也要注意提高生产率及保证车刀寿命。半精车、精车的切削余量是根据技术要求由粗车留下的，原则上半精车和精车都是一次进给完成。若工件表面粗糙度值要求较小，一次进给无法保证表面质量时才可分两次或三次进给，但最后一次进给的背吃刀量不得小于 0.1mm。精车、半精车的进给量应选得小一些，切削速度应根据刀具材料选择，即"$v_c \rightarrow f \rightarrow a_p$"。

高速钢车刀应选较低的切削速度($v_c<5$ m/min);硬质合金车刀应选择较高的切削速度($v_c>80$ m/min)。

车削工件毛坯的加工余量一般都较大,为了获得较高的生产效率和产品质量,可将工件加工分为若干步骤进行。对精度要求较高的零件,一般按粗车、半精车、精车的顺序进行。

粗车是尽快地从毛坯上切去大部分加工余量,使工件接近(尚未达到)最终要求的形状和尺寸。为了获得较高的工作效率,可以采用较大的切削深度和进给量,按刀具的耐用度要求,选择一个合适的切削速度。例如:背吃刀量 $a_p=2\sim3$mm,进给量 $f=0.15\sim0.4$mm/r,切削速度 $v_c=30\sim60$m/min。车削硬钢比车削软钢的切削速度要低,车削铸铁件比车削钢件时的切削速度要低。

经过粗车之后,留下的加工余量已较小,进而采用精车。精车的目的是保证加工精度和表面粗糙度达到设计要求。为获得较高的生产效率,精车时一般采用较高的切削速度和较小的背吃刀量和进给量。例如:使用硬质合金车刀精车低碳钢时,可选用:$a_p=0.1\sim0.3$mm,$f=0.05\sim0.2$mm/r,$v_c\geqslant100$m/min。

3. 车削试切操作

实际操作开始,应首先进行试切,其操作步骤如下:

首先全面了解车床各部位的构造、作用及相互间的联动关系。在停车状态下练习纵向和横向手动进给操作;在光杠转动情况下,练习启动和停止纵、横机动进给操作,熟悉进刀和退刀方向。还应进行主轴转速和进给量变换练习。

试车前还应该检查车床各部位状态是否良好,防护设置是否完好,并准备好所需要使用的工具和量具。然后用低速开车空转试车 $1\sim2$min,试验运转是否正常。

将工件装夹在三爪卡盘上,装夹牢固后,将锁紧扳手取下;按操作规程,将车刀安装,并检查无误。

通常选择较低的切削速度和较小的切削用量,采用手动进给来试切端面和外圆。

试切端面时,先开动车床,再移动小拖板或大拖板控制背吃刀量,然后锁紧大拖板,摇动中拖板作横向进刀,从工件外周向中心车削或者从工件中心向外车削。

试切外圆时,首先测量工件毛坯的直径,据此尺寸计算出应车切去的余量,将刀尖轻轻接触工件表面,然后纵向退刀,调整吃刀深度,用手动或自动纵向走刀,将应切削的金属层切去。

试切,不仅在实习操作伊始需要进行试切,就是在实际生产操作之初,如外圆的粗车和精车等,也应先进行试切。不过,试切的目的和含义有所区别。

5.3 轴类零件的车削

所谓轴类零件,就是长度大于直径 3 倍以上的机械零件。通常轴类零件由圆柱面(或圆锥面)、台阶面和端面组成。因此,轴类零件的车削,主要是车外圆、台阶、端面、切断、切槽、偏心轴等的操作。

车削加工轴类零件时,除了要达到尺寸精度和表面粗糙度要求外,同时还应满足一定的形状和位置精度要求,如圆度、圆柱度、同轴度、垂直度等。

5.3.1 车削外圆

1. 车外圆的特点

将工件装夹在卡盘上做旋转运动,车刀安装在刀架上做纵向移动,就可车出外圆柱面。车削这类零件时,除了要保证图样的标注尺寸、公差和表面粗糙度外,一般还应注意形位公差的要求,如垂直度和同轴度的要求。

常用的量具有钢直尺、游标卡尺和分厘卡尺等。

2. 外圆车刀的选择和安装

(1)外圆车刀的选择 常用外圆车刀有尖刀、弯头刀和偏刀。外圆车刀常用主偏角有15°,75°,90°。

尖刀主要用于粗车外圆和没有台阶或台阶不大的外圆。弯刀头用于车外圆、端面和有45°斜面的外圆,特别是45°弯头刀应用较为普遍。主偏角为90°的左右偏刀,车外圆时,径向力很小,常用来车削细长轴的外圆。圆弧刀的刀尖具有圆弧,可用来车削具有圆弧台的外圆。各种外圆车刀均可用于倒角。

(2)外圆车刀的安装

①刀尖应与工件轴线等高。

②车刀刀杆应与工件轴线垂直。

③刀杆伸出刀架不宜过长,一般为刀杆厚度的 1.5~2 倍。

④刀杆垫片应平整,尽量用厚垫片,以减少垫片数量。

⑤车刀位置调整好后应固紧。

3. 工件的安装

在车床上装夹工件的基本要求是定位准确,夹紧可靠。车削时,必须把工件夹在车床的夹具上,经过校正、夹紧,使它在整个加工过程中始终保持正确的位置,这个工作叫做工件的安装。在车床上安装工件应使被加工表面的轴线与车床主轴回转轴线重合,保证工件处于正确的位置;同时要将工件夹紧,以防止在切削力的作用下,工件松动或脱落,保证工作安全。

车床上安装工件的通用夹具(车床附件)很多,其中三爪卡盘用得最多。由于三爪卡盘的三个爪是同时移动自行对中的,故适宜安装短棒或盘类工件,反三爪状态用以夹持直径较大的工件。由于制造误差和卡盘零件的磨损等原因,三爪卡盘的定心准确度约为 0.05~0.15mm。工件上同轴度要求较高的表面,应在一次装夹后车出。

三爪卡盘是靠其法兰盘上的螺纹直接旋装在车床主轴上的。

三爪卡盘安装工件的步骤:

(1)工件在卡爪间放正,轻轻夹紧,取下扳手。

(2)开机,使主轴低速旋转,检查工件有无偏摆。若有偏摆,应停车后,轻敲工件纠正,然后拧紧三个卡爪,固紧后,须随即取下扳手,以保证安全。

(3)移动车刀至车削行程的最左端,用手转动卡盘,检查是否与刀架相撞。

4. 切削用量的选择

切削速度、进给量和背吃刀量三者称为切削用量。它们是影响工件加工质量和生产效率的重要因素。

为了保证加工质量和提高生产率,零件加工应分阶段按粗加工、半精加工和精加工进行。中等精度的零件,一般按粗车—精车的方案进行即可。

粗车的目的是尽快地从毛坯上切去大部分的加工余量,使工件接近要求的形状和尺寸。粗车以提高生产率为主,在生产中加大切削深度,对提高生产率最有利,其次适当加大进给量,而采用中等或中等偏低的切削速度。使用高速钢车刀进行粗车的切削用量推荐如下:背吃刀量 $α_p$ 为 0.8~1.5mm,进给量 f 为 0.2~0.3mm/r,切削速度 v_c 取 30~50m/min(切钢)。

粗车铸、锻件毛坯时,因工件表面有硬皮,为保护刀尖,应先车端面或倒角,第一次切深应大于硬皮厚度。若工件夹持的长度较短或表面凸凹不平,切削用量则不宜过大。

粗车应留有 0.5~1mm 作为精车余量。粗车后的精度为 IT14~IT11,表面粗糙度 R_a 值一般为 12.5~6.3μm。

精车的目的是保证零件尺寸精度和表面粗糙度的要求,生产率应在此前提下尽可能提高。一般精车的精度为 IT8~IT7,表面粗糙度值 R_a 为 3.2~0.8μm,所以精车是以提高工件的加工质量为主。切削用量应选用较小的背吃刀量 $α_p$ 约在 0.1~0.3mm 和较小的进给量 f 取 0.05~0.2mm/r,切削速度可取大些。

精车的另一个突出的问题是保证加工表面的粗糙度的要求。减小表面粗糙度 R_a 值的主要措施有如下几点。

(1)合理选用切削用量　选用较小的背吃刀量 $α_p$ 和进给量 f,可减小残留面积,使 R_a 值减小。

(2)适当减小副偏角 K'_r,或刀尖磨有小圆弧,以减小残留面积,使 R_a 值减小。

(3)适当加大前角 $γ_0$,将刀刃磨得更为锋利。

(4)用油石加机油打磨车刀的前、后刀面,使其 R_a 值达到 0.2~0.1μm,可有效减小工件表面的 R_a 值。

(5)合理使用切削液也有助于减小加工表面粗糙度 R_a 值。低速精车使用乳化液或机油,若用低速精车铸铁应使用煤油,高速精车钢件和较高切速精车铸铁件,一般不使用切削液。

5.车外圆操作步骤

外圆的车削,是车削加工中最常用的基本操作,一般是先粗车后精车。车刀和工件在车床上安装以后,即可开始车削加工。车外圆必须先进行试切,试切过程如图 5-30 所示。

经过调节,切削深度若在允许范围,即可用手动或机动进刀进行切削。当车削达到加工长度时,应停止进给,并摇动中拖板手柄退出车刀,停机检验。

调整背吃刀量时,应注意正确使用横溜板丝杠上的刻度盘。C6132 型车床横向丝杠的螺距为 4mm。刻度盘共分 200 格,每格刻度值为 0.02mm。根据背吃刀量就能计算出所需要转过的格数。

例如,当背吃刀量 $α_p$ 为 0.4mm 时,刻度盘应转过的格数为 0.4/0.02=20 格。

由于丝杠和螺母之间有间隙,若手柄转过了头或试切后发现尺寸偏小时,应按图 5-31 所示方法退回。

对刀、试切、测量是控制工件尺寸精度的必要手段,是车床操作者的基本功,一定要熟练掌握。

(a)选择主轴转速和进给量,调整有关手柄位置。开动车床,让刀与工件表面轻微接触,找出工件外圆的最突出点

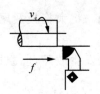
(b)向左退刀

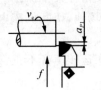
(c)横向进给一定的切削深度

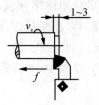
(d)纵向进刀试切1~3mm

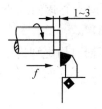
(e)向右退出车刀

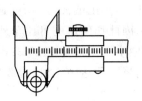
(f)停机测量直径

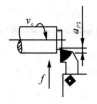
(g)如果尚未达到尺寸,再增加切削深度,继续试刀。

图 5-30　车外圆的试切步骤

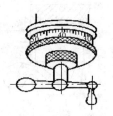
(a)要求手柄转至20,但实际转到30

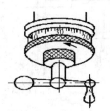
(b)错误:直接退到20

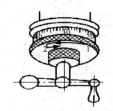
(c)正确:是将手柄多退半圈后再转至20

图 5-31　手柄的操作

6.检验

车削完毕应采用合适的量具检验。切削外圆时主要检验外圆直径是否在公差范围之内。测量时需要多量几个部位,注意是否有椭圆和锥形误差。

7.车床安全操作规程

为了保持车床的精度,延长其使用寿命,以及保障人身和设备的安全,操作时必须严格遵守下列安全操作规程:

(1)工作服穿整齐,女同学戴好工作帽。

(2)开车前必须检查车床各手柄及运转部分是否正常。

(3)工件要卡正、夹紧、装卸工件后卡盘扳手必须随手取下。

(4)车刀要夹紧,方刀架要锁紧。装好工件和车刀后,进行加工极限位置检查。

(5)必须停车变速。车床运转时,严禁用手去摸工件和测量工件,不能用手去拉切屑。

(6)车床导轨上严禁摆放工、刀、量具及工件。

(7)开车后不许离开机床,要精神集中操作。

(8)下班时,擦净机床,整理场地,切断机床电源。将大拖板及尾架摇到车床导轨后端,在导轨表面加油润滑。

(9)加工过程中,如发现车床运转声音不正常或发生故障,应立即切断电源,报告师傅,听从指导。

5.3.2　车端面、切槽和切断

1.车端面

车削端面,可用卡盘将工件夹持,露出端面。车削前必须将刀尖对准旋转中心,以免最后在端面中心处留出凸台。同时注意,车削端面时,切削速度由外圆向中心逐渐减小,当切削速度降低时,表面粗糙度值增大,因此切削速度可比车外圆高一些。

车削端面可用端面车刀,从外向中心切削,如图5-32(a)所示。车削时用手动进给,进给速度应力求均匀;若用机动进给,当将要到达中心时,应改用手动进给。车削完毕,先纵向退刀,再横向退刀,以免刀尖划伤已加工表面。

车削端面时也可以使用右偏刀,由外向中心进给,如图5-32(b)所示。当采取由外向中心进给时,用的是副切削刃切削,如果切削深度较大,切削力会使车刀扎入工件而形成凹面,可改用从中心向外进给,用主切削刃切削,如图5-32(c)所示。

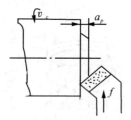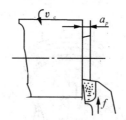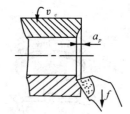

(a)用端面车刀车端面　　(b)右偏刀从外向中心车端面　　(c)右偏刀从中心向外车端面

图5-32　车端面

车端面操作注意点:

(1)安装工件时,要对其外圆及端面找正。

(2)安装车刀时,刀尖应严格对准工件中心,以免端面出现凸台,造成刀尖崩坏。

(3)端面质量要求较高时,最后一刀应由中心向外切削。

(4)车削大端面时,为使车刀准确地横向进给,应将大溜板紧固在床身上,用小刀架调整背吃刀量。

2.切槽

切槽时用切槽刀,如图5-33所示。切槽刀前为主切削刃,两侧为副切削刃。安装切槽刀,其主切削刃应平行于工件轴线,主刀刃与工件轴线同一高度。

切槽,是在工件的内、外圆周或者端面上切出各种形状的槽沟,如内槽、外槽和端面槽。切窄槽,主切削刃宽度等于槽宽,横向走刀一次将槽切出;切内槽和切外槽,采用横向进给;切端面槽采用纵向进给,如图5-34所示。切宽槽,主切削刃宽度小于槽宽,分几次横向走刀,切出槽宽;切出槽宽后,纵向走刀精车槽底,切完宽槽,如图5-35所示。

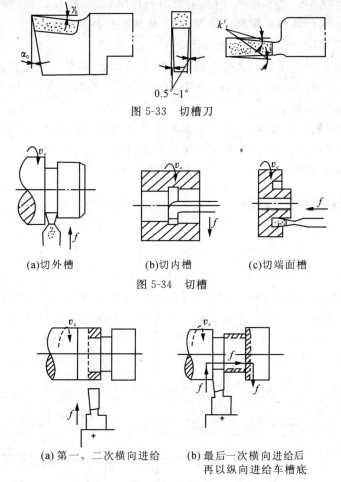

图 5-33　切槽刀

（a)切外槽　　　　　（b)切内槽　　　　　（c)切端面槽

图 5-34　切槽

（a)第一、二次横向进给　　（b)最后一次横向进给后
再以纵向进给车槽底

图 5-35　切宽槽

外槽的直径,可用卡规或游标卡尺测量;外槽的宽度可用卡规、游标卡尺或者塞规来测量。

3.切断

切断方法如图 5-36 所示。

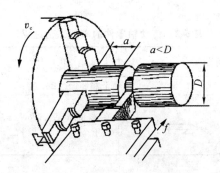

图 5-36　在卡盘上切断

切断车刀和切槽车刀基本相同,但其主切削刃较窄,刀头较长。在切断过程中,散热条件差,刀具刚度低,因此须减小切削用量,以防止机床和工件的振动。

切断操作注意事项:

(1)切断时,工件一般用卡盘夹持。切断处应靠近卡盘,以免引起工件振动。

(2)安装切断刀时,刀尖要对准工件中心,刀杆与工件轴线垂直,刀杆不能伸出过长,但必须保证切断时刀架不碰卡盘。

(3)切断时应降低切削速度,并应尽可能减小主轴和刀架滑动部分的配合间隙。

(4)手动进给要均匀。快切断时,应放慢进给速度,以免刀头折断。

(5)切断钢料时,需加切削液。

5.3.3 车削传动轴零件实例

【实例1】

传动轴图样实例如图 5-37 所示,其外形由外圆、端面、台阶、沟槽和倒角组成。一般传动轴各表面的尺寸精度、表面粗糙度和位置精度(主要是各外圆对轴线的同轴度和台肩端面对轴线的端面圆跳动)要求较高,长度和直径的比值也较大,加工时不可能一次加工出全部表面,往往要多次调头安装、加工才能完成。为了保证零件的安装精度,并且安装要方便可靠,轴类零件一般都采用顶尖安装。其原材料是 $\phi40mm$ 的 45 圆钢棒材,经锯床切割成长度为 245mm 的棒料。根据其技术要求,可选用 C6132 车床,传动轴的车削工艺过程安排见表 5-2。

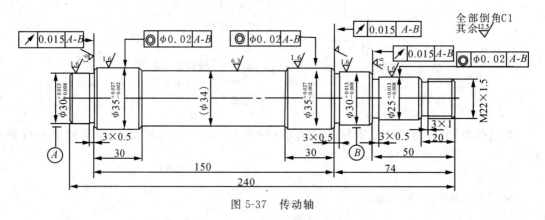

图 5-37 传动轴

表 5-2 传动轴零件的车削工艺过程

加工顺序	加工简图	加工内容	安装方法	备注
1		下料 $\phi40 \times 245$		
2		车端面见平,钻 $\phi2.5$ 中心孔	三爪自定心卡盘	

续表

加工顺序	加工简图	加工内容	安装方法	备注
3		调头,车端面保证总长240mm,粗车外圆$\phi32\times15$;钻$\phi2.5$中心孔	三爪自定心卡盘	
4		调头,粗车各台阶,车$\phi36$外圆全长;车外圆$\phi31\times74$;车外圆$\phi26\times50$;车外圆$\phi23\times20$,切槽3个;车空槽$\phi34$至尺寸	双顶尖卡箍	
5		调头精车,切槽1个;车大端面保证尺150;车$\phi30^{\pm0.013}_{-0.008}$至尺寸;车两外圆$\phi35^{+0.027}_{-0.002}$至尺寸;倒角2个C1	双顶尖卡箍	
6		调头精车,车外圆$\phi30^{+0.013}_{-0.008}$至尺寸;车外圆$\phi25^{+0.013}_{-0.008}$至尺寸;车螺纹外圆$\phi22^{-0.1}_{-0.2}$至尺寸;修光台肩小端面;倒角4个C1;车螺纹M22×1.5	双顶尖卡箍(垫铁皮)	
7		检验		

【实例2】

短轴零件图样实例如图5-38所示,其外形由外圆、端面、台阶、沟槽和倒角组成,其原材料是$\phi30$mm的钢材,经锯床切割成长度为65mm的棒料。根据其技术要求,可选用C6132车床,安排下列加工程序进行切削,如图5-39所示。

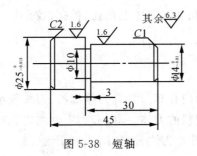

图 5-38 短轴

(1)车外圆 用三爪卡盘夹持坯料,用右偏刀切端面,粗车第一段外圆至$\phi15$mm、长27mm,粗车第二段外圆至$\phi26$mm,两段总长50mm,如图5-39(a)。

(2)精车外圆 精车第一段外圆至$\phi14^{0}_{-0.01}$mm,第二段外圆至$\phi25^{0}_{-0.013}$mm,并倒角C1,如图5-39(b)。

(3)切槽和切断 用切槽刀切槽至$\phi10$mm,槽宽3mm,槽边至第一段顶端总长为30mm,再用切槽刀切断工件,工件长度为46mm,如图5-39(c)。

(4)车端面和倒角 将工件卸下并调头,用三爪卡盘夹持$\phi25$mm处车端面,保证工件长度为45mm,并倒角C2。最后的成品如图5-38所示。

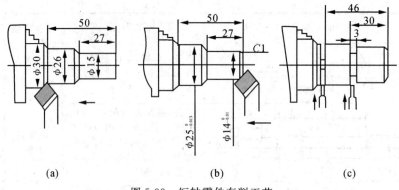

(a)　　　　　　　　(b)　　　　　　　(c)

图 5-39　短轴零件车削工艺

轴类零件形状虽然较为简单,其技术要求除尺寸精度和表面粗糙度外,还有各个外圆柱面之间的同轴度、端面和台阶面与轴线之间的垂直度等要求。因此,应该注意下列事项:

(1)车削前应检查车床各部分的间隙和传动带的松紧程度,如有不当,应予调整。

(2)按粗车、精车分别选用合适的切削用量。

(3)车削台阶时,要兼顾外圆的直径尺寸和台阶的长度,找出正确的测量基准。

(4)车削过程,发现车刀磨损,应及时换刀,并测量工件。

5.4　盘、套类零件的车削

盘、套类零件主要是由孔、外圆和端面组成,所以,对盘、套类零件的加工,除了上述的外圆、端面加工之外,还有车内孔和在车床上钻孔、扩孔、铰孔等。

5.4.1　车内孔和内沟槽

1.内孔车刀

由于受内孔尺寸的限制,内孔车刀具有刀体细长、刀头较小的特点。为了保证刀具的刚度,在选用时应尽可能选用较粗的刀体。盘、套类零件的内孔有通孔和盲孔之分,因此,内孔车刀也相应有通孔车刀和盲孔车刀之分,如图 5-40 所示。

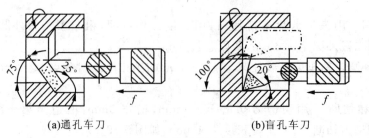

(a)通孔车刀　　　　　　　　(b)盲孔车刀

图 5-40　内孔车刀及其车削

通孔车刀用于车削通孔,其切削部分的形状基本相似于弯头外圆车刀。为了减少径向切削力以减少刀体的弯曲变形,通孔车刀的主偏角应取较大值(为 $60°\sim75°$),副偏角一般为 $10°\sim20°$。通孔车刀的长度,应大于工件孔的长度 $3\sim7mm$。

盲孔车刀用于盲孔或台阶孔的加工,其主偏角常为 $92°\sim100°$,同时其刀尖到刀背面的距离必须小于孔径的一半,否则盲孔的孔底无法加工平整。

2. 内孔车刀的安装和切削操作

内孔车刀的安装,在粗车时,刀尖高度应略低于工件旋转中心以增加前角;精车时刀尖可装得略高一些,使后角略有增加,减少刀具与工件的摩擦。车刀安装后,应以手动方式,将车刀在毛坯孔内来回空车一次,以检查车刀的位置是否正确。

粗车内孔的背吃刀量为 $1\sim3mm$,进给量为 $0.02\sim0.4mm/r$,切削速度应低于车削外圆的速度。粗车后剩下的精车加工余量通常为 $0.5\sim1.0mm$。精车内孔的背吃刀量为 $0.1\sim0.2mm$,进给量为 $0.08\sim0.15mm/r$,切削速度高于粗车时的速度。

车削内孔时应确保切屑外排流畅,如排屑不畅,应及时修改车刀或改变切削用量。车削过程中,如有振动、尖叫,应及时停车,退出车刀,找出原因。通常可用修正车刀形状、切削用量或改善切削条件来解决。

3. 车内沟槽

如果零件内孔中部局部直径较大,则形成内沟槽。对于内沟槽的车削,可按沟槽的宽度不同,采用一次车出或多次完成,如图 5-41 所示。沟槽较窄时,可用与沟槽宽度相同的内沟槽车刀,一次车成;如果沟槽较宽,可用较小的沟槽车刀多次走刀完成。

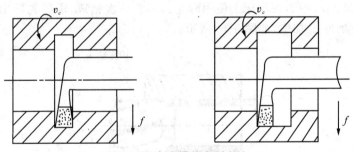

图 5-41 内沟槽的车削方法

5.4.2 在车床上钻孔、扩孔、铰孔和镗孔

1. 钻孔

在车床上钻孔的方法如图 5-42 所示。

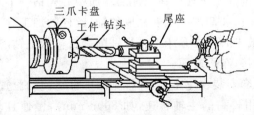

图 5-42 在车床上钻孔

实体零件毛坯,需要在其中心位置钻孔时,既可在钻床上钻削,也可在车床上钻削。在

车床上钻孔时,应将工件装夹在卡盘上,工件随车床主轴旋转,钻头则装夹在尾座的套筒中,以手动方式转动尾座上的手柄,使钻头纵向移动。钻孔的尺寸公差等级可达到 IT14～IT11,表面粗糙度可达到 $R_a25～6.3\mu m$。

钻孔所用的刀具是麻花钻,选用的钻头应与孔径要求相同。将钻头安装在尾座套筒时,必须校正钻头的中心位置,使与工件的旋转中心一致,不得偏移。

钻孔的端面必须平整,其中心部位不得有凸台,如有凸台,应先将工件端面车平。同时,最好采用中心钻钻出中心孔,作为麻花钻的定位孔。

在车床上钻孔,切削速度一般可取 20～40m/min。当钻头初入工件端面时,不能用力过大,以免钻偏或者折断钻头。当钻入工件 2～3mm 时,应停车、退出钻头,测量孔径是否符合要求。

钻削深孔与钢料时,应向孔内注入充分的切削液;手动进给速度要均匀,并且要经常退出钻头,及时清除切屑。

钻削通孔时,当将要钻通时,部分钻刃已不参加切削,切削力将大为减少,应及时降低进给速度,待全部钻通退出钻头后才能停车。

钻削盲孔时,应注意对钻孔深度的控制,可在钻头开始钻削端面时,记下尾座套筒上的刻度,进行计算,或者在钻头上做出标记。

若对孔的要求较高,则要进行扩孔或铰孔。

2. 扩孔

直径大于 30mm 的孔,在车床上使用麻花钻不能一次钻成,需要先钻出较小的孔,再使用扩孔麻花钻进行扩孔加工,如图 5-43 所示。

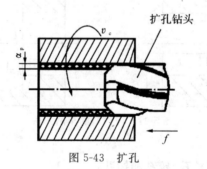

图 5-43 扩孔

扩孔属于半精加工,尺寸公差等级可达到 IT10～IT9,表面粗糙度可达 $R_a6.3～3.2\mu m$。

3. 钻中心孔

所谓中心孔,是指车削加工过程中在工件的端面中心先钻一个用于支承和定位的小孔。常用于较长或者需经过多次装卸加工才能完成的轴、丝杠的加工。

中心孔可采用专用的中心钻在车床上进行钻削。在车床上钻削中心孔的步骤如下:

(1)将工件用卡盘夹持,车平端面。

(2)将中心钻通过钻套安装在尾座上,并推到距工件适当的位置,紧固尾座。

(3)开动机床(可采用较高的主轴转速,如 800r/min),慢速且均匀地摇动尾座上的手轮,将中心钻钻入工件。钻削过程要注意经常退出中心钻,及时清除切屑。

4. 铰孔

使用麻花钻虽可钻削成孔,再用扩孔钻扩孔,但都是半精加工。如果要进一步提高孔的质量,还可以在车床上铰孔,进行精加工。铰孔后可达到的精度为 IT8～IT7,表面粗糙度值为 $R_a 1.6～0.8\mu m$。

在车床上铰孔,常采用机用铰刀进行加工,机用铰刀外形如图 5-44(a)所示。其工作部分由切削和校准两部分组成。铰刀工作时,以较低的切削速度,利用工作部分上 6～8 个刀刃,切下少量的金属(加工余量为 0.05～0.20mm)。铰孔如图 5-44(b)所示。

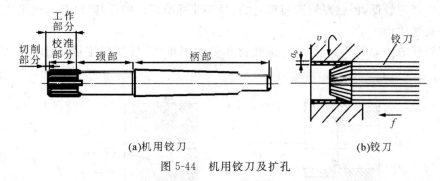

(a)机用铰刀   (b)铰刀

图 5-44　机用铰刀及扩孔

铰刀在车床上的安装与麻花钻相同,但必须注意,在安装铰刀之前要将尾座孔中心调整至与工件旋转中心重合。

钻→扩→铰是中小直径孔的典型工艺方案,生产中广为应用。但对直径较大或内有台阶、环槽等的孔,则要采用镗孔。

5. 镗孔

镗孔是对锻出、铸出或钻出孔的进一步加工,镗孔可扩大孔径,提高精度,减小表面粗糙度,还可以较好地纠正原来孔轴线的偏斜。所以镗孔能保证工件的孔与孔、孔与基面之间的尺寸精度和位置精度。镗孔可以分为粗镗、半精镗和精镗。精镗孔的尺寸精度可达 IT8～IT7,表面粗糙度 $R_a 1.6～0.8\mu m$。

(1)常用镗刀

①通孔镗刀　镗通孔用的普通镗刀,为减小径向切削分力,以减小刀杆弯曲变形,一般主偏角为 45°～75°,常取 60°～70°。

②不通孔镗刀　镗台阶孔和不通孔用的镗刀,其主偏角大于 90°,一般取 95°。

(2)镗刀的安装

①刀杆伸出刀架处的长度应尽可能短,以增加刚性,避免因刀杆弯曲变形,而使孔产生锥形误差。

②刀尖应略高于工件旋转中心,以减小振动和扎刀现象,防止镗刀下部碰坏孔壁,影响加工精度。

③刀杆要装正,不能歪斜,以防止刀杆碰坏已加工表面。

6. 工件的安装

(1)铸孔或锻孔毛坯工件,装夹时一定要根据内外圆校正,既要保证内孔有加工余量,又要保证与非加工表面的相互位置要求。

(2)装夹薄壁孔件,不能夹得太紧,否则,加工后的工件会产生变形,影响镗孔精度。对于精度要求较高的薄壁孔类零件,在粗加工之后,精加工之前,稍将卡爪放松,但夹紧力要大于切削力,再进行精加工。

7.镗孔方法

由于镗刀刀杆刚性差,加工时容易产生变形和振动,为了保证镗孔质量,精镗时一定要采用试切方法,并选用比精车外圆更小的背吃刀量 a_p 和进给量 f,并要多次走刀,以消除孔的锥度。

镗台阶孔和不通孔时,应在刀杆上用粉笔或划针做上记号,以控制镗刀进入的长度。

镗孔生产率较低,但镗刀制造简单,大直径和非标准直径的孔都可加工,通用性强,多用于单件小批量生产中。

车床镗孔方法如图 5-45 所示。镗孔比车外圆困难些,故切削用量要比车外圆选取得小些。

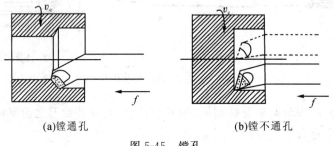

(a)镗通孔   (b)镗不通孔

图 5-45　镗孔

镗刀刀杆应尽可能选粗,以提高刚性。装刀时,刀杆伸出长度只要略大于孔的深度即可。镗孔操作也应采用试切法调整切削深度,注意手柄转动方向与车外圆调整时相反。

5.4.3　车圆锥面

在机械制造中,除采用圆柱体和内圆内作为配合表面外,还常用圆锥体和内锥面作为配合面。例如,车床主轴孔与顶尖的配合;尾架套筒的锥孔和顶尖、钻头锥柄的配合等。圆锥体与内锥面相配具有配合紧密,拆装方便,多次拆装仍能保持精确的定心作用等优点。

车圆锥面的方法有四种:转动小拖板法、偏移尾架法、靠尺法和宽刀法。

1.转动小拖板法(小刀架转位法)

方法:根据零件的圆锥角(2α),把小刀架下的转盘顺时针或逆时针扳转一个圆锥角(α),再把螺母固紧,用手缓慢而均匀转动小拖板手柄,车刀则沿着锥面的母线移动,从而加工出所需要的锥面,如图 5-46 所示。

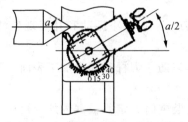

图 5-46　采用转动小拖板法车圆锥面

特点:此法车锥面操作简单,可以加工任意锥角的内、外锥面。因受小拖板架行程的限制(C6132 车床小刀架行程为 100mm),不能加工较长的锥面。需手动进给,劳动强度较大,表面粗糙度值 R_a 为 6.3~1.6μm。

应用:用于单件小批生产中,车削精度较低和长度较短的圆锥面。

2. 偏移尾架法

尾架主要由尾架体和底座两大部分组成。底座靠压板和固定螺钉紧固在床身上,尾架体可在底座上做横向调节。当松开固定螺钉而拧动两个调节螺钉时,即可使尾架体在横向移动一定距离。

方法:工件安装在前后顶尖之间,将尾架体相对底座在横向向前或向后偏移一定距离 S,使安装在两顶尖间的工件回转轴线与车床主轴轴线夹角等于工件圆锥角($\alpha/2$),当刀架自动或手动纵向进给时,即可车出所需的锥面,如图 5-47 所示。

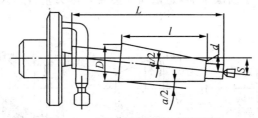

图 5-47 采用偏移尾架法车圆锥面

尾架偏移距离 S 可按如下公式计算:

$$S=\frac{L(D-d)}{2l}(\text{mm})$$

式中:D,d——锥体大端和小端直径;

$\quad L$——工件总长度;

$\quad l$——锥度部分轴向长度。

特点:此法可以加工较长的锥面,并能采用自动进给,表面加工质量较高,表面粗糙度值可达 R_a 为 6.3~1.6μm。因受尾架偏移量的限制,只能车削工件圆锥斜角 $\alpha<8°$ 的外锥面。又因顶尖在中心孔内是歪斜的,接触不良,磨损不均匀,变得不圆,导致在加工锥度较大的斜面时,影响加工精度。尾架偏移法车圆锥,最好使用球顶尖,以保持顶尖与中心孔有良好的接触状态。

应用:用于单件和成批生产中,加工锥度较小、较长的外圆锥面。

3. 靠尺法(靠模法)

靠尺装置一般要自制,也有作为车床附件供应的。

方法:靠模尺装置的底座固定在床身的后侧面。底座上装有靠模尺,靠模尺可以根据需要扳转一个斜角(α)。使用靠模时,需将中滑板上螺母与横向丝杆脱开,并用接长板与滑块连接在一起,滑块可以在靠模尺的导轨上自由滑动。这样,当大拖板作自动或手动纵向进给时,中滑板与滑块一起沿靠模尺方向移动,即可车出圆锥斜角为 α 的锥面,如图 5-48 所示。

特点:可加工较长的内、外锥面,圆锥斜度不大,一般 $\alpha<12°$。若圆锥斜度太大,中滑板由于受到靠模尺的约束,纵向进给会产生困难。能采用自动进给,锥面加工质量较高,表面粗糙度值 R_a 可达 6.3~1.6μm。

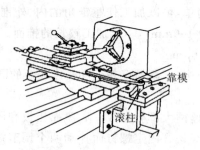

图 5-48　采用靠模法车圆锥面

应用:适用于成批和大量生产中,加工锥度小且较长的内、外圆锥面。

4. 宽刀法(样板刀法)

方法:宽刀(样板刀)车削圆锥面,是依靠车刀主切削刃垂直切入,直接车出圆锥面,如图 5-49 所示。

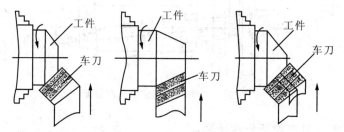

图 5-49　用宽刀法车圆锥面

特点:宽刀刀刃必须平直,刃倾角为零,主偏角等于工件的圆锥斜角(α);安装车刀时,必须保持刀尖与工件回转中心等高;加工的圆锥面不能太长,要求机床—工件—刀具系统必须具有足够的刚度;此法加工的生产率高,工件表面粗糙度值 R_a 可达 6.3~1.6 μm。

应用:适用于大批量生产中加工锥度较大且长度较短的内、外圆锥面。

5.4.4　车螺纹

螺纹零件广泛应用于机械产品,螺纹零件的功能是连接和传动。例如,车床主轴与卡盘的连接,方刀架上螺钉对刀具的紧固,丝杆与螺母的传动等。螺纹的种类很多,按牙型分有三角螺纹、梯形螺纹、方牙螺纹等,如图 5-50 所示。各种螺纹又有右旋、左旋和单线、多线之分,其中以单线、右旋的普通米制三角螺纹应用最广。

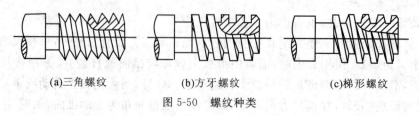

(a)三角螺纹　　　　　(b)方牙螺纹　　　　　(c)梯形螺纹

图 5-50　螺纹种类

1. 螺纹的基本要素

内外螺纹总是成对使用的,决定内外螺纹能否配合,以及配合的松紧程度,主要取决于

牙型角 α、螺距 P 和中径 $D_2(d_2)$ 三个基本要素的精度。

(1)牙型角 α　牙型角 α 是螺纹轴向剖面上的相邻两牙侧之间的夹角(即两个牙型半角 $\alpha/2$ 必须相等)。米制三角螺纹牙型角 $\alpha=60°$;英制三角螺纹 $\alpha=55°$。

(2)中径 $D_2(d_2)$　中径 $D_2(d_2)$ 是螺纹的牙厚与牙间相等处的圆柱直径。中径是螺纹的配合尺寸,只有当内外螺纹的中径一致时,两者才能很好的配合。

(3)螺距 P　螺距 P 是相邻两牙在中径线上对应两点之间的轴向距离。米制螺纹的螺距单位以毫米表示;英制螺纹的螺距以每英寸牙数来表示。

车削螺纹时,必须使上述三个要素都符合要求,螺纹才是合格的。

普通螺纹的标注:例 M20,M 表示三角螺纹,牙型角 $\alpha=60°$;20 表示螺纹外径为 20mm;螺距 $P=2.5$mm(可查普通螺纹标准);单线、右旋(在螺纹标注中可省略)。

2. 车削螺纹

(1)传动原理　车削螺纹时,为了获得准确的螺纹,必须用丝杆带动刀架进给,使工件每转一周,刀具移动的距离等于螺距。

(2)螺纹车刀及安装　牙型角 α 的保证,取决于螺纹车刀的刃磨和安装。为了使车出的螺纹形状正确,必须使刀尖的形状与螺纹截面形状相吻合。

螺纹车刀刃磨的要求:

①车刀的刀尖角等于螺纹轴向剖面的牙型角 α;

②前角 $\gamma_0=0°$,粗车螺纹为了改善切削条件,可用有正前角的车刀($\gamma_0=5°\sim15°$)。

螺纹车刀安装的要求:

①刀尖必须与工件旋转中心等高。

②刀尖角的平分线必须与工件轴线垂直。因此,要用对刀样板对刀。

3. 机床调整及安装

车刀装好后,调整车床和配换齿轮的目的是保证工件与车刀的正确运动关系。如图 5-51 所示,工件由主轴带动,车刀由丝杠带动。主轴与丝杠是通过换向机构三星轮 z_1,z_2,z_3 (或其他换向机构),配换齿轮 a,b,c,d 和进给箱连接起来的。三星轮可改变丝杠旋转方向,通过调整它可车削右旋螺纹或左旋螺纹。在这一传动系统中,必须保证主轴带动工件转一转时,丝杠要转 $P_工/P_丝$ 转。车刀纵向移动的距离等于丝杠转过的转数乘以丝杠螺距 $P_丝$,即 $S=(P_工/P_丝)\cdot P_丝=P_工$,正好是所需要的工件螺距。关键是要得到丝杠与主轴的转速比 $P_工/P_丝$,这决定于配换齿轮 a,b,c,d 的齿数和进给箱里传动齿轮的齿数。其计算公式为:

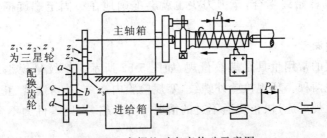

图 5-51　车螺纹时车床传动示意图

$$i = \frac{n_{丝杠}}{n_{主轴}} = i_{配} \times i_{进} = \frac{z_a}{z_b} \times \frac{z_c}{z_d} \times i_{进} = \frac{P_{工}}{P_{丝}}$$

一般加工前,根据工件的螺距 $P_{工}$,可查机床上的标牌,然后调整进给箱上的手柄位置及配换齿轮的齿数即可。

在车削过程中,工件对主轴如有微小的松动,即会导致螺纹形状或螺距的不准确,因此工件必须装夹牢固。

4. 操作方法

螺纹中径是靠控制多次进刀的总切深量来保证的。车螺纹时每次切深量要小,而总切深量可根据计算的螺纹工作牙高(工作牙高=0.54×工件的螺距,单位为毫米),由中溜板刻度盘大致控制,并借助于螺纹量规来测量。

车三角螺纹有三种方法,即直进法、左右切削法和斜向切削法。

(1)直进法 直进法用中滑板进刀,两刀刃和刀尖同时切削。此法操作方便,车出的牙型清晰,牙形误差小,但车刀受力大,散热差,排屑难,刀尖易磨损。适用于加工螺距小于2mm 的螺纹,以及高精度螺纹的精车。

(2)左右切削法 左右削法的特点是使车刀只有一个刀刃参加切削,在每次切深进刀的同时,用小刀架向左、向右移动一小段距离。这样重复切削数次,车至最后 1~2 刀时,仍采用直进法,以保证牙形正确,牙根清晰。此法适用于加工螺距较大的螺纹。

(3)斜向切削法 将小刀架扳转一角度,使车刀沿平行于所车螺纹右侧方向进刀,使得车刀两刀刃中,基本上只有一个刀刃切削。此法切削受力小,散热和排屑条件较好,切削用量可大些,生产率较高。但不易车出清晰的牙形,牙形误差较大。一般适用于较大螺距螺纹的粗车。

5. 避免"乱扣"

车螺纹时,车刀的移动是靠开合螺母与丝杆的啮合来带动的,一条螺纹槽需经过多次走刀才能完成。当车完一刀再车另一刀时,必须保证车刀总是落在已切出的螺纹槽中,否则就叫"乱扣",致使工件报废。

产生"乱扣"的主要原因是,车床丝杆的螺距 $P_{丝}$ 与工件的螺距 $P_{工}$ 不是整数倍而造成的。当 $P_{丝}/P_{工}$=整数时,每次走刀之后,可打开"开合螺母",车刀横向退出,纵向摇回刀架,不会发生"乱扣"。若 $P_{丝}/P_{工}\neq$整数时,则不能打开"开合螺母",摇回刀架,而只能在车刀走刀一次之后,不打开"开合螺母",只退出车刀,开倒车工件反转,使车刀回到起始位置。然后调节车刀的切入深度,再继续开顺车,主轴正转,进行下一次走刀。由于不打开"开合螺母",对开螺母与丝杆始终啮合,车刀刀尖也就会准确地在一固定螺旋槽内切削,不会发生"乱扣"。

6. 三角螺纹的测量

检验三角螺纹的常用量具是螺纹量规,如图 5-52 所示。螺纹量规是综合性检验量具,分为环规和环塞规两种。环规检验外螺纹,塞规检验内螺纹,并由通规、止规两件组成一副。螺纹工件只有在通规可通过、止规通不过的情况下为合格,否则零件为不合格品。

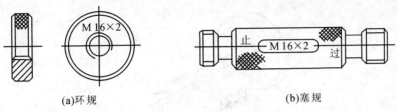

(a)环规   (b)塞规

图 5-52　螺纹量规

7. 车削螺纹的方法和步骤

车削外螺纹的方法和步骤如图 5-53 所示。车内螺纹的方法和步骤与车外螺纹类似。只是先车出内螺纹的小径 D_1，再车螺纹。对于公称直径较小的内螺纹，亦可在车床上用丝锥攻出。

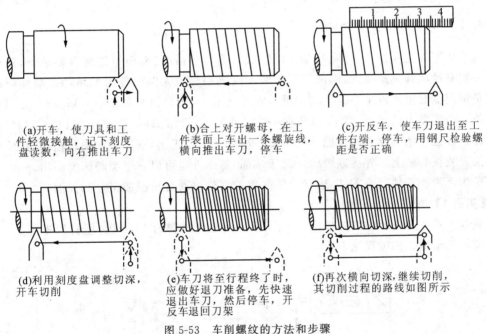

(a)开车，使刀具和工件轻微接触，记下刻度盘读数，向右推出车刀

(b)合上对开螺母，在工件表面上车出一条螺旋线，横向推出车刀，停车

(c)开反车，使车刀退出至工件右端，停车，用钢尺检验螺距是否正确

(d)利用刻度盘调整切深，开车切削

(e)车刀将至行程终了时，应做好退刀准备，先快速退出车刀，然后停车，开反车退回刀架

(f)再次横向切深，继续切削，其切削过程的路线如图所示

图 5-53　车削螺纹的方法和步骤

5.4.5　滚花

各种工具和机器零件的手握部分，为便于握持和增加美观，常常在表面上滚出各种不同的花纹，如百分尺套管、铰杠扳手以及螺纹量规等。这些花纹一般是在车床上用滚花刀滚压而成的，如图 5-54 所示。

花纹有直纹和网纹两种，滚花刀也分直纹滚花刀和网纹滚花刀。滚花属挤压加工，其径向挤压力很大，因此加工时工件的转速要低些，还需供给充足的切削液，以免研坏滚花刀和防止细屑堵塞滚花刀纹路而产生乱纹。

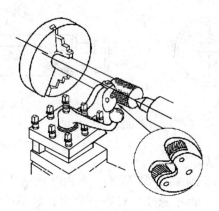

图 5-54 滚花

5.4.6 车削盘套类零件实例

盘套类零件主要由孔、外圆与端面所组成。除尺寸精度、表面粗糙度有要求外,其外圆对孔一般有径向圆跳动要求,端面对孔有端面圆跳动要求。保证径向圆跳动和端面圆跳动要求是制定盘套类零件工艺的关键问题。在工艺上,一般分粗车和精车。精车时,要尽可能把有位置精度要求的外圆、端面和孔在一次安装中全部加工出(生产上习惯称之为"一刀活")。若有位置精度要求的表面不可能在一次安装中加工出,则通常先把孔精车出,然后以孔定位安装在心轴上车外圆或端面。对于端面,有条件也可以在平面磨床上磨出。

车床上常加工轴套类零件,形状比较简单的零件可通过车削加工全部表面。

【实例 1】

某盘类零件齿轮坯的图样如图 5-55 所示。齿轮坯材料为 45 号钢,坯料为棒料。

齿轮坯车削工艺过程见表 5-3。

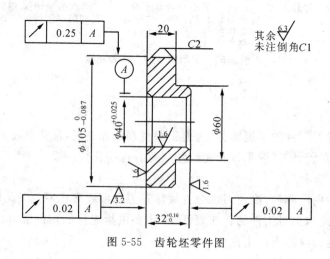

图 5-55 齿轮坯零件图

表 5-3　齿轮坯车削工艺过程

加工顺序	加工简图	加工内容	安装方法	备注
1		下料 $\phi110\times36$		
2		卡 $\phi110$ 外圆,长 20; 车端面见平; 车外圆 $\phi63\times10$	三爪自定心卡盘	
3		卡 $\phi63$ 外圆; 粗车端面见平,外圆至 $\phi107$; 钻孔 $\phi36$; 粗精车孔 $\phi40^{+0.025}_{0}$ 至尺寸; 精车端面,保证总长 33; 精车外圆 $\phi65^{0}_{-0.07}$ 至尺寸; 倒内角 C1; 倒外角 C2	三爪自定心卡盘	
4		卡 $\phi65$ 外圆,垫铁皮,找正; 精车台肩面保证长度 20; 车小端面,保证总长 $32.3^{+0.2}_{0}$; 精车外圆 $\phi60$ 至尺寸; 倒小内角、外角 C1; 倒大外角 C2	双顶尖卡箍	
5		精车小端面; 保证总长 $32^{+0.16}_{0}$	双顶尖卡箍	有条件可平磨小端面
6		检验		

【实例 2】

销轴零件图如图 5-56 所示。销轴的材料为 45 号钢,坯料为棒料。

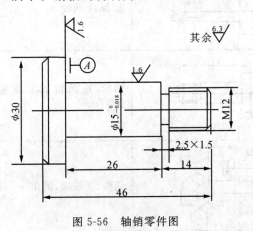

图 5-56　轴销零件图

销轴零件的车削工艺过程见表 5-4。

表 5-4 轴销零件的车削工艺过程

加工顺序	加工简图	加工内容	安装方法
1		下棒料 φ32×49,10 件共 490mm	
2		车端面	三爪卡盘
3		粗车各外圆 φ30×50 φ13×14 φ16×26	三爪卡盘
4		切退槽	三爪卡盘
5		精车各外圆 φ15×26 φ12×14	三爪卡盘
6		倒角	三爪卡盘
7		车 M12 螺纹	三爪卡盘
8		切断,端面留加工余量 1mm,全长 47mm	三爪卡盘
9		调头,车端面,倒角	三爪卡盘
10		检验	

【实例 3】

模套零件图如图 5-57 所示。模套的材料是铸铁,坯料为棒料。

模套零件的车削工艺过程见表 5-5。

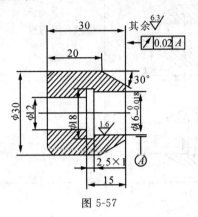

图 5-57

表 5-5　模套零件的车削工艺过程

加工顺序	加工简图	加工内容	安装方法
1		坯料为 φ35×140 铸铁棒	
2		车端面	三爪卡盘
3		钻孔 φ12×34	三爪卡盘
4		粗精车外圆 φ30×34	三爪卡盘
5		车圆锥面	三爪卡盘

续 表

加工顺序	加工简图	加工内容	安装方法
6		切内孔退刀槽 2.5×1	三爪卡盘
7		镗孔	三爪卡盘
8	31	切断,全长 31mm	三爪卡盘
9	C1	调头、车端面、倒角	三爪卡盘
10		检验	

5.4.7 制定零件加工工艺的要求

由于零件是由多个表面组成的,生产中往往需要经过若干加工步骤才能由毛坯加工出成品。零件形状愈复杂,精度和表面粗糙度要求愈高,需要加工的步骤也愈多。车床加工后的零件,有时还需经过铣、刨、磨、钳和热处理等工种方能完成。因此,制定零件机械加工工艺时,必须综合考虑,合理安排加工步骤。制定零件的加工工艺,一般要解决下面几个问题:

(1)根据零件的形状、结构、材料和数量确定毛坯的种类,如棒料、锻件或铸件等。

(2)根据零件的精度、表面粗糙度等全部技术要求及所选用的毛坯,确定零件的加工顺序,包括热处理方法的确定及安排等。

(3)确定每一加工步骤所用的机床及零件的安装方法、加工方法、测量方法、加工尺寸和为下一步所留的加工余量。

(4)成批生产的零件还要确定每一步加工时所用的切削用量。

为此,在制定零件加工工艺之前,首先要看清零件图样,做到既要了解全部技术要求,又要抓住技术关键。具体制定工艺时还要紧密结合工厂现场的实际生产条件。

5.5 车削安全技术操作规程

车削操作过程中应严格遵守安全操作规程,必须做到以下几点:

1. 开机前

(1)检查自动手柄是否处在"停止"的位置,其他手柄是否处在所需位置。

(2)工件要夹紧,用卡盘装夹工件后必须立即取下卡盘扳手。

(3)刀具要夹牢,方刀架要锁紧。

(4)工件和刀具装好后要进行极限位置检查(即将刀具摇至需要切削的末端位置,用手扳动主轴,检查卡盘、拨盘与刀具、方刀架、中滑板等有无碰撞的可能)。

2. 开机时

(1)不能调整主轴转速。

(2)溜板箱上纵、横向自动手柄不能同时抬起使用。

(3)不得度量尺寸。

(4)不准用手摸旋转的工件、不准用手拉铁屑。

(5)不准离开机床做其他的工作或看书,精力要集中。

(6)切削时必须戴好防护眼镜。

第6章 铣削与刨削加工

【目的和要求】

1. 了解铣削、刨削加工的工艺特点及应用范围。
2. 了解铣削、刨削加工的设备、附件、刀具、工具的性能、用途及使用方法。
3. 基本掌握铣床、刨床的操作技能及简单零件的铣削、刨削方法。

6.1 铣削加工

铣削加工是一种生产效率较高的平面加工方法。在成批量生产中,除加工狭长的平面以外,铣削均可以代替刨削,成为平面、沟槽和成形表面加工的主要方法。铣床约占机床总数的25%。铣削加工范围如图6-1所示。

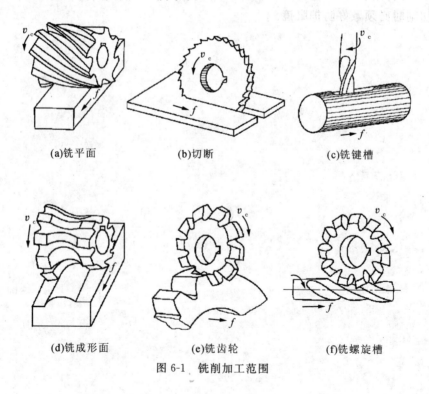

(a)铣平面　　　　　(b)切断　　　　　(c)铣键槽

(d)铣成形面　　　　(e)铣齿轮　　　　(f)铣螺旋槽

图6-1 铣削加工范围

6.1.1 铣床及其主要附件

1. 铣削运动

在铣床上铣平面如图 6-2 所示。铣削时,主运动是铣刀的转动,进给运动是工件缓慢的直线移动。铣刀最大直径处的线速度为切削速度 v_c,单位为 m/s;工作台每分钟移动的距离为进给量 f,单位为 mm/min,每次切去金属层的厚度为背吃刀量 a_p,单位为 mm,或称铣削深度。每次切去金属层的宽度为侧吃刀量 a_e,单位为 mm。

(1)铣削速度 v_c　铣削速度即为铣刀切削处最大直径点的线速度,可用下式计算:

$$v_c = \frac{\pi D_t n_t}{1000}$$

式中:v_c——铣削速度,m/min;

　　　D_t——铣刀直径,mm;

　　　n_t——铣刀每分钟转数,r/min。

(2)进给量　铣削进给量有三种表示方式:

①进给速度 v_f(mm/min)　指工件对铣刀的每分钟进给量,即每分钟工件沿进给方向移动的距离。

②每转进给量 f(mm/r)　指铣刀每转工件对铣刀的进给量,即铣刀每转工件沿进给方向移动的距离。

③每齿进给量 a_f(mm/每齿)　指铣刀每转过一个刀齿时工件对铣刀的进给量,即铣刀每转过一个刀齿,工件沿进给方向移动的距离。

它们三者之间的关系式为:

$$a_f = \frac{f}{z} = \frac{v_f}{z \cdot n_t}$$

式中　n_t——铣刀每分钟转数,r/min;

　　　z——铣刀齿数。

(3)铣削深度 a_p　铣削深度为沿铣刀轴线方向上测量的切削层尺寸,如图 6-2 所示。切削层是指工件上正被刀刃切削的那层金属。

(4)铣削宽度 a_e　铣削宽度为垂直铣刀轴线方向上测量的切削层尺寸,如图 6-2 所示。

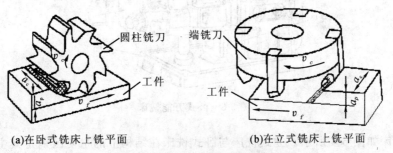

(a)在卧式铣床上铣平面　　　　　(b)在立式铣床上铣平面

图 6-2　铣削运动与切削要素

2. 铣床

(1)铣床的种类、型号及其含义

铣床主要有立式铣床、卧式铣床和龙门铣床等,以适应不同的加工需要。立式铣床是指铣头主轴与工作台面垂直;卧式铣床是指铣头主轴与工作台台面平行。

(2)铣床的型号

如 XQ6225,X——铣床,Q——轻便铣床,6——卧式铣床,2——万能升降台铣床,25——工作台宽度的1/10(250mm)。铣削加工能达到的精度等级为IT9~7级,表面粗糙度 $R_a=6.3\sim1.6\mu m$。

3. 铣床的结构

铣床的种类很多,如卧式铣床、立式铣床、龙门铣床、工具铣床、数控铣床等,其中最常用的是卧式万能铣床。其外形结构如图 6-3 所示,主要由下列几部分组成:

(1)床身　床身用来安装和支承机床各部件,是铣床的主体,内部有主传动装置、变速箱、电器箱。床身安装在底座上,底座是铣床的脚,内部还有冷却液装置等。

(2)横梁　横梁安装在床身上方的导轨中,横梁可根据工作要求沿导轨作前后移动,满足加工需要。横梁内部的主轴变速箱是由电动机通过一系列齿轮再传递到一对锥齿轮上,最后从铣头主轴传出。

(3)主轴　主轴用来带动铣刀旋转,其上有 7:24 的精密锥孔,可以安装刀杆或直接安装带柄铣刀。

(4)升降台　升降台沿床身的垂直导轨做上下运动,即铣削时的垂直进给运动。

(5)横向工作台　横向工作台沿升降台水平导轨做横向进给运动。

(6)纵向工作台　纵向工作台沿转台的导轨带动固定在台面上的工件做纵向进给运动。

(7)转台　转台可随横向工作台移动,并使纵向工作台在水平内按顺时针或逆时针扳转某一角度,以切削螺旋槽等。

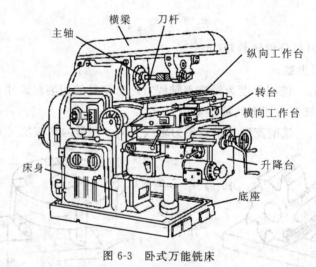

图 6-3　卧式万能铣床

立式铣床如图 6-4 所示。立式铣床与卧式铣床在结构上的主要区别是其主轴与工作台面相垂直。立式铣床在加工不通的沟槽和台阶面时,比卧式铣床方便。

4. 铣刀

铣刀实质上是一种由几把单刃刀具组成的多刃刀具,它的刀齿分布在圆柱铣刀的外回转表面或端铣刀的端面上。常用的铣刀刀齿材料有高速钢和硬质合金两种。

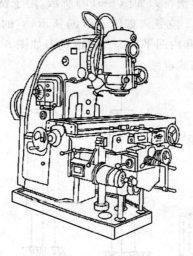

图 6-4　立式铣床

　　铣刀的分类方法很多,这里仅根据铣刀安装方法的不同分为两大类:带孔铣刀和带柄铣刀。

　　(1)带孔铣刀　带孔铣刀如图 6-5 所示,多用于卧式铣床。其中圆柱铣刀如图 6-5(a)所示,主要用其周刃铣削中小型平面。三面刃铣刀如图 6-5(b)所示,用于铣削小台阶面、直槽和四方或六方螺钉小侧面。盘状模数铣刀属于成形铣刀,如图 6-5(c)所示,用于铣削齿轮的齿形槽。锯片铣刀如图 6-5(d)所示,用于铣削窄缝或切断。半圆弧铣刀属于成形铣刀,如图 6-5(e)、(f)所示,用于铣削内凹和外凸圆弧表面。角度铣刀属于成形铣刀,如图 6-5(g)、(h)所示,用于加工各种角度槽和斜面。

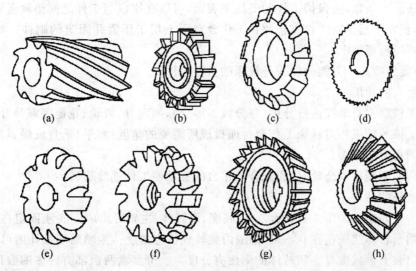

图 6-5　带孔铣刀

　　(2)带柄铣刀　带柄铣刀如图 6-6 所示,多用于立式铣床,有时亦可用于卧式铣床。其中镶齿端铣刀如图 6-6(a)所示,一般在钢制刀盘上镶有多片硬质合金刀齿,用于铣削较大的平面,可进行高速铣削。T形槽铣刀如图 6-6(b)所示,用于铣削 T 形槽。燕尾槽铣刀如图 6-6(c)所示,用于铣削燕尾槽。立铣刀如图 6-6(d)所示,它的端部有三个以上的刀刃,用于铣削直槽、小平面、台阶平面和内凹平面等。键槽铣刀如图 6-6(e)所示,它的端部只有两个刀刃,专门用于铣削轴上封闭式键槽。

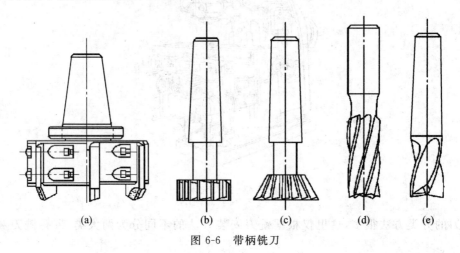

(a)　　　　(b)　　　　(c)　　　　(d)　　(e)

图 6-6　带柄铣刀

5.铣床主要附件

铣削零件时,工件用铣床附件固定和定位。常用铣床附件有:

(1)平口钳　平口钳是一种通用夹具。使用时,先校正平口钳在工作台上的位置,然后再夹紧工件。一般用于小型较规则的零件,如较方正的板块类零件、盘套类零件、轴类零件和小型支架等。

平口钳安装工件时,应注意使工件被加工面高于钳口,否则应用垫铁垫高工件;应防止工件与垫铁间有间隙;为保护工件的已加工表面,可以在钳口与工件之间垫软金属片。

(2)压板　压板是将工件直接放在工作台台面上用于压紧并固定的附件。对于一些较大的工件可用压板固定。

(3)万能分度头　万能分度头是铣床的重要附件。

1)分度头的功用

①使工件绕本身轴线进行分度(等分或不等分),如六方、齿轮、花键等需等分的零件。

②使工件的轴线相对铣床工作台台面扳成所需要的角度(水平、垂直或倾斜)。因此,可以加工不同角度的斜面。

③在铣削螺旋槽或凸轮时,能配合工作台的移动使工件连续旋转。

2)分度头的结构

分度头外表结构如图 6-7 所示,它由底座、回转体、主轴等组成。底座固定在工作台上,主轴可随同回转体绕底座在 0°~90°范围内旋转成任意角度。主轴前端锥孔内可装顶尖,外部有螺纹以装卡盘或拨盘。回转体的侧面有分度盘。分度盘两面都有许多圈数目不相同的等分小孔。分度时拔出定位销,转动手柄,通过齿数比为 1/1 的直齿圆柱齿轮副传动,带动蜗杆转动,又经齿数比为 1:40 的蜗轮蜗杆副传动,带动主轴旋转分度。

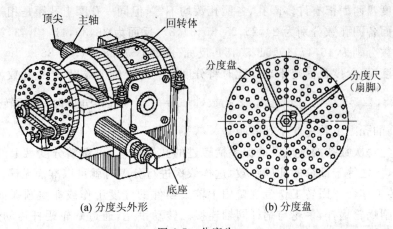

（a）分度头外形　　　　　　（b）分度盘

图 6-7　分度头

　　分度头内部的传动如图 6-8 所示。主轴上固定有齿数为 40 的蜗轮，它与单头蜗杆相啮合。当拔出定位销，转动手柄，通过一对齿数相等的齿轮传动，使蜗杆带动蜗轮及主轴转动。

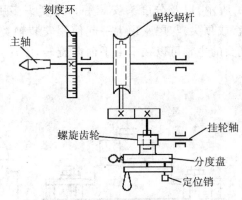

图 6-8　分度头的传动

　　当分度头手柄转动一转时，蜗轮只能带动主轴转过 1/40 转。如果工件要分成 z 等分，则每一等分就要求主轴转过 $1/z$ 转。因此，每次分度时，手柄应转过的转数 n 与工件等分数 z 之间具有以下关系：

$$1 : \frac{1}{40} = n : \frac{1}{z}$$

则
$$n = \frac{40}{z}$$

3）分度方法

这里仅介绍简单分度方法。

　　例如，铣齿数 $z = 35$ 的齿轮。依据公式，每一次分度时手柄转过的转数为：

$$n = \frac{40}{z} = \frac{40}{35} = 1\frac{1}{7}（转）$$

即每分度一次，手柄需要转过 $1\frac{1}{7}$ 转。这 $\frac{1}{7}$ 转是通过分度盘来控制的，一般分度头备有两块分度盘。分度盘两面都有许多圈孔,各圈孔数均不等,但同一孔圈上孔距是相等的。第一块分度盘的正面各圈孔数分别为 24,25,28,30,34,37;反面为 38,39,41,42,43,第二块分度盘正面各圈孔数分别为 46,47,49,51,53,54;反面分别为 57,58,59,62,66。

简单分度时,分度盘固定不动。此时将分度盘上的定位销拔出,调整孔数为 7 的倍数的孔圈上,即 28,42,49 均可。若选用 42 孔数,即 $\frac{1}{7}=\frac{6}{42}$。所以,分度时,手柄转过一转后,再沿孔数为 42 的孔圈上转过 6 个孔间距。

为了避免每次数孔的烦琐及确保手柄转过的孔数可靠,可调整分度盘上的两块分度尺之间的夹角,使之等于欲分的孔间距数,这样依次进行分度时就可以准确无误。

(4)回转工作台 回转工作台主要用于较大零件的分度工作或非整圆弧面的加工。它的内部有一副蜗轮蜗杆,手轮与蜗杆同轴连接。转动手轮,通过蜗轮蜗杆传动使转台转动。转台周围有刻度,用来观察和确定转台的位置;手轮上刻度盘可读出转台的准确位置。

6.1.2 工件的安装

铣床常用的工件安装方法有平口钳安装,如图 6-9 所示;压板螺栓安装,如图 6-10 所示;V 形铁安装,如图 6-11 所示,以及分度头安装等。分度头多用于安装有分度要求的工件。它既可用分度头卡盘(或顶尖)与尾座顶尖一起使用安装轴类零件,也可只使用分度头卡盘安装工件。由于分度头的主轴可以在垂直平面内旋转,因此可利用分度头把工件安装成水平、垂直及倾斜位置。

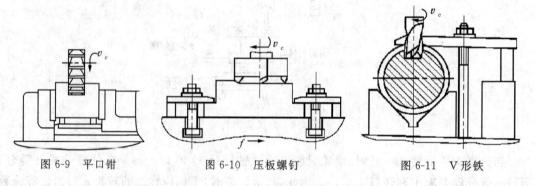

图 6-9 平口钳   图 6-10 压板螺钉   图 6-11 V 形铁

当零件的生产批量较大时,可采用专用夹具或组合夹具安装工件。这样既能提高生产效率,又能保证产品质量。

6.1.3 基本操作方法

1. 铣平面

可在卧式铣床上用圆柱铣刀和在立式铣床上用端铣刀铣削平面。

铣平面所用的刀具有镶齿端铣刀,如图 6-12(a)、(b)所示;圆柱铣刀,如图 6-12(c)所示;套式立铣刀,如图 6-12(d)、(e)、(f)所示;立铣刀,如图 6-12(g)、(h)所示,及三面刃铣刀,如图 6-12(i)所示等。

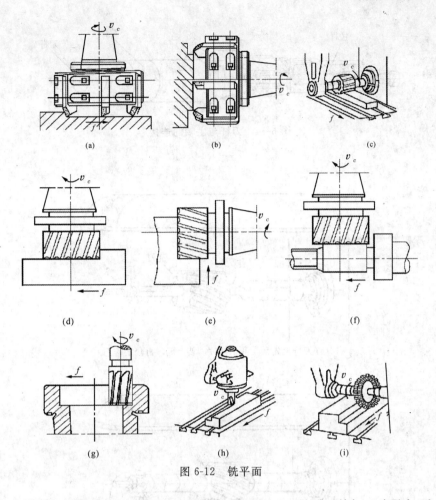

图 6-12　铣平面

在卧式铣床上用圆柱形铣刀铣平面的情况，如图 6-13 所示。其加工步骤如下：

（1）安装铣刀　铣刀是安装在刀杆上的。刀杆用拉杆螺钉与主轴连接，如图 6-14 所示。铣刀的装夹步骤如图 6-15 所示。

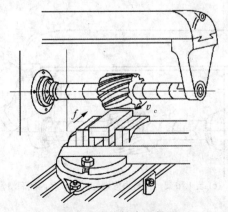

图 6-13　在卧式铣床上铣平面

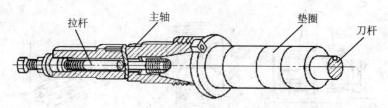

图 6-14　刀杆与主轴的连接

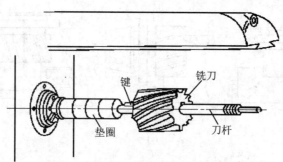

(a) 刀杆上先套上几个垫片，装上键，再套上铣刀

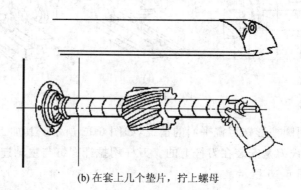

(b) 在套上几个垫片，拧上螺母

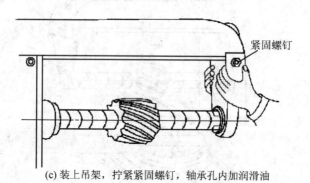

(c) 装上吊架，拧紧紧固螺钉，轴承孔内加润滑油

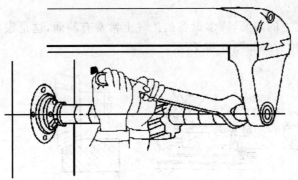

(d) 初步拧紧螺母，开车观察铣刀先是否装正，装正后用力拧紧螺母

图 6-15 铣刀装夹步骤

装刀前应将刀杆、铣刀及垫圈擦干净，以免装夹不正。

(2)装夹工件 铣平面时，工件可夹在机用虎钳上，也可用压板直接装夹在工作台上。工件装夹方法与后面将讲述的刨平面相似。

(3)调整机床 根据所选定的切削用量，调整主轴转速和工作台的进给量。

(4)铣平面操作步骤与方法如图 6-16 所示。

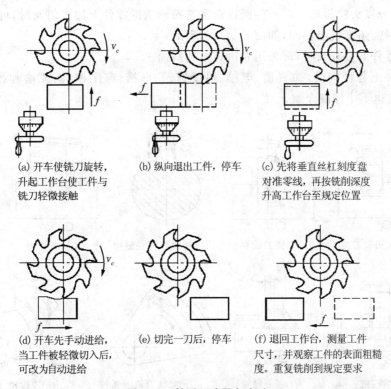

(a) 开车使铣刀旋转，升起工作台使工件与铣刀轻微接触

(b) 纵向退出工件，停车

(c) 先将垂直丝杠刻度盘对准零线，再按铣削深度升高工作台至规定位置

(d) 开车先手动进给，当工件被轻微切入后，可改为自动进给

(e) 切完一刀后，停车

(f) 退回工作台，测量工件尺寸，并观察工件的表面粗糙度。重复铣削到规定要求

图 6-16 铣平面步骤与方法

铣削平面时，应注意铣刀是否磨钝，进给量是否均匀。铣碳钢类零件时应加切削液。

2. 铣斜面

由于设计和工艺上的需要,许多设备的工件上常常有斜面,这是很常见的。铣削斜面的方法很多,常用的几种方法如图 6-17 所示。

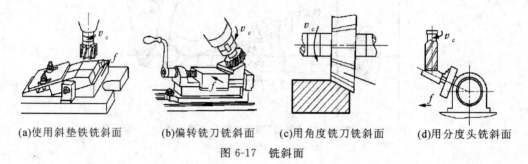

(a)使用斜垫铁铣斜面　　(b)偏转铣刀铣斜面　　(c)用角度铣刀铣斜面　　(d)用分度头铣斜面

图 6-17　铣斜面

(1)使用倾斜垫铁铣斜面　在零件基准面下面垫一块倾斜的垫铁,则铣出的平面就与基准面倾斜。改变倾斜垫铁的角度,即可加工出不同角度的斜面,如图 6-17(a)所示。

(2)用万能铣头铣斜面　由于万能铣头可方便地改变刀轴的空间位置,通过扳转铣头使刀具相对工件倾斜一个角度便可铣出所需的斜面,如图 6-17(b)所示。

(3)用角度铣刀铣斜面　较小的斜面可用合适的角度铣刀铣削,如图 6-17(c)所示。

(4)利用分度头铣斜面　在一些圆柱形和特殊形状的零件上加工斜面时,可利用分度头将工件转成所需角度铣出斜面,如图 6-17(d)所示。

当加工零件批量较大时,常采用专用夹具铣斜面。

铣床能加工各种沟槽,如直槽、键槽、角度槽、T 形槽、燕尾槽、圆弧槽和齿槽等,如图 6-18所示。这里不作详细介绍。

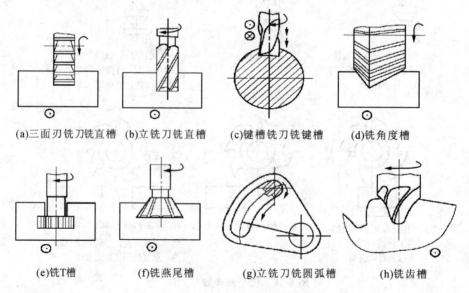

(a)三面刃铣刀铣直槽　(b)立铣刀铣直槽　(c)键槽铣刀铣键槽　(d)铣角度槽

(e)铣T槽　　　(f)铣燕尾槽　　(g)立铣刀铣圆弧槽　　(h)铣齿槽

图 6-18　铣沟槽

3. 铣削加工实例

欲铣削加工一块 V 形铁,V 形铁的尺寸如图 6-19 所示。毛坯选用 $105 \times 75 \times 55mm$ 的长方形铸件。加工步骤见表 6-1。

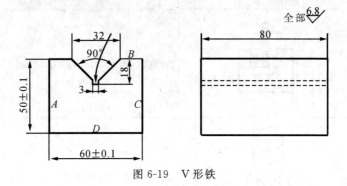

图 6-19　V 形铁

表 6-1　V 形铁铣削步骤

加工顺序	加工简图	加工内容	装夹方法
1		以 A 面为基准，铣平面 B 至尺寸 52mm	机用虎钳
2		以 B 面为基准，紧贴固定钳口，铣平面 C 至尺寸 62mm	机用虎钳
3		以 B 面为基准，铣平面 A 至尺寸 60mm	机用虎钳
4		将 B 面放在平行的垫铁上，工件夹紧在两钳口间，铣平面 D 至尺寸为 50mm	机用虎钳

续 表

加工顺序	加工简图	加工内容	装夹方法
5	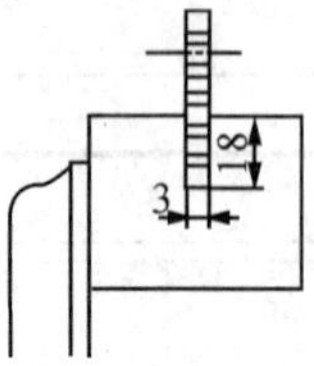	铣直槽,槽宽 3mm,深为 18mm	机用虎钳
6	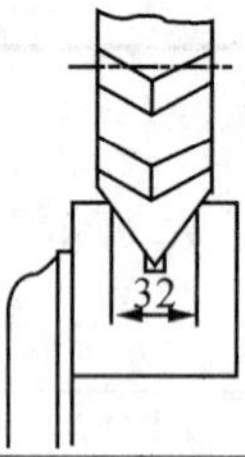	铣 V 形槽至尺寸要求	机用虎钳
7	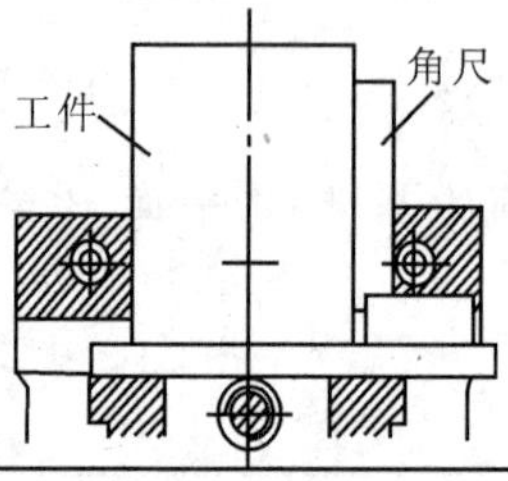	将机用虎钳转 90°,用角尺校垂直,铣两端面	机用虎钳

6.1.4 齿轮加工

齿轮是现代机器和仪器中传递运动和扭距的重要零件。由于齿轮传递具有转动准确、传递力大、效率高、结构紧凑、可靠耐用等优点,因此齿轮传递的应用广泛,齿轮的需求量也日益增加。

制造齿轮的方法很多,有铸造、碾压(热轧、冷轧)、粉末压制、电火花加工及切削加工等。但是由于前几种加工齿轮的方法都不能获得满意的精度,因此,到目前为止,切削加工仍然是齿轮制造的主要方法。

铣削加工的范围很广,主要加工各种平面(水平面、垂直面、斜面和台阶面等)、沟槽和成形面等,还可利用分度头进行分度零件的加工。齿轮就利用分度头进行铣削加工。

1. 齿轮简介

齿轮的用途很广,是各种机械设备中的重要零件,如机床、飞机、轮船及日常生活中用的手表、电扇等都要使用各种齿轮。齿轮的种类很多,有圆柱直齿轮、圆柱斜齿轮、螺旋齿轮、直齿伞齿轮、螺旋伞齿轮、蜗轮等。其中使用较多,亦较简单的是圆柱直齿轮,又称标准圆柱齿轮。有关齿轮渐开线的形成、模数、压力角等参数在此不作介绍。这里主要介绍圆柱直齿轮的加工方法。

按加工原理的不同,齿轮加工可分为成形法和展成法两种。

成形法是采用与被切齿轮的齿槽形状相似的成形铣刀在铣床上利用分度头逐槽加工齿形的方法,如铣齿;展成法是利用齿轮刀具与被切齿轮的啮合运转关系切出齿形的方法,如滚齿和插齿。

2. 圆柱直齿轮的铣削加工

圆柱直齿轮可以在卧式铣床上用盘状铣刀或立式铣床上用指状铣刀进行切削加工。现以在卧式铣床上加一只 $z=16$（即齿数为 16），$m=2$（即模数为 2）的圆柱直齿轮为例，介绍齿轮的铣削加工过程。

(1)检查齿坯尺寸　检查齿坯尺寸主要检查齿顶圆直径，便于在调整切削深度时，根据实际齿顶圆直径予以增减，保证分度圆齿厚的正确。

(2)齿坯装夹和校正　正齿轮有轴类齿坯和盘类坯。如果是轴类齿坯，一端可以直接由分度头的三爪卡盘夹住，另一端由尾座顶尖顶紧即可；如果是盘类齿坯，首先把齿坯套在心轴上，心轴一端夹在分度头三爪卡盘上，另一端由尾顶尖顶紧即可。校正齿坯很重要。首先校正圆度，如果圆度不好，会影响分度圆齿厚尺寸；再校正直线度，即分度头三爪卡盘的中心与尾座顶尖中心的连线一定要与工作台纵向走刀方向平行，否则铣出来的齿是斜的；最后校正高低，即分度头三爪卡盘的中心至工作台面距离与尾座顶尖中心至工作台面距离应一致，如果高低尺寸超差，铣出来的齿就有深浅。

(3)分度计算与调整　根据工件的齿数和精度要求，确定分度方法，进行分度计算。根据计算结果选择分度盘孔圈数孔数，并调整分度叉。

(4)铣刀的选择、装夹和对中　根据齿轮的模数和齿数按表 6-2 选择合适的铣刀刀号。

首先选择与被切齿轮的模数相同的圆盘铣刀，其次根据表 6-2 选择铣刀刀号（因为同一模数的圆盘铣刀有 8 只），故选用 2 号铣刀。

表 6-2　盘铣刀刀号的选择

刀　号	1	2	3	4	5	6	7	8
加工齿数范围	12~13	14~16	17~20	21~25	26~34	35~54	55~134	大于 135

选好铣刀后，把铣刀装夹在刀杆上。安装铣刀时，为增加铣刀的刚性，应该使挂架和床身间的距离尽可能近些。铣刀装好后，检查铣刀的旋转方向和运转情况，使挂架和床身间的距离尽可能近些。如果偏摆，可通过转动刀杆垫圈等措施加以调整。铣刀的对中很重要，否则会使铣出的齿形不对称，影响齿轮的正常运转。在生产中常用对中方法有两种：痕迹对中法和圆棒对中法，这里只介绍痕迹对中法。痕迹对中法是一种较方便的对中法，具体方法是将工作台向上运动，使齿坯接近铣刀；然后凭目测使铣刀廓形对称线大致对准齿坯中心；再开动机床使铣刀旋转，并逐渐升高工作台，使铣刀的圆周刀刃和齿坯微微接触，同时来回移动横向工作台；这时齿坯中出现了一个椭圆形刀痕，接着调整铣刀刀廓形对称线对准椭圆中心即可。

(5)铣标记　即在齿坯的边缘上每隔三齿或五齿在齿槽的位置上铣出刀痕，其目的第一是检查分度计算和调整是否正确，第二是便于在铣削过程中能及时发现齿坯是否因铣削力的作用发生了移动。

(6)调整切削深度　铣削深度应按齿厚尺寸来调整。小模数齿轮一般可以一次就将齿形铣出，调整切削深度时，可先用近于全齿高的切削深度试铣出几条齿槽，测量一下齿厚尺寸，然后根据齿厚实际尺寸再对切削深度作相应调整，直到齿厚尺寸达到图纸要求为止。对模数较大的齿轮，要分粗、精两次铣削，精铣的切削深度可根据粗铣后的齿厚尺寸来进行调整，切削深度调整好后，就可以开始正式铣削。当一个齿槽铣好后，就利用万能分度头进行一次分度,再铣下一个齿槽,直至铣完全部齿形。

3. 齿轮加工方法选择

(1)铣齿 在卧式铣床上铣齿如图 6-20 所示,属成形法。

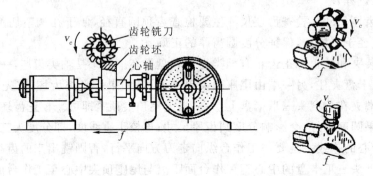

图 6-20 铣直齿圆柱齿轮

铣削齿轮时,利用分度头和尾架顶点在卧式铣床上安装工件;选用合适的齿轮盘铣刀;使铣刀做旋转主运动,工件做直线进给运动;每铣完一个齿槽,通过分度头对工件分度,然后铣下一个齿槽,直至加工完全部齿形。

铣齿加工的特点是成本较低,刀具结构简单、便宜,在普通铣床上利用分度头即可加工齿轮,无需专门齿轮加工机床;但由于铣刀每切一齿都要有切入、切出、退刀和分度等较多的辅助时间,因此生产率低;铣齿一般精度为 9～11 级的齿轮,齿形表面粗糙度 R_a 值为 6.3～3.2mm。铣齿加工适宜于单件、小批生产或修配工作中加工精度不高于 9 级的低速齿轮。

对于工业上广泛使用的一般精度齿轮,多采用展成法进行加工,这样才能满足加工精度,达到使用要求。

(2)滚齿 在滚齿机上利用滚刀加工齿形的方法称为滚齿,属展成法。

滚齿法加工齿轮的示意图如图 6-21 所示。滚齿时,滚刀旋转,工件(齿坯)与滚刀做对滚运动。此外,滚刀还沿工件轴线方向做进给运动。

滚齿法的特点是能连续切削,生产率较高,加工精度也比铣齿法高,滚齿精度等级可达 7 级。它不但能加工直齿圆柱齿轮,还可加工斜齿圆柱齿轮和蜗轮,但不能加工内齿轮和多联齿轮,缺点为设备和滚刀较贵。

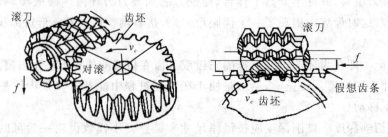

图 6-21 滚齿加工原理

(3)插齿 插齿是利用插齿刀在插齿机上加工齿轮,属展成法。

在插齿机上利用插齿刀加工齿轮的方法称为插齿。插齿法加工齿轮的示意图如图6-22

所示。插齿所用刀具为插齿刀,它的形状近似齿轮。插齿时,插齿刀做上下往复运动,同时又做缓慢的转动;工件则与插刀做相应的对滚运动。

插齿法的特点是插齿刀制造简便,插齿精度等级可达 8～7 级,齿面粗糙度 R_a 值为 $1.6\mu m$。它不仅可加工直齿圆柱齿轮,还可加工内齿轮和多联齿轮。缺点也是设备和插齿刀较贵。

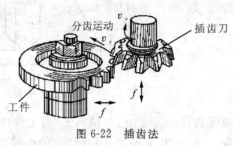

图 6-22　插齿法

6.2　铣削安全技术操作规程

铣削操作过程中应严格遵守安全操作规程,必须做到以下几点:

1. 开机前

(1)检查自动手柄是否处在"停止"的位置,其他手柄是否处在所需位置。

(2)工件、刀具要夹牢,限位挡铁要锁紧。

2. 开机时

(1)不准变速或做其他调整工作,不准用手摸铣刀及其他旋转的部件。

(2)不得度量尺寸。

(3)不准离开机床做其他工作或看书,并应站在适当的位置。

(4)发现异常现象应立即停车。

6.3　刨削加工

6.3.1　基本知识

1. 刨削运动

牛头刨床的刨削运动如图 6-23 所示。主运动是刨刀的直线往复运动,前进是工作行程,退回为空行程。刨刀每次退回后,工件作横向水平移动是进给运动。

牛头刨床刨削时,其刨削要素包括刨削速度、进给量和背吃刀量,如图 6-24 所示。

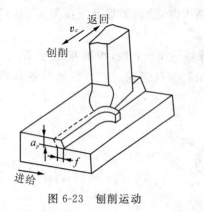

返回
v_c
刨削
a_p
f
进给

图 6-23 刨削运动

刨刀
v_c
待加工面
工件
已加工面
a_p
f

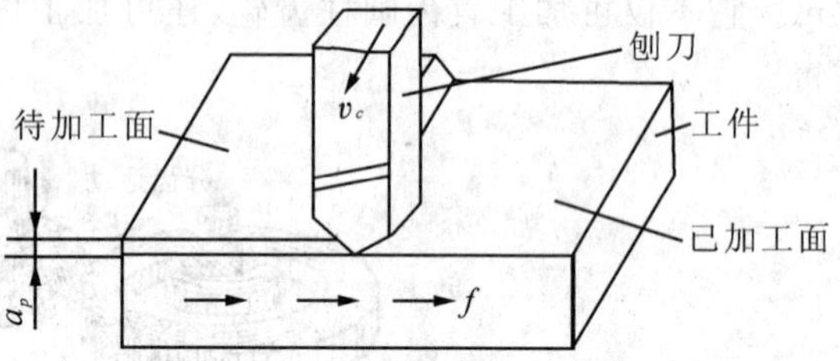

图 6-24 牛头刨床的切削要素

刨刀往复运动的平均速度为切削速度 v_c，单位为 m/s；工件在刨刀每一次往复运动中横向水平移动的距离为进给量 f，单位为 mm/次；每次切去的金属层厚度为背吃刀量 α_p，单位为 mm。

2. 刨床

刨削加工是加工平面的一种方法。中小型工件的刨削常在牛头刨床上进行。刨削时，只有工作行程进行切削，返回的空行程不切削，同时切削速度较低，故生产率较低。但刨床和刨刀的结构简单，使用方便，所以在单件小批生产以及加工狭长平面时，刨床占有一定的优势。它适合加工一些狭窄、细长的零件，如机床的床身、箱体及其他零件上的平面、沟槽、成形面等。刨削时不需要加切削液。

牛头刨床加工各种表面如图 6-25 所示。

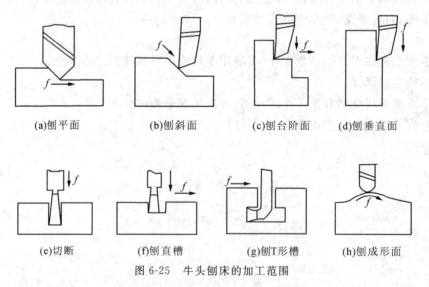

f
(a)刨平面
(b)刨斜面
(c)刨台阶面
(d)刨垂直面
(e)切断
(f)刨直槽
(g)刨T形槽
(h)刨成形面

图 6-25 牛头刨床的加工范围

(1)刨床的分类及型号 按刨床的结构特征可分为三类：牛头刨床、龙门刨床和插床，其应用范围各有不同。

如 B6050 型刨床，其中：B——属刨床类，6——属牛头刨床组，0——属牛头刨床型，50——该刨床最大行程的 1/10(即 500mm)。刨削加工能达到的精度等级为 IT9～IT7，表面粗糙度 $R_a=6.3\sim1.6\mu m$。

(2)牛头刨床的组成 B6050 型牛头刨床的外形结构如图 6-26 所示。主要由床身、滑枕、底座、横梁、工作台和刀架等部件组成。

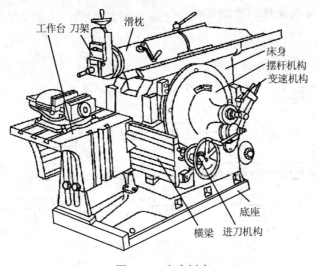

图 6-26 牛头刨床

①床身 床身主要用来支承和连接机床各部件。其顶面的燕尾形导轨供滑枕做往复运动。床身内部有齿轮变速机构和摆杆机构,供改变滑枕的往复运动速度和行程长短。

②滑枕 滑枕主要用来带动刨刀做往复直线运动(即主运动),前端装有刀架,其内部装有丝杆螺母传动装置,可用于改变滑枕的往复行程位置。

③刀架 刀架主要用来夹持刨刀,其结构如图 6-27 所示。松开刀架上的手柄,滑板可以沿转盘上的导轨带动刨刀做上下移动;松开转盘上两端的螺母,扳转一定的角度,可以加工斜面以及燕尾形零件。抬刀板可以绕刀座的轴转动,使刨刀回程时,可绕轴自由上抬,减少刀具与工件的摩擦。

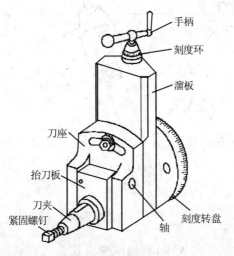

图 6-27 刀架结构

④工作台　工作台主要用来安装工件。台面上有 T 形槽,可穿入螺栓头装夹工件或夹具。工作台可随横梁上下调整,也可随横梁作横向间歇移动,这个移动称为进给运动。

6.3.2　B6050 牛头刨床的传动系统

1. B6050 牛头刨床的传动路线

B6050 牛头刨床的传动路线如图 6-28 所示。

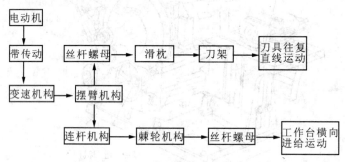

图 6-28　牛头刨床的传动路线示意图

2. 摆臂机构

摇臂机构的作用是把旋转运动变成滑枕的往复直线运动。摇臂机构如图 6-29 所示,由摇臂齿轮、摇臂、偏心滑块等组成。摇臂上端与滑枕内的螺母相连。摇臂齿轮由小齿轮带动旋转时,偏心滑块就带动摇臂绕支架左右摆动,于是滑枕就被推动做往复直线运动。

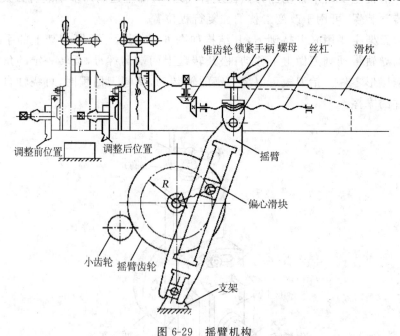

图 6-29　摇臂机构

改变偏心滑块的偏心距 R 的大小,就能改变滑枕的行程长度。偏心距愈大,滑枕行程愈长,反之行程愈短。偏心滑块的调节机构如图 6-30 所示。

摇臂齿轮转一转,滑枕即往复运动一次,其转动速度由机床变速机构调节。

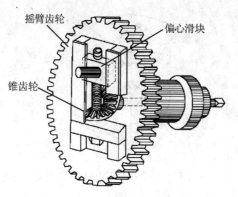

图 6-30　偏心活块的调整

松开滑枕内的锁紧螺母，转动丝杠，即可改变滑枕行程的起始点，以适应工件加工面的位置。

3. 棘轮机构

棘轮机构的作用是使工作台间歇地实现横向水平进给运动，其结构如图 6-31 所示。摇杆空套在横梁的丝杠上，棘轮则用键与丝杠相连。当齿轮 B 由齿轮 A 带动旋转时，连杆便使摇杆左右摆动。齿轮 A 和摇臂齿轮同轴旋转，齿轮 A 与齿轮 B 齿数相等，因此，刨刀（滑枕）每一往复，摇杆即往复摆动一次。通过棘轮爪拨动棘轮间歇转动，再由丝杠通过螺母带动工作台做横向水平进给运动。

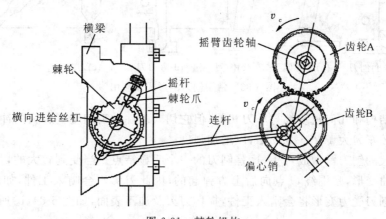

图 6-31　棘轮机构

改变棘轮外面的挡环位置，如图 6-32 所示，即可改变棘轮爪每次拨动的有效齿数，从而改变了进给量的大小。改变棘轮爪的方向，则可改变进给运动方向。提起棘轮爪，进给运动即停止。

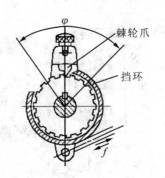

图 6-32　用挡环调节进给量

6.3.3　刨削的基本方法

刨削方法必须针对不同表面加以制定,而且不同的表面应用不同的刨刀才能加工。

1. 刨刀

刨刀常用的有平面刨刀、角度偏刀、偏刀、切刀、成形刨刀等多种。按所刨平面倾斜方向不同,又可将偏刀分为左、右偏刀。平面刨刀用于加工水平面;角度偏刀用于加工相互成一定角度的表面;偏刀用于加工垂直面或斜面;切刀用于刨槽或切断;成形刀用于加工成形表面。常见的刨刀形状及应用如图 6-33 所示。

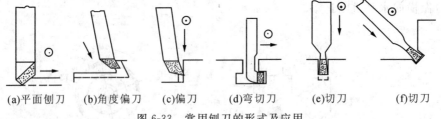

　(a)平面刨刀　　(b)角度偏刀　　(c)偏刀　　(d)弯切刀　　(e)切刀　　　(f)切刀

图 6-33　常用刨刀的形式及应用

刨刀的结构和几何角度都与车刀相似,但它切入工件的瞬间受到较大的冲击,因此刀柄的截面一般较车刀大 1.25～1.5 倍,以增加强度。

刨削量大的刨刀常做成弯头,这是刨刀的一个明显特点。当受到较大的切削力时,刀杆所产生的弯曲变形,是围绕 O 点向后上方弹起的,因此刀尖不会啃入工件,如图 6-34(a)所示。而直头刨刀受力变形将会啃入工件,损坏刀刃及加工表面,如图 6-34(b)所示。

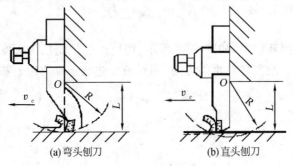

　　　(a)弯头刨刀　　　　　　　　　　(b)直头刨刀

图 6-34　弯头刨刀

2. 工件安装方法

在刨床上安装工件的方法有平口钳安装、压板螺栓安装和专用夹具安装等。

(1)平口钳安装工件　平口钳是一种通用夹具,经常用其安装小型工件。使用时先把平口钳钳口找正并固定在工作台上,然后再安装工件。常用的按划线找正安装工件的方法如图 6-35(a)所示。

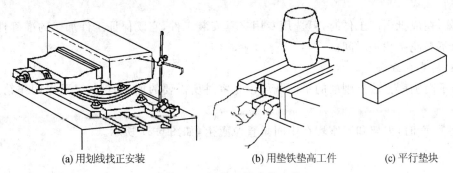

(a)用划线找正安装　　　(b)用垫铁垫高工件　　　(c)平行垫块

图 6-35　用瓶口钳安装工件

用平口钳安装工件应注意以下几点:

①工件的被加工面必须高出钳口,否则就要用平行垫铁垫高工件,如图 6-35(b)、(c)所示。

②为了能安装得牢固,防止刨削时工件松动,必须把比较平整的平面贴紧在垫铁和钳口上。为使工件贴紧垫铁,应一面夹紧,一面用手锤轻击工件的上平面,如图 6-35(b)所示。注意光洁的上平面要用铜棒进行敲击,防止敲伤光洁的表面。

③为了保护钳口和工件上已加工表面,安装工件时往往要在钳口处垫上铜皮。

④用手挪动垫铁检查贴紧程度,如有松动,说明工件与垫铁之间贴合不好,应松开平口钳重新夹紧。

⑤对于刚度不足的工件,安装时应增加支撑,以免夹紧力使工件变形。

(2)压板螺栓安装工件　有些工件较大或形状特殊,需要用压板螺栓和垫铁把工件直接固定在工作台上进行刨削。安装时先把工件找正,具体安装方法如图 6-36 所示。

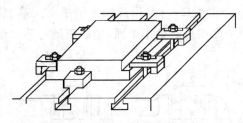

图 6-36　用压板螺栓安装工件

用压板螺栓安装工件时应注意以下几点:

①压板的位置要安排得当,压点要靠近刨削面,压紧力大小要合适。粗加工时,压紧力要大,以防切削中工件移动;精加工时,压紧力要合适,注意防止工件变形。

②工件如果放在垫铁上,要检查工件与垫铁是否贴紧,若没有贴紧,必须垫上纸或铜皮,

直到贴紧为止。

③压板必须压在垫铁处,以免工件因受夹紧力而变形。

④装夹薄壁工件,可在其空心处使用活动支撑或千斤顶等,以增加刚度,否则工件因受切削力易产生振动和变形。

⑤工件夹紧后,要用划针复查加工线是否仍然与工作台平行,避免工件在装夹过程中变形或移动。

另外,在成批生产工件时,可选用专用夹具安装工件,它既保证工件加工的准确性,又安装迅速,不需花费找正时间。

3. 刨削基本方法

(1)平面刨削方法 刨削的平面既可以是零件所需要的加工表面,又可以用作精加工基准面。

刨水平面时,刀架和刀座均在中间垂直位置上,如图 6-37 所示。

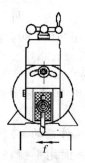

图 6-37 刨水平面的方法

水平面粗刨采用平面刨刀,精刨采用圆头精刨刀。刨削用量一般为:刨削深度 a_p 为 0.2~0.5mm,进给量 f 为 0.33~0.66mm/str,切削速度 v_c 为 15~50m/min。粗刨时刨削深度和进给量可取大值,切削速度取低值;精刨时切削速度取高值,切削深度和进给量取小值。

对于两个相对平面有平行度要求,两相邻平面有垂直度要求的矩形工件。设矩形四个平面在按逆时针方向分别为 1、2、3、4 面。一般刨削方法是先刨出一个较大的平面 1 为基准面,然后将该基准面贴紧平口钳钳口一面,用圆棒或斜垫夹入基准面对面的钳口中,刨削第 2 个平面,再刨削与第 2 个平面相对的第 4 个面,最后刨削与第 1 个面相对的第 3 个面。整个过程如图6-38 所示。

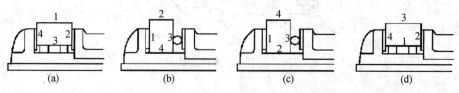

图 6-38 保证四个面垂直度的加工步骤

在水平面刨削时,切削深度由手动控制刀架的垂直运动决定,进给量由进给运动手柄调整。

（2）刨垂直面　工件上如有不能或不便用水平面刨削方法加工的平面,可将该平面与水平面成垂直,然后用刨垂直面的方法进行加工,如加工台阶面和长工件的端面。

垂直面的刨削由刀架做垂直进给运动实现。

刨削前,先将刀架转盘刻度线对准零线,以保证加工面与工件底平面垂直,转动刀架手柄,从上往下加工工件。手动进给刀架时保证刨刀是做垂直进给运动;再将刀座转动至上端,偏离要加工垂直面 $10°\sim15°$ 左右,如图 6-39 所示。使抬刀板回程时,能带动刨刀抬离工件的垂直面,减少刨刀磨损及避免划伤已加工表面。

图 6-39　刨垂直面的方法　　　　　　图 6-40　刨斜面的方法

精刨时,为降低表面粗糙度,可在副切削刃上接近刀尖处磨出 $1\sim2mm$ 的修光刃。装刀时,应使修光刃平行于加工平面。

应注意刀座推偏时,偏刀的主刀刃应指向所加工的垂直面,不能将刨刀所偏方向及推偏方向选错。另外,安装偏刀时,刨刀伸出的长度应大于整个刨削面的高度。

在垂直面刨削时,切削深度由工作台水平手动控制,进给量由刀架转动手柄调整。

（3）刨斜面　工件上的斜面有内斜面和外斜面两种,如 V 型槽、燕尾槽由内斜面组成,V 型楔、燕尾榫由外斜面组成。内斜面和外斜面均可由倾斜刀架法加工,如图 6-40 所示。

刨削前,先将转盘与刀座一起转动一定角度,再将刀座转动至上端偏离所需加工的斜面 $12°$ 左右,然后从上往下转动刀架手柄刨削斜面。

注意应针对是内斜面还是外斜面来选择左角度偏刀或右角度偏刀。一般内斜面左斜用左角度偏刀,外斜面左斜用右角度偏刀;内斜面右斜或外斜面右斜时则刚相反。角度偏刀伸出长度也应大于整个刨削斜面的宽度。

在进行斜面刨削时,切削深度与进给量的控制及调整同刨削垂直面一样,但要注意刨斜面时,切削深度不可选得过大。

（4）刨 T 形槽　T 形槽在各种机床的工作台上应用很多,在 T 形槽中放入方头或六角螺栓,可用来安装工件或夹具。

刨 T 形槽前,应先刨出各相关平面,并在工件端面和上平面划出加工线,如图 6-41 所示。然后按图 6-42 所示的步骤加工。

①先安装工件,在纵、横方向上进行找正;用切槽刀刨出直角槽,使其宽度等于 T 形槽槽口的宽度,深度等于 T 形槽的深度,如图 6-42（a）所示。

②用弯头切刀刨削一侧的凹槽,如图 6-42（b）所示。如果凹槽的高度较大,一刀不能刨完时,可分几次刨完。但凹槽的垂直面要用垂直走刀精刨一次,这样才能使槽壁平整。

③换上方向相反的弯头切刀,刨削另一侧的凹槽,如图 6-42(c)所示。

④换上 45°刨刀,完成槽口倒角,如图 6-42(d)所示。

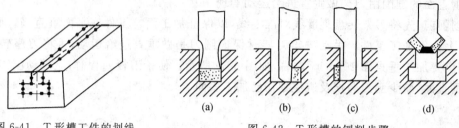

图 6-41 T形槽工件的划线   图 6-42 T形槽的刨削步骤

6.4 刨削操作要领及安全技术操作规程

1. 调整刨削速度、行程起始位置和行程长短时,必须关机才能进行。在未装刨刀进行调速时,所调速度不能过快,不要超过表上速度 64,以免把刀架上的垫圈冲出来。

2. 在加工工件的过程中,不能用手去扫铁屑,更不能拿量具去扫铁屑。

3. 加工工件时,人应站在机床的两侧,以防工件未夹紧,往前冲出来,造成人身事故。

4. 滑枕的行程位置、行程长度在调整中不能超过极限位置,工作台的横向移动也不能超过极限位置,以免滑枕和工作台从导轨上脱落。

5. 在调整好各个手柄后,必须锁紧。工作完毕,把机床周围打扫干净。

第 **7** 章　磨削加工

【目的和要求】

1. 了解磨削的工艺特点及应用范围。
2. 了解磨削加工的设备、附件、刀具、工具的性能、用途及使用方法。
3. 基本掌握磨床的操作技能及简单零件的磨削方法。

7.1　磨　削

　　磨削加工是机器零件的精密加工方法,可达到很高的加工精度和低的表面粗糙度值。磨削既能加工一般金属材料,如铸铁、碳钢、合金钢等材料,又能加工难以切削的各种高硬度材料,如淬火钢、硬质合金等。

　　磨削加工的应用范围很广,它能完成外圆、孔、平面以及齿轮、螺纹等成形表面的精加工,也可以刃磨各种切削刀具。随着科学技术的发展,产品精度的不断提高,磨削加工的比重也日趋增长,磨床在机床总数中的比例已达 20% 左右。

　　磨削是在磨床上用砂轮作为切削刀具对工件进行切削加工的方法。其特点是:

　　(1)由于砂轮磨粒本身具有很高的硬度和耐热性,因此磨削能加工硬度很高的材料,如淬硬的钢、硬质合金等。

　　(2)砂轮和磨床特性决定了磨削工艺系统能做均匀的微量切削,一般 α_p 为 0.001~0.005mm;磨削速度很高,一般 v_c 可达 30~50m/s;磨床刚度好;采用液压传动,因此磨削能经济地获得高的加工精度(尺寸公差等级一般可达 IT6~IT5)和低的表面粗糙度(R_a 为 0.8~0.2μm)。磨削是零件精加工的主要方法之一。

　　(3)由于剧烈的摩擦,会使磨削区温度很高,这会造成工件产生应力和变形,甚至造成工件表面烧伤。因此磨削时必须注入大量冷却液,以降低磨削温度。冷却液还可起排屑和润滑作用。

　　(4)磨削时的径向力很大。这会造成机床—砂轮—工件系统的弹性退让,使实际切深小于名义切深。因此磨削将要完成时,应不进刀进行光磨,以消除误差。

　　(5)磨粒磨钝后,磨削力也随之增大,致使磨粒破碎或脱落,重新露出锋利的刃口,此特性称为"自锐性"。自锐性使磨削在一定时间内能正常进行,但超过一定工作时间后,应进行人工修整,以免磨削力增大引起振动、噪声及损伤工件表面质量。

　　(6)磨削用的砂轮是由许多细小而又极硬的磨粒用结合剂粘接而成的。将砂轮表面放大,可以看到砂轮表面上杂乱地布满很多尖菱形多角的颗粒——磨粒。这些锋利的小磨粒就像铣刀的刀刃一样,在砂轮的高速旋转下,切入工件表面。所以磨削的实质是一种多刀多刃的超高速磨削过程。

7.1.1 砂轮及其安装

1. 砂轮

砂轮是磨削的切削工具,如图 7-1 所示。它是由许多细小而坚硬的磨粒和结合剂粘结而成的多孔物体。磨粒直接担负着切削工作,必须锋利并具有高的硬度、耐热性和一定的韧性。常用的磨料有氧化铝(又称刚玉)和碳化硅两种。氧化铝类磨料硬度高、韧性好,适合磨削钢料。碳化硅类磨料硬度更高、更锋利、导热性好,但较脆,适合磨削铸铁和硬质合金。

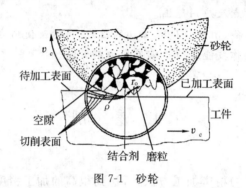

图 7-1 砂轮

同样磨料的砂轮,由于其粗细不同,工件加工后的表面粗糙度和加工效率就不同,磨粒粗大的用于粗磨,磨粒细小的适合精磨。磨料愈粗,粒度号愈小。

结合剂起粘结磨料的作用。常用的是陶瓷结合剂,其次是树脂结合剂。结合剂选料不同,影响砂轮的耐蚀性、强度、耐热性和韧性等。

磨粒粘结愈牢,就愈不容易从砂轮上掉下来,就称砂轮的硬度,即砂轮的硬度是指砂轮表面的磨粒在外力作用下脱落的难易程度。容易脱落称为软,反之称为硬。砂轮的硬度与磨料的硬度是两个不同的概念。被磨削工件的表面较软,磨粒的刃口(棱角)就不易磨损,这样磨粒使用的时间可以长些,也就是说可选粘接牢固些的砂轮(硬度较高的砂轮)。反之,硬度低的砂轮适合磨削硬度高的工件。

砂轮在高速条件下工作,为了保证安全,在安装前应进行检查,不应有裂纹等缺陷。为了使砂轮工作平稳,使用前应进行动平衡试验。

砂轮工作一定时间后,其表面空隙会被磨屑堵塞,磨料的锐角会磨钝,原有的几何形状会失真,导致磨削力增大,因此必须修整以恢复切削能力和正确的几何形状。砂轮需用金刚石笔进行修整,其方法如图 7-2 所示。

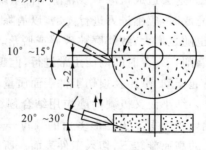

图 7-2 砂轮的修整

2.砂轮的安装

工作时砂轮的转速很高,为了确保砂轮在工作过程中的安全,安装前应该检查砂轮是否有裂纹,并经过动平衡试验。砂轮的安装如图7-3所示。

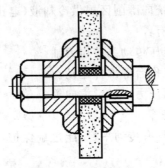

图 7-3 砂轮的安装

7.1.2 平面磨床的结构与磨削运动

磨床的种类很多,主要有平面磨床、外圆磨床、内圆磨床、万能外圆磨床(也可磨内孔)、齿轮磨床、螺纹磨床、导轨磨床、无心磨床(磨外圆)和工具磨床(磨刀具)等。这里介绍平面磨床及其运动。

1.平面磨床的结构

平面磨床主要用来磨削工件的平面或斜面,结合夹具还可以磨削成型面。以 M7120A 为例,如图7-4所示,其中:M——磨床类机床,7——平面及端面磨床,1——卧轴矩台式平面磨床,20——工作台面宽度的 1/10(200mm),A——第一次重大改进。

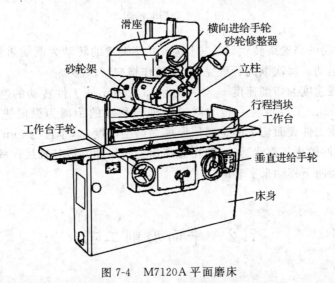

图 7-4 M7120A 平面磨床

(1)砂轮架 砂轮架安装砂轮并带动砂轮做高速旋转,砂轮架可沿滑座的燕尾导轨做手动或液动的横向间隙运动。

(2)滑座 滑座安装砂轮架并带动砂轮架沿立柱导轨做上下运动。

（3）立柱　立柱支承滑座及砂轮架。

（4）工作台　工作台安装工件并由液压系统驱动做往复直线运动。

（5）床身　床身支承工作台,安装其他部件。

（6）冷却液系统　冷却液系统向磨削区提供冷却液(皂化油)。

（7）液压传动系统　其组成有:

①动力元件,为油泵,供给液压传动系统压力油。

②执行元件,为油缸,带动工作台等部件运动。

③控制元件,为各种阀,控制压力、速度、方向等。

④辅助元件,如油箱、压力表等。

液压传动与机械传动相比,具有传动平稳,能过载保护,可以在较大范围内实现无级调速等优点。

2.磨削运动

磨削时的各种运动如图 7-5 所示。

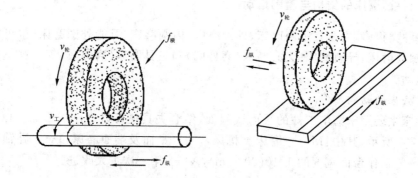

图 7-5　磨削时的运动

磨外圆时,砂轮的高速旋转运动是主运动,工件缓慢的转动为圆周进给运动,纵向往复移动为纵向进给运动。每次纵向行程完毕,砂轮作横向切深移动。

砂轮圆周的线速度为切削速度 $v_轮$,一般为 $25\sim30\text{m/s}$;工件转动的速度为圆周进给速度 $v_工$,单位为 m/min;工件每转一转的同时沿轴向移动的距离为纵向进给量 $f_纵$,单位为 mm/r;砂轮每次在工件表面切去的金属层厚度为磨削深度 α_p,单位为 mm。

磨平面时,工件做往复直线运动,砂轮做高速旋转运动并沿其轴线作横向移动。磨削深度是靠调整砂轮架向下移动来实现的。

7.2　平面磨削工艺

1.工件装夹

平面磨削时,对于铁磁性工件多利用电磁吸盘将工件吸住,这样装夹比较方便。当磨削尺寸较小零件时,由于工件与工作台接触面积小,吸力弱,容易被磨削力弹出造成事故,所以当夹这类工件时,需在工件四周或左右两端用挡铁围住,以防工件移动。对于非铁磁性工件如铜、铝及其合金等,则用其他的夹具(如平口钳)等装夹好后,装在工作台或电磁吸盘上进行磨削加工。

2.磨削方法

磨削平面,一般以一个平面为定位基准磨削另一个平面,如果两个平面都要求磨削时,可互为基准反复磨削。平面磨削方法有两种,一种是端磨法,如图7-6所示。端磨法特点是利用砂轮的端面进行磨削,砂轮轴立式安装,刚度好,可采用较大的磨削用量,且工件与砂轮的接触面积大,生产率较高。但磨削热多,冷却与散热条件差,工件变形大,精度比以下将介绍的周磨低,多用于大批量生产中磨削要求不太高的平面,或作为精磨的前工序——粗磨。另一种是周磨法,如图7-7所示。周磨法特点是利用砂轮的圆周面进行磨削,工件与砂轮的接触面积小,磨削热少,排屑容易,冷却与散热条件好,砂轮磨损均匀,磨削精度高,表面粗糙度 R_a 值低,但生产率较低,多用于单件小批生产中,大批大量生产亦可采用。

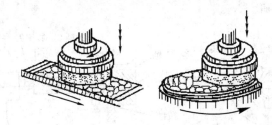

图7-6 端磨法

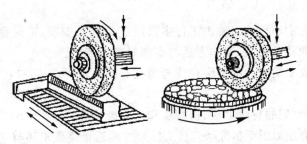

图7-7 周磨法

3.平面磨削操作

首先把台面与工件擦干净,测量工件厚度,放上工件,开启电磁吸盘吸住工件,推拉一下工件,以检查工件是否被吸紧。开启液压系统,初步调整工作台行程大小与位置,工作台行程长度由工作台两侧的挡块控制,工作台的运动速度由节流阀来调节。然后对刀,对刀前砂轮底部应该高于工件表面,逐渐进刀,当擦着并有火花产生时,即开冷却液,此时垂直进给手轮的刻度即为零位。然后调整好工作台与砂轮架的行程大小与位置。调整时运动速度应该低,以免撞缸。

调整完后即可磨削。根据需要调整进给速度。磨削中可停机,以检查尺寸。磨削将近结束时,垂直进给量要小,甚至不进给进行光磨,以保证磨削精度。磨完后退磁取下工件。

操作时,人应站在机床右边,以防工件、砂轮碎片飞出伤人。关机时,工作台应停在中间位置,砂轮架在工作台的后部,并擦拭干净。

7.3 外圆磨削工艺

1. 外圆磨削

（1）工件的安装 根据工件形状、尺寸和加工要求的不同，采用不同的安装方法。

① 顶尖安装 利用工件两端的中心孔，将工件安装在前、后顶尖之间，如图 7-8 所示，装夹操作方法与车削时相同，但磨床所用的顶尖都是不随工件一起转动的死顶尖，这样可以避免由于顶尖转动带来的误差，从而提高磨削精度。后顶尖是靠弹簧力顶紧工件的，可自动控制顶紧工件的松紧程度。由于工件上中心孔的质量对磨削质量影响很大，因而磨削前，均需对工件的中心孔进行修研。

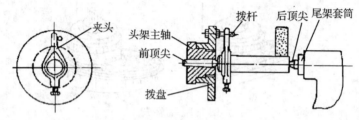

图 7-8 用顶尖安装工件

② 卡盘安装 无中心孔的短轴类工件多采用三爪卡盘安装；不对称或形状不规则的工件可采用四爪卡盘或花盘安装，操作方法与车削时基本相同。

③ 心轴安装 盘套类工件的外圆往往与内孔有同轴度要求，一般在精磨内孔后，用心轴安装，再磨外圆。

（2）磨削方法 常用的有纵磨法、横磨法和无心磨法等。

① 纵磨法 纵磨法如图 7-9 所示。当工件尺寸接近最终要求还有 0.05～0.01mm 的余量时，停止横向进给，再光磨若干行程，至火花消失为止。纵磨法有较大的适应性，可以用同一砂轮磨削不同长度的工件，加工质量较好，但磨削效率较低，广泛用于单件、小批生产及精磨中，尤其适于磨削细长的轴类工件。

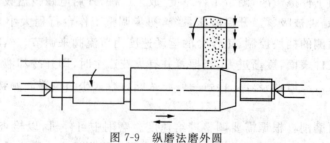

图 7-9 纵磨法磨外圆

② 横磨法（切入磨法） 横磨法如图 7-10 所示。磨削时，工件只旋转而不作纵向移动，砂轮作慢速、连续的横向进给。一般进给量为 0.005～0.05mm/r。横磨法的生产率较高，但加工质量稍差，广泛用于大批量生产中磨削刚度较好的短外圆面或两侧都有台阶的轴颈等。

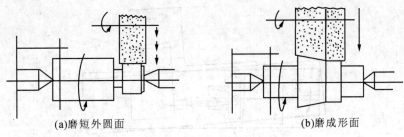

(a)磨短外圆面　　　　　　　(b)磨成形面

图 7-10　横磨法磨外圆

2. 内孔磨削

内孔磨削如图 7-11 所示,可在内圆磨床或万能外圆磨床上进行。工件多以外圆和端面定位,用三爪卡盘、四爪卡盘或花盘等安装,最常用的是用四爪卡盘通过找正安装。

磨内孔的方法与磨外圆基本相似,有纵磨法和横磨法,但多采用纵磨法。由于砂轮直径小、砂轮轴细长、冷却和排屑困难等原因,致使磨内孔比磨外圆效率低,要达到同样的精度和表面粗糙度,磨内孔也比磨外圆困难。因此,磨内孔仅适用于精磨淬硬的工件孔,或在单件小批生产中精加工孔。

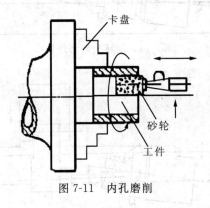

图 7-11　内孔磨削

3. 锥面磨削

磨削时,工件轴线必须相对于砂轮轴线偏斜半个锥角$(\alpha/2)$,通常用下面两种方法进行磨削。

(1)偏转工作台法　　此法多用于磨削锥度较小,锥面较长的工件,如图 7-12 和图 7-13 所示。

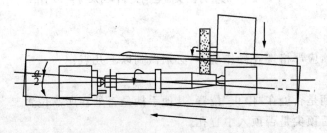

图 7-12　偏转工作台磨外锥面

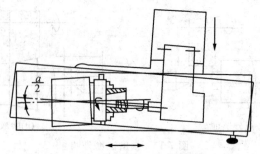

图 7-13　偏转工作台磨内锥面

（2）偏转头架法　此法多用于磨削锥度较大的短锥面，如图 7-14 和图 7-15 所示。

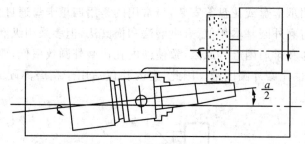

图 7-14　偏转头架磨外锥面

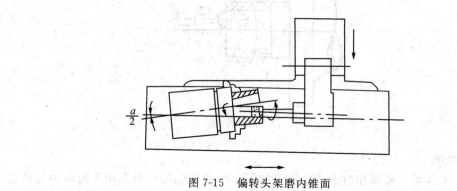

图 7-15　偏转头架磨内锥面

7.4　磨削安全技术操作规程

磨削操作中，应严格遵守操作规程，必须做到以下几点：

1. 开机前

（1）检查手柄是否处在"停止"位置，其他手柄是否处在所需位置。

（2）检查前后顶尖是否顶入中心孔。

（3）工件要夹牢，挡铁要锁紧。

2. 开机时

(1)启动砂轮要用点动的方法逐渐启动。

(2)对接触点时要仔细,不能突然吃大刀;操作者应站在机床右边,预防工件或砂轮碎片飞出伤人。

(3)不准开机调整机床。

(4)不得度量尺寸。

(5)不准离开机床做其他工作。

(6)不准用手触摸砂轮或工件。

3. 关机后

关机时让工作台停在床身中间位置,砂轮架停在工作台的后部,并擦洗干净。

第8章 钳 工

【目的和要求】

1. 初步掌握钳工与机械加工中常用量具的使用方法。
2. 了解公差与配合等基本概念。
3. 了解钳工工作在零件加工、机械产品装配及维修中的作用、特点。
4. 掌握钳工主要工作的基本操作方法,并能按要求独立完成简单零件的加工。
5. 基本掌握简单机械产品的拆装工艺方法。

8.1 概 述

8.1.1 钳工的基本操作

钳工主要是手持工具对夹紧在钳工工作台虎钳上的工件进行切削加工的方法,它是机械制造中的重要工种之一。钳工的基本操作可分为:

(1)辅助性操作 辅助性操作即划线,它是根据图样在毛坯或半成品工件上划出加工界线的操作。

(2)切削性操作 切削性操作有錾削、锯削、锉削、攻螺纹、套螺纹、钻孔(扩孔、铰孔)、刮削和研磨等多种操作。

(3)装配性操作 装配性操作即装配,将零件或部件按图样技术要求组装成机器的工艺过程。

(4)维修性操作 维修性操作即维修,对在役机械、设备进行维修、检查、修理的操作。

8.1.2 钳工工作的范围及在机械制造与维修中的作用

1.普通钳工工作范围

(1)加工前的准备工作,如清理毛坯,在毛坯或半成品工件上的划线等。

(2)单件零件的修配性加工。

(3)零件装配时的钻孔、铰孔、攻螺纹和套螺纹等。

(4)加工精密零件,如刮削或研磨机器、量具和工具的配合面,夹具与模具的精加工等。

(5)零件装配时的配合修整。

(6)机器的组装、试车、调整和维修等。

2.钳工在机械制造和维修中的作用

钳工是一种比较复杂、细微、工艺要求较高的工作。目前虽然有各种先进的加工方法,但钳工具有使用工具简单、加工多样灵活、操作方便、适应面广等特点,故有很多工作仍需由钳工来完成,如前面所讲的钳工应用范围的工作。因此钳工在机械制造及机械维修中有着特殊的、不可取代的作用。但钳工操作的劳动强度大、生产效率低、对工人技术水平要求较高。

8.1.3 钳工工作台和虎钳

1.钳工工作台

钳工工作台简称钳台,如图 8-1 所示,常用硬质木板或钢材制成,要求坚实、平稳,台面高度约 800～900mm,台面上装虎钳和防护网。

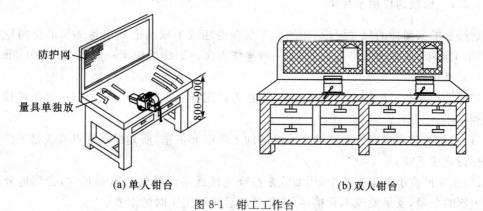

(a) 单人钳台　　　　(b) 双人钳台

图 8-1　钳工工作台

2.虎钳

虎钳是用来夹持工件,其规格以钳口的宽度来表示,常用的有 100、125、150mm 三种。虎钳有固定式和回转式两种,如图 8-2(a)、图 8-2(b)所示。松开回转式虎钳的夹紧手柄,虎钳便可在底盘上转动,以改变钳口方向,使之便于操作。

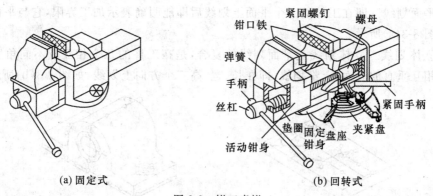

(a) 固定式　　　　(b) 回转式

图 8-2　钳工虎钳

使用虎钳时应注意:

(1)工件尽量夹在钳口中部,以使钳口受力均匀。

(2)夹紧后的工件应稳定可靠,便于加工,并不产生变形。

(3)夹紧工件时,一般只允许依靠手的力量来扳动手柄,不能用手锤敲击手柄或随意套上长管子来扳手柄,以免丝杠、螺母或钳身损坏。

(4)不要在活动钳身的光滑表面进行敲击作业,以免降低配合性能。

(5)加工时用力方向最好是朝向固定钳身。

8.2 划 线

8.2.1 划线的作用及种类

划线是根据图样的尺寸要求,用划针工具在毛坯或半成品上划出待加工部位的轮廓线(或称加工界限)或作为基准的点、线的一种操作方法。划线的精度一般为 0.25～0.5mm。

1.划线的作用

划线是在某些工件的毛坯或半成品上,按零件图样要求的尺寸,划出加工界线或找正线的一种操作。

(1)所划的轮廓线即为毛坯或半成品的加工界限和依据,所划的基准点或线是工件安装时的标记或校正线。

(2)在单件或小批量生产中,用划线来检查毛坯或半成品的形状和尺寸,合理地分配各加工表面的余量,及早发现不合格品,避免造成后续加工工时的浪费。

(3)在板料上划线下料,可做到正确排料,使材料合理使用。

划线是一项复杂、细致的重要工作,如果将线划错,就会造成加工工件的报废。所以划线直接关系到产品的质量。

对划线的要求是:尺寸准确、位置正确、线条清晰、冲眼均匀。

2.划线的种类

(1)平面划线 即在工件的一个平面上划线后即能明确表示加工界限,它与平面作图法类似,如图 8-3(a)所示。

(2)立体划线 立体划线是平面划线的复合,是在工件的几个相互成不同角度的表面(通常是相互垂直的表面)上都划线,即在长、宽、高三个方向上划线,如图 8-3(b)所示。

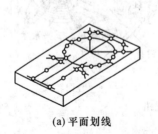
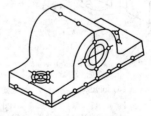

(a) 平面划线　　　　　　　　　　　(b) 立体划线

图 8-3　平面划线和立体划线

8.2.2 划线的工具及其用法

按用途不同,划线工具分为基准工具、支承装夹工具、直接绘划工具和量具等。

1. 基准工具

基准工具主要是划线平板,如图 8-4 所示。划线平板由铸铁制成,是划线的基准工具,其表面要求非常平直和光洁。

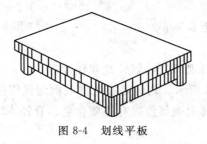

图 8-4 划线平板

使用时要注意:

(1)安放时要平稳牢固、上平面应保持水平。

(2)平板不准碰撞和用锤敲击,以免使其精度降低。

(3)长期不用时,应涂油防锈,并加盖保护罩。

2. 夹持工具

夹持工具有方箱、千斤顶、V 形铁等。

(1)方箱 方箱分普通方箱和特殊方箱两种,如图 8-5 所示。方箱是铸铁制成的空心立方体,各相邻的两个面均互相垂直。方箱用于夹持、支承尺寸较小而加工面较多的工件。通过翻转方箱,便可在工件的表面上划出互相垂直的线条。

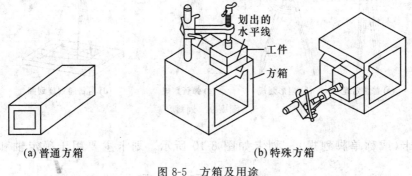

(a) 普通方箱　　　　　　　　(b) 特殊方箱

图 8-5 方箱及用途

(2)千斤顶 千斤顶如图 8-6 所示。千斤顶是在平板上支承较大及不规划工件时使用,其高度可以调整。通常都用三个千斤顶支承工件。

(3)V 形铁 V 形铁如图 8-7 所示。V 形铁用于支承圆柱形工件,使工件轴线与底板平行。

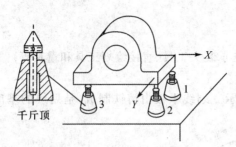

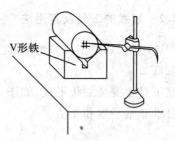

图 8-6　千斤顶及用途　　　　图 8-7　V形铁及用途

3.直接绘划工具

直接绘划工具有划针、划规、划卡、划针盘和样冲等。

(1)划针　划针如图 8-8 所示。划针是在工件表面划线用的工具,常用的划针用工具钢或弹簧钢制成(有的划针在其尖端部位焊有硬质合金),直径 $\phi 3\sim 6mm$。

(a)常用划针

(b)弯头划针

图 8-8　划针

(2)划规　划规如图 8-9 所示。划规是划圆或弧线、等分线段及量取尺寸等用的工具。它的用法与制图的圆规相似。

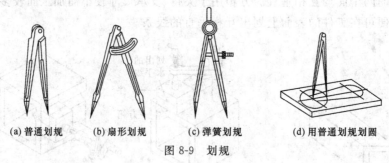

(a)普通划规　　(b)扇形划规　　(c)弹簧划规　　(d)用普通划规划圆

图 8-9　划规

(3)划卡(或称单脚划规)　划卡如图 8-10 所示。划卡主要用于确定轴和孔的中心位置。

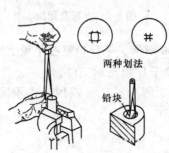

图 8-10　划卡

(4)划针盘　划针盘如图 8-11 所示。划针盘主要用于立体划线和校正工件的位置。它由底座、立杆、划针和锁紧装置等组成。

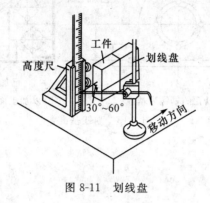

图 8-11　划线盘

(5)样冲　样冲如图 8-12 所示。样冲用于在工件划线点上打出样冲眼,以备所划线模糊后仍能找到原划线的位置;在划圆和钻孔前应在其中心打样冲眼,以便定心。

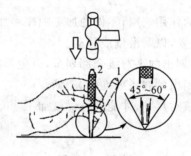

图 8-12　样冲

4.量具

量具有钢尺、直角尺、高度尺(普通高度尺和高度游标尺)等。

高度游标尺除用来测量工件的高度外,还可用来作半成品划线用,其读数精度一般为 0.02mm。它只能用于半成品划线,不允许用于毛坯。

8.2.3　划线基准

用划线盘划各种水平线时,应选定某一基准作为依据,并以此来调节每次划针的高度。这个基准称为划线基准。

一般划线基准与设计基准应一致。常选用重要孔的中心线为划线基准,或零件上尺寸标注基准线为划线基准,如图 8-13(a)所示。若工件上个别平面已加工过,则以加工过的平面为划线基准,如图 8-13(b)所示。常见的划线基准有三种类型:

(1)以两个相互垂直的平面(或线)为基准。

(2)以一个平面与对称平面(和线)为基准。

(3)以两个互相垂直的中心平面(或线)为基准。

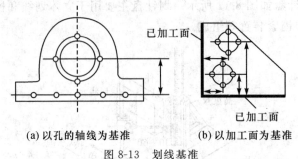

(a) 以孔的轴线为基准   (b) 以加工面为基准

图 8-13　划线基准

8.2.4　划线操作要点

1.划线前的准备工作

(1)工件准备　工件准备包括工件的清理、检查和表面涂色。

(2)工具准备　按工件图样的要求,选择所需工具,并检查和校验工具。

2.操作时的注意事项

(1)看懂图样,了解零件的作用,分析零件的加工顺序和加工方法。

(2)工件夹持或支承要稳妥,以防滑倒或移动。

(3)在一次支承中应将要划出的平行线全部划全,以免再次支承补划,造成误差。

(4)正确使用划线工具,划出的线条要准确、清晰。

(5)划线完成后,要反复核对尺寸,才能进行机械加工。

8.2.5　立体划线示例

1.立体划线的步骤

立体划线是在工件的几个表面划线,轴承座的立体划线如图 8-14 所示。

(1)看懂零件图样,如图 8-14(a)所示。确定划线基准,检查毛坯是否合格。

(2)清理毛坯,在需划线部分涂上涂料。铸件、锻件涂大白浆;已加工过的表面用龙胆紫加虫胶和酒精(紫色)或用孔雀绿加虫胶和酒精(绿色)。用铅块或木块堵孔,以便定孔的中心位置。

(3)支承及找正工件,如图 8-14(b)所示。

(4)划出底面加工线和孔的水平线,如图 8-14(c)所示。

(5)将工件翻转 90°,用角尺找正,划出螺钉孔中心线,如图 8-14(d)、(e)所示。

(6)再翻转 90°,用角尺在两个方向找正,划出螺钉孔及端面加工线,如图 8-14(e)所示。

(7)检查划出的线是否正确,最后打样冲眼,完成后的零件如图 8-14(f)所示。

2.划线应注意的事项

(1)工件支承要稳定,以防滑倒或移动。

(2)在一次支承中,应把需要划出的平行线全部划出,以免再次支承补划,造成误差。

(3)应正确使用划针、划线盘、直角尺和高度游标卡尺等划线工具,以免造成划线误差。

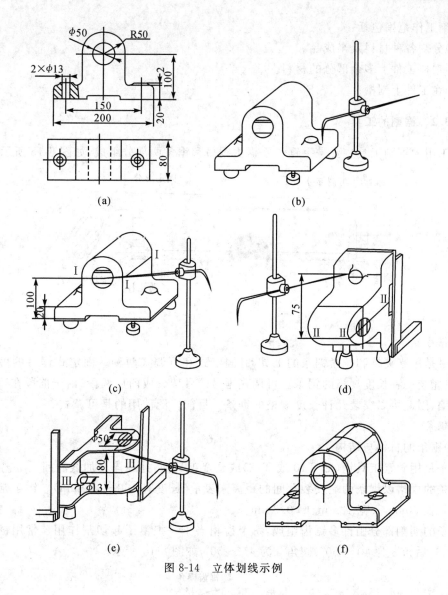

图 8-14　立体划线示例

8.3　锯　割

8.3.1　锯割的作用

利用锯条锯断金属材料(或工件)或在工件上进行切槽的操作称为锯割。

虽然当前各种自动化、机械化的切割设备已广泛使用,但用人工持锯进行切割还是常见的一种钳工操作。它具有方便、简单和灵活的特点,在单件小批生产,在临时工地以及切割异形工件,开槽、修整等场合应用较广。因此手工锯割是钳工需要掌握的基本操作之一。

锯割工作范围包括:

(1)分割各种材料及半成品。

(2)锯掉工件上多余部分的材料。

(3)在工件上锯槽。

8.3.2 锯割的工具

钳工用的锯割工具主要是手锯。手锯由锯弓和锯条两部分组成,如图8-15所示。

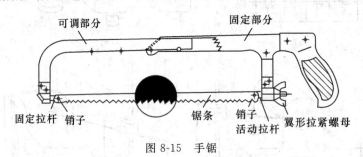

图8-15 手锯

1.锯弓

锯弓是用来夹持和拉紧锯条的工具,有固定式和可调式两种。固定式锯弓的弓架是整体的,只能装一种长度规格的锯条。可调式锯弓的弓架分成前后两段,由于前段在后段套内可以伸缩,因此可以安装几种长度规格的锯条。目前广泛使用的是可调式。

2.锯条

(1)锯条的材料与结构

锯条是用碳素工具钢(如T10或T12)或合金工具钢,并经淬火加低温回火工艺制成。

锯条的规格以锯条两端安装孔间的距离来表示(长度有150~400mm)。钳工常用的锯条规格是长300mm、宽12mm、厚0.8mm。

锯条的切削部分由许多锯齿组成,每个齿相当于一把錾子起切割作用。常用锯条的前角 γ 为0°,后角 α 为40°~50°、楔角 β 为45°~50°,如图8-16所示。

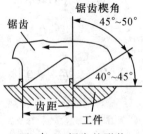

图8-16 锯齿的形状

锯条的锯齿按一定形状左右错开,排列成一定形状称为锯路。锯路有交叉、波浪等不同排列形状。锯路的作用是使锯条锯齿处的宽度大于锯条背部的厚度,防止锯割时锯条卡在锯缝中,并减少锯条与锯缝的摩擦阻力,使排屑顺利,锯割省力。

按齿距 t 的大小,锯条分为粗齿、中齿和细齿三种。粗齿的齿距 $t=1.6$mm(每25mm长度内的齿数为14~16个);中齿的齿距 $t=1.2$mm(每25mm长度内的齿数为22个);细齿

的齿距 $t=0.8$mm(每 25mm 长度内的齿数为 32 个)。

(2)锯条粗细的选择

锯条的粗细应根据加工材料的硬度、厚薄来选择。

锯割软的材料(如低碳钢,铜、铝合金等有色金属,塑料及断面尺寸较大的工件)或厚材料的工件时,应选用粗齿锯条。因为锯屑较多,要求较大的容屑空间。

锯割硬材料(如合金钢等、薄板和薄管)时,应选用细齿锯条。因为材料硬,锯齿不易切入,锯屑量少,不需要大的容屑空间。锯薄材料时,锯齿易被工件勾住而崩断,需要让同时工作的齿数多,使锯齿承受的力量减少。

锯割中等硬度材料(如普通钢材、铸铁等)和中等厚度的工件时,一般选用中齿锯条。

3.锯条的安装

手锯是向前推时进行切割,在向后返回时不起切削作用,因此安装锯条时应锯齿向前。锯条的松紧要适当,太紧失去了应有的弹性,锯条容易崩断;太松会使锯条扭曲,锯缝歪斜,锯条也容易崩断。调整好的锯条应与锯弓在同一中心平面内,以保证锯缝正直,防止锯条折断。

8.3.3 锯割的操作

1.工件的夹持

工件的夹持要牢固,不可有抖动,以防锯割时工件移动而使锯条折断,同时也要注意防止夹坏已加工表面和使工件变形。

工件尽可能夹持在虎钳的左侧,以方便操作;锯割线应与钳口垂直,以防锯斜;工件的锯割线应尽量靠近钳口,以防锯割时产生抖动。

2.起锯

起锯的方式有远起锯和近起锯两种,如图 8-17 所示。

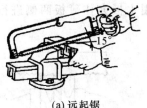 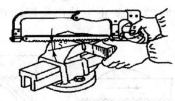

(a)远起锯　　　　　　　　　　　　(b)近起锯

图 8-17　起锯操作方法

远起锯是指从工件远离操作者的一端起锯,此时锯齿是逐步切入材料,不易被卡住,起锯比较方便。近起锯是指从工件靠近操作者的一端起锯,如果这种方法掌握不好,锯齿会一下子切入较深,易被棱边卡住,使锯条崩断,因此一般情况下均采用远起锯的方法。无论采用哪一种起锯方法,起锯角度都要小些,起锯角 α 一般不大于 15°为宜,如图 8-18(a)所示。如果起锯角度太大,锯齿易被工件的棱边卡住,如图 8-18(b)所示。但起锯角度太小,则由于同时与工件接触的齿形多而不易切入材料,锯条还可能打滑,使锯缝发生偏离,工件表面被拉出多道锯痕而影响表面质量,如图 8-18(c)所示。为了起锯位置的正确和平稳,可用左手大拇指挡住锯条来定位,如图 8-18(d)所示。起锯时压力要小,往返行程要短,速度要慢,这样可使起锯平稳。

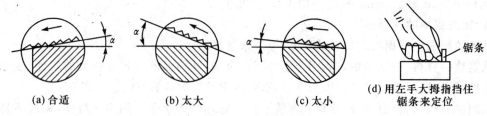

(a) 合适　　　　　　(b) 太大　　　　　　(c) 太小　　　(d) 用左手大拇指挡住
　　　　　　　　　　　　　　　　　　　　　　　　　　　锯条来定位

图 8-18　起锯角度

3.正常锯割

锯割时,手握锯弓要舒展自然,右手握住手柄向前施加压力,左手轻扶在弓架前端,稍加压力。人体重量均布在两腿上。锯割时速度不宜过快,以每分钟 30～60 次为宜,并应用锯条全长的 2/3 工作,以免锯条中间部分迅速磨钝。

推锯时锯弓运动方式有两种:一种是直线运动,适用于锯缝底面要求平直的槽和薄壁工件的锯割;另一种锯弓上下摆动,这样操作自然,两手不易疲劳。锯断材料时,一般采用摆动式运动。

锯割到材料快断时,用力要轻,以防碰伤手臂或折断锯条。

锯弓前进时,一般要加大压力,而后拉时不加压力。

4.锯割示例

锯割圆钢时,为了得到整齐的锯缝,应从起锯开始以一个方向锯至结束,如图 8-19(a)所示。如果对断面要求不高,可逐渐变更起锯方向,以减少抗力,便于切入。

锯割圆管时,一般把圆管水平地夹持在虎钳内,对于薄管或精加工过的管子,应夹在木垫之间。锯割管子不宜从一个方向锯到底,应该锯到管子内壁时停止,然后把管子向推锯方向旋转一定角度,仍按原有锯缝锯下去,这样不断转锯,到锯断为止,如图 8-19(b)所示。

锯割薄板时,为了防止工件产生振动和变形,可用木板夹住薄板两侧进行锯割。如图 8-19(c)所示。

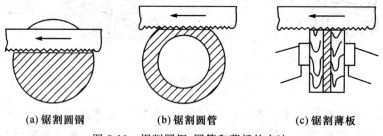

(a) 锯割圆钢　　　　　　(b) 锯割圆管　　　　　(c) 锯割薄板

图 8-19　锯削圆钢、圆管和薄板的方法

8.3.4　锯割操作注意事项

1.锯割前要检查锯条的装夹方向和松紧程度。

2.锯割时压力不可过大,速度不宜过快,以免锯条折断伤人。

3.锯割将完成时,用力不可太大,并需用左手扶住被锯下的部分,以免该部分落下时砸脚。

8.4 锉削

8.4.1 锉削加工的应用

用锉刀对工件表面进行切削加工,使它达到零件图纸要求的形状,尺寸和表面粗糙度,这种加工方法称为锉削。锉削加工简便,工作范围广,多用于錾削、锯削之后。锉削可对工件上的平面、曲面、内外圆弧、沟槽以及其他复杂表面进行加工,锉削的精度可达 IT7~IT8,表面粗糙度可达 $R_a 1.6 \sim 0.8 \mu m$。锉削操作可用于成形样板、模具型腔以及部件,机器装配时的工件修整等。锉削是钳工中最基本操作方法。

8.4.2 锉刀

1.锉刀的材料及结构

锉削的主要工具是锉刀。锉刀常用高碳工具钢 T12、T12A、T13A 制成,并经淬火加低温处理。淬硬应在 HRC62 以上。由于锉削工作较广泛,目前锉刀已标准化。

锉刀由锉刀面、锉刀边、锉刀柄三部分组成,如图 8-20 所示。锉刀的大小以锉刀面的工作长度来表示。锉刀的锉齿是在剁锉机上剁出来的。

锉边　锉面　　　　　　　锉柄
图 8-20　锉刀的组成

2.锉刀的种类

锉刀按用途不同分为普通锉(或称钳工锉)、特种锉和整形锉(或称什锦锉)三类。其中普通锉使用最多。

普通锉按截面形状不同分为平锉、方锉、半圆锉、圆锉和三角锉五种,如图 8-21 所示。按其长度可分为 100,200,250,300,350 和 400mm 等七种;按其齿纹可分为单齿纹、双齿纹(大多用双齿纹);按其齿纹疏密可分为粗齿、细齿和油光锉等(锉刀的粗细以每 10mm 长度的齿面上锉齿齿数来表示,粗锉为 4~12 齿,细齿为 13~24 齿,油光锉为 30~36 齿)。

3.锉刀的选用

合理选用锉刀,对保证加工质量,提高工作效率和延长锉刀使用寿命有很大的影响。一般选择锉刀的原则是:

(1)根据工件形状和加工面的大小选择锉刀的形状和规格。

(2)根据加工材料软硬、加工余量、精度和表面粗糙度的要求选择锉刀的粗细。粗锉刀的齿距大,不易堵塞,适宜于粗加工(即加工余量大、精度等级和表面质量要求低)及铜、铝等软金属的锉削;细锉刀适宜于钢、铸铁以及表面质量要求高的工件的锉削;油光锉只用来修光已加工表面。锉刀愈细,锉出的工件表面愈光,但生产率愈低。

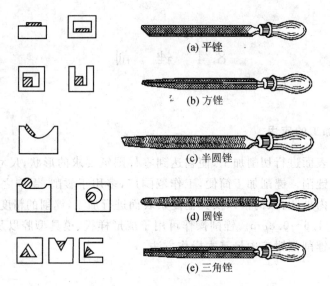

图 8-21　锉刀的种类

8.4.3　锉削操作

1. 装夹工件

工件的装夹是否正确,直接影响到锉削质量的高低。工件的装夹应符合下列要求:

(1)工件尽量夹持在台虎钳钳口宽度方向的中部,需锉削的表面略高于钳口,不能高得太多,以防锉削时产生振动。

(2)装夹要稳固,但用力不可太大,以防工件变形。

(3)装夹已加工表面和精密工件时,应在台虎钳钳口衬上紫铜皮或铝皮等软的衬垫,以防夹坏表面。

2. 锉刀的握法

正确握持锉刀有助于提高锉削质量。

(1)大锉刀的握法　大锉刀的握法如图 8-22 所示。右手心抵着锉刀木柄的端头,大拇指放在锉刀木柄的上面,其余四指弯在木柄的下面,配合大拇指捏住锉刀木柄,左手则根据锉刀的大小和用力的轻重,可有多种姿势。

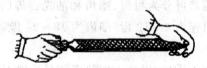

图 8-22　大锉刀的握法

(2)中锉刀的握法　中锉刀的握法如图 8-23 所示。右手握法大致和大锉刀握法相同,左手用大拇指和食指捏住锉刀的前端。

(3)小锉刀的握法　小锉刀的握法如图 8-24 所示。右手食指伸直,拇指放在锉刀木柄上面,食指靠在锉刀的刀边,左手几个手指压在锉刀中部。

图 8-23 中锉刀的握法

图 8-24 小锉刀的握法

(4)整形锉刀(什锦锉)的握法 整形锉刀的握法如图 8-25 所示。一般只用右手拿着锉刀,食指放在锉刀上面,拇指放在锉刀的左侧。

图 8-25 整形锉刀的握法

3.锉削的姿势

正确的锉削姿势能够减轻疲劳,提高锉削质量和效率。人的站立姿势为:左腿在前弯曲,右腿伸直在后,身体向前倾斜(约 10°左右),重心落在左腿上。锉削时,两腿站稳不动,靠左膝的屈伸使身体作往复运动,手臂和身体的运动要相互配合,并要使锉刀的全长充分利用。

4.锉刀的运动

锉削时锉刀的平直运动是锉削的关键。锉削的力有水平推力和垂直压力两种。推动主要由右手控制,其大小必须大于锉削阻力才能锉去切屑,压力是由两个手共同控制的,其作用是使锉齿深入金属表面。

锉削时力的变化如图 8-26 所示。由于锉刀两端伸出工件的长度随时都在变化,因此两手压力大小必须随着变化,使两手的压力对工件的力矩相等,这是保证锉刀平直运动的关键。锉刀运动不平直,工件中间就会凸起或产生鼓形面。

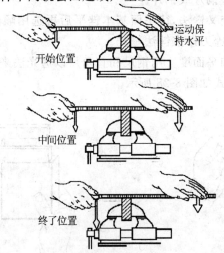

运动保持水平

开始位置

中间位置

终了位置

图 8-26 锉削时施力的变化

锉削速度一般为每分钟 30~60 次。太快,操作者容易疲劳,且锉齿易磨钝;太慢,切削效率低。

8.4.4 平面的锉削方法及锉削质量检验

1. 平面锉削的方法

平面锉削是最基本的锉削,常用三种方式锉削。

(1)顺向锉法 顺向锉法如图 8-27(a)所示。锉刀沿着工件表面横向或纵向移动,锉削平面可得到平且正直的锉痕,比较美观。它适用于工件锉光、锉平或锉顺锉纹。

(2)交叉锉法 交叉锉法如图 8-27(b)所示,是以交叉的两个方向顺序地对工件进行锉削。由于锉痕是交叉的,容易判断锉削表面的不平程度,因此也容易把表面锉平。交叉锉法去屑较快,适用于平面的粗锉。

(3)推锉法 推锉法如图 8-27(c)所示。两手对称地握着锉刀,用两大拇指推锉刀进行锉削。这种方式适用于较窄表面且已锉平、加工余量较小的情况,用来修正和减少表面粗糙度。

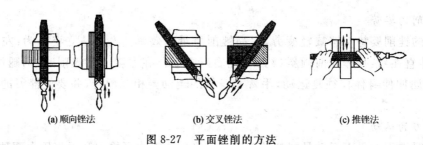

(a) 顺向锉法   (b) 交叉锉法   (c) 推锉法

图 8-27 平面锉削的方法

2. 锉削平面的步骤及质量的检查

(1)选择锉刀 锉削前,应根据材料的软硬、加工表面的形状、加工余量的大小、工件表面粗糙度的要求来选择锉刀。加工余量小于 0.2mm 时,宜选用细锉刀。

(2)工件的装夹 工件必须牢固地装夹在虎钳钳口的中部,并略高于钳口。夹持已加工表面时,应在钳口与工件间垫铜片或铝片。

(3)锉削 粗锉可选用交叉锉法,待平面基本锉平后再选用顺向锉法进行锉削,以降低工件表面粗糙度。最后用细锉刀以推锉法修光。

(4)检查平面的直线度和平面度 用钢尺和直角尺以透光法来检查,要多检查几个部位并进行对角线检查。检查方式如图 8-28 所示。

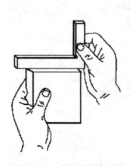

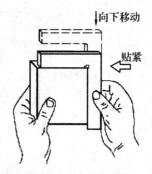

↓向下移动

贴紧 ←

图 8-28 检查平直度   图 8-29 检查垂直度

(5)检查垂直度　用直角尺采用透光法检查,如图 8-29 所示。应选择基准面,然后对其他面进行检查。

(6)检查尺寸　根据尺寸精度用钢尺和游标尺在不同尺寸位置上多测量几次。

(7)检查表面粗糙度　一般用眼睛观察即可,也可用表面粗糙度样板进行对照检查。

8.4.5　锉削注意事项

1.锉刀必须装柄使用,以免刺伤手腕。松动的锉刀柄应装紧后再用。

2.不准用嘴吹锉屑,也不要用手清除锉屑。当锉刀堵塞后,应用钢丝刷顺着锉纹方向刷去锉屑。

3.对铸件上的硬皮或粘砂、锻件上的飞边或毛刺等,应先用砂轮磨去,然后锉削。

3.锉削时不准用手摸锉过的表面,因手有油污,再锉时打滑。

4.锉刀不能作橇棒或敲击工件用,防止锉刀折断伤人。

5.放置锉刀时,不要使其露出工作台面,以防锉刀跌落伤脚。也不能把锉刀与锉刀叠放或锉刀与量具叠放。

8.5　钻孔、扩孔和铰孔

孔的加工是钳工工作的重要内容之一。根据孔的用途不同,孔的加工方法大致可分为两类:

一类是在实心材料上加工出孔(直径小于 30mm),即用麻花钻、中心钻等进行钻孔;另一类是对已有的孔进行再加工(直径为 30～80mm),即用扩孔钻、群钻、铰刀等进行扩孔、锪孔和铰孔。

各种零件的孔加工,除去一部分由车、镗、铣等机床完成外,很大一部分是由钳工利用钻床和钻孔工具(如钻头、扩孔钻、铰刀等)完成的。钳工加工孔的方法一般指钻孔、扩孔和铰孔。

在钻床上钻孔时,一般情况下,钻头应同时完成两个运动:主运动,即钻头绕轴线的旋转运动;进给运动,即钻头沿着轴线方向对着工件的直线运动。钻削的主运功和进给运动都由钻头的旋转来完成的。钻孔时,主要由于钻头结构上存在的缺点影响加工质量,加工精度一般在 IT10 级以下,表面粗糙度为 $R_a 12.5 \mu m$ 左右,属粗加工。

8.5.1　钻床

常用的钻床有台式钻床、立式钻床和摇臂钻床三种,手电钻也是常用的钻孔工具。

1.台式钻床

台式钻床简称台钻,如图 8-30 所示。它是一种在工作台上作用的小型钻床,其钻孔直径一般在 13mm 以下。

台钻编号的表示方法:如 Z4012 台钻,在编号 Z4012 中,Z 表示钻床类,40 表示台式钻床,12 表示最大钻孔直径为 12mm。

　　由于加工的孔径较小,故台钻的主轴转速一般较高,最高转速可高达 10000r/mim,最低亦在 400r/min 左右。主轴的转速可用改变三角胶带在带轮上的位置来调节。台钻的主轴进给由转动进给手柄实现。在进行钻孔前,需根据工件高低调整好工作台与主轴架间的距离,并锁紧固定。台钻小巧灵活,使用方便,结构简单,主要用于加工小型工件上的各种小孔。它在仪表制造、钳工和装配中用得较多。钻孔也是攻螺纹前的准备工作。钻孔的精度较低,表面粗糙度值较高,所以精度要求较高的孔,经钻孔后还需要扩孔和铰孔。

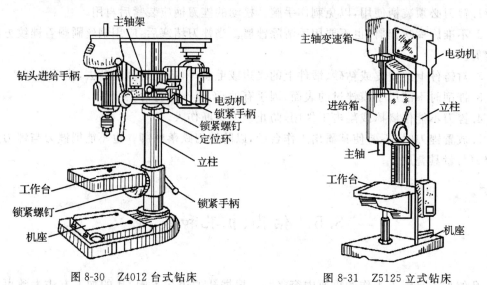

图 8-30　Z4012 台式钻床　　　　　　　图 8-31　Z5125 立式钻床

2. 立式钻床

　　立式钻床简称立钻,如图 8-31 所示。这类钻床的规格用最大钻孔直径表示,如 Z5125 立钻,在编号 Z5125 中,Z 表示钻床类,51 表示立式钻床,25 表示最大孔直径为 25mm。立式钻床刚性好、功率大,因而允许钻削较大的孔,生产率较高,加工精度也较高。立式钻床适用于单件、小批量生产中加工中小型零件。

3. 摇臂钻床

　　摇臂钻床如图 8-32 所示。在编号 Z3050 中,Z 表示钻床类,30 表示摇臂钻床,50 表示最大钻孔直接为 50mm。它有一个能绕立柱旋转的摇臂,摇臂带着主轴箱可沿立柱垂直移

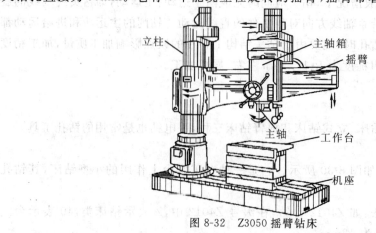

图 8-32　Z3050 摇臂钻床

动,同时主轴箱还能在摇臂上做横向移动,因此操作时能很方便地调整刀具的位置,以对准被加工孔的中心,而不需移动工件来进行加工。摇臂钻床适用于一些笨重的大工件以及多孔工件的加工,广泛应用在单件或成批生产中。

8.5.2 麻花钻头

钻孔用的刀具主要是麻花钻。麻花钻常用高速钢制造,工作部分经淬火加低温回火后淬硬至 62～65HRC。一般钻头由柄部、颈部及工作部分组成,如图 8-33 所示。

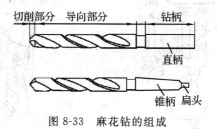

图 8-33 麻花钻的组成

1. 柄部

柄部是钻头的夹持部分,起传递动力的作用。柄部有直柄和锥柄两种,直柄传递扭矩较小,一般用在直径小于 12mm 的钻头;锥柄可传递较大扭矩(主要是靠柄的扁尾部分),用在直径大于 12mm 的钻头。

2. 颈部

颈部是砂轮磨削钻头时退刀用的,钻头的直径大小字样等一般也刻在颈部。

3. 工作部分

工作部分包括导向部分和切削部分。导向部分有两条狭长、螺纹形状的刃带(棱边亦即副切削刃)和螺旋槽。棱边的作用是引导钻头和修光孔壁;两条对称螺旋槽的作用是排除切屑和输送切削液(冷却液)。切削部分结构如图 8-34 所示。它有两条主切削刃和一条柄刃,两条主切削刃之间的夹角通常为 $2\alpha = (116° \sim 118°)$,称为锋角。横刃的存在使钻孔时轴向力增加。

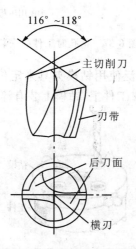

图 8-34 麻花钻的切削部分

8.5.3 钻孔常用附件

麻花钻钻头按尾部形状的不同,有不同的安装方法。锥柄钻头可以直接装入机床主轴的锥孔内。当钻头的锥柄小于机床主轴锥孔时,则需用过渡套筒安装,如图 8-35 所示。由于过渡套筒要适应各种规格麻花钻的安装,所以套筒一般为数只。直柄钻头通常要用钻夹头进行安装,如图 8-36 所示。

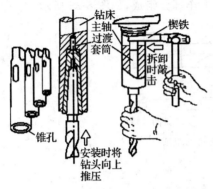

图 8-35 用过渡套筒安装与拆卸钻头

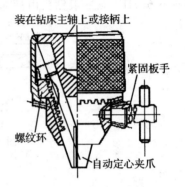

图 8-36 钻夹头

在立钻或台钻上钻孔时,工件通常用平口钳安装,如图 8-37(a)所示;有时也用压板、螺栓把工件直接安装在工件台上,如图 8-37(b)所示。夹紧前要先按划线标志的孔位进行找正。

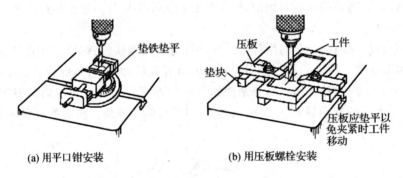

(a) 用平口钳安装　　　　　　　(b) 用压板螺栓安装

图 8-37 钻孔时工件的安装

在成批和大量生产中,钻孔广泛使用钻模夹具来定位。钻模的形式很多,图 8-38 所示的只是其中的一种。将钻模装夹在工件上,钻模上装有淬硬的耐磨性很高的钻套,用以引导

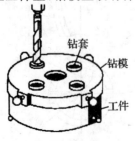

图 8-38 钻模

钻头。钻套的位置是根据要求钻孔的位置确定的,因而应用钻模钻孔时,可免去划线工作,提高生产效率和孔间距的精度,降低表面粗糙度。

8.5.4 钻孔操作

1.钻孔前一般先划线,确定孔的中心,在孔中心先用冲头打出较大的中心眼。

2.钻孔时应先钻一个浅坑,用以判断是否对中。

3.在钻削过程中,特别钻深孔时,要经常退出钻头,以排出切屑和进行冷却,否则可能使切屑堵塞或钻头过热磨损甚至折断,并影响加工质量。

4.钻通孔时,当孔将被钻透时,进刀量要减小,避免钻头在钻穿时的瞬间抖动,出现"啃刀"现象,影响加工质量,损伤钻头,甚至发生事故。

5.钻削大于 $\phi 30mm$ 的孔应分两次站,第一次先钻第一个直径较小的孔(为加工孔径的 $0.5 \sim 0.7$ 倍);第二次用钻头将孔扩大到所要求的直径。

6.钻削时的冷却润滑:钻削钢件时常用机油或乳化液;钻削铝件时常用乳化液或煤油;钻削铸铁时则用煤油。

8.5.5 扩孔与铰孔

1.扩孔

扩孔用以扩大已加工出的孔(铸出、锻出或钻出的孔),它可以校正孔的轴线偏差,并使其获得正确的几何形状和较小的表面粗糙度,其加工精度一般为 IT9～IT10 级,表面粗糙度 R_a 为 $3.2 \sim 6.3 \mu m$。扩孔的加工余量一般为 $0.2 \sim 4mm$。

扩孔时可用钻头扩孔,但当孔精度要求较高时常用扩孔钻。扩孔钻的形状与钻头相似,不同是:扩孔钻有 3～4 个切削刃,且没有横刃,其顶端是平的,螺旋槽较浅,故钻芯粗实、刚性好,不易变形,导向性好。

2.铰孔

铰孔是用铰刀从工件壁上切除微量金属层,以提高孔的尺寸精度和表面质量的加工方法。铰孔是应用较普遍的孔的精加工方法之一,其加工精度可达 IT6～IT7 级,表面粗糙度 R_a 为 $0.4 \sim 0.8 \mu m$。铰孔的加工余量很小,粗铰为 $0.15 \sim 0.25mm$,精铰为 $0.05 \sim 0.15mm$。

铰刀是多刃切削刀具,有 6～12 个切削刃和较小顶角。铰孔时导向性好。铰刀刀齿的齿槽很宽,铰刀的横截面大,因此刚性好。铰孔时因为余量很小,每个切削刃上的负荷小于扩孔钻,且切削刃的前角 $\gamma_0 = 0°$,所以铰削过程实际上是修刮过程。特别是手工铰孔时,切削速度很低,不会受到切削热和振动的影响,因此孔加工的质量较高。

铰孔按使用方法分为手用铰刀和机用铰刀两种。手用铰刀的顶角较机用铰刀小,其柄为直柄(机用铰刀为锥柄)。铰刀的工作部分由切削部分和修光部分组成。

铰孔时铰刀不能倒转,否则会卡在孔壁和切削刃之间,而使孔壁划伤或切削刃崩裂。

铰孔时常用适当的冷却液来降低刀具和工件的温度。应防止产生切屑瘤,并减少切屑细末粘附在铰刀和孔壁上,从而提高孔的质量。

8.6　攻螺纹、套螺纹

常用的螺纹工件,其螺纹除采用机械加工外,还可以用钳工方法中的攻螺纹和套螺纹来获得。攻螺纹(亦称攻丝)是用丝锥在工件内圆柱面上加工出内螺纹,如图 8-39 所示。套螺纹(或称套丝、套扣)是用板牙在圆柱杆上加工外螺纹,如图 8-40 所示。

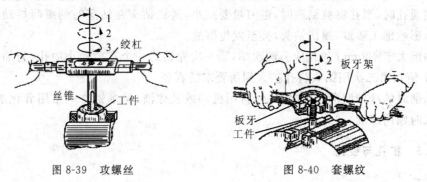

图 8-39　攻螺丝　　　　　　　　图 8-40　套螺纹

8.6.1　攻螺纹

1.丝锥

丝锥又称螺丝攻,丝锥是用来加工较小直径内螺纹的成形刀具,一般选用合金工具钢9SiGr 制造,并经热处理制成。通常 M6～M24 的丝锥一套为两支,称头锥、二锥;M6 以下及 M24 以上一套有三支,即头锥、二锥和三锥。因其制造简单,使用方便,所以得到广泛应用。

(1)丝锥的种类　丝锥的种类较多,按使用方法不同,可分为手用丝锥和机用丝锥两大类。

手用丝锥是手工攻螺纹时用的一种丝锥,如图 8-41(a)所示,它常用于单件小批生产及各种修配工作中。制造手用丝锥时一般都不经磨削,工作时的切削速度较低,通常都用9SiCr 或 GCr12 钢制造并经热处理后使用。

机用丝锥是通过攻螺纹夹头装夹在机床上使用的一种丝锥,如图 8-41(b)所示。它的形状与手用丝锥相似,不同的是其柄部除铣有方榫外,还割有一条环槽。因机用丝锥攻螺纹时的切削速度较高,故常采用 W18Cr4V 高速钢制造。

丝锥按其用途不同又可以分为普通螺纹丝锥、英制螺纹丝锥、圆柱管螺纹丝锥、圆锥管螺纹丝锥、板牙丝锥、螺母丝锥、校准丝锥及特殊螺纹丝锥(如梯形螺纹丝锥)等,其中普通螺纹丝锥、圆柱管螺纹丝锥和圆锥管螺纹丝锥是常用的三种丝锥。

普通螺纹丝锥是最常用的一种丝锥,如图 8-41 所示,它分粗牙和细牙两种,可用来攻通孔或不通孔的螺纹。

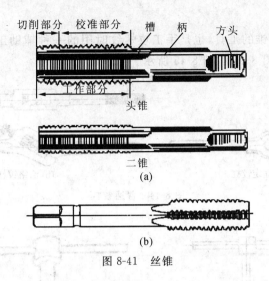

图 8-41　丝锥

　　圆柱管螺纹丝锥的外形与普通螺纹丝锥相似,如图 8-42(a)所示,但其工作部分较短,可用来攻各种圆柱螺纹。常见的圆柱管螺纹丝锥,是两支一套的手用丝锥。

　　圆锥管螺纹丝锥是用来攻圆锥管螺纹的丝锥,如图 8-42(b)所示。其直径从头部到尾部逐渐增大,但螺纹牙形始终与丝锥轴心线垂直,以保证内外螺纹牙形两边有良好的接触。其攻螺纹时切削量很大,一般圆锥管螺纹丝锥是两支一套的,但也有一支一套的。

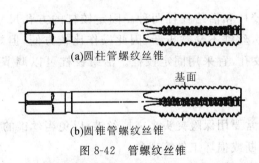

图 8-42　管螺纹丝锥

　　(2)丝锥的构造　手用丝锥的构造如图 8-43(a)所示。丝锥由工作部分和柄部组成,工作部分包括切削部分和校准部分。切削部分磨出锥角,使切削负荷分布在几个刀齿上,这不仅可使工作省力,同时不易产生崩刃或折断,而且攻螺纹时引导作用较好,也保证了螺孔的表面粗糙度。校准部分具有完整的齿形,用来校准已切出的螺纹,并引导丝锥沿轴向前进。柄部有方榫,用来传递切削扭矩。

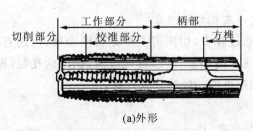
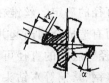

(a)外形　　　　　　(b)切削部分和校准部分的角度

图 8-43　丝锥

2.铰杠

铰杠是用来夹持丝锥的工具,也是手工攻螺纹时用的一种辅助工具。铰杠分普通铰杠和丁字形铰杠两类,如图 8-44 和图 8-45 所示。

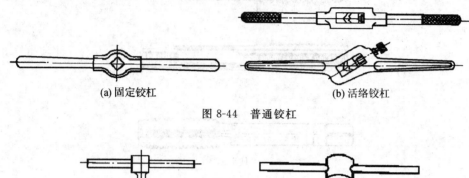

(a) 固定铰杠　　　　　　　　　　　(b) 活络铰杠

图 8-44　普通铰杠

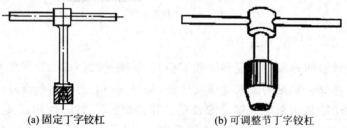

(a) 固定丁字铰杠　　　　　　　　　　(b) 可调整节丁字铰杠

图 8-45　丁字铰杠

普通铰杠又有固定铰杠和活络铰杠两种。固定铰杠的方孔尺寸和柄长符合一定的规格,使丝锥受力不会过大,丝锥不易被折断,因此操作比较方便,但规格多,需要备得很多。一般攻制 M5 以下的螺纹孔,宜采用固定铰杠。活络铰杠可以调节方孔尺寸,故应用范围较广。

3.保险夹头

在钻床上攻螺纹,通常要用保险夹头来夹持丝锥,以免当丝锥的负荷过大或攻制不通孔到达孔底时,产生丝锥折断或损坏工件等现象。

常用保险夹头有钢球式保险夹头和锥体摩擦式保险夹头。

钢球式保险夹头适用于攻 M16 以下的螺纹孔。由于采用钢球、弹簧作为安全过载机构,故具有反应灵敏、安全可靠和制造简单等特点。

锥体摩擦式保险夹头可根据不同的螺纹直径,调节螺套,使其超过一定转矩时打滑,便可起到保险作用;还可根据各种不同规格的丝锥,事先装好在可换夹头内,用紧定螺钉压紧丝锥的方榫,可不停机换丝锥。

4.攻螺纹前钻底孔直径和深度的确定以及孔口的倒角

(1)底孔直径的确定　丝锥在攻螺纹的过程中,切削刃主要是切削金属,但还有挤压金属的作用,因而有造成金属凸起并向牙尖流动的现象,所以攻螺纹前,钻削的孔径(即底孔)应大于螺纹内径。底孔的直径可查手册或按下面的经验公式计算:

塑性材料(钢、紫铜等),钻头直径:

$$d_0 = d - P$$

脆性材料(铸铁、青铜等),钻头直径:

178

$$d_0 = d - (1.05 \sim 1.1)P$$

式中:d——内螺纹外径,mm;

P——螺距,mm。

(2)钻孔深度的确定 攻不通孔螺纹时由于丝锥不能攻到底,所以底孔的深度要大于螺纹部分的长度。其钻孔深度 L 由下列公式确定:

$$L = L_0 + 0.7d$$

式中:L_0——所需的螺纹深度,mm;

d——螺纹外径,mm。

(3)孔口倒角 攻螺纹前要在钻孔的孔口进行倒角,以利于丝锥的定位和切入。倒角的深度应大于螺纹的螺距。

5.攻螺纹的操作要点及注意事项

(1)根据工件上螺纹孔的规格,正确选择丝锥,先头锥后二锥,不可颠倒使用。

(2)工件装夹时,要使孔中心垂直于钳口,防止螺纹攻歪。

(3)用头锥攻螺纹时,先旋入 1～2 圈后,要检查丝锥是否与孔端面垂直(可目测或用直角尺在互相垂直的两个方向检查)。当切削部分已切入工件后,每转 1～2 圈应反转 $\frac{1}{4}$ 圈,以便切屑断落;同时不能再施加压力(即只转动不加压),以免丝锥崩牙或攻出的螺纹齿较瘦。

(4)攻钢件上的内螺纹,要加机油润滑,可使螺纹光洁、省力和延长丝锥使用寿命;攻铸铁上的内螺纹可不加润滑剂,或者加煤油;攻铝及铝合金、紫铜上的内螺纹,可加乳化液。

(5)不要用嘴直接吹切屑,以防切屑飞入眼内。

8.6.2 套螺纹

1.板牙

板牙是加工外螺纹的刀具,用合金工具钢 9SiGr 制成,并经热处理淬硬。其外形像一个圆螺母,只是上面钻有 3～4 个排屑孔,并形成刀刃。

板牙由切屑部分、定位部分和排屑孔组成,如图 8-46 所示。圆板牙螺孔的两端有 40° 的锥度部分(锥角的大小一般是 $\varphi = 20° \sim 25°$,即 $2\varphi = 40° \sim 50°$),是板牙的切削部分。定位部分起修光作用。板牙的外圆有一条深槽和四个锥坑,锥坑用于定位和紧固板牙。

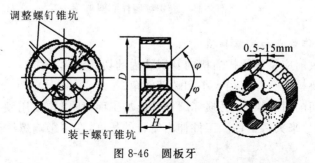

图 8-46 圆板牙

2.板牙铰杠

板牙铰杠是手工套螺纹时的辅助工具,如图 8-47 所示。

板牙铰杠的外圆旋有 4 只紧固螺钉和 1 只调节螺钉,使用时,紧固螺钉将板牙紧固在铰杠中,并传递攻螺纹时的扭矩。当使用的圆板牙带有 V 形调整槽时,通过调节上面 2 只紧固螺钉和调节螺钉,可使板牙螺纹直径在一定范围内变动。不同外径的板牙应选用不同的板牙架。

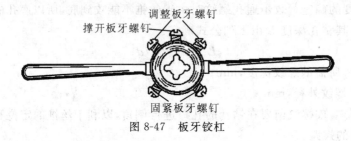

图 8-47　板牙铰杠

3. 套螺纹前圆杆直径的确定和倒角

(1)圆杆直径的确定　与攻螺纹一样,用板牙在工件上套螺纹时,材料同样因受挤压而变形,牙顶将被挤高一些,所以圆杆直径应比螺纹外径小一些。材料韧性愈大,圆杆直径应愈小,其尺寸可按下式经验公式计算:

$$d_0 = d - 0.13P$$

式中:d_0——圆杆直径,mm;

d——螺纹外径,mm;

P——螺距,mm。

(2)圆杆端部的倒角　套螺纹前圆杆端部应倒角,如图 8-48 所示,使板牙容易对准工件中心,同时也容易切入。倒角长度应大于一个螺距,斜角为 15°~20°。

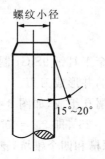

图 8-48　套螺纹圆杆的倒角

4. 套螺纹的操作要点和注意事项

(1)每次套螺纹前应将板牙排屑槽内及螺纹内的切屑清除干净。

(2)套螺纹前要检查圆杆直径大小和端部倒角。

(3)套螺纹时切削扭矩很大,易损坏圆杆的已加工面,所以应使用硬木制的 V 型槽衬垫或用厚铜板作保护片来夹持工件。工件伸出钳口的长度,在不影响螺纹要求长度的前提下,应尽量短。

(4)套螺纹时,板牙端面应与圆杆垂直,操作时用力要均匀。开始转动板牙时,要稍加压力,套入 3~4 牙后,可只转动而不加压,并经常反转,以便断屑。

(5)在钢制圆杆上套螺纹时要加机油润滑。

8.7 錾削、刮削与研磨

8.7.1 錾削

用手锤打击錾子对金属进行切削加工的操作方法称为錾削。錾削的作用就是錾掉或錾断金属,使其达到要求的形状和尺寸。

錾削主要用于不便于机械加工的场合,如去除凸缘、毛刺,分割薄板料,凿油槽和平面等。每次錾削金属厚度为 0.5～2mm,这是一种粗加工方法。尽管錾削工作效率低,劳动强度大,但由于它所使用的工具简单,操作方便,因此在许多不便机械加工的场合,仍起着重要作用。

1. 錾子

錾子一般由碳素工具钢锻造而成,切削部分磨成所需的楔形后,经淬火加回火处理后便能满足錾削要求。常用的錾子有偏錾(宽錾)、窄錾和油槽錾三种,如图 8-49 所示。

(a)扁錾   (b)窄錾   (c)油槽錾

图 8-49 常用錾子

(1)扁錾 扁錾如图 8-49(a)所示。扁錾刃宽为 10～15mm,切削刃较长,切削部分扁平,用于平面錾削,去除凸缘、毛刺、飞边,切断材料等,应用最广。

(2)窄錾 窄錾如 7-49(b)所示。窄錾刃宽 5～8mm,切削刃较短,且刃的两侧面自切削刃起向柄部逐渐变狭窄,以保证在錾槽时,两侧不会被工件卡住。窄錾用于錾槽及将板料切割成曲线等。

(3)油槽錾 油槽錾如图 8-49(c)所示。油槽錾的切削刃制成半圆形,且很短,切削部分制成弯曲形状。

2. 手锤

手锤如图 8-50 所示。手锤由锤头和木柄组成。根据用途不同,锤头有软、硬之分。软锤头的材料种类分别有铅、铝、铜、硬木、橡皮等几种,也可在硬锤头上镶或焊一段铅、铝、铜材料。软锤头多用于装配和矫正。硬锤头主要用于錾削,其材料一般为碳素工具钢,锤头两端锤击面经淬硬处理后磨光。木柄用硬木制成,如胡桃木、檀木等。

手锤使用较多的是两端均为球面的一种。手锤的规格指锤头的重量,常用的有 0.25kg,0.5kg,1kg 等几种。手柄的截面形状为椭圆形,以便操作时定向握持。柄长约 350mm,若过长,会使操作不便,过短则使挥力不够。

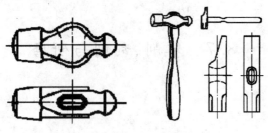

图 8-50　手锤

3.切削部分的角度

錾子切削部分的角度如图 8-51 所示。

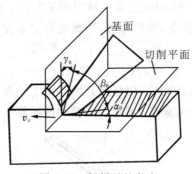

图 8-51　錾削时的角度

(1)切削部分的两面一刃

①前面　錾子工作时与切屑接触的表面。

②后面　錾子工作时与已切屑表面相对的表面。

③切削刃　錾子前面与后面的交线。

(2)錾子切削时的三个角度

首先介绍与切削角度有关的切削平面。

①切削平面　通过切削刃并与切削表面相切的平面。

②基面　通过切削刃上任一点并垂直于切削速度方向的平面。

很明显,切削平面与基面相互垂直,这对我们讨论錾子的三个角度很方便。

①楔角 β_0　楔角与后面所夹的夹角。楔角大小由刃磨时形成,楔角大小决定了切削部分的强度及切削阻力大小。楔角愈大,刃部的强度就愈高,但受到的切削阻力也愈大。因此,应在满足强度的前提下,楔角应尽量磨得小些。一般是根据材料的来选择 β_0。錾削硬材料时,如工具钢等,楔角可大些,$\beta_0 = 60° \sim 70°$。錾削软材料时,如低碳钢、铜、铝等有色金属等,楔角应小些,$\beta_0 = 30° \sim 50°$。錾削一般结构钢时,$\beta_0 = 50° \sim 60°$。錾子切削部分的硬度要求大于工件材料的硬度。

②后角 α_0　錾子下方后面与切削平面所夹的夹角。后角的大小决定了切入深度及切削的难易程度。后角愈大,切入深度就愈大,切削愈困难。反之,切入就愈浅,切削容易,但切削效率低。但如果后角太小,则不易切入材料,錾子易从工件表面滑过。一般,后角取 $5°$ ～$8°$较为适中,如图 8-52 所示。

(a)錾削角度　　　　　(b)后角过大　　　　(c)后角过小

图 8-52　后角对錾削的影响

③前角 γ_0　錾子前面与基面所夹的夹角。前角的大小决定切屑变形的程度及切削的难易度。由于 $\gamma_0 = 90° - (\alpha_0 + \beta_0)$，因此，当楔角与后角都确定之后，前角的大小也就确定了。

4.錾子和手锤的握法

(1)錾子的握法　用左手的中指、无名指和小指握持，大拇指与食指自然合拢，让錾子的头部伸出 20～25mm 如图 8-53 所示。錾子不要握得太紧，否则，手所受的振动就大。錾削时，小臂要自然平放，并使錾子保持正确的后角(一般后角 $\alpha_0 = 5° \sim 8°$)。

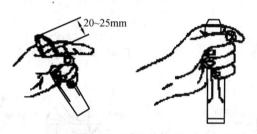

20~25mm

图 8-53　手锤的握法

(2)手锤的握法　手锤的握法分松握法和紧握法两种。

①松握法　此法可减轻操作者的疲劳，操作熟练后，可增大敲击力。使用时用大拇指和食指始终握紧锤柄，向下锤击时，中指、无名指、小指一个接一个地依次握紧锤柄。挥锤时，以相反的次序放松手指，如图 8-54(a)所示。

②紧握法　初学者往往采用此法。用右手五指紧握锤柄，大拇指合在食指上，虎口对准锤头方向，木柄尾端露出 15～30mm。敲击过程中，五指始终紧握，如图 8-54(b)所示。

5.錾削操作

錾削可分为起錾、錾切和錾出三个步骤，如图 8-55 所示。

起錾时，錾子尽可能向右斜 45°左右。从工件边缘尖角处开始，并使錾子从尖角处向下倾斜 30°左右，轻打錾子，可较容易切入材料。

錾切时，錾子要保持正确的位置和前进方向。锤击用力要均匀。锤击数次以后应将錾子退出一下，以便观察加工情况，有利于刃口散热，也能使手臂肌肉放松。

錾出时，应调头錾切余下部分，以免工件边缘部分崩裂。錾削铸铁、青铜等脆性材料，尤其要注意。因此，錾到尽头 10mm 左右时，必须调头錾去其余部分。

錾削的劳动量较大，操作时要注意所站的位置和姿势，尽可能使全身不易疲劳，又便于用力。锤击时，眼睛要看到刃口和工件之间，不要举锤时看錾刃，而锤击时转看錾子尾端部，这样容易分散注意力，工件表面不易錾平整，而且手锤容易打到手上。

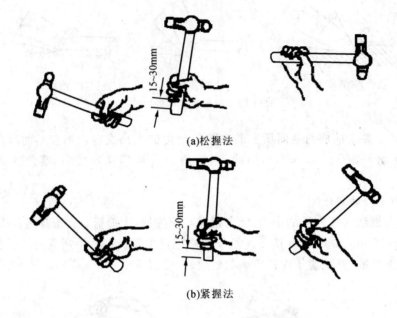

图 8-54 手锤的握法

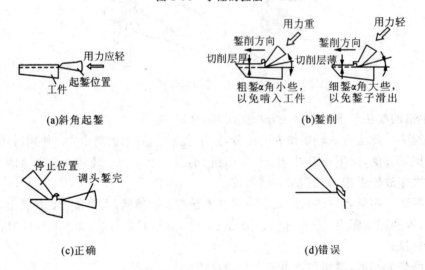

图 8-55 錾削步骤

8.7.2 刮削

用刮刀在工件已加工表面上刮去一层很薄金属的操作称为刮削。刮削时刮刀对工件既有切削作用,又有压光作用。刮削是精加工的一种方法。

刮削后的表面,其表面粗糙度值 R_a 可达 $0.4\sim1.6\ \mu m$,并有良好的平直度,而且能使工件的表面组织紧密,还能形成比较均匀的微浅坑,创造良好的存油条件,减少摩擦阻力。所以刮削加工常用于零件上互相配合的重要滑动面,如机床导轨、滑动轴承等。

刮削每次的切削层很薄,生产率低,劳动强度大,所以加工余量不能大,如 $500\times100mm$

的加工平面余量不超过 0.1mm。

1. 刮削工具及显示剂

(1)刮刀　刮刀是刮削工作中的重要工具,要求刀头部分有足够的硬度和刃口锋利,其端部要在砂轮上刃磨出刃口,然后再用油石磨光。常用 T10A、T12A 和 GCr15 钢制成,也可在刮刀头部焊上硬质合金,以刮削硬金属。

刮刀可分为平面刮刀和曲面刮刀两种。

①平面刮刀　平面刮刀如图 8-56 所示。平面刮刀可分为粗刮刀、细刮刀和精刮刀三种。平面刮刀主要用来刮削平面,如平板、工作台等,也可用来刮削外曲面。

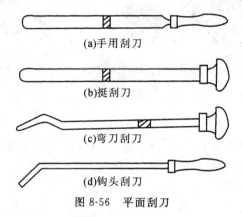

(a)手用刮刀

(b)挺刮刀

(c)弯刀刮刀

(d)钩头刮刀

图 8-56　平面刮刀

②曲面刮刀　曲面刮刀如图 8-57 所示。曲面刮刀分两种,一种是刮削内曲面的刮刀;另一种是用来刮削外曲面用的刮刀,与平面刮刀形状角度相同,只是刀身稍短一些。

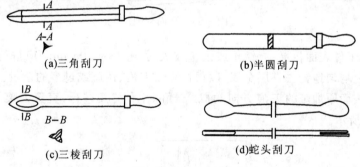

(a)三角刮刀　　　　　　　　　　　(b)半圆刮刀

(c)三棱刮刀　　　　　　　　　　　(d)蛇头刮刀

图 8-57　曲面刮刀

曲面刮刀用来刮削曲面,曲面刮刀有多种形状,常用三角刮刀。

(2)校准工具　校准工具的用途是,一是用来与刮削表面磨合,以接触点子多少和疏密程度来显示刮削平面的平面度,提供刮削依据;二是用来检验刮削表面的精度与准确性。

刮削平面的校准工具有:校准平板、校准直尺和角度直尺三种。

(3)显示剂　显示剂是用来显示被刮削表面误差大小的。它放在校准工具表面与刮削表面之间,当校准工具与刮削表面合在一起对研后,凸起部分就被显示出来。这种刮削时所用的辅助涂料称为显示剂。

常用的显示剂有红丹粉(加机油和牛油调和)和兰油(普鲁士蓝加蓖麻油调成)。

2.刮削精度的检查

研点检查法是刮削平面的精度检查方法。先在工件刮削表面均匀地涂上一层很薄的红丹油,然后与校准工具(如平板、芯轴等)相配研。工件表面上的高点经配研后,会磨去红丹油而显出亮点(即贴合点),如图8-58所示。其标准为在边长为25mm的正方形面积内研点的数目多少来表示(数目越多,精度越高)。一级平面为:5~16点/(25×25mm);精密平面为:16~25点/(25×25mm);超精密平面为:大于25点/(25×25mm)。

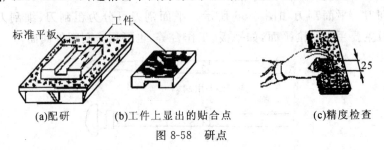

(a)配研　　　(b)工件上显出的贴合点　　　(c)精度检查

图8-58　研点

3.平面刮削

平面刮削是用平面刮刀刮平面的操作,如图8-59所示。平面刮削应按粗刮→细刮→精刮→刮花,分四步进行。刮削施力方向25°~30°

图8-59　平面刮削

(1)粗刮　工件表面粗糙、有锈斑或余量较大时(0.1~0.05 mm)应进行粗刮。用粗刮刀在刮削平面上均匀地铲去一层金属,以很快除去刀痕、锈斑或过多的余量。粗刮刮刀的运动方向与工件表面原加工的刀痕方向约成45°角,各次交叉进行,直至刀痕全部刮除为止。过程如图8-60所示。

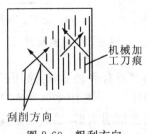

图8-60　粗刮方向

(2)细刮　用细刮刀在经粗刮的表面上刮去稀疏的大块高研点,进一步改善不平现象。细刮时要朝一个方向刮,第二遍刮削时要用45°或65°的交叉刮网纹。当平均研点为10~15点/(25×25mm)时停止。

(3)精刮　用小刮刀或带圆弧的精刮刀进行刮削,使研点达20~25点/(25×25mm)。

精刮时常用点刮法(刀痕长为 5mm),且落刀要轻,起刀要快。

(4)刮花 刮花的目的主要是美观和积存润滑油。常见的花纹有:斜纹花纹、鱼鳞花纹和半月花纹等,如图 8-61 所示。

  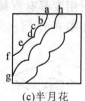

(a)斜纹花　　　　(b)鱼鳞花　　　　(c)半月花　　　(d)鱼鳞花的刮法

图 8-61　刮花的花纹

4.曲面刮削

曲面刮削常用于刮削内曲面,如滑动轴承的轴瓦、衬套等。用三角形刮刀刮轴瓦的示例如图 8-62 所示。曲面刮削后也需进行研点检查。

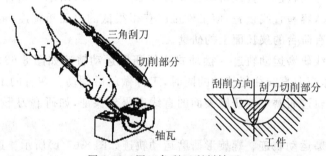

图 8-62　用三角刮刀刮削轴瓦

8.7.3　研磨

用研磨剂和研具对工件进行微量切削加工,使工件达到精确的尺寸、准确的几何形状和很低的表面粗糙度,这种加工方法称为研磨。经研磨后的表面粗糙度 R_a 为 $0.8\sim0.05\mu m$。它是一种精密加工方法,是其他加工方法无法取代的。

1.研具及研磨剂

(1)研具 研具的形状与被研磨表面一样。如平面研磨,则磨具为一块平块。研具材料的硬度一般都要比被研磨工件材料低,但也不能太低,否则磨料会全部嵌进研具而失去研磨作用。灰铸铁是常用研具材料(低碳钢和铜亦可用)。

(2)研磨剂 研磨剂是由磨料和研磨液调和而成的混合剂。

①磨料 它在研磨中起切削作用。常用的磨料有:刚玉类磨料——用于碳素工具钢、合金工具钢、高速钢和铸铁等工件的研磨;碳化硅磨料——用于研磨硬质合金、陶瓷等高硬度工件,亦可用于研磨钢件;金刚石磨料——它的硬度高,实用效果好但价格昂贵。

②研磨液 它在研磨中起的作用是调和磨料、冷却和润滑作用。常用的研磨液有煤油、汽油、工业用甘油和熟猪油。

2.手工研磨

研磨分手工研磨和机械研磨两种。以下仅对手工研磨作一介绍。

手工研磨时,要使工件表面各处都受到均匀的切削,应合理选择运动轨迹,这对提高研磨效率、工件表面质量和研具的耐用度都有直接的影响。

研磨时要使工件表面各处都受到均匀的切削,手工研磨时合理的运动轨迹对提高研磨效率、工件表面质量和研具的耐用度都有直接影响。手工研磨一般采用直线、摆线、螺旋线和8字形或仿8字形等几种,如图8-63所示。

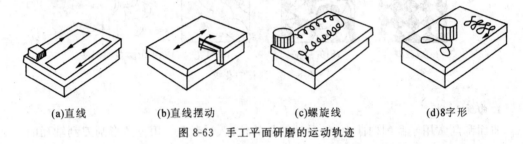

| (a)直线 | (b)直线摆动 | (c)螺旋线 | (d)8字形 |

图 8-63　手工平面研磨的运动轨迹

(1)直线研磨运动轨迹　直线研磨运动轨迹如图8-63(a)所示。这种运动轨迹研磨时,由于不能相互交叉,容易直线重叠,使工件难以获得很低的表面粗糙度,但可获得较高的几何精度,故常用于有阶台的狭长面上的研磨。

(2)摆动式直线研磨运动轨迹　摆动式直线研磨运动轨迹如图8-63(b)所示。这种运动轨迹研磨是在作横向直线往复移动的同时,工件做前后摆动。在有的工件主要是要求平直度时,采用这种轨迹研磨可使研磨表面的直线度得到保证,如研磨刀形直尺、样板角尺侧面的圆弧等。

(3)螺旋形研磨运动轨迹　螺旋形研磨运动轨迹如图8-63(c)所示。这种运动轨迹研磨能获得较高的平面度和很低的表面粗糙度,适用于圆片或圆柱形工件端面等研磨。

(4)8字形或仿8字形研磨运动轨迹　8字形或仿8字形研磨运动轨迹如图8-63(d)所示。这种运动轨迹研磨既能使研磨表面保持均匀接触,又能使研具均匀磨损,有利于提高工件的研磨质量。它适用于小平面工件的研磨和研磨平板的修整。

上述几种研磨运动轨迹,应根据工件被研磨表面的形状特点合理选用。

3. 平面研磨

平面的研磨一般是在非常平整的平板上进行的。粗研时可在有槽平板上进行,有槽平板能保证工件在研磨时整个平面内有足够的研磨剂,这样,粗研时就不会使表面磨成凸弧面;精研时,则应在光滑平板上进行。

研磨前,先用煤油或汽油把研磨平板的工作表面清洗并擦干,再在平板上涂上适当的研磨剂,然后把工件需研磨的表面合在平板上,沿平板的全部表面以8字形、螺旋形或直线形相结合的运动轨迹进行研磨,并不断地变更工件的运动方向。由于无周期性的运动,使磨料不断在新的方向起作用,工件就能较快达到所需的精度要求。其过程如图8-64所示。

在研磨过程中,研磨的压力和速度对研磨效率和质量有很大影响。若压力太大,研磨切削量就大,表面粗糙度高,甚至会将磨料压碎而使表面划伤。对较小的硬工件或粗研时,可用较大的压力、较低的速度进行研磨。有时由于工件自身太重或接触面较大,互相贴合时的摩擦阻力大。为减小研磨时的推力,可加些润滑油或硬脂酸起润滑作用。在研磨过程中,应防止工件发热。若稍有发热,应立即暂停研磨,如继续研磨下去会使工件变形,特别是薄壁

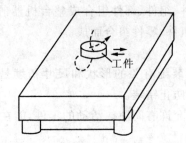

图 8-64　用 8 字形运动轨迹研磨平板

和壁厚不均匀的工件,更易发生变形。此外工件发热时,不能进行测量,否则使所得的测量尺寸不准。

8.8　装　配

8.8.1　装配的概念

装配是将合格零件按照规定的技术要求装成部件或机器的生产过程。

装配是机器制造中的最后一道工序,因此,它是保证机器达到各项技术要求的关键。装配质量的好坏,对机器的性能和使用寿命有很大影响。

装配过程可分为组件装配、部件装配和总装配。组件装配是将零件联接和固定成为组件的过程。部件装配是将零件和组件联接和组合成为部件的过程。总装配就是将零件、组件和部件联接成为整台机器的操作过程。

任何一台机器设备都是由许多不同的零件所组成,将若干合格的零件按规定的技术要求组合成部件,或将若干个零件和部件组合成机器设备,并经过调整、试验等成为合格产品的工艺过程称为装配。例如一架飞机、一辆汽车、一部自行车等都由许多不同的零件组成,而如前轮和后轮就是部件。

8.8.2　装配的工艺过程

1.装配前的准备工作

(1)研究和熟悉装配图的技术条件,了解产品的结构和零件作用,以及相互连接关系。

(2)确定装配的方法、程序和所需的工具。

(3)领取和清洗零件。

2.装配

装配又有组件装配、部件装配和总装配之分,整个装配过程要按次序进行。

(1)组件装配　将若干零件安装在一个基础零件上而构成组件。如减速器中一根传动轴,就是由轴、齿轮、键等零件装配而成的组件。

(2)部件装配　将若干个零件、组件安装在另一个基础零件上而构成部件(独立机构)。如车床的床头箱、进给箱、尾架等。

(3)总装配 将若干个零件、组件、部件组合成整台机器的操作过程称为总装配。例如车床就是把几个箱体等部件、组件、零件组合而成。

3.装配工作的要求

(1)装配时,应检查零件与装配有关的形状和尺寸精度是否合格,检查有无变形、损坏等,并应注意零件上各种标记,防止错装。

(2)固定连接的零部件,不允许有间隙。活动的零件,能在正常的间隙下,灵活均匀地按规定方向运动,不应有跳动。

(3)各运动部件(或零件)的接触表面,必须保证有足够的润滑,若有油路,必须畅通。

(4)各种管道和密封部位,装配后不得有渗漏现象。

(5)试车前,应检查各个部件连接的可靠性和运动的灵活性,各操纵手柄是否灵活和手柄位置是否在合适的位置。试车时,应从低速到高速逐步进行。

8.8.3 典型组件装配方法

1.螺钉、螺母的装配

螺钉、螺母的装配是用螺纹的连接装配,它在机器制造中广泛使用。它有装拆、更换方便,易于多次装拆等优点。螺钉、螺母装配中的注意事项:

(1)螺纹配合应做到用手能自由旋入,过紧会咬坏螺纹,过松则受力后螺纹会断裂。

(2)螺母端面应与螺纹轴线垂直,应受力均匀。

(3)装配成组螺钉、螺母时,为保证零件贴合面受力均匀,应按一定顺序拧紧,其过程如图 8-65 所示。每个螺母拧紧到 1/3 的松紧程度以后,再按 1/3 的程度拧紧一遍,最后依次全部拧紧,这样每个螺栓受力比较均匀,不致使个别螺栓过载。

(4)对于在变载荷和振动载荷下工作的螺纹连接,必须采用防松保险装置,如用弹簧垫圈、止动垫圈、开口销、锁片等,以防止螺纹连接的松动。常见的防松装置如图 8-66 所示。

2.滚动轴承的装配

滚动轴承一般由内圈、外圈、滚动体和保持架构成。滚动轴承的外圈与轴承座配合,一般情况下是不动的。内圈与轴配合,随轴一起转动。滚动轴承的配合多为过盈配合。由于内、外圈都比较薄,装配时容易变形,不能随意乱敲,装配时常用锤子或压力机压装,如图8-67所示。

如果轴承内圈与轴配合过盈量过大,应采用热套装配法,即将轴承放入温度为 80℃～90℃的机油中加热后,将轴承套在轴上。热套法装配质量较好,应用很广。

装配前,应把轴承、轴和孔用煤油洗净,需要润滑的地方涂上清洁的黄油。装配后的轴承应运转灵活,无噪声。

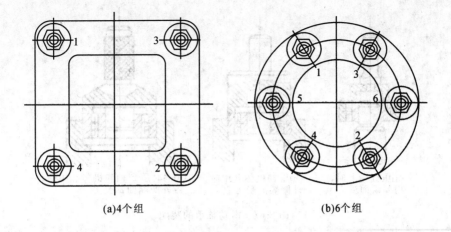

(a)4个组

(b)6个组

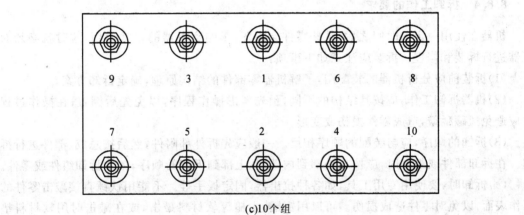

(c)10个组

图 8-65 螺母拧紧顺序

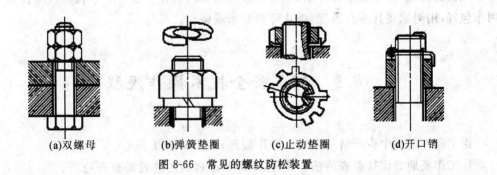

(a)双螺母   (b)弹簧垫圈   (c)止动垫圈   (d)开口销

图 8-66 常见的螺纹防松装置

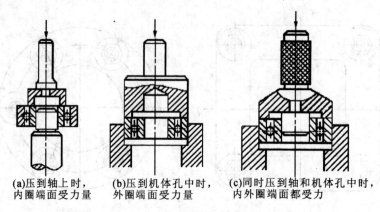

(a)压到轴上时，　　　(b)压到机体孔中时，　　　(c)同时压到轴和机体孔中时，
内圈端面受力量　　　　外圈端面受力量　　　　内外圈端面都受力

图 8-67　滑动轴承的装配

8.8.4　拆卸工作的要求

机器在使用一定的时间之后，某些零件会损坏，影响到机器的正常使用，这时就必须对机器进行拆装和修理。拆装应注意如下事项：

(1)拆装前应分析机器的装配图，了解机器零部件的结构原理，确定拆卸方案。

(2)机器拆卸工作，应按其结构的不同，预先考虑操作程序，以免先后倒置；在操作过程中应避免猛砸猛敲，造成零件损伤或变形。

(3)拆卸的顺序，应与装配的顺序相反。一般应先拆外部附件，然后按总成、部件进行拆卸。在拆卸部件或组件时，应按从外部到内部，从上部到下部的顺序，依次拆卸组件或零件。

(4)拆卸时，要使用专用工具，如各种拉出器，固定扳手等。不能用铁锤直接敲击零件的工作表面，以免对零件造成损伤。可以用铜锤、木槌等软材料敲击，或在敲击时用软材料垫在零件上。

(5)拆卸时，零件的回旋方向(左、右螺纹)必须辨别清楚。

(6)拆下的部件和零件，必须有次序、有规则地放好，有些成套加工或不能互换的零件，应事先做好标记，防止装配时弄错，也可按原先的结构套在一起。对于长轴或丝杠等零件要用布包好，用绳索将其垂直吊起，防止弯曲变形或碰伤。

8.9　钳工安全技术操作规程

钳工操作过程中应严格遵守安全操作规程，必须做到以下几点：

1.工作场地要保持整齐清洁。零件、毛坯和原材料的放置要整齐稳当。

2.用虎钳装夹工件，要注意夹牢，手柄要靠端头。

3.钳工工具、量具等应放在工作台的适当位置，以免掉下。

4.锉削时不得用嘴吹、手抹，应用刷子刷掉铁屑。

5.钻孔、扩孔、铰孔时，不得用手接触主轴和钻头，不得戴手套操作，并注意衣袖、头发，不能让其卷入，以防造成事故。

6.錾削时,一定要注意控制切屑的飞溅方向,以免伤人。

7.装拆的零件、部件都要扶好、放稳或夹牢,以免跌落受损或伤人。

8.钳工操作需要精力集中,不得随便串岗,不得看其他书籍。

第9章 数控加工

【目的和要求】

1. 了解数控加工的工艺过程,特点及应用。
2. 了解数控机床的结构,熟悉数控编程内容和方法。
3. 熟悉数控编程指令,掌握程序格式及手工编程方法。
4. 通过操作实训,掌握数控车床、数控铣床的基本操作技能,建立数控加工概念。

数控技术是 20 世纪中期发展起来的机床控制技术。现代计算机数控技术是综合了计算机、自动控制、电机、电气传动、测量、监控、机械制造等技术学科领域最新成果而形成的一门边缘科学技术。数控技术是柔性制造系统(Flexible Manufacturing System,简称 FMS)、计算机集成制造系统(Computer Integrated Manufacturing System,简称 CIMS)和工厂自动化(Factory Automation,简称 FA)的基础技术之一,是现代机械制造业中的高新技术之一。

数字控制(Numerical Control,简称 NC)是一种自动控制技术,是用数字化信号对机床运动及其加工过程进行控制的一种方法。

数控机床(NC Machine)是采用数控技术的机床,或者说是装备了数控系统的机床。

数控系统(NC System)是上述定义中所指的程序控制系统,它能逻辑地处理输入到系统中具有特定代码的程序,并将其译码,从而控制机床运动并加工零件。

9.1 数控加工概述

9.1.1 数控机床

1949 年美国吉斯汀·路易斯公司与麻省理工学院合作,开始数控铣床的研究。经过三年的研制,于 1952 年试制成功了世界上第一台数控铣床。数控铣床的出现不仅解决了复杂曲线与型面的加工问题,而且指出了后来机床自动化的方向。经过近 60 年的研究发展,到现在数控机床已是集现代机械制造技术、计算机技术、通信技术、控制技术、液压气动技术和光电技术为一体的,具有高精度、高效率、高自动化和高柔性等特点的机械自动化设备。其品种不仅覆盖了全部传统的切削加工技术,而且推广到锻压机床、电加工机床、焊接机、测量机等各个方面,在各个加工行业中得到了广泛应用。

数控机床是一种高效、柔性加工的机电一体化设备,其应用领域已从航空工业普及、扩大到汽车、机床等制造业及其他中、小批量生产的机械制造行业中。

1. 数控机床的构成

数控机床组成：数控机床一般由 CNC(Computerized Numerical Control System)、伺服系统和机械系统三大部分组成。

计算机数控系统 CNC 由装有数控系统程序的专用计算机、输入输出设备、可编程控制器(PLC)、存储器、主轴驱动及进给驱动装置等部分组成。其原理如图 9-1 所示。

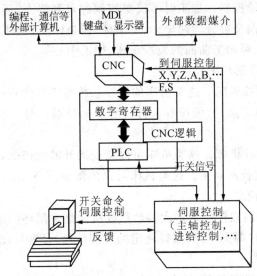

图 9-1　计算机数控系统 CNC 系统原理

数控机床的伺服系统是数控机床的重要组成部分，用于实现数控机床的进给伺服控制和主轴伺服控制。进给伺服系统是数控机床的进给运动执行部分，包括位置控制单元、速度控制单元、执行电动机、测量反馈单元等部分，它接受计算机发来的各种动作命令，驱动执行电动机运动。

数控机床的机械系统，除机床基础件以外，由下列各部分组成：

①主轴部件：包括主轴电动机和主轴传动系统。

②进给系统：包括进给执行电动机和进给传动系统。

③实现工件回转、定位的装置和附件。

④实现某些部件动作和辅助功能的系统和装置，如冷却、排屑、防护等装置。

⑤刀库和自动换刀装置。

⑥自动托盘交换装置。

⑦机床基础件，通常是指床身(或底座)、立柱、横梁、滑座和工作台等，它是整台机床的基础和框架。

⑧机床的其他零、部件，或者固定在基础件上，或者工作时在它的导轨上运动。其他机械结构组成则按机床的功能需要选用。

2. 数控机床的分类

（1）按控制系统的特点分类

① 点位控制机床。点位控制，又称点对点控制。这类机床的数控装置只能控制刀具从一个位置精确地移动到另一个位置，而不管中间的移动轨迹如何。这类机床主要有数控坐

标镗床、数控钻床、数控冲床等。

② 直线控制数控机床,又称平行切削控制机床。这类机床工作时,不仅要控制两相关点之间的位置,还要控制刀具沿某一坐标方向移动的速度和轨迹。这类机床主要有简易数控车床、数控铣床、数控镗床等。

③ 轮廓控制数控机床,又称连续轨迹控制机床。这类机床的数控装置同时对两个或两个以上的坐标轴进行连续控制。加工时不仅要控制起点和终点,还要控制加工过程中每点的速度和位置。轮廓控制又可分为两坐标、三坐标、四坐标及五坐标轮廓控制。这类机床有两坐标以上的数控铣床、可加工曲面的数控车床、加工中心等。

(2) 按执行机构的伺服系统类型分类

① 开环伺服系统数控机床。这类机床的数控系统将零件的程序处理后,输出数字指令信号给伺服系统,驱动机床运动,但没有来自传感器的反馈信号。机床较为经济,但速度及精度都较低。

② 闭环伺服系统数控机床。这类机床可以接受插补器的指令,而且随时接受工作台端测得的反馈信号,进行比较及修正。这类机床可以消除由于传动部件制造中存在的精度误差,但系统较复杂,成本较高。

③ 半闭环伺服系统的数控机床。大多数数控机床是半闭环伺服系统,测量元件从工作台转移到电机端头或丝杆端头,可以获得稳定的控制特性,且容易调整。

(3) 按加工方式分类

① 金属切削类数控机床:如数控车床、加工中心、数控钻床、数控磨床等。

② 金属成型类数控机床:如数控折弯机、数控弯管机、数控回转头压力机等。

③ 数控特种加工机床:如数控线切割机床、数控电火花加工机床、数控激光切割机床等。

④ 其他类型的数控机床:如火焰切割机、数控三坐标测量机等。

9.1.2 数控加工原理和工作方式

1.加工原理

在数控机床上加工零件时,要事先根据零件加工图样的要求,确定零件加工的工艺过程、工艺参数和刀具数据,再按编程手册的有关规定编写零件数控加工程序,然后通过 MDI 方式或 DNC 方式将数控加工程序送到数控系统,在数控系统控制软件的支持下,经过处理与计算后,发出相应的指令,通过伺服系统使机床按预定的轨迹运动,从而进行零件的切削加工。

数控系统除了计算机以外,其外围设备主要包括键盘、CRT、操作面板、机床接口等。键盘主要用于输入操作命令及编辑、修改程序,亦可以输入零件加工程序。CRT 供显示及监控用。操作面板可供操作员改变操作方式、输入数据、起停加工等。机床接口是计算机和机床之间联系的桥梁,包括伺服驱动接口及 DNC 输入/输出接口。

系统程序储存于计算机内存中。所有的数控功能基本上都依靠这些程序完成,例如输入、译码、数据处理、插补、伺服输出等。整个数控系统的活动均由系统程序来指挥。

下面简单介绍以下数控系统的工作过程。

(1)输入 大量的零件加工,加工程序一般通过 DNC 从上一级计算机输入而来。数控系统一般有两种不同的输入工作方式：一种是边输入边加工，DNC 即属于此类工作方式；另一种是一次将零件加工程序输入计算机内部的存储器，加工时再由存储器一段一段地往外读出。

（2）译码　输入的程序段含有零件的轮廓信息（起点、终点、直线、圆弧等）、要求的加工速度以及其他的辅助信息（换刀、进给速度、冷却液等）。计算机依靠译码程序来识别这些指令符号，译码程序将零件加工程序翻译成计算机的内部识别的语言。

（3）数据处理　数据处理程序一般包括刀具半径补偿、速度计算以及辅助功能的处理。刀具半径补偿是根据刀具半径值把零件轮廓轨迹转化为刀具中心轨迹。速度计算是解决该加工程序段以什么样的速度运动的问题。加工速度的确定是一个工艺问题，数控系统仅仅是保证这个编程速度的可靠实现。另外，辅助功能如换刀、冷却液等亦在这个程序中处理。

（4）插补　在机床的实际加工中，被加工工件的轮廓形状千差万别。严格说来，为了满足几何尺寸精度的要求，刀具中心轨迹应该准确地按照工件的轮廓形状生成。对于简单的曲线，数控系统易于实现，但对于较复杂的形状，若直接生成刀具中心轨迹，势必会使计算方法变得复杂，计算工作量相应地大大增加。因此，在实际应用中，常常采用一小段直线或圆弧去逼近（或称为拟合）曲线，有些场合也可以采用抛物线、椭圆、双曲线和其他高次曲线去逼近曲线。所谓插补，是在已知一条曲线的种类、起点、终点以及进给速度后，在起点和终点之间进行数据点的密化。计算机数控系统将加工时间划分为一个一个的插补周期，在每个插补周期通过插补运算形成一个微小的数据段。若干次插补周期后完成一个曲线段的加工，即从曲线的起点走到终点。CNC 系统是一边进行插补计算，一边进行加工的。本次插补周期内插补程序的作用是计算下一个插补周期的位置增量。一个数据段正式插补加工前，必须先完成诸如换刀、进给速度、冷却液等功能，即只要辅助功能完成后才能进行插补。

（5）伺服控制　插补的结果是产生一个或多个插补周期内的位置增量。该位置增量在上一个插补周期内已计算出来。伺服控制程序的功能是完成本次插补周期的位置伺服计算，并将结果发送到伺服驱动接口中去。

（6）管理程序　当一个曲线段开始插补时，管理程序即着手准备下一个数据段的读入、译码、数据处理，即由它调用各个功能子程序，且保证在一个数据段加工过程中将下一个程序段准备完毕。一旦本曲线段加工完毕，即开始下一个曲线段的插补加工。整个零件加工就是在这种周而复始的过程中完成的。

2. 工作方式

各种数控机床的工作方式虽然有所不同，但基本上是类似的或相近的。下面综合 Fanuc 和 Siemens 数控系统介绍现代 CNC 系统的工作方式。

（1）返回参考点方式　数控机床开机后，在正式工作之前，必须先确定机床参考点，亦即确定刀具与机床原点的相对位置。机床参考点确定以后，由于参考点的位置相对机床原点是固定的（在机床出厂前由机床生产厂商精确测量确定），刀具运动就有了基准，消除机床运动过程中的随机信号。

返回参考点就是数控系统接通电源后，操作人员使机床的所有运动坐标运动到机床参考点，以后刀具的运动就以机床参考坐标系为基准。参考点的位置一般由机械挡块位置进行粗定位，然后由光电编码器进行精确定位。

（2）自动加工方式　自动加工方式，就是数控系统根据程序员编制的零件加工程序，自动控制机床对零件进行加工的加工方式。在实际加工过程开始之前,数控系统必须作好必要的准备工作,包括:将刀具移到合适的位置,将加工程序输入到数控系统的内存中,检查和输入程序原点偏置、刀具半径和刀具长度。

在这种加工方式中,为了处理一个加工程序,数控系统按顺序逐段调用加工程序进行计算,计算过程中参考了所有相关的位置。现代 CNC 系统一般均为多任务数控系统,当一个加工程序正在执行时,另一个加工程序可同时输入到 CNC 系统。

数控系统在进行自动程序加工过程中,通过操作进给停止按钮可以中断程序,当操作进行启动按钮时,可继续执行程序。

(3)连续点动方式 连续点动方式就是操作人员用手动而不是由程序控制机床运动,只要用手按着方向键,所选坐标轴就动,手抬起后,所选坐标轴的运动停止。这种工作方式可用于对刀、换刀、安装工件、测量工件,以及对加工刀具进行几何数据测量等。

(4)增量点动方式 增量点动方式也是手动而不是由程序控制机床运动,只要用手按一下方向键(不管按的时间长短),对应的轴即按照方向键标示的方向移动一个增量。

(5)手动输入/自动加工方式 手动输入/自动加工方式中,操作人员能够在 CNC 的控制下,一段程序一段程序地进行操作。用键盘和输入键输入一段程序,结束时用回车符"LF"。按下程序启动键,则 CNC 执行输入的程序段,并随后将其删除。

(6)重定位方式 在加工程序中断后,例如刀具破损后,把方式旋钮从自动方式换到连续点动或增量点动方式时,操作人员能够将刀具从工件轮廓上移开。当刀具移开时,数控系统记录下移动的距离作为重定位偏差值。在重定位方式中,能够用同方向键将刀具移动到中断点。相反方向键是不起作用的,到达中断点后,运动自动停止,不可能超过中断点,运动过程中重定位偏差值不断变化,到达中断点后,其值变为零。在同一时刻,最多只能有两个轴运动。此时进给倍率开关有效,快速移动开关无效。

在更换刀具以后,假若所换上的刀具与前一把刀具的几何尺寸和安装方式完全相同,可用此工作方式将刀具回到中断点,并可继续加工。若换上的刀具与前一把刀具不同,则应该采用程序段搜索的方式回到中断点。

9.2 数控车床

9.2.1 数控车床概述

数控车床是目前使用较广泛的一种数控机床。与普通车床相比,数控车床是将编制好的加工程序输入到数控系统中,由数控系统通过车床 X,Z 坐标轴的伺服电动机去控制车床进给运动部件的动作顺序、移动量和进给速度,再配以主轴转速和转向,可加工出各种形状不同的轴类或盘类回转体零件。

1. 数控车床的组成及特点

数控车床一般是由车床主体、数控装置、伺服系统和辅助装置组成。车床主体指的是数控机床机械构造实体,除部分专门设计的全功能数控车床外,数控车床的车床主体大多数虽经改进,但仍基本保持了普通车床的布局结构,即由床身、主轴箱、进给传动系统、刀架、液压系统、冷却系统及润滑系统等部分组成。全功能数控机床大都采用机、电、液、气一体化设计和布局,采用全封闭或半封闭防护。

数控装置(即 CNC)由装有数控系统程序的专用计算机、输入输出设备、可编程控制器(PLC)、存储器、主轴驱动及进给驱动装置等部分组成。

伺服系统是数控系统的执行部分,是数控装置与机床本体间的电传动联系环节,由速度控制装置、位置控制装置、驱动伺服电动机和相应机械传动装置组成。其功能是接受数控装置输出的指令脉冲信号,使机床上的移动部件做相应的移动,并对定位的精度和速度加以控制。每一个指令脉冲信号使机床移动部件产生的位移量称为脉冲当量,常用脉冲当量为 0.01mm/脉冲、0.005mm/脉冲、0.001mm/脉冲等。因此,伺服系统的精度、快速性及动态响应是影响加工精度、表面质量和生产率的主要因素之一。进给伺服系统的基本组成如图 9-2 所示。

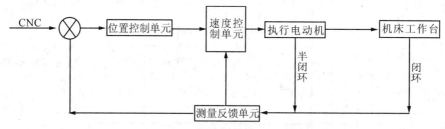

图 9-2　进给伺服系统的基本组成

主轴伺服系统是数控机床主轴运动的控制部分,包括主轴控制单元、主轴电动机、测量反馈单元等部分。

我国数控车床上常用的数控系统有日本 FANUC 公司的 0T、6T、0TC、0TD、OTE、160/180TC、Oi－TB/TA 等,有德国 SIEMENS 公司的 802S、802C、802D、810D、840D、840Di、840C 等,以及美国 ACRAMATIC 数控系统、西班牙 FAGOR 数控系统等。国内生产数控车床的企业有:济南第一机床厂、广州机床厂、云南机床厂、齐齐哈尔第一机床厂、沈阳第一机床厂、北京机床研究所、长城机床厂、台湾胜杰工业股份公司、台湾友嘉实业股份有限公司。国外企业有日本西铁城公司、瑞士 SCHAUBLIN 公司、德国德马吉(DMG)公司、美国 HASS 公司等。

2. 数控车床的主要结构

数控车床主要由床身、主轴传动系统、进给传动系统、自动回转刀架、尾座及一些辅助装置组成。

(1)进给传动系统

数控车床的进给系统使用伺服电动机(交流、直流)或步进电动机驱动,直接带动滚珠丝杆驱动刀架做 Z 向(纵向)、X 向(横向)的进给运动。

(2)自动回转刀架

数控车床的刀架是机床的重要组成部分,其结构直接影响机床的切削性能和工作效率,在一定程度上刀架结构和性能体现了机床的设计和制造技术水平。

数控车床的刀架分为排式刀架和转塔式刀架两大类。转塔式刀架是普遍采用的刀架形式,它用转塔头各刀座安装或支持各种不同用途的刀具,通过转塔头的旋转、分度、定位来实现机床的自动换刀工作。转塔刀架分度准确、定位可靠、重复定位精度高、转位速度快、夹紧刚性好,可以保证数控车床的高精度和高效率。

9.2.2 数控车床坐标系

数控车床规定与车床主轴轴线平行的方向为 Z 轴方向,刀具远离工件方向为 Z 轴的正方向。X 轴位于与工件安装面相平行的水平面内,垂直于车床主轴旋转轴线的方向,且刀具远离主轴旋转轴线的方向为 X 轴的正方向。

1. 机床坐标系

以机床原点为坐标原点建立起来的 X,Z 轴直角坐标系,称为机床坐标系,如图 9-3 所示。机床坐标系在出厂前已经调整好,一般情况下,不允许用户随意变动。机床坐标系是机床固有的坐标系,它是制造和调整机床的基础,也是设置工件坐标系的基础。

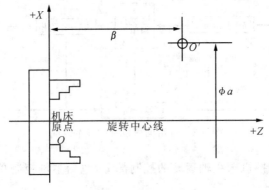

图 9-3　机床坐标系

机床原点为机床上的一个固定的点。车床的机床原点定义为主轴旋转中心与车头端面的交点(图中的 O 点)。

参考点也是机床上的一个固定点,该点与机床原点的相对位置(图中点 O' 即为参考点),其固定位置由 Z 向与 X 向的机械挡块来确定。当进行回参考点的操作时,装在纵向和横向滑板上的行程开关碰到相应的挡块后,向数控系统发出信号,由系统控制滑板停止运动,完成回参考点的操作。

机床通电之后,不论刀架位于什么位置,此时显示器上显示的 Z 与 X 的坐标值均为零。当完成回参考点的操作后,则马上显示此时刀架中心(对刀参考点)在机床坐标系中的坐标值,就相当于数控系统内部建立了一个以机床原点为坐标原点的机床坐标系。

2. 工件坐标系(编程坐标系)

工件坐标系是编程时使用的坐标系,所以又称为编程坐标系,如图 9-4 所示。数控编程时,应该首先确定工件坐标系和工件原点。

零件在设计中有设计基准,在加工过程中有工艺基准,同时要尽量将工艺基准与设计基准统一,该基准点通常称为工件原点。以工件原点为坐标原点建立的 X,Z 轴直角坐标系,称为工件坐标系。

工件原点是人为设定的,设定的依据既要符合图样要求,又要便于编程。从理论上讲,工件原点选在任何位置都是可以的,但实际上,为了编程方便以及各尺寸较为直观,应尽量把工件原点的位置选得合理些。在车床上工件原点的选择如图 9-4 所示。Z 向应取在工件的回转中心即主轴轴线上,X 向一般在工件的左端面或右端面两者之中选择,即工件原点可选在主轴回转中心与工件右端面的交点 O,也可选在主轴回转中心与工件左端面的交点 O' 上,这样工件坐标系(编程坐标系)也随之建立起来了。

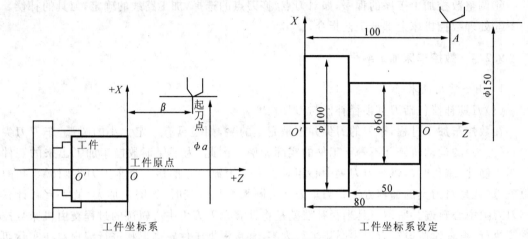

图 9-4 工件坐标系及设定方法

3. 工件坐标系设定

工件坐标系的原点既可以选在工件右端面的 O 点,也可以选在工件左端面的 O' 点,如图 9-4 所示。因此,同一工件由于工件原点变了,程序段中的坐标尺寸也要随之改变。在编制加工程序前,必须先确定工件坐标系(编程坐标系)和工件原点(编程原点)。这个过程实际上由确定刀具起刀点(或换刀点)到工件原点的距离来完成的,即规定刀尖在工件坐标系中的基准位置。

而数控机床加工开始前,还要确定实际车刀的刀尖在工件坐标系中的位置,即通过对刀来确定对刀点。在数控车削中,常用试切对刀。

只有确定了对刀点之后,才能通过数控系统将编程的车刀位移及其轨迹变换成车刀的实际运动轨迹,加工出所需的工件轮廓。

因此,编程人员在编程时,只要根据工件图就可以选定编程原点,建立编程坐标系,进行编程,而不必考虑工件毛坯装卡的实际状况。对于加工人员来说,则应在装夹工件、调试程序时,确定编程原点的位置,并在数控系统中设定好,这样数控机床才能按照准确的加工坐标系位置开始加工。

4. 绝对坐标系与增量坐标系

刀具运动位置的坐标值相对于固定的坐标原点给出时称为绝对坐标,该坐标系称为绝对坐标系。若刀具运动位置的坐标值是相对于前一个位置,而不是相对于固定的坐标原点时,称为增量坐标系,增量坐标系的引入是为了方便编程时的数据换算。

9.2.3 数控车削加工工艺的主要内容

数控车削加工工艺主要包括以下内容:

①选择适合在数控车床上加工的零件,确度工序内容。

②分析待加工零件图样,明确加工内容及技术要求,在此基础上确定零件的加工方案,制定数控加工工艺路线,如工序的划分,加工顺序的安排,与传统加工工序的衔接等。

③设计数控加工工序,如工步的划分,零件的定位与夹具的选择,刀具的选择,切削用量的确定等。

④调整数控加工工序的程序,如对刀点、换刀点的选择,加工路线的确定,刀具的补偿。

⑤处理数控机床上部分工艺指令。

9.2.4 数控车床加工编程

1. 几个常用的术语

(1)刀具补偿包括刀具半径补偿与刀具长度补偿

在数控车加工过程,车刀的刀尖并不是完全的尖,而是具有一定大小的圆弧,车刀刀尖中心(刀心)的运动轨迹并不等于工件的实际轮廓。因此,为了保证数控车加工出来的工件轮廓正确性,编程时需将车刀刀尖中心相对于工件轮廓中心偏移一个车刀刀尖圆弧半径的距离,这就是对刀具的编程方法。当车刀刀尖圆弧半径改变时(如磨损加大)就需重新计算车刀刀尖中心轨迹。所谓刀具半径补偿就是将计算车刀刀尖中心轨迹的过程交由机床数控系统执行,编程时假设车刀刀尖圆弧半径为零,直接根据工件轮廓形状进行编程。在实际切削加工时,数控系统根据工件切削程序和车刀刀尖圆弧半径自动计算车刀刀尖中心轨迹,完成对工件的切削。当车刀刀尖圆弧半径发生变化时,不需要改变编好的数控程序,只需修改机床操作控制器中的车刀刀尖圆弧半径值即可。刀具半径补偿又分为左刀补和右刀补。当刀具沿前进方向位于工件轮廓右边时称为右刀补,反之称为左刀补。

当数控系统具有刀具长度补偿功能时,在编制 NC 程序中,就可以不必考虑刀具的实际长度以及各把刀具不同的长度,使用刀具长度补偿指令,加工时用手工输入刀具长度尺寸,由数控系统自动地计算出刀具在长度方向上的位置进行加工。在刀具磨损、更换新刀或刀具安装有误差时,利用刀具长度补偿功能,不必重新编制 NC 程序,重新对刀或重新调整刀具。刀具长度补偿分为正补偿与负补偿,前者是使编程终点坐标向正方向移动一个偏差量,后者是使编程终点坐标向反方向移动一个偏差量。

需要指出的是,插补与刀补计算均不由数控编程人员完成,它们都是由数控系统根据编程所选定的模式自动进行的。

(2)字

字是程序字的简称,是一套有规定次序的代码符号,可以作为一个信息单元存储、传递和操作。如 X3455 就是一个字。字是表示某一功能的一组代码符号,如 G01 表示直线插补。字由英文字母开头,随后是符号和数字。其中英文字母称为字的地址,表示该字的功能。字分为尺寸字和非尺寸字。在尺寸字中,地址后面表示的是运动方向的符号、坐标或距离。一个数控程序段是由若干个字构成的,若干个程序段构成一个完整的数控程序。

(3)绝对编程与增量编程

数控车床编程时,可采用绝对编程、增量编程或二者混合编程。

绝对编程是根据预先设定的编程原点计算出绝对坐标尺寸进行编程的一种方法。采用绝对编程时,首先要指出编程原点的位置,并用地址 X,Z 进行编程(在车床中 X 为直径值)。

增量编程是根据与前一个位置的坐标值增量来表示位置的一种编程方法,即程序中的终点坐标是相对于起点坐标而言的。采用增量编程时,用地址 U,W 代替 X,Z 进行编程。U,W 的正负方向由行程方向确定,行程方向与机床坐标方向相同时为正,反之为负。

绝对编程与增量编程混合起来进行编程的方法叫混合编程。编程时必须设定编程原点。

(4)直径编程与半径编程

当用直径值编程时,称为直径编程法。车床出厂时设定为直径编程,所以在编制与 X 轴有关的各项尺寸时,一定要用直径值编程。

用半径值编程时,称为半径编程法。如需用半径编程,则要改变系统中相关的参数,使系统处于半径编程状态。

2. 数控车床的指令代码

数控车床加工中的动作在加工程序中用指令的方式事先予以规定,这类指令有准备功能 G、辅助功能 M、刀具功能 T、主轴转速功能 S 和进给功能 F 之分。

1)准备功能

准备功能又称"G"功能或"G"代码,它是建立机床或控制数控系统工作方式的一种命令,由地址 G 及其后的两位数字组成。数控车床常用准备功能 G 代码如表 9-1 所示。

表 9-1 数控车常用准备功能 G 代码

类　　型			意　　义
非模态 G 代码			G 代码只在指令它的程序段中有效
模态 G 代码			在指令同组中的其他 G 代码前该 G 代码一直有效
序号	代码	组别	功　　能
1	G00		快速点定位
2	G01	01	直线插补
3	G02		顺时针圆弧插补
4	G03		逆时针圆弧插补
5	G04	00	延迟(暂停)
6	G10		补偿值设定
7	G20	02	英制输入
8	G21		米制输入
9	G22		存储型行程限位接通
10	G23		存储型行程限位断开
11	G27		返回参考点确认
12	G28	00	返回参考原点
13	G29		从参考点回到切削点
14	G32		螺纹切削
15	G36	01	自动刀具补偿 X
16	G37		自动刀具补偿 Z
17	G40		刀具半径补偿取消
18	G41	07	刀尖圆弧半径左补偿
19	G42		刀尖圆弧半径右补偿

序号	代码	组别	功　能
20	G50		坐标系设定或最高主轴速度限定
21	G70		精车循环
22	G71		粗车外圆复合循环
23	G72	00	粗车端面复合循环
24	G73		固定形状粗加工复合循环
25	G74		Z 向深孔钻削循环
26	G75		切槽(在 X 向)
27	G76		螺纹切削循环
28	G90	01	单一形状固定循环
29	G92		螺纹切削循环
30	G96	02	恒速切削控制有效
31	G97		恒速切削控制取消
32	G98	05	进给速度按每分钟设定
33	G99		进给速度按每转设定

注:00 组的 G 代码为非模态代码,其他为模态 G 代码。

(1)快速移动指令(G00)

①功能与目的　此指令的后面要紧跟坐标轴名,移动时是按两轴移动方向的组合方向。绘图功能下所显示的轨迹是虚线。

②标准指令格式　G00　X＿＿＿/U＿＿＿　Z＿＿＿/W＿＿＿;

两轴不一定全部写出,如这一步中某一轴不需要做移动,则可以省略。

③说明　G00 指令模式持续有效,直到遇到其他的切削指令(如 G00,G02,G03),所以,假如下一句指令也是 G00 指令则可以直接给定坐标值。起点坐标与终点坐标不同时,移动时是以斜线方式,防止撞刀。G 后面没有数据时,默认为 G00 指令。

(2)直线切削指令 G01

①功能与目的　此指令的后面要紧跟坐标轴名,移动时是按两轴移动方向的组合方向,移动速度以 F 值。F 值的设定方式有两种:每分进给和每转进给,应在程序的初期设定。绘图功能下所显示的轨迹是实线。

②标准指令格式　G01　X＿＿＿/U＿＿＿　Z＿＿＿/W＿＿＿　F＿＿＿;

两轴不一定要全部写出,如这一步中某一轴不需要做移动,则可以省略。F 值必须给定,除非上一句也为 G01 指令,且 F 值已经给定。

③持续有效　指令模式持续有效,直到遇到 G00 切削指令。所以,假如下一句指令也是 G01 指令则可以直接给定坐标值。

(3)圆弧切削指令

①功能与目的　此指令主要对圆弧进行加工,分为两种加工方式:顺时针及逆时针。

②指令格式　G02(G03)　X＿＿＿/U＿＿＿　Z＿＿＿/W＿＿＿　R＿＿＿　F＿＿＿;

其中:G02:顺时针方向;

G03:逆时针方向;

X/U ,Z/W:圆弧的终点坐标值;

R:圆弧半径值;

F:进给速度。

圆弧方向的判断应按右手直角笛卡儿坐标系的方法,将 Y 轴也加上去考虑。观察者让 Y 轴的正向指向自己(即沿 Y 轴的负方向看去),站在这样的位置上就可正确判断 X-Z 平面上圆弧的顺逆时针了。

(4)横向(外径)粗切削复合循环(G71)

此加工方法适用于加工直径小加工材料长的零件,如图 9-5 所示。

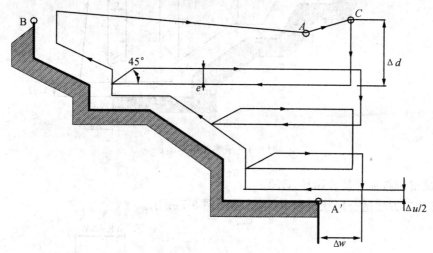

图 9-5   横向(外径)粗切削复合循环示例

指令格式:

G71　U(Δd)　R(e);

G71　P(ns)　Q(nf)　U(Δu)　W(Δw)　F(f)　S(s)　T(t);

其中:Δd:切削深度(半径给定),不带符号。切削方向决定与 AA' 方向。该值是模态的,直到指定其他值以前不变;

e :退刀量,这是模态的,直到其他值指定前不改变;

ns:精加工程序第一个程序段的顺序号;

nf:精加工程序最后一个程序的顺序号;

Δu:X 方向精加工余量的距离和方向,直径值;

Δw:Z 方向精加工余量的距离和方向;

F,S,T:包含在 ns 到 nf 程序段中的任何 F,S 或 T 功能在循环中被忽略,而在 G71 程序段落中 F,S 或 T 功能有效。

(5)平端面粗车(G72)

此加工方法适用于直径大长度短的零件加工,如图 9-6 所示。

其指令格式:

G72　W(Δd)　R(e);

G72　P(ns)　Q(nf)　U(Δu)　W(Δw)　F(f)　S(s)　T(t);

G72 中的各参数与 G71 中的各参数意义相同。

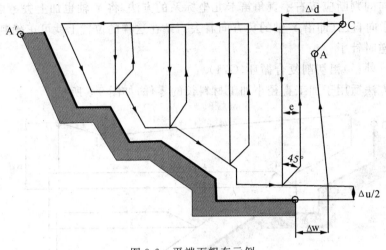

图 9-6　平端面粗车示例

（6）成型棒料加工复合循环（G73）

此种加工方法适合形状复杂零件加工，如图 9-7 所示。

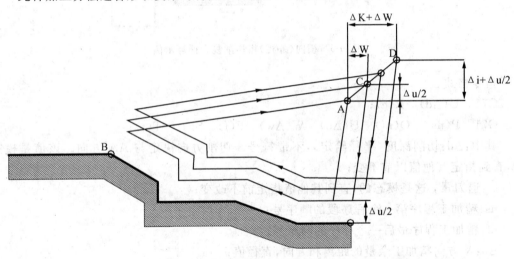

图 9-7　成型棒料加工复合循环示例

指令格式：

G73　U(Δi)　W(Δk)　R(d)；

G73　P(ns)　Q(nf)　U(Δu)　W(Δw)　F(f)　S(s)　T(t)；

其中：Δi：X 方向退刀量的距离和方向（半径指定）；

Δk：Z 方向退刀量的距离和方向；

d：分割数，即加工次数；

ns：精加工程序第一个程序段的顺序号；

nf：精加工程序最后一个程序的顺序号；

Δu：X 方向精加工余量的距离和方向，直径值；

Δw：Z 方向精加工余量的距离和方向；

F,S,T:包含在 ns 到 nf 程序段中的任何 F,S 或 T 功能在循环中被忽略,而在 G71 程序段中,F,S 或 T 功能有效。

(7)精车循环(G70)

当用 G71,G72,G73 粗车工件后,用 G70 来指定粗车循环,切除粗加工中留下的余量。

其指令为:

G70 P(ns) Q(nf) F(f) S(s) T(t);

其中:ns:精加工程序第一个程序段的顺序号;

nf:精加工程序最后一个程序的顺序号。

在精车循环 G70 状态下,ns 至 nf 程序中指定 F,S,T 的有效;当 ns 至 nf 程序中不指定 F,S,T 的时,粗车循环中指定 F,S,T 的有效。

(8)螺纹切削循环(G92)

指令格式:

G92 X(U)____ Z(W)____ R____ F____;

其中:X(U),Z(W):螺纹的终点坐标值;

R:螺纹的起点半径坐标减去终点坐标半径之差;

F:进给速度即螺纹的螺距。

常用螺纹切削的进给次数与背吃刀量关系见表 9-2 所示。

表 9-2 螺纹切削的进给次数与背吃刀量关系

米 制 螺 纹							
螺　距	1.0	1.5	2.0	2.5	3.0	3.5	4.0
牙　深	0.649	0.974	1.229	1.624	1.949	2.273	2.598
背吃刀量及切削次数 1 次	0.7	0.8	0.9	1.0	1.2	1.5	1.5
2 次	0.4	0.6	0.6	0.7	0.7	0.7	0.8
3 次	0.2	0.4	0.6	0.6	0.6	0.6	0.6
4 次		0.16	0.4	0.4	0.4	0.6	0.6
5 次			0.1	0.4	0.4	0.4	0.4
6 次				0.15	0.4	0.4	0.4
7 次					0.2	0.4	0.4
8 次						0.15	0.3
9 次							0.2

2)辅助功能

辅助功能又称"M"功能,主要用来表示机床操作、各种辅助动作及其状态。它由地址 M 及其后的两位数字组成。数控车常用辅助功能 M 代码如表 9-3 所示。

表 9-3 数控车常用辅助功能 M 代码

序号	代码	功能	序号	代码	功能
1	M00	程序停止	10	M11	车螺纹直退刀
2	M01	选择停止	11	M12	误差测量
3	M02	程序结束	12	M13	误差测量取消
4	M03	主轴正转	13	M19	主轴准停

序号	代码	功能	序号	代码	功能
5	M04	主轴反转	14	M20	ROBOT 工作启动
6	M05	主轴停止	15	M30	纸带结束
7	M08	切削液开	16	M98	调用子程序
8	M09	切削液关	17	M99	退回子程序
9	M10	车螺纹 45°退刀			

常用辅助功能的简要说明：

(1)M00 程序停止

执行 M00 后，机床所有动作均被切断，以便进行某种手动操作。重新按动程序启动按钮后，再继续执行后面的程序段。

(2)M01 选择停止

执行过程与 M00 相同，不同的是只有按下机床控制面板上的"任选停止"开关时，该指令才有效，否则机床继续执行后面的程序。该指令常用于抽查工件的关键尺寸。

(3)M02 程序结束

执行该指令后，表示程序内所有指令均已完成，因而切断机床所有工作，机床复位。但程序结束后，不返回到程序开头的位置。

(4)M30 纸带结束

执行该指令后，除完成 M02 的内容外，还自动返回到程序开头的位置，为加工下一个工件做好准备。

3)F、T、S 功能

(1)F 功能

该功能指定进给速度，由地址 F 和其后面的数字组成。

每转进给(G99)：在含有 G99 程序段后面，再遇到 F 指令时，则认为 F 指令的进给速度单位为 mm/r。系统开机状态为 G99 状态，只有输入 G98 指令后，G99 才被取消。

每分钟进给(G98)：在含有 G98 程序段后面，再遇到 F 指令时，则认为 F 所指定的进给速度单位为 mm/min。G98 被执行一次后，系统将保持 G98 状态，直到被 G99 取消为止。

(2)T 功能

该功能指令数控系统进行选刀或换刀，用地址 T 和其后的数字来指定刀具号和刀具补偿号。车床上刀具号和刀具补偿号有两种形式：T1＋1 或 T2＋2。T 功能表示方法如图 9-8 所示。

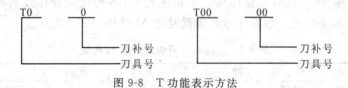

图 9-8　T 功能表示方法

编程时，这两种形式均可采用，通常采用 T2＋2 形式。例如 T0101 表示采用 1 号刀具和 1 号刀补。

(3)S 功能

该功能指定主轴转速或速度,用地址 S 和其后的数字组成。

恒线速度控制(G96):G96 是接通恒线速度控制的指令。系统执行 G96 指令后,S 后面的数值表示切削速度。例如:G96 S100 表示切削速度是 100m/min。

主轴速度控制(G97):G97 是取消恒线速度控制的指令。系统执行 G97 指令后,S 后面的数值表示主轴每分钟的转数。例如:G97 S800 表示主轴转速为 800r/min。系统的开机状态为 G97 状态。

主轴最高速度限定(G50):G50 除有坐标系设定功能外,还有主轴最高转速设定功能,即用 S 指定的数值设定主轴每分钟的最高转速。例如:G50 S2000 表示主轴转速最高为 2000r/min。

用恒线速度控制加工端面、锥面和圆弧时,由于 X 坐标值不断变化,当刀具逐渐接近工件的旋转中心时,主轴转速会越来越高,工件有从卡盘飞出的危险,所以为防止事故的发生,有时必须限定主轴的最高转速。

F 功能、T 功能、S 功能均为模态代码。

9.2.5 数控车床的机床面板说明及操作

现以 CK6136i 型数控车床上配置的 FANUC 系统操作面板为例进行说明,如图 9-9 和 9-10 所示。把机床电源开关合上后,就可通过操作面板对机床各部进行操作。操作面板由两部分组成:一部分为 NC 的操作面板,如图 9-9 所示;一部分为机床操作面板,如图 9-10 所示。

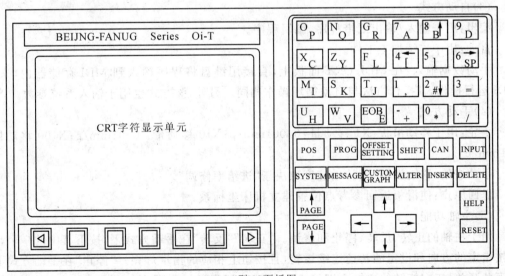

CK6136i 型 NC 面板图

图 9-9　NC 的操作面板

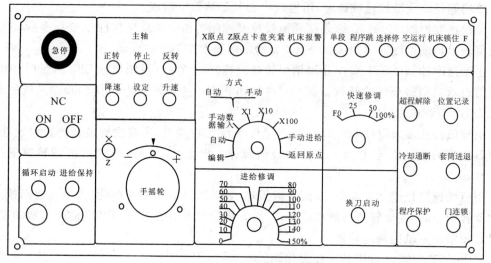

Ck6136i机床操作面板图

图 9-10　机床操作面板

1. 机床面板介绍

(1)循环启动

用于自动方式下,自动操作的启动。指示灯用于指定自动运行状态。

(2)进给保持

在自动运行状态下,暂停进给(滑板停止移动)。指示灯指示其状态。

(3)自动方式

编辑:用于输入/输出纸带程序,编辑程序。

自动:用于连续加工工件。

手动数据输入:在 MDI/CRT 面板上,直接用键盘将程序输入到 MDI 存储器内,来让
MDI 运行操作,其操作方法与自动循环操作相同。另外,该方式也用于输入系统参数。

(4)手动方式

手轮:用于移动滑板:X1 移动量:0.001mm/p;X10 移动量:0.01mm/p;X100 移动量:
0.1mm/p

手动进给:移动滑板,其移动速度取决于"进给率修调"。

返回原点:使滑板返回参考点位置建立机床坐标系。

(5)主轴功能

用于主轴的正转、反转、停止和修调。"正转""反转"在手动方式下,按下其中的一个,主
轴按指定的方向和设定的转速连续运转,且按钮上相应的指示灯亮。"停止"在手动方式下,
按下此开关,正在旋转的主轴立即停止。"设定"在手动方式下,按下此开关,主轴按所选择
的方向以设定转速旋转。"降速""升速",主轴正在旋转时,按一下,转速减少或增加 5%,长
时间按下转速递减或递增。

(6)手摇轮(手摇脉冲发生器)

选择 X1、X10、X100 任一方式后,再按左边按钮开关选择坐标轴,旋动手摇轮,即可将
滑板移动到指定的位置。

(7)单段

用于在自动方式下,使程序单段执行。按下此开关,指示灯亮,指示现处于单段状态;再按下此开关,指示灯灭,程序可连续执行。

(8)程序跳

用于执行程序时,不执行带有"/"的程序段;按下此开关,指示灯亮,指示程序段跳功能有效;再按此开关,指示灯灭,程序可连续执行。

(9)选择停

有选择地暂停正在进行的程序;按下此开关,指示灯亮,指示选择停功能有效,在自动执行程序中,遇有 M01 指令,程序暂停,冷却关断,并且指示灯闪烁。

(10)空运行

按下此开关,指示灯亮,表明空运行有效。在空运行有效期间,如果程序段是快速进给程序段,则机床以快速移动,如果程序段是以 F 指令的程序段,机床的进给率就变成了 JOG 进给率。

(11)机床锁住

按下此开关,指示灯亮,表明机床锁住功能有效;在机床锁住功能有效期间,自动运行时,仅进行脉冲分配,但不输出脉冲到伺服电机上,即位置显示与程序同步,但机床不移动,M、S、T 代码执行。

(12)快速修调

在低速 FO,25%,50%和100%范围内调整快速移动速度。低速设定为 400mm/min。

(13)换刀启动

在手动方式下,按下选刀启动按钮再松开后,刀架就近选刀并落下。

(14)进给修调

指定滑板的移动速度。①修调率分度(%):在自动操作方式下,在 0%～150%的范围内,以每 10%的增量,其修调后的进给率即滑板移动速度。②进给率分度(inch/min):在点动方式下,在 0～150 inch/min 或 0～1260mm/min 范围内调整滑板移动速度。

(15)冷却通/断

无论在何种方式,按下此按钮,冷却接通,指示灯亮,再按一下该按钮,冷却断开,指示灯灭。

(16)程序保护

状态[I]:可执行如下操作:TV 检查;选择 ISO/EIA 和 INCH/MM;存贮,编辑加工程序。状态[O]:不能执行上述操作。

(17)超程解除

(CRT 显示 NOT READY),机床压硬限位时,选择手摇方式(HAND),按下此键同时手摇使机床反方向退出超程位置后,再松开此键。

(18)位置记录

按下此键,位置记录功能有效,功能主要用于手动对刀。

(19)报警指示灯:

①机床报警:CRT 上出现 PLC 报警时。

②卡盘夹紧:指示灯亮,指示卡盘处于夹紧状态;指示灯灭,指示卡盘处于松开状态。

③X 原点:"X 向参考点",指示滑板在 X 向已回参考点

Z 原点:"Z 向参考点",指示滑板在 Z 向已回参考点

(20)电源控制部分

①NC 电源接通/断开按钮:按此按钮 1～2s 后,就可接通/断开电源。

②急停按钮:在紧急状态下按此按钮,机床各部将停止运动;情况解除后,顺时针方向转动急停开关,即可释放急停开关。急停解除后机床要重新回原点。

2. 机床操作

(1)手动返回机床参考点

由于机床采用增量式反馈元件,在断电后,NC 系统就失去了对参考点的记忆。因此在接通 NC 电源后,必须首先进行返回参考点的操作。另外,机床解除紧急停止信号后和超程报警信号后,也必须重新进行返回机床参考点的操作。

CK6136i 型机床返回参考点操作需将方式选择旋钮箭头旋向"返回原点",再先后按 NC 面板上的"OFFESET SETTING"、"▷"、"操作 PN"等键,接着一直按住"⬛"直至"X 原点"灯亮,"Z 原点"灯亮需一直按住"⬛"。

(2)进给滑板的操作

1)快速移动:快速移动是为了装刀及手动操作时,使刀具能够快速接近或离开工件。

①把方式选择旋钮箭头旋向"手动进给"位置。

②把快速修调旋钮箭头旋向指定快移速度(数字表示滑板最高快进速度的百分比)。

③按下 JOG 按钮,同时按下"快速"键,使刀架移动到希望的位置,如果松开按钮,移动则停止;在移动过程中,改变快速修调旋钮指针的位置,则移动速度相应发生变化。

2)手摇脉冲发生器进给:用于调整刀具时,正确定刀尖位置或试切削时一边微调进给速度一面观察切削情况。

①把方式选择旋钮箭头旋向(X1、X10、X100)状态位置。

②手摇脉冲发生器每转动一个刻度所相当的移动量:X1 相当于 0.001mm;X10 相当于 0.01mm;X100 相当于 0.1mm。

③置选择开关指向指定移动轴的方向。

④转动手摇脉冲发生器,则刀架沿着预先选定的方向和预先选择的速度而移动。

(3)编程操作

1)修改程序

把方式选择旋钮箭头旋向编辑状态位置;压下"PROGRAM"键,显示"PROGRAM"画面;用"CRUSUR SHIFT"移动光标到要编辑的位置;要更改字,输入要更改的字符,压下"AETER"键;要插入字,输入要插入的字符,压下"INSERT"键;要删去字,压下"DELETE"键。

2)查找程序

把方式选择旋钮箭头旋向编辑状态位置;压下"PROGRAM"键显示程序号画面;输入想要查找的程序号(例:O0008);按界面上的"检索"键。

3)新建程序

把方式选择旋钮箭头旋向编辑状态位置;压下"PROGRAM"键显示程序号画面;输入

想要新建的程序号(例:O0001);压下"INSERT"键。

(4)程序检查

把方式选择旋钮箭头旋向自动状态位置;按下"机床锁住"、"单段",确认灯亮;压下"PROGRAM"键,显示"PROGRAM"画面;压下"O"键,将光标移到要运行的程序首部;压下"循环启动"键,确认灯亮;在 CRT 画面上,确认程序在运行。

(5)图形运行

压"PROGRAM"键,显示程序,并确定程序处于首部;把方式选择旋钮箭头旋向自动状态位置;按下"机床锁住"、"空运行",确认灯亮;压下"CUSTOM GRAPH",将光标移至"图形";压下"循环启动"键执行加工程序。

(6)刀具补偿

在实际加工零件的时候,实际加工尺寸与希望加工尺寸(或编程尺寸)总存在一定误差,为保证零件的加工精度,就必须进行刀具补偿。

刀具补偿值的输入:压下"OFFSRT"键;按下"形状";将光标移到预定的补偿上,(NO,01);在绝对坐标系里压下"X"键或"Z"/对增量输入:压下"U"或"W"键;输入值,压下"INPUT"键。

9.2.6 编程举例

1. 编程一

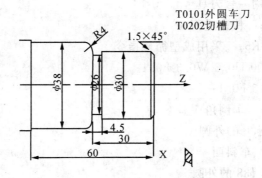

T0101外圆车刀
T0202切槽刀

O0002;

N10　M03 S500;

N20　T0101;

N30　G00 X40 Z5;

N40　G73 U3 W3 R5;

N50　G73 P60 Q100 U0.3 W0.3 F0.1;

N60　G01 X26 Z0.5 F0.1;

N70　X30 Z−1.5;

N80　Z−30;

N90　G03 X38 Z−34 R4;

N100　Z−60;

N110　G70 P60 Q100;

N120　G00 X100 Z150;

N130　T0100；

N140　T0202；

N150　G00 X40 Z－30；

N160　G01 X26 F0.05；　　　　切槽

N170　G00 X40；

N180　G00 X100 Z150；

N190　T0200；

N200　M30；

2. 编程二

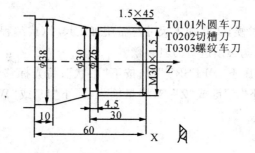

O0003；

N10　M03 S500；　主轴正转，转速 500r/min

N20　T0101；　取用一号刀具

N30　G00 X40 Z5；　快速进刀

N40　G73 U3 W3 R5；　采用成型循环指令

N50　G73 P60 Q100 U0.3 W0.3 F0.1；

N60　G01 X26 Z0.5 F0.1；

N70　X30 Z－1.5；　车倒角

N80　Z－30；　车 φ30 的外圆

N90　X38 Z－50；　车斜面

N100　Z－60；　车 φ38 的外圆

N110　G70 P60 Q100；　精车循环

N120　G00 X100 Z150；　退刀

N130　T0100；　取消一号刀

N140　T0202；　取用二号切槽刀

N150　G00 X40 Z－30；　进刀

N160　G01 X26 F0.05；　切槽

N170　G00 X40；　退刀

N180　G00 X100 Z150；

N190　T0200；　取消二号刀

N200　T0303；　取用三号螺纹刀

N210　G00 X32 Z5；　进刀

N220　G92 X29.2 Z－27 F0.1；　加工螺纹

N230　X28.6；

N240　X28.2；

N300　G70 P60 Q290 S1200 F0.05；

N310　G00 X100 Z150；

N320　T0100；

N320　M30；

9.3　数控铣床

9.3.1　数控铣床概述

1. 数控铣床的组成

数控铣床也称为数铣,图 9-11 所示是一种数控铣床。数控铣床主要有三个部分组成:

(1)机床主体(机械部分)。

(2)数控系统→电器部分→电控制柜→计算机组成。

(3)操作面板→操作控制台。

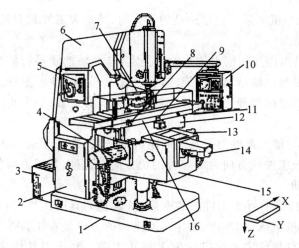

1—底座　2—强电柜　3—变压器箱　4—升降进给伺服电机　5—主轴变速手柄和按钮板

6—床身立柱　7—数控柜　8、11—纵向行程限位保护开关　9—纵向参考点设定挡铁

10—操纵台　12—横向溜板　13—纵向进给伺服电机　14—横向进给伺服电机

15—升降台　16—纵向工作台

图 9-11　数控铣床示意图

2. 数控铣床的特点

(1)数控铣床加工的特点

①数控铣床加工的特点主要是精度高、速度快、适应性强。对于各种形状复杂的零件,如母线为曲线的旋转体(凸轮),可以通过二坐标和三坐标加工程序的编制来进行加工,这就

是平常我们所说的三轴联动和五轴联动(加工中心)。

②数控铣床生产率高,一般用来加工单件和小批量生产。它还能改善劳动条件、减轻劳动强度。在加工过程中即可以观察切削过程,还可以在计算机上完成其他工件或编辑画图等。

(2)数控铣床的坐标系

数控机床上的坐标系是采用右手直角坐标系,如图 9-12 所示。在图中,大拇指的方向为 X 轴的正方向,食指为 Y 轴的正方向,中指为 Z 轴的正方向。

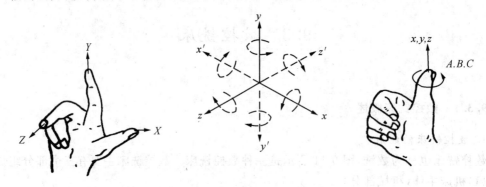

图 9-12　直角坐标系确定方法

3. 运动方向的确定

JB3051-82 中规定:机床某一部件运动的正方向,是增大工件和刀具之间距离的方向。

(1)Z 坐标的运动

Z 坐标的运动,是由传递切削力的主轴所决定,与主轴轴线平行的坐标轴即为 Z 坐标。对于车床、磨床等来说是主轴带动工件旋转;对于铣床、钻床、镗床等来说是主轴带着刀具旋转,那么与主轴平行的坐标轴即为 Z 坐标。如果机床没有主轴(如牛头刨床),Z 轴垂直于工件装夹面。

Z 坐标的正方向为增大工件与刀具之间距离的方向,即刀架远离工件的方向。如在钻镗加工中,钻入和镗入工件的方向为 Z 坐标的负方向,而退出为正方向。

(2)X 坐标的运动

X 坐标是水平的,它平行于工件的装卡面,这是在刀具或工件定位平面内运动的主要坐标。对于工件旋转的机床(如车床、磨床),X 坐标的方向是在工件的径向方向上,平行于横滑座。刀具离开工件旋转中心的方向为 X 轴正方向。对于刀具旋转的机床(如铣床、镗床、钻床等),如 Z 轴是垂直的,当从刀具主轴向立柱看时,X 运动的正方向指向右。如 Z 轴(主轴)是水平的,当从主轴向工件方向看时,X 运动的正方向指向右方。

(3)Y 坐标的运动

Y 坐标轴垂直于 X,Z 坐标轴。Y 运动的正方向根据 X 和 Z 坐标的正方向,按照右手直角坐标系来判断。

(4)旋转运动 A,B 和 C

A,B 和 C 相应地表示轴线平行于 X,Y 和 Z 坐标的旋转运动。A,B 和 C 的正方向,相应地表示在 X,Y 和 Z 坐标正方向上按照右旋螺旋前进的方向。

(5)附加坐标

如果在 X,Y,Z 主要坐标以外,还有平行于它们的坐标,可分别指定为 U,V,W。如还有第三组运动,则分别指定为 P,Q 和 R。

(6)对于工件运动时的相反方向

对于工件运动而不是刀具运动的机床,必须将前述为刀具运动所作的规定,作相反的安排。用带"'"的字母,如$+X'$,表示工件相对于刀具正向运动指令。而不带"'"的字母,如$+X$,则表示刀具相对于工件的正向运动指令。二者表示的运动方向正好相反。对于编程人员、工艺人员只考虑不带"'"的运动方向。

(7)主轴旋转运动的方向

主轴的顺时针旋转运动方向(正传),是按照右旋螺纹旋入工件的方向。

9.3.2 基本编程

所谓编程,即依照数控系统规定的指令、格式,先将工件的机械加工过程、切削参数及其他辅助动作,按照一定的顺序编写成数控机床加工的程序,然后记录在控制介质即程序载体(如磁盘、纸带等)上,再输入到控制装置中,从而实现机床的自动加工。

一般加工过程中,数控程序编制内容大致如下:

1. 分析工件图样

需要分析工件的材料、形状、尺寸、精度、表面粗糙度以及毛坯形状等。

2. 确定工件的装夹方法和选择夹具

要求便于工件坐标系建立,尽量选用组合夹具和通用夹具等。

3. 确定工件坐标系

在工件装夹确定后,工件坐标系的 X,Y,Z 等各轴相应方向以及零点的位置就确定了。

4. 选择刀具和确定切削用量

数控机床对刀具的选择比较严格,所选择的刀具应满足安装调整方便、刚性好、精度高、使用寿命长等要求。

5. 确定加工工序和加工路线

加工路线是指数控机床加工过程中刀具相对于工件的运动轨迹,刀具从何处切入工件,经过何处退刀等的加工路线必须在程序编制前确定好。

数控铣削常用 G 代码见表 9-4 所示、常用 M 代码见表 9-5 所示。

表 9-4 数控铣削常用 G 代码

G00	快速定位
G01	直线插补
G02	顺时针圆弧插补
G03	逆时针圆弧插补
G04	程序暂停
G17	XY 平面指定
G18	ZX 平面指定
G19	YX 平面指定
G20	英制输入
G21	公制输入

G40	刀具半径补偿取消
G41	刀具半径左补偿
G42	刀具半径右补偿
G54	第一工件坐标系
G55	第二工件坐标系
G56	第三工件坐标系
G57	第四工件坐标系
G58	第五工件坐标系
G59	第六工件坐标系
G80	固定循环取消
G81	钻孔循环
G90	绝对输入
G91	增量输入

表 9-5　数控铣削常用 M 代码

M02	程序结束
M03	主轴正转
M04	主轴反转
M05	主轴停止
M08	冷却液开
M09	冷却液关
M30	程序结束并返回到程序开头
M98	调用子程序
M99	子程序调用结束,返回到主程序

以图 9-13 为例,说明数控铣的编程方法。

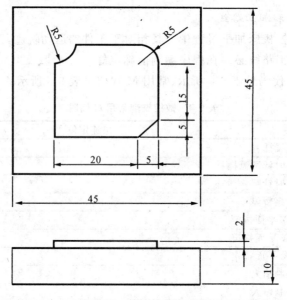

图 9-13　数控铣编程示例

加工程序：

O0001；	主程序名
N10 G00 G90 G17；	用绝对编程方式
N20 G54 X0 Y0 Z20；	建立工件坐标系
N30 M03 S800；	启动主轴 800r/min
N40 G01 Z－2 F200；	深度方向到切削位置（下刀）
N50 X20；	X 直线进刀
N60 X25 Y5；	切削外轮廓
N70 Y20；	
N80 G03 X20 Y25 R5；	
N90 G01 X5；	
N100 G02 X0 Y20 R5；	
N110 G01 Y0；	
N120 G00 Z20；	快速抬刀到安全高度
N130 M05；	停止主轴
N140 M30；	程序结束返回到开头
N150	

9.3.3 基本操作

下面以数控车床 CK6136 为例说明操作步骤。

(1)开机操作步骤：合上总电源【ON】开关，开关在电器箱控制柜上。

(2)按操作面板上白色【ON】键，显示屏上先显示画面 0473-05，过一会儿出现准备不足，【ALARM】在闪烁，【S CLAMP】灯亮。

(3)当提示解除紧急停止信号时，顺时针旋转红色【STOP】按钮，让它弹出，这时屏幕上的准备不足【ALARM】消失，再按操作面板右边的【POS】，这时屏幕上显示现在位置（绝对坐标），再按屏幕下部菜单中的综合屏幕上出现以下三种坐标值：相对坐标：X,Y,Z；绝对坐标：X,Y,Z；机械坐标：X,Y,Z。

(4)工作台必须先回参考点，具体操作是：

①按操作面板右下边的【HOME】键，灯亮，把【AXIS】旋钮旋到 Z 轴位置，按【MODE】旋钮旋转到【JOG】挡，按【JOG】上的"＋"，机床工作台 Z 轴自动回到零点，到零点后，操作面板上的 Z 轴指示灯亮，表示现在 Z 轴已经回到参考点（零点）。同理把 X,Y 轴回到参考点（零点）。（注意 X,Y,Z 三轴回参考点之前，最好远离零点的位置。）

②按【HOME】键，灯灭，把【AXIS】旋钮旋转到 X 轴位置，按【JOG】中的"－"键把工作台一直移到中间适当的位置（注意：刀具不能和工件接触，即刀具和加工工件要有一定的距离），然后同理把 Y 轴和 Z 轴也移到中间适当的位置，这时 Y 轴和 Z 轴的指示灯灭。

(5)编程操作：

①用钥匙打开程序保护锁，把【MODE】旋钮旋转到【EDIT】位置，按【PRGAM】键，这时屏幕上出现程式，再按一下【PRGAM】键或【LIB】软件，屏幕上出现程式一览表（这时可调用、调看要加工的程序）。

②编辑程序。把你要加工的零件程序进行编辑，先输入文件名：O7×××，O7 为程序名，必写×××为程序号。下面举例说明在操作面板上输入程序（程序的段号 N10，N20……机床会自动生成）：

O0001；

N10 M03 S500；

N20 T0101；

N30 G00 X40 Z5；

N40 G73 U3 W3 R5；

N50 G73 P60 Q100 U0.3 W0.3 F0.1；

……

操作按钮中的逗号主要为区分每个按钮，在程序中没有的见表 9-6。

表 9-6　操作按钮中逗号的作用

程　　序	操作按钮
O7001	O,7,0,0,1,EOB
G40 G49 G80	G,4,0,INSRT,G,4,9,INSRT,G,8,0,EOB
……	……
……	……
X0 Y0	X,0,INSRT,Y,0,EOB
M02 M30	M,0,2,INSRT,M,3,0,EOB

到此程序输入结束，按【RESET】键回到程序开头，按动【CURSOR】的上下键移动光标来检查输入程序是否正确。最后把程序保护锁关闭。

（6）对刀，建立 G54 工件坐标系

①按【POS】键，再按显示屏幕上的软件，这时屏幕上会出现三个坐标系，即相对坐标、绝对坐标、机械坐标。

②把【MODE】旋钮旋转到【HAND】0.001 档或 0.01 档。

③先把 10mm 的对刀块放到零件表面，旋转【AXIS】旋钮到【Z】，转动手摇脉冲发生器"—"方向，可使机床微量移动到零件所需加工的零点（就是把刀对到对刀块的表面）；同理把 X、Y 移动到工件的表面。这时，机械坐标出现一个坐标值，记住这个坐标值，然后把它输入到 G54 的工件坐标里去。

注意：在把工件零点坐标输入到 G54 工件坐标系时，应把 Z 轴的坐标值再加上 10mm 的刀具与零件的空间距。

④按【MENU OFSET】键，屏幕上出现【刀具补正/磨耗】菜单，这时按屏幕下方菜单中的（坐标系）对应键，屏幕上会出现工件坐标系设定，按【CURSOR】的上、下箭头把光标移动到所必须要设定的 G54~G59 中的任一个位置，设定工件零点坐标。三轴的值按【INPUT】键输入。

（7）加工零件：

①把【MODE】旋钮旋转到【EDIT】状态，按【PRGAM】键先调用程序。

②旋转【MODE】旋钮至【AUTO】档，按住三个【LOCK】键，灯亮，再按【CYCLE START】键，这时进行模拟加工，可以看到程序中的光标一步一步向下的移动；按【POS】键，

再按屏幕上对应的键,可以观看到所对应的坐标值。直至加工结束。

③旋转【MODE】旋钮至【AUTO】档,再按【CYCLE START】键,开始正式加工零件。注意:要弹出三个【LOCK】键。

④这时按【PRGAM】键,可以观看零件加工过程中程序光标会自动移动到所加工的程序段;按【AUX GRAPH】键,再按屏幕上对应的【加工图】按钮,可以观看零件加工过程中的图形;按【POS】键,可以观看零件加工过程中的三个坐标值,按屏幕下方对应键可以观看对应的大坐标。

(8)关机操作步骤:先把三个轴移动到机床的中间位置,压下红色【STOP】键,按下【OFF】黑色按钮关闭机床,再关闭电控柜上的开关,使机床电源全部关闭。

9.4　数控加工安全技术操作规程

1.操作数控机床要遵守车工实习规范。

2.打开电源后应使计算机复位,关掉功放开关,检查系统参数。

3.输入程序,先以图形方式模拟运行,检查轨迹正确性,确认程序正确后方可加工零件。

4.加工过程中如遇紧急情况需停止加工,应按急停键,然后将刀具退回起点。

5.加工结束后,关闭电源。打扫工作场地,清扫导轨、刀架、滑板等部位切屑,擦净机床,在导轨和滚珠丝杆上加润滑油。

第 10 章　特种加工

【目的和要求】

1. 了解特种加工的特点、分类及应用。
2. 了解各种特种加工的工作原理、特点和应用。
3. 熟悉线切割加工原理、应用及基本工艺过程，掌握 3B 指令编程。

10.1　概　述

传统的金属切削加工，其实质是靠一种比工件的硬度更高的材料作为刀具，对工件施加切削力和机械能，切削掉工件表面上多余的材料，以获得所需的形状、尺寸和表面粗糙度的工件。但是，在一些尖端科学技术部门和新兴的工业领域中，诸如原子能工业、宇宙航天工业、喷气发动机工业、海洋探测设备和电子工业等，它们的许多设备必须在高温、高压、高速或其他特殊环境下工作，因而使用了各种特殊物理机械性能的材料，有的硬度已经接近甚至超过现有刀具材料的硬度，使传统的切削加工无法进行。此外，工件的形状也愈来愈复杂，对一些特殊要求的窄缝、小孔、深孔、型孔和型腔等的加工，传统的切削加工方法也无能为力。因此，特殊的加工方法便不断地被引入到机械加工领域中，逐渐形成了相对于传统加工方法的特种加工方法。

特种加工方法是指所有利用电能、光能、化学能、电化学能、声能或与机械能的组合等形式将坯料或工件上多余的材料去除，以获得所需要的几何形状、尺寸精度和表面质量的加工方法。特种加工一般按照所利用的能量形式分类如下：

(1) 电、热能：电火花加工、电子束加工、等离子弧加工。
(2) 电、机械能：离子束加工。
(3) 电、化学能：电解加工、电解抛光。
(4) 电、化学、机械能：电解磨削、电解珩磨、阳极机械磨削。
(5) 光、热能：激光加工。
(6) 化学能：化学加工、化学抛光。
(7) 声、机械能：超声波加工。
(8) 机械能：磨料喷射加工、磨料流加工、液体喷射加工。

值得注意的是将以上几种不同的能量和工作原理结合在一起，可以取长补短获得很好的效果，近年来这些复合的加工方法正在不断地出现。

各种特种加工方法的工艺能力和经济性比较见表 10-1。

表 10-1　各种特种加工方法的工艺能力和经济性

加工方法	工艺能力					经济性			
	精度/μm	表面粗糙度/μm	表面损伤层深/μm	加工角半径/mm	材料去除率/(mm³/min)	设备投资	工装费用	工具消耗	能量消耗
电火花加工	15	0.2～12.5	125	0.025	800	中	高	高	高
电子束加工	25	0.4～2.5	250	2.5	1.6	很高	低	—	低
等离子弧加工	125	粗糙	500	—	7500	低	很低	—	低
激光加工	25	0.4～12.5	125	2.5	0.1	很高	低	—	低
电解加工	50	0.1～2.5	5.0	0.025	1500	很高	中	—	高
电解磨削	20	0.02～0.08	5.0	—	1500	高	中	低	中
化学加工	50	0.4～2.5	50	0.125	15	中	低	—	—
超声波加工	75	0.2～0.5	25	0.025	300	低	低	中	低
磨料喷射加工	50	0.5～1.2	2.5	0.10	0.8	很低	低	低	低

10.2　电火花加工

电火花加工目前多分为电火花成型加工、电火花线切割加工、电火花磨削加工和电火花展成加工。应用比较广泛的是电火花成型和电火花线切割两类,它们都是模具加工的重要方法。

10.2.1　电火花加工的基本原理

电火花加工原理如图 10-1 所示。工件与工具分别与直流脉冲电源的两端相联接,电极与工件电极均浸泡在工作液中。工作时,工具电极缓缓下降与工件电极保持一定的放电间隙。

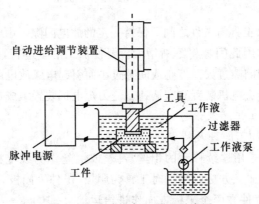

图 10-1　电火花加工原理示意图

电火花加工是电力、磁力、热力和流体动力等综合作用的过程,一般可分为四个连续加工的阶段:

(1) 介质电离、击穿,形成放电通道。

（2）火花放电使材料产生熔化、气化。

（3）抛出蚀除物。

（4）间隙介质消除电离。

由于电火花加工是脉冲放电，其加工表面由无数个脉冲放电小凹坑所组成，因此工具电极的轮廓和截面形状拷贝在工件上。

10.2.2 电火花加工工艺及设备

1.电火花成型加工工艺设备

（1）电火花成型加工工艺

电火花成型加工主要是指穿孔加工、型腔加工和切断加工。穿孔加工常用来加工冷冲模、拉丝模、喷嘴、喷丝孔。型腔加工包括锻模、压铸模、挤压模、胶木和塑料压模等型腔加工及整体式叶轮、叶片等曲面零件的加工，相当于加工成型盲孔。

（2）电火花成型加工机床

一般的电火花成型加工机床（如图 10-2 所示），由机床和电源箱两部分组成。机床由床身、立柱、主轴头、工作液系统等部件组成，电源箱则由直流脉冲电源和进给驱动系统等组成。

脉冲电源的作用是把工频交流电转换成高频单向电脉冲，使电极与工件电极间产生火花放电。脉冲电源的性能和质量对电火花的加工质量有很大的影响。

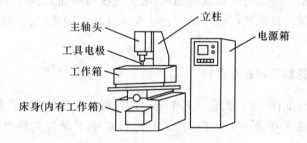

图 10-2　电火花成型加工机床

电火花成型加工时，工具与工件之间要保持一定的放电间隙。由于工件材料不断被蚀除，工具也会有一定的损耗，因此间隙将不断增大。要使加工继续进行，必须使电极及时进给补偿，否则放电过程势必因间隙过大而停止或间隙过小而引起电弧放电或短路。因此，常用喷嘴挡板式电液伺服装置、步进电机装置和宽调速直流力矩电机装置组成自动调节进给系统。

2.电火花线切割加工工艺及设备

（1）电火花线切割加工原理及特点

电火花线切割加工是用连续移动的钼丝、钨丝或铜丝作为线电极代替电火花成型加工中的成型电极而形成的加工方法。加工时工具为阴极，工件为阳极，两极通以直流高频脉冲电流，机床工作台带动工件在两个坐标方向作进给运动。

电火花线切割加工不需要专门的工具电极，并且作为工具电极的金属丝在加工中不断移动，基本上无损耗；加工方便，生产周期短，成本低；加工精度高；生产效率高；机床加工所需的功率小。

（2）电火花线切割加工机床（如图 10-3 所示）

当前生产的电火花线切割加工机床,大多数是数控的,一般是微机控制步进电机开环系统。普通线切割机床有两台步进电机,分别控制工作台 X,Y 方向的移动。整个机床配有高频脉冲电源、工作液系统和自动编程系统。

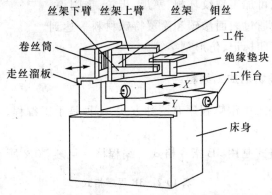

图 10-3 电火花线切割加工机床

电火花线切割机床可以分为两大类:即高速走丝和低速走丝线切割机床。

高速走丝线切割机床是将电极丝绕在卷丝筒上,并通过导丝轮形成锯弓状,电机带动卷丝筒正反转,卷丝筒装在走丝溜板上,配合其正、反转与走丝溜板一起在 X 向作往复移动,使电极丝得到周期住复移动,走丝速度一般为 10m/s 左右。电极丝使用一段时间后应及时更换,以免断丝而影响工作。

低速走丝线切割机床是用成卷铜丝做电极丝,经张紧机构和导丝轮形成锯弓状,没有卷丝筒。走丝速度为 $2\sim8m/min$,为单向运动,电极丝一次性使用,因此走丝平稳无振动,损耗小,加工精度高,已得到广泛应用。

目前,数控电火花线切割机床可实现多维切割、重复切割、丝径补偿、图形缩放、移位、偏转、镜像、显示、跟踪等功能。

10.2.3 电火花加工的特点和应用范围

1.电火花加工的特点

电火花加工是靠局部热效应实现加工的,它具有以下特点:

(1)可以加工任何硬、脆、韧、软、高熔点的导电材料。在特定条件下还可以加工半导体材料及非导电材料。

(2)加工时不产生切削力,有利于小孔、薄壁、窄缝以及各种复杂截面的型孔、曲线孔、型腔等零件的加工,也可用于某些精密微细加工。

(3)当脉冲宽度不大时,对整个工件而言,几乎不受热影响。因此工件的热影响层很薄,有利于提高表面质量,故适于加工热敏感的材料。

(4)脉冲参数可以任意调节,故可在同一机床上进行粗、半精、精加工。

(5)机床结构简单,由于直接使用电能加工,故易于实现自动控制和微机数控加工。

2.电火花加工的适用范围

(1)穿孔加工可加工型孔、曲线孔(弯孔、螺旋孔)、小孔,如冲模、拉丝模、喷嘴、喷丝头等。

（2）型腔加工锻模、压铸模、胶木模，以及整体叶轮、叶片等各种曲面零件加工。

（3）线电极切割用于切断、切割各类复杂型孔，如冲裁模、复杂零件和工具等。

（4）电火花磨削用于磨削平面、内外圆、小孔以及成形镗模和铲磨等。

（5）回转共轭加工可加工螺纹环规、塞规、齿轮、齿圈等。

（6）金属表面强化通过表面渗碳和涂覆特殊材料等达到。

（7）其他加工如打印标记、仿形刻字等。

10.2.4　电火花线切割加工编程

在电火花线切割加工中编辑程序有两种方式，一种是手工编程，另一种是自动编程。

1. 手工编程

线切割机床编程格式是用 3B 指令格式。编程格式见表 10-2 所示，表中 B 为分隔符，

表 10-2　3B 程序格式

B	X	B	Y	B	J	G	Z
分隔符	X 坐标值	分隔符	Y 坐标值	分隔符	计数长度	计数方向	加工指令

它的作用是把 X、Y、J 这些数码分开，便于计算机识别。当程序向控制器输入时，读入第一个 B 后，它使控制器作好接受 J 值的准备。读入第二个 B 后，作好接受 Y 轴坐标值的准备。读入第三个 B 后，作好接受 J 值的准备。加工斜线时，程序中 X、Y 必须是该斜线段终点相对起点的坐标值。X、Y、J 的数值均以 μm 为单位，当 X、Y 为零可以不写。加工圆弧时，程序中 X、Y 必须是圆弧起点相对其圆心的坐标值。

（1）记数方向 G 和记数长度 J

为保证所要加工的圆弧或线段能按要求的长度加工出来，一般线切割机床是通过控制从起点到终点某个工作台进给的总长度来达到的。因此在计算机中设立了一个 J 计数器来进行记数，即把加工该线段的工作台进给总长度 J 的数值预先置入 J 计数器中，加工时当被确定为记数长度这个坐标的工作台每进给一步，J 计数器就减 1。这样，当 J 计数器减到零时，则表示该圆弧或直线已加工到终点。加工斜线段时必须用进给距离比较长的一个方向作为进给控制，若线段的终点为 $A(X_e, Y_e)$，当 $|X_e| > |Y_e|$，记数方向取 G_x，反之，记数方向取 G_y，如果两个坐标值一样时，则两个记数方向均可。

记数长度是直线或圆弧在记数方向坐标轴上投影长度总和。对斜线段，如图 10-4，当 $|X_e| > |Y_e|$ 时，取 $J = |X_e|$；反之，则取 $J = |Y_e|$。对于圆弧，它可能跨越几个象限，如图 10-5 所示，圆弧都是从 A 到 B，记数方向为 G_x 时 $J = J_{x1} + J_{x2} + J_{x3}$，记数方向为 G_y 时，$J = J_{y1} + J_{y2} + J_{y3}$。

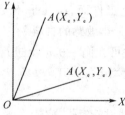

图 10-4　加工斜线 OA

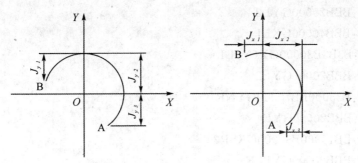

图 10-5 加工圆弧 *AB*

（2）加工指令 Z

Z 是加工指令总括符号，它共有 12 种，如图 10-6 所示。其中圆弧指令有 8 种，*SR* 表示顺圆，*NR* 表示逆圆，字母后面的数字表示该圆弧的起点所在象限，如 SR_1 表示为该圆弧为顺圆，起点在第一象限。对于直线加工指令用 *L* 表示，*L* 后面的数字表示该线段所在的象限。对于和坐标重合的直线，正 *X* 轴为 L_1，正 *Y* 轴为 L_2，负 *X* 轴为 L_3，负 *Y* 轴为 L_4。

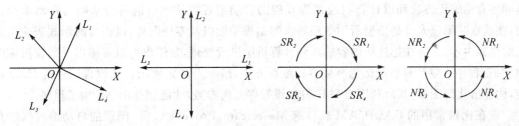

图 10-6 加工指令

线切割编程坐标系和数控车床、数控铣床坐标系是有区别的，线切割编程坐标系只有相对坐标系，每加工一条线段或圆弧，都要把坐标原点移到直线的起点或圆弧的圆心上。

（3）编程举例

加工如图 10-7 所示的形状轮廓，其中 *O* 点为起刀点，走刀路线可以从 *OA-AB-BC-CD-DE-EF-FA-AO*，也可以从 *OA-AF-FE-ED-DC-CB-BA-AO*。

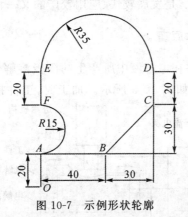

图 10-7 示例形状轮廓

按 *OA-AB-BC-CD-DE-EF-FA-AO* 路线编程如下：

走直线 *OA*：BBB20000GYL2

走直线 *AB*：BBB40000GXL1

走直线 *BC*：B3B3B30000GX(Y)L1

走直线 *CD*：BBB20000GYL2

走圆弧 *DE*：B35000BB70000GYNR1

走直线 *EF*：BBB20000GYL4

走圆弧 *FA*：BB15000B30000GXSR2

走直线 *AO*：BBB20000GYL4E

2. 自动编程

为了把图样中的信息和加工路线输入计算机，要利用一定的自动编程语言（数控语言）来表达，这些语言构成源程序。源程序输入后，必要的处理和计算工作则依靠应用软件（针对数控语言的编译程序）来实现。数控编程语言的处理程序主要分为三部分：(1)输入代码直接加工；(2)画图转化为代码加工；(3)扫描图形转化为代码加工。

自动编程根据编程信息的输入与计算机对信息的处理方式不同，分为以自动编程语言为基础的自动编程方法和以计算机绘图为基础的自动编程方法。以语言为基础的自动编程方法，在编程时编程人员是依据所用数控语言的编程手册以及零件图样，以语言的形式表达出加工的全部内容，然后在把这些内容输入到计算机中进行处理，制作出可以直接用于数控机床的NC加工程序。以计算机绘图为基础自动编程方法，编程人员先使用自动编程软件的CAD功能，构建出几何图形，其后利用CAM功能，设置好几何参数，才能制作出NC加工程序。

现在比较常用的CAD/CAM软件有Mastercam，Pro/e，UG等，国产的自动编程软件有CAXA等。

10.3 电解加工

电解加工又称电化学加工，是发展较快、应用较广的又一种重要的特种加工方法。

10.3.1 电解加工的基本原理

电解加工是利用金属工件在电解液中所产生的阳极溶解作用而进行加工的方法，是电化学的反应过程，其加工原理如图 10-8 所示。加工时，工件接直流电源的正极，工具接负

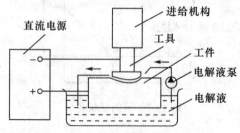

图 10-8 电解加工原理示意图

极,两极间外加直流电压为 6~24V,极间间隙保持为 0.1~1 mm,当电解液以较高流速(5~60m/s)通过时,阳极工件的金属逐渐被电解腐蚀,以达到加工的目的。

10.3.2 电解加工的基本概念

1.生产率

电解加工的生产率,以单位时间内去除的金属量来衡量,用 mm³/min 或 g/min 表示。它与工件材料的电化学当量、电流密度、电解液和极间间隙有关。

2.极间间隙

极间间隙的主要作用是保证通过足够的电解液,使阳极顺利溶解,获得所需的加工速度和加工质量。极间间隙要求大小适中、均匀、一致和稳定。一般取 0.3~0.9mm,精加工取小值。

3.电解液

电解液的作用是传递电流,使工件阳板金属进行电化学反应,不断被溶解;并把极间间隙中的电解产物和热量带走,起到更新和冷却作用。

电解液的流速和流向直接影响工件的加工质量和生产率。流速一般为 10m/s 以上,而流向有正流、反流和侧流三种。侧流主要用于加工叶片等线形零件;正流简单,不需要密封,应用较广。

4.加工精度和表面质量

影响加工精度的因素有:

(1) 极间间隙的大小、均匀性、一致性和稳定性。

(2) 工具阴极的型面精度和安装精度。

(3) 电解液的成分、温度、流速和流向。

(4) 机床的运动精度和控制精度,如工具阴极的进给平稳性。

电解加工的表面质量包括粗糙度、腐蚀和裂纹等。其影响因素有极间间隙、电流密度、电解液浓度、流速和温度等。

10.3.3 电解加工的特点、方法和应用

1.电解加工的特点

(1) 能以简单的直线进给运动一次加工出复杂的型腔、型面和型孔(如锻模、叶片等)。

(2) 能加工各种硬度、强度的任意金属材料。

(3) 加工中无变形和应力,适用于易变形或薄壁零件的加工。

(4) 加工中无机械切削力和切削热,加工表面无残余应力和毛刺,能获得 $R_a 0.8 \sim 0.2 \mu m$ 的粗糙度。

(5) 工具电极无损耗。

(6) 因影响因素多,较难实现高精度的稳定加工,一般精度低于 ±0.03mm,即低于电火花加工精度。

(7) 设备初始投资大,要求防腐蚀、防污染,应该配备废水处理系统。

(8) 生产效率高,是特种加工中材料去除速度最快的方法之一。

2.电解加工方法及其应用

电解加工的方法很多,如充气电解加工、振动进给脉冲电流电解加工以及各种复合加工,如电解磨削、电解研磨等。

电解加工主要用于成批生产条件下,难切削材料和复杂型面、型腔、型孔等的加工,此外还可用于表面抛光、去毛刺、刻印、磨削、珩磨等方面。

10.4 激光加工

10.4.1 激光加工的基本原理

由于激光的方向性好,发射角很小,通过透镜聚焦后,可以得到直径很小的焦点,再加上它的单色性好,波长极为一致,亮度极高,所以焦点处的能量高度集中,温度可达上万度。在此高温下,任何坚硬的材料都将被瞬时熔化和气化,产生很强的冲击波,使熔化物爆炸式喷射去除。激光加工系借激光作用于物体的表面而引起的光热效应来去除材料或改变材料性能的加工过程。

激光的加工原理如图 10-9 所示。

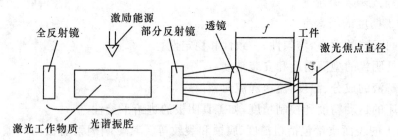

图 10-9 激光加工原理示意图

激光器由激光工作物质、激光能源和由全反射镜与部分反射镜构成的光谐振腔组成。当工作物质被光或放电电流等能源激发后,在一定条件下使光放大,并通过光谐振腔作用产生光的振荡,由部分反射镜输出激光。由发射器发射的激光束通过透镜聚焦到工件的被加工表面,对工件进行各种加工。

10.4.2 激光加工的特点、方法及应用

1.激光加工的特点

(1)激光束的功率密度很高,能加工几乎所有材料,不论是金属材料或非金属材料。如果工件材料透明,则需事先进行色化或打毛处理。

(2)激光加工不需要加工工具,因此不存在损耗,适宜自动化连续操作。

(3)激光加工速度快,效率高,操作简便,工件热变形小,易保证加工精度。

(4)可穿过空气、惰性气体或光学透明材料进行加工,而在一些特殊情况下(如在真空环境中)尤为方便。

（5）能加工深而窄的小缝、微孔，适于精密微细加工，是目前加工领域可实现的最微细的加工方法之一。

2. 激光加工方法和应用

（1）激光表面处理

激光表面处理是利用激光束照射工件表面，使表层迅速加热、熔化或气化，从而使工件表层改性。包括激光淬火（相变硬化）、激光表面合金化、激光熔覆、激光非晶化（上釉）、表面复合和激光冲击硬化等多种工艺，如图 10-10 所示。一般多采用大功率激光器。由于它具有速度快、不需淬火介质、硬度高而均匀、深度可控、可实现局部变性、变形小等优点，使其得以迅速发展。

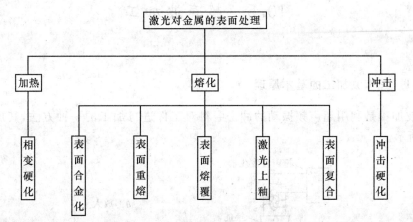

图 10-10　金属表面激光处理分类

（2）激光切割

激光切割时，工件相对于激光束要有移动，可切割不锈钢、石英、陶瓷、布匹、纸张等金属和非金属。一般多采用大功率连续输出的二氧化碳气体激光器，其切割原理如图 10-11 所示。

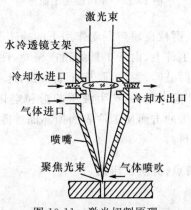

图 10-11　激光切割原理

（3）激光焊接

激光焊接所需要的能量密度比切割低，特点是焊接过程迅速，生产率高，焊缝小而深，热影响区小,强度高,能实现异种材料焊接,适合于热敏感较强的晶体管元件焊接。一般脉冲输出的激光器适合于点焊,连续输出的二氧化碳激光器适合于缝焊。

(4)激光打孔

激光打孔时,采用吹气或吸气装置,以帮助排除蚀除物。它适于在硬脆材料上打微孔、小孔、异形孔或盲孔,目前多用于柴油机燃料喷嘴小孔加工、化纤喷丝头小孔加工、钟表和仪表中宝石轴承的小孔加工以及金刚石拉丝模的小孔加工。激光打孔一般用脉冲激光器进行。

10.5 超声波加工

10.5.1 超声波加工的基本原理

超声波加工是利用超声频振动的冲击磨料对工件进行加工的一种方法,其加工原理如图 10-12 所示。

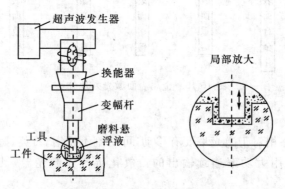

图 10-12 超声波加工原理

超声波加工的机理主要是磨粒在超声振动作用下的撞击和抛磨,以及超声波空化作用。加工时,工具以一定的力压在工件上,由于工具的超声振动,使悬浮磨粒以很大的速度、加速度和超声频打击工件,致使表面破碎、裂纹、脱离而成微粒,这是磨粒撞击和抛磨作用。而空化作用则是磨料悬浮液受端部超声振动,产生液压冲击和空化现象,促使液体渗入裂纹处,加强机械破坏作用,同时因液压冲击而使工件表面损坏而蚀除。为了减少工具材料的损耗,一般采用 45 号钢作为工具材料。

10.5.2 超声波加工的特点、方法及应用

1. 超声波加工的特点

(1)主要适用于加工各种硬脆材料,如硬质合金、淬火钢、金刚石、石英、石墨、陶瓷等。

(2)由于工具通常不需旋转,故易于加工各种形状复杂的型孔、型腔、成型表面等。

(3)加工过程受力小,热影响小,可加工薄壁、薄片等易变形零件。

(4)被加工表面无残余应力,无破坏层,故加工精度较高,表面粗糙度值较低。

（5）由于零件材料的去除是靠磨料的直接作用,故通常用中碳钢的各种材料做工具。

（6）生产率较低。

2.超声波加工方法及应用

（1）超声波加工

可对硬脆材料进行型孔、型面、型腔、弯曲孔、微细孔加工。将薄钢片或薄磷青铜片制成工具,焊于变幅杆端部,可进行切割加工,主要用来加工硬而脆的半导体材料。另外,还用于对零件表面进行抛磨,以提高零件的精度和表面质量。

（2）超声波机械复合加工

在加工难切削材料时,常将超声振动与其他加工方法配合进行复合加工,如超声车削、超声磨削、超声电解加工等,对提高生产效率、降低表面粗糙度都有较好的效果。

（3）超声波焊接和涂敷

超声波焊接利用超声振动去除工件表面氧化膜,让分子高速撞击而亲和粘接,可用于焊接尼龙、塑料等。而超声波涂敷则是在陶瓷等非金属材料表面涂敷熔化的金属薄层。

（4）超声清洗

利用超声振荡产生的空化作用,清洗零件,近来多用于清洗衣物等。另外,超声波还可用于测距和探伤等工作。

10.6 电子束加工

在真空条件下,由电子枪中产生的电子经加速、聚集,形成高能量大密度的细电子束,轰击工件被加工部位,使该部位材料的温度高至熔点,从而被熔化、气化蒸发去除,达到加工的目的,加工原理如图 10-13 所示。

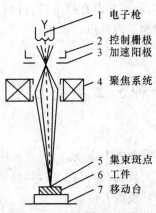

图 10-13 电子束加工原理

电子束加工与其他加工方法相比,具有以下特点:

（1）电子束能够极其微细地聚焦,甚至能聚焦到 $0.1\mu m$,故适合深孔加工。

（2）由于在极小的面积上具有高能量,故可加工微孔、窄缝等,且加工速度快,生产率高。

（3）加工中电子束压力小，主要靠瞬时蒸发，故工件发生的应力及变形均很小。

（4）加工中产生污染少，无杂质渗入和不产生氧化，故特别适于加工易氧化金属及合金材料，以及纯度要求特别高的半导体材料。

（5）加工过程易实现自动化，电子束的强度和位置用电、磁的方法实现控制比较容易，可进行程序控制和仿型加工。

（6）"能量射线"既不存在损耗又不受发热限制。

在机械制造业中，利用电子束可加工特硬、难熔的金属与非金属材料，穿孔时孔径可小至几微米；加工在真空中进行，可防止工件被污染和氧化。但由于需高真空、高电压条件，且需防止 X 射线逸出，故设备较复杂，多用于微细加工和焊接等方面。

10.7　离子束加工

在真空条件下，把氩（Ar）、氪（Kr）、氙（Xe）等惰性气体，通过离子源产生离子束并经过加速、集束聚焦后投射到工件表面的加工部位，以实现去除材料的目的。

离子束加工具有自身的特点：

（1）由于离子束流密度及离子的能量可以精确控制，因而能控制加工效果。

（2）加工应力小，变形微小，对材料适应性强，尤其适宜对脆、薄半导体材料、高分子材料加工。

（3）由于加工在较高真空度中进行，故产生污染少，特别适于加工易氧化的材料。

离子束加工的应用日益广泛，它不仅可对工件被加工表面进行切除、剥离、蚀刻、研磨、抛光等，而且经严格的精确定量控制，还可对材料实现"纳米级"或"原子级"加工。此外，还可用离子束抛光超声波压电晶体，提高其固有频率；进行离子注入和离子溅射镀覆，从而打破"分离去除"加工和"结合镀覆"加工的界限。

10.8　特种加工安全技术操作规程

1. 激光加工时眼睛勿直接观察激光工作点。

2. 数控线切割加工时要正确安装电极丝与工件，调整钼丝至预定切入位置。钼丝接高频电源负端，工件接正端，钼丝不可接触工件。

3. 严格按照设备使用说明和操作规程操作。

第11章　CAD/CAM

【目的和要求】

1. 了解 CIMS、现代制造技术、网络化制造技术等先进制造技术的概念。

2. 培养学生综合素质、创新能力。

3. 要求自主设计零件或给出零件的形状、尺寸和技术要求，学生确定零件的加工方法、具体的加工步骤和使用的设备和刀具，按自己设计的加工方案进行加工。

11.1　CAD/CAM 技术概述

11.1.1　CAD/CAM 的基本概念

CAD/CAM 指的是以计算机作为主要技术手段处理各种数字信息与图形信息，辅助完成产品设计与制造技术。

CAD 是以各种数字化的图形来表达设计方案的，因此图形处理和表达是 CAD 的基础和关键。在较好解决了二维图形问题的基础上，各种系统不断地完善和丰富三维的图形处理技术。一般，系统具有根据离散数据和工程边界条件进行雕塑曲面造型功能、实体造型功能、二维和三维图形的转换功能、三维几何模型的显示处理功能等，以及一些分析功能如物体质量特性计算功能、三维运动机构的分析和仿真功能、优化设计功能等。

CAM 是指以计算机系统，通过计算机与生产设备直接的或间接的联系，进行规划、设计、管理和控制产品的生产制造过程。关于 CAM 的概念有两种理解：一种是狭义的 CAM，指数控自动编程（NCP），包括 NC 代码生成，与数控机床数控装置的软件接口等。另一种是广义的 CAM，除自动编程外，还包括工艺过程设计（CAPP）、制造过程仿真（MPS）、自动化装配（FA）、车间生产计划控制（SFC，Shop-Floor Control）、制造过程检测与故障诊断等，凡涉及零件加工与检验、产品装配与检验的环节都属于广义 CAM 的范畴。

程序的编程一般有手工编程和 CAD/CAM 自动编程两种方法。手工编程对于编制结构不太复杂或计算工作量不大的零件程序时，简便易行，但是，对于许多复杂的冲模、凸轮、非圆齿轮等零件，则编制周期长、精度差、易出错。据统计，一般手工编程所需时间与机床加工时间之比为 30：1。因此，快速、准确地编制程序就成为数控机床发展和应用中的一个重要环节。而计算机自动编程正是为解决这个问题而产生和发展起来的。目前，CAD/CAM 一体化自动编程技术已广泛应用于现代企业中。

11.1.2 CAD/CAM 的特点、应用及软件组成

1. CAD/CAM 的特点和应用

生产实践证明,应用 CAD/CAM 系统能为企业带来显著的经济效益与社会效益。与传统的人工设计(包括结构设计和工艺设计等),CAD/CAM 主要具有以下优点:

(1)提高产品开发效率,缩短产品开发周期。

(2)设计与分析统一。在一个系统中完成全部设计与分析,具有逻辑统一的工作模式,实时交互的分析设计,可以达到最佳状态。

(3)有效提高产品的质量。

(4)有利于产品的标准化、系列化、通用化。

(5)有利于实现生产自动化,如实现计算机集成制造(CIM)。

CAD/CAM 的应用是多方面的。在材料切削加工、成型领域如铸造、连接、塑性加工、热处理及表面改性、粉末冶金以及复合成型技术方面,CAD(部分包括了 CAM,两者的结合日益完善)应用越来越广泛。材料成型方面已应用的软件有铸造 CAD、塑性成型 CAD、焊接 CAD、注射成型 CAD 等。

2. CAD/CAM 的软件组成

CAD/CAM 系统中涉及两类软件:一类称作系统软件(System Software);另一类称为应用软件(Application Software)。

系统软件是指计算机在运行状态下,保证用户正确而方便工作的那一部分软件。它们包括:操作系统、汇编系统、编译系统、监督系统、诊断系统等。

应用软件是指用户针对某一特定任务而设计的程序包。它们包括:图形处理软件、几何造型软件、有限元分析软件、优化设计软件、动态仿真软件、数控加工软件、检测与质量控制软件等。

一个比较完善的 CAD/CAM 系统,应包括产品设计制造的数值计算和数据处理程序包、图形信息交换(输入、输出)和处理的交互式图形显示程序包、存储和管理设计制造信息的工程数据库三大部分。

目前流行的 CAD/CAM 软件有 Pro/E、UG、Mastercam、Cimatron 等。考虑制造工程训练的实际和本书以加工制造为主的特点,本章将分别以车、铣零件为例,简要介绍 Cimatron 的使用。

11.2 Cimatron E 的使用

11.2.1 Cimatron E 简介

Cimatron E 是世界著名的 CAD/CAM 软件供应商——以色列 Cimatron 软件有限公司,专门针对工模具行业设计开发的。软件包括一套超强、易于使用的 3D 设计工具。该工具融合了线框造型、曲面造型和实体造型,允许用户方便地处理获得的数据模型或进行产品

的概念设计。它是新一代面向制造行业的 CAD/CAM 集成解决方案,它允许用户在统一的系统环境下,使用统一的数据库,完成产品的结构设计、零件设计,输出设计图纸,可以根据零件的三维模型进行手工或自动的模具分模,对凸、凹模进行自动的 NC 加工,输出加工的 NC 代码。

在产品建模方面,Cimatron 系统支持混合造型。混合造型融合了线框造型、曲面造型和实体造型,它使得设计者可以充分利用各种造型的特点来生成可以直接用于 NC 环境下进行编程的产品模型。其中,曲面造型可使用户迅速设计出任意复杂的产品模型;实体造型,则采用了当今最为流行的智能灵活的参数和变量化特征造型。

在整个工具设计过程中,Cimatron 提供了一套集成的工具,帮助用户实现模具的分型设计,进行设计变更的分析与提交,生成模具滑块与嵌件,完成工具组件的详细设计和电极设计。

Cimatron 支持所有主要文件格式,可以直接从 CATIA、PTC(中性文件)、SAT 和 AutoCad(DWG)、Parasolid 读取数据,还可以从 IGES、DXF、STEP、VDA 等标准数据接口读取数据,并进行编辑和修改。

Cimatron 丰富的绘图工具,可以很方便地生成各种视图、剖视图和混合模型的实体和曲面视图,并可以直接从 PDM 数据中自动生成 BOM。

Cimatron 的数控加工技术一直处于世界领先的地位。它除了提供加工领域中的数控铣削(2.5~5 轴)、数控钻孔、数控车、数控冲裁、数控线切割和电极加工全面的加工应用,还为用户提供了代表当今最为领先的加工技术——基于知识的加工、自动化 NC 和基于毛坯残留知识加工三大技术为基础的智能 NC。智能 NC 标志着 Cimatron 在加工领域的重大技术突破。

Cimatron 为满足对加工质量、效率日益提高的要求提供了高速铣削技术,如 NURBS 插补 G 代码,尖角部位的圆滑走刀,从外到内的毛坯光滑环切,刀具载荷的分析与自动优化等。同时 Cimatron 集成的模拟仿真也支持 5 轴连动模拟,加工校验器可以对整个加工过程进行加工结果校验分析。

通过飞机形状零件的建模、数控加工实例(如图 11-1 所示),介绍 Cimatron 的铣削模块使用。

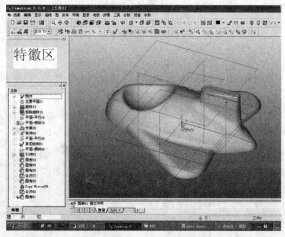

图 11-1　飞机实体图

11.2.2　Cimatron 的设计功能

飞机形状零件的建模步骤如下：

(1)新建一零件文档,选取工件选项,设置单位为毫米(mm),如图 11-2 所示。

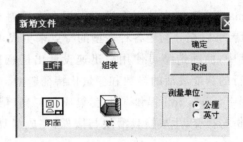

图 11-2　新建文档

(2)选择菜单:环境\平面\主要平面,选择坐标系,最后在特征区里点击确定按钮 ，生成三个主要平面。(注:具体操作时可以根据屏幕下方的提示栏进行下一步的操作。)

(3)选择工具栏中草图图标 ，选择 x/z 平面后,屏幕右边出现一条草图工具栏,绘制如图 11-3 所示的草图(在草图里一个命令完成后点击鼠标中键离开)。完成后点击离开草图命令。

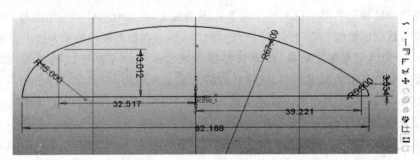

图 11-3　x/z 平面上的飞机主体草图

(4)选择菜单:实体\新增\旋转。参数设置为:从中央面起算角度\角度为 180°。完成后点击确定按钮。

(5)选择工具栏中草图图标,在 x/z 平面绘制如图 11-4 所示的草图。退出草图环境。

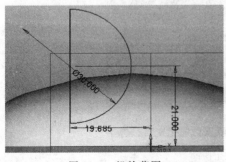

图 11-4　机舱草图

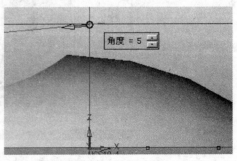

图 11-5　倾斜平面

(6)选择菜单:实体\移除\旋转。设置参数为:角度\角度360°。完成后单击确定按钮。

(7)做一个平行于 x/y 的平面,选择菜单:环境\平面\平行。设置参数为:依补正\增量＝25.5,方向为向上。完成后单击确定按钮。

(8)在高度为 25.5mm 的平面上绘制一条在 y 轴线上的草图。

(9)选择菜单:环境\平面\倾斜,选中上个步骤中所做的平行平面和旋转的轴线,点击鼠标中键.设置倾角为 5°,如图 11-5 所示。完成后单击确定按钮。

(10)在 x/y 平面做如图 11-6 所示的草图。完成后离开草图绘制。

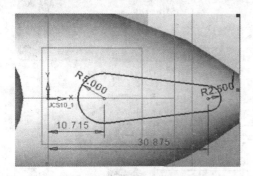

图 11-6　x/y 平面上的草图

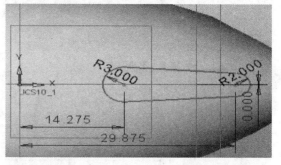

图 11-7　高度 25.5 平行于 x/y 平面上的草图

(11)在高度为 25.5mm 的平面上做如图 11-7 所示的草图。完成后离开草图绘制。

(12)选择菜单:曲线\投影,选择第 10 步骤中的草图投影到倾斜面为 5°的平面上。如图 11-8 所示。完成后单击确定按钮。

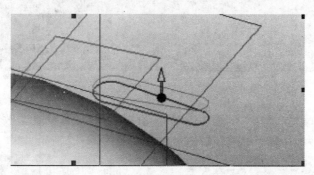

图 11-8　投影曲线

(13)选择菜单:曲线\组合曲线,对倾斜面为 5°的平面上的草图做组合曲线。完成后单击确定按钮。

(14)选择菜单:实体\新增\举伸,参数设置如图 11-9 所示。完成后单击确定按钮。

(15)选择菜单:实体\合并,把画面中的两个实体合并为一个。完成后单击确定按钮。

(16)做个平行于 x/y 的平面,选择菜单:环境\平面\平行,参数设置为:依补正\增量＝2.83mm。完成后单击确定按钮。接下去在高度为 2.83mm 的平面上绘制一条距离原点为 28mm 的轴线.

(17)选取环境\平面\倾斜,选中上个步骤中所做的平行平面和旋转的轴线,点击鼠标中键,做个倾斜平面倾斜于 15 步骤中的平面,参数设置如图 11-10 所示,完成后单击确定按钮。

(18)在 x/y 平面上做如图 11-11 所示的草图。完成后离开草图绘制。

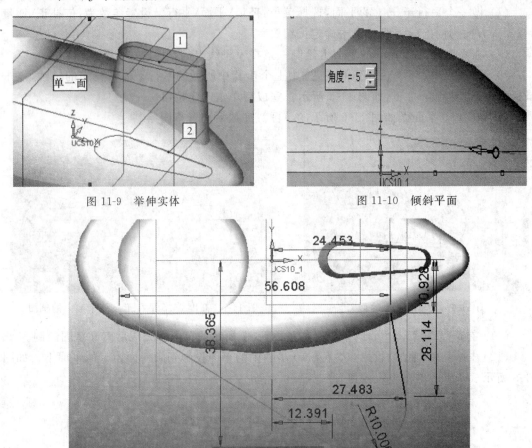

图 11-9 举伸实体　　　　　　　　　　图 11-10 倾斜平面

图 11-11 机翼草图

(19)选择菜单；实体\新增\引伸。选取 17 步骤中的草图，设置参数为：到参考\延伸开启。其中参考平面为 16 步骤中的倾斜平面。结果如图 11-12 所示。

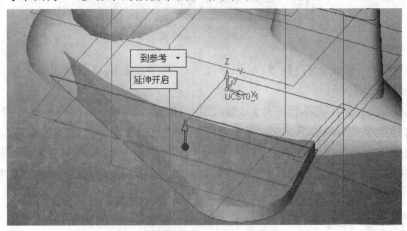

图 11-12 机翼生成图

(20)选择菜单:实体\圆角,对图中的边界倒角。参数设置如图 11-13 至图 11-16 所示。

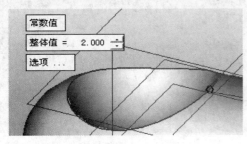

图 11-13　倒 2mm 的圆角

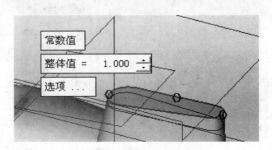

图 11-14　倒 1mm 的圆角

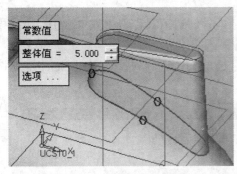

图 11-15　倒 5mm 的圆角

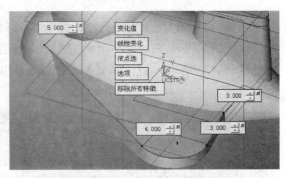

图 11-16　机翼倒变化值圆角

(21)选择菜单:编辑\拷贝几何\镜射,根据提示栏操作,对飞机的一个翼对称镜射到另一边,结果如图 11-18 所示。

(22)合并所有的几何图形。选择菜单:实体\合并。

(23)最后对图中的边界倒圆角,结果如图 11-17 所示。

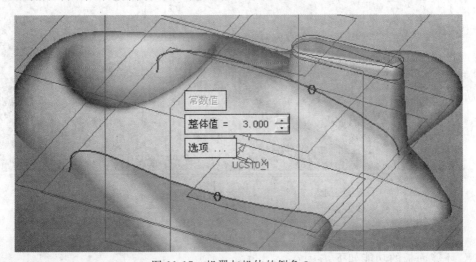

图 11-17　机翼与机体的倒角 3mm

(24)选择编辑\隐藏,选取要隐藏的线条,再点击鼠标中键,隐藏不必显示的线条,结果如图 11-19 所示,最后保存。

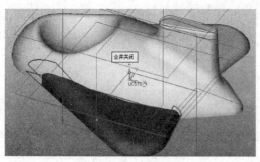

图 11-18　镜射机翼

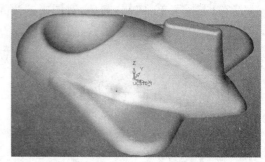

图 11-19　飞机完成图

11.2.3　Cimatron 的数控加工

Cimatron 的数控加工主要介绍产品的定义和毛坯，创造刀具路径和加工程序，加工模拟并且输出加工代码，完成 cimatron 的数控加工过程。

新建一个新的文档，点击文件\新增文件菜单，选取 NC 选项，进入 NC 加工环境如图 11-20 所示。

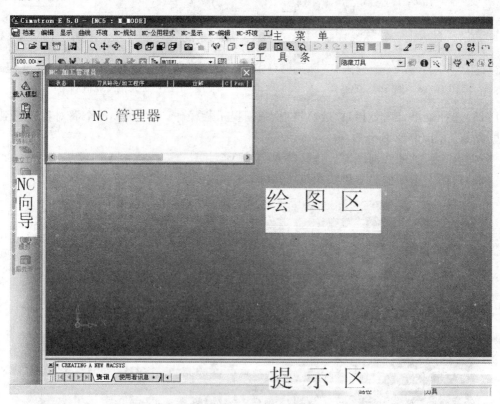

图 11-20　NC 加工环境

NC 环境面板的功能如下：

1. NC 向导栏

NC 向导栏位于 NC 界面的左侧，它提供了产生 NC 程序的正常步骤。从开始到结束（从创建刀具路径到模拟和输出 G 代码程序），就可以生成一个通常的 NC 程序。在这个操作过程中,只有与之相关的步骤被激活,例如,没有载入图形,新增路径资料夹是不被激活的(灰色的表明没被激活)。NC 向导栏能逐步引导读者完成整个 NC 程序编制工作。

2. NC 程序管理器

NC 加工管理器显示了所有刀具路径和路径的 NC 程序,同时也显示了所有项目的状态标记,同时还显示警告和错误信息。

3. 绘图区

图形显示区显示 NC 结构模型及相关的几何模型。在完成刀具轨迹的计算后还会显示刀具轨迹。

不同的图形的加工工艺都有区别,一般来说,产生的步骤大致有:粗加工程序,半粗加工程序,半精加工程序,精加工程序和自动清根程序,最后模拟数控程序并且生成程序。

数控加工的操作步骤:根据 NC 向导栏从上往下操作。下面从调入几何模型开始。

4. 载入模型

点击 NC 向导栏中的载入模型按钮,例如选择飞机模型,屏幕上显示出了产品的几何。对模型做个底座如图 11-21 所示。

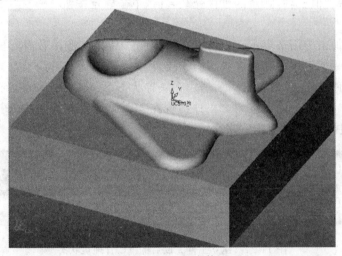

图 11-21　飞机实体图

5. 刀具

在这一步骤中能够定义一些加工中必须使用到的刀具。点击刀具按钮,弹出刀具栏对话框如图 11-22 所示,选择从刀具库中选择刀具,进入如图 11-23 所示的画面,选择需要的刀具,载入点击 到右边的刀具例表中去。使用不同的视图观察几何外形。注意到图形基本上由曲面组成,底面是一个平面。所以我们选择的四把刀具分别为:FLAT10mm 平铣刀,FLAT8mm 平铣刀,B6mm 球头铣刀,B3mm 球头铣刀,其中 FLAT10mm 平铣刀用于粗加工,FLAT8mm 平铣刀用于半粗加工,B6mm 球头铣刀用于半精加工,B3mm 球头铣刀用于精加工和清根加工。刀具选择好后点击确定按钮, 。

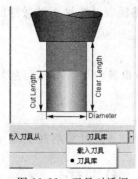

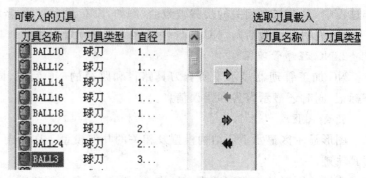

图 11-22　刀具对话框　　　　　　　　　　图 11-23　刀具库

6. 新增路径资料夹

现在将建立一个三轴刀具路径文件夹。一个刀具路径包含一个或多个加工工步,这些程序均在同一个给定的加工坐标系下。

点击新增路径资料夹按钮,屏幕上的紫色透明的平面表示安全平面。它将自动地移到坐标原点,接受缺省值三轴,其余的也接受缺省值,单击确定按钮。

7. 建立工件

零件是三轴加工中用来表示理想情况下的最终产品。它将在后面的校验中被使用,用来进行零件的实际加工结果和理想状态的比较。

单击建立工件按钮,弹出设置对话框。在缺省状态下,模型中所有几何元素将被自动捕捉到,接受缺省状态,单击确定按钮。工件出现在 NC 加工管理员中(如图 11-24 所示),在 NC 加工管理员中可以通过双击它来显示工件。

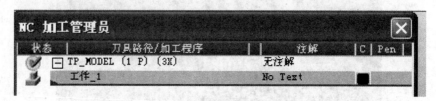

图 11-24　建立工件完成后的 NC 管理员状态

8. 建立素材

素材是三轴加工中用来表示产生最终产品的毛坯材料。残余毛坯是指每一道工步加工过后的毛坯,因此刀具运动才能够在当前毛坯状态的基础上进行优化。

单击建立素材按钮,弹出毛坯设置对话框,即如图 11-25 所示的素材类型选择方框,在第二个角落参数中把 Z 值的数字设置大点为 30mm。完成后单击确定按钮。

9. 建立加工程序

加工程序是铣削或钻削刀具按照特定的工艺进行运动的集合。如果打算定义一个毛坯或者零件的话,那最好在建立一个铣削程序之前便定义好它们。在这里将以定义一个粗加工程序来去除毛坯作为开始。

单击建立加工程序按钮(粗加工程序),程序向导栏出现了,它显示了必要的步骤以便完成程序(如图 11-26 所示)。

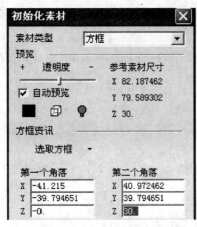

图 11-25　建立素材对话框

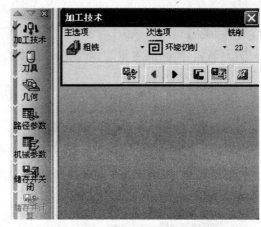

图 11-26　建立加工程序后的画面

①加工技术的选择：主选项\粗铣，次选项\环绕切削，铣削，完成后按下一步按钮 ▶ 。

②刀具：选择 FLAT10mm 平铣刀，完成后单击蓝色箭头打开下一个对话框。

③几何参数：这里有三种类型的元素可供选择，轮廓、加工曲面和第二部分曲面，如图11-27所示。Cimatron 能够按不同的偏移量来定义两组曲面的集合：加工曲面和第二部分曲面。这里我们没必要分成两部分的曲面加工，所以直接单击加工曲面选项右边的 0 图标处。现在能够准确地选择所有曲面，在屏幕的任何地方单击鼠标右键，选择全部显示图素（它将选择所有在屏幕上显示的并且还没有被选中的面），由于这个零件是一个芯型类型的零件，因此在这里没有必要去定义一个轮廓去设定铣削加工边界。完成后单击蓝色箭头打开下一个对话框。

参数	数值
轮廓	0
加工曲面	0
第二部份曲面	0

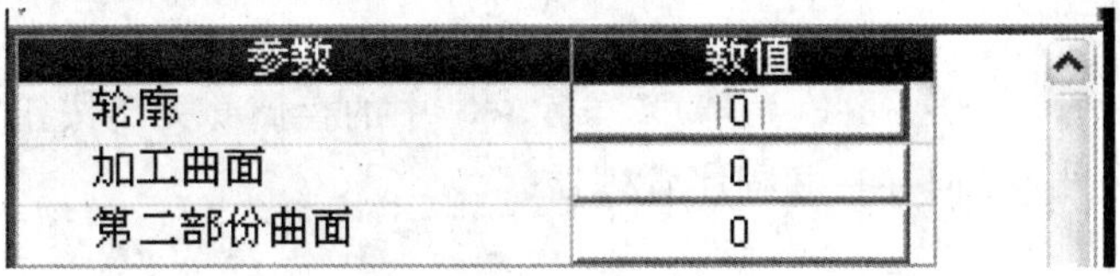

图 11-27　几何参数画面

④路径参数：在这里如果没能见到所有的参数，请在表中按鼠标右键，确认可看见的选项是否被选中。

· 进刀与退刀、安全平面、下刀点与终点都设置成默认值如图 11-28 所示。

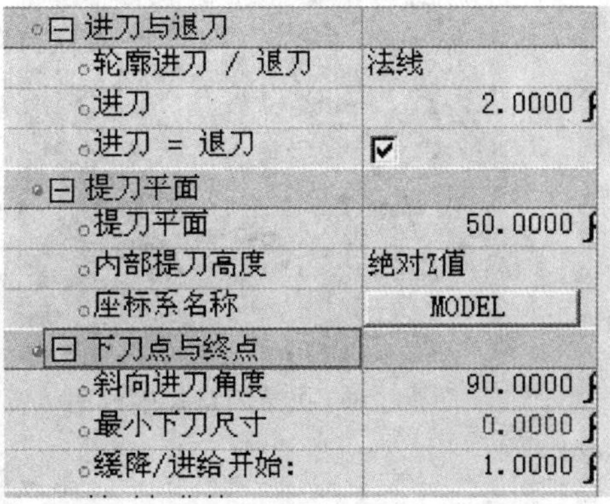

进刀与退刀	
轮廓进刀 / 退刀	法线
进刀	2.0000 ƒ
进刀 = 退刀	☑
提刀平面	
提刀平面	50.0000 ƒ
内部提刀高度	绝对Z值
座标系名称	MODEL
下刀点与终点	
斜向进刀角度	90.0000 ƒ
最小下刀尺寸	0.0000 ƒ
缓降/进给开始:	1.0000 ƒ

图 11-28　路径参数中前三个参数的设置

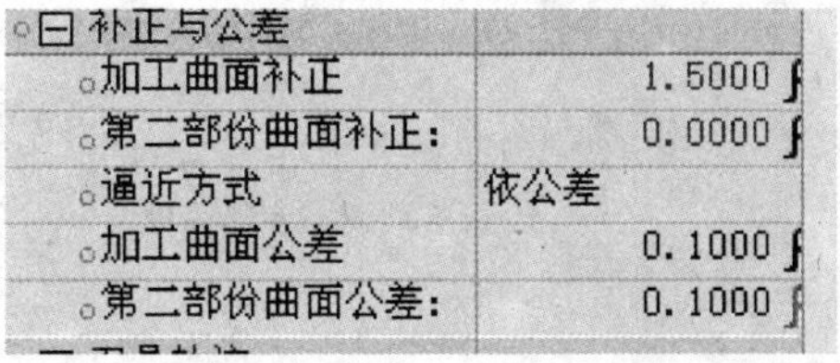

补正与公差	
加工曲面补正	1.5000 ƒ
第二部份曲面补正:	0.0000 ƒ
逼近方式	依公差
加工曲面公差	0.1000 ƒ
第二部份曲面公差:	0.1000 ƒ

图 11-29　补正与公差参数设置

• 补正与公差：设置加工曲面补正数值为 1.5mm（数值的更改直接点击数值就可进行修改），结果如图 11-29 所示。

• 刀具轨迹：终止高度设置成 0，起始高度设置成 28.5，切削方向为由外向内。结果如图 11-30 所示。

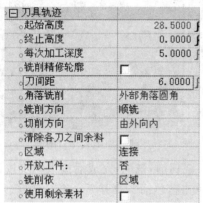
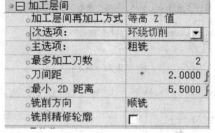

图 11-30　刀具轨迹参数设置　　　　图 11-31　加工层间参数设置

• 加工层间：加工层间再加工方式为等高 Z 值，次选项为环绕切削，结果如图 11-31 所示。

单击蓝色箭头进行下一步操作。

⑤机械参数：设置默认参数。

到这里为止，所有生成 NC 程序所需要的参数都设置好了。

⑥单击工具条 中的存储并关闭按钮 ，这将开始程序的计算。然后返回 NC 向导栏和程序管理器。

10. 执行

选择完成的粗铣－环绕切削－3D－3 程序，点击 NC 向导栏中的执行按钮。出现如图 11-32 所示的对话框，点击执行按钮 。生成的刀具轨迹以黑色表示，而快速移动轨迹则以红色线条表示（如图 11-33 所示）。

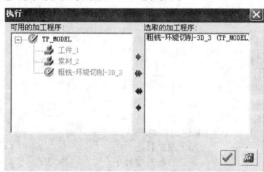
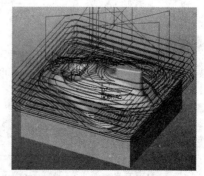

图 11-32　执行对话框　　　　　　图 11-33　执行后路径生成图

11. 模拟

现在将进一步观察刀具的运动。先确定新产生的程序被选中，然后单击 NC 向导栏中

的模拟按钮。这一功能允许在电脑上模拟实际的加工过程。出现模拟对话框,单击确定按

钮,在默认的情况下,选择的程序被拷贝到了将被模拟的程序例表中去。 ⇨, ⇶, ⇷, ⇦ 分别表示添加一个程序到模拟程序列表中去,将所有程序添加到模拟程序列表中去,将模拟程序列表中删除一个程序,从模拟程序列表中删除所有的程序。接受默认的参数,点击确定按

钮。模拟器窗口出现了(如图 11-34 所示),单击模拟状态按钮 🖑,再按开始模拟按钮 ▶。最后完成实体切削模拟,结果如图 11-35 所示。

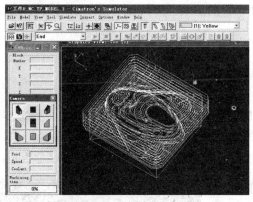
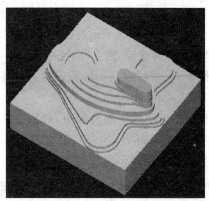

图 11-34 模拟画面   图 11-35   模拟后的实体形状

12. 建立一个半粗加工程序

现在将建立一个仅仅用来铣削残余毛坯的半粗加工程序。

单击建立加工程序按钮,Cimatron 自动沿用了上一个建造、修改的程序参数,因此仅仅需要改变少数的几个参数。现设置以下参数:

①刀具:改变刀具为 FLAT8mm 平铣刀。

②设置加工曲面补正为 1mm。

③在刀具轨迹参数里把使用剩余材料选项选上。

④点击存储并关闭按钮。

13. 建立一个半精加工程序

单击建立加工程序按钮,设置参数如下:

①加工技术:主选项为曲面加工,次选项为依加工层。

②刀具:B6mm 球头铣刀。

③几何参数:这里需要定义一个轮廓来限制加工范围。

选取轮廓选项,选取长方体轮廓的其中一条边,Cimatron 会自动检测到一个封闭的轮廓。改变刀具位置为轮廓上,然后单击鼠标中键(滚轮)确认,再次单击鼠标中键退出几何定义。

④置加工曲面补正为 0.5mm,公差为 0.05mm,每次下刀深度为 2mm。

⑤点击存储并关闭按钮。

14. 建立一个精加工程序

单击建立加工程序按钮,设置参数如下:

①刀具:B3mm 球头铣刀。

②曲面补正为 0mm,公差为 0.01mm。

③刀具轨迹里的每次下刀深度参数改为 0.5mm。

④点击存储并关闭按钮。

15.建立一个清根程序

单击建立加工程序按钮,设置参数如下:

①加工技术:主选项为清角,次选项为沿轮廓\所有区域在曲面上加工。

②每次下刀深度改为 0.5mm。

③点击存储关闭按钮,观察刀具轨迹,可以看到前一把刀具没有加工到的区域现在加工到了。这些区域存在于面与面之间。

16.执行其他程序

执行未执行的程序,最后模拟。观察最后生成的形状。

17.后处理

在 NC 程序的生成过程中,最后一步是后处理步骤,产生 G 代码。单击后处理步骤按钮,参数设置如图 11-36 所示。把对话框中的完成后显示输出档案选上,单击确定按钮,输出的文件显示在屏幕上如图 11-37 所示,这时可检查后置处理后的 G 代码程序是否正确。

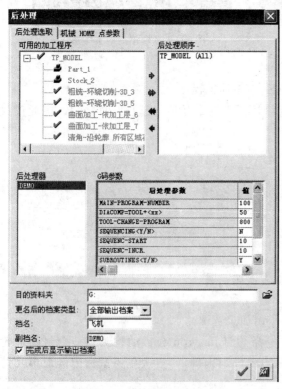

图 11-36 后处理对话框

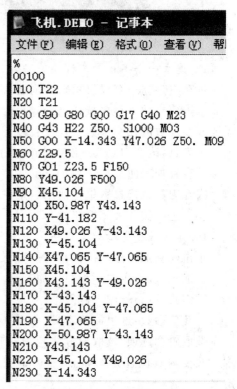

图 11-37 生成程序画面

11.2.4 传输过程

生成的数控加工程序可用记事本之类的字处理软件打开查看其内容,可进行修改,确定无误后就可传输加工。

传输过程有间断传输和直接加工传输。间断传输是指把程序传到机床上,再在机床上模拟加工。直接传输是指程序不经过机床直接由电脑控制加工。

1. 间断传输

把机床按钮打到编辑 EDIT 状态,电脑程序准备好后,再按 READ 接收。

2. 直接传输

机床准备好后,按钮打到 DNC 状态,电脑传输在线加工。

11.3 CAD/CAM 安全技术操作规程

1. CAD 设计过程要遵守计算机中心机房管理条例,不得随意拷贝、删除文档、软件等计算机内的内容。

2. CAD 选型完毕后,须在计算机上仿真,确定生成图形无误方可生成数控程序进行传输。

3. CAM 工作过程在指导老师指导下,方可开启机床进行加工。

第二篇

工程训练报告

训练项目1　工程材料报告

专业＿＿＿＿　班级＿＿＿＿　姓名＿＿＿＿　学号＿＿＿＿　日期＿＿＿　成绩＿＿＿＿

一、填空题

1.力学性能是指材料在力的作用下表现出来的各种性能,如＿＿＿＿＿＿、＿＿＿＿＿＿、＿＿＿＿＿＿和＿＿＿＿＿等。

2.材料的工艺性能是指材料对某种加工工艺的适应性,包括＿＿＿＿＿＿性能、＿＿性能、＿＿＿＿＿性能、＿＿＿＿＿＿性能、＿＿＿＿＿＿和＿＿＿＿＿＿等。

3.碳钢按有害杂质＿＿＿＿＿＿和＿＿＿＿＿＿的含量,可分为普通钢和优质钢等。

4.低碳钢的碳质量分数一般小于＿＿＿＿＿＿%,中碳钢的碳质量分数在＿＿＿＿＿＿%～＿＿＿＿＿＿%之间,高碳钢的碳质量分数一般为＿＿＿＿＿＿%～＿＿＿＿＿＿%。

5.T10、T10A 是＿＿＿＿＿＿钢,两者在化学成分上相同的是＿＿＿＿＿＿,不同的是＿＿＿＿＿＿。

6.QT800-2 是＿＿＿＿＿＿材料,其中 800 表示＿＿＿＿＿＿,2 表示＿＿＿＿＿＿。

7.牌号为 Cr12、GCr9、40Cr、1Cr13、09Mn2V 的钢中属于合金结构钢的是＿＿＿＿＿＿,属于合金工具钢的是＿＿＿＿＿＿,属于特殊性能钢的是＿＿＿＿＿＿。

8.按照工艺特点,热处理可分为＿＿＿＿＿＿、＿＿＿＿＿＿和＿＿＿＿＿＿三大类。

9.热处理常用设备有＿＿＿＿＿＿、＿＿＿＿＿＿、＿＿＿＿＿＿、＿＿＿＿＿＿等,其中＿＿＿＿＿＿最普遍,使用也最广,适用于处理各种中、小型零件。

10.整体热处理主要包括＿＿＿＿＿＿、＿＿＿＿＿＿、＿＿＿＿＿＿和＿＿＿＿＿＿。

11.根据回火温度不同,回火可分为＿＿＿＿＿＿、＿＿＿＿＿＿和＿＿＿＿＿＿。

12.调质处理的工艺通常为＿＿＿＿＿＿＿＿＿＿＿＿＿＿＿＿。

13.常用的化学热处理有＿＿＿＿＿＿、＿＿＿＿＿＿、＿＿＿＿＿＿等。

14.退火与正火比较,正火的冷却速度比退火＿＿＿＿＿＿,故同种材料正火后硬度比退火＿＿＿＿＿＿。

15.硬度是检验热处理质量常用的方法,最常用的硬度表示方法有＿＿＿＿＿＿硬度、＿＿＿＿＿＿硬度和＿＿＿＿＿＿硬度三种。

二、是非题【正确答案打(√),错误答案(×)】

1.材料在熔融状态下的充型能力是材料塑造性能的一个主要衡量指标。　　　　(　　)

2.可锻铸铁的力学性能优于灰铸铁,因可以用于锻压加工,所以称为可锻铸铁。(　　)

3.纯铜具有良好的导电、导热性,并具有优良的塑性,因此常作为机械零件用材。

(　　)

4.在碳素钢中,为提高其性能,加入一种或多种合金元素,即成为合金钢。(　　)

5.布氏硬度(HBS)可以测量如淬火钢等硬度很高的材料。(　　)

6.用电阻炉加热时,为了保温,工件进、出炉时不能切断电源。　　　　　　　（　　）

7.工具、量具等零件多采用低温回火,以部分消除淬火应力,降低钢的脆性,提高韧性。

（　　）

8.低碳钢为了达到硬而耐磨,可采用淬火热处理工艺。　　　　　　　　　　（　　）

9.形状简单、截面较大的碳钢零件可用水作淬火剂。　　　　　　　　　　　（　　）

10.气体渗碳工艺过程是由分解、吸附和扩散三个阶段组成的。　　　　　　　（　　）

11.工件浸入淬火冷却介质时,细长工件应水平迅速放入。　　　　　　　　　（　　）

12.造成热处理变形的主要原因,是淬火冷却时工件内部产生的内应力。　　　（　　）

13.锻造后的零件毛坯应进行退火或正火处理。　　　　　　　　　　　　　　（　　）

14.热处理工件的目的在于改善钢的使用性能和工艺性能。　　　　　　　　　（　　）

15.在热处理工艺中淬硬性和淬透性的含义是一样的。　　　　　　　　　　　（　　）

三、选择题

1.金属材料常用的塑性指标有　　　　　　　　　　　　　　　　　　　　　（　　）

　　a.伸长率 $\delta\%$,收缩率 $\psi\%$ 　　　　　　　　b.屈服极限 σ_S

　　c.布氏硬度 HBS　　　　　　　　　　　　　　d.冲击吸收功 A_K

2.磷是钢中有害元素,它的存在,会引起钢的　　　　　　　　　　　　　　（　　）

　　a.冷脆　　　　　　b.热脆　　　　　　c.氢脆　　　　　　d.耐蚀性差

3.制造手工锯条、锉刀应采用的材料为　　　　　　　　　　　　　　　　　（　　）

　　a.HT200　　　　　b.65 钢　　　　　　c.Q235　　　　　　d.T12A

4.材料牌号 QT600-3 中,600 和 3 表示　　　　　　　　　　　　　　　　（　　）

　　a.抗压强度和伸长率　　　　　　　　　　b.抗拉强度和伸长率

　　c.抗压强度和收缩率　　　　　　　　　　d.抗拉强度和收缩率

5.下列材料中焊接性能最好的是　　　　　　　　　　　　　　　　　　　　（　　）

　　a.T10　　　　　　b.QT400-15　　　　c.15 钢　　　　　　d.40Cr

6.布氏硬度值正确表示方法为　　　　　　　　　　　　　　　　　　　　　（　　）

　　a.HBW500　　　　b.HB500W　　　　　c.500HBW　　　　　d.500HBS

7.W18Cr4V 是　　　　　　　　　　　　　　　　　　　　　　　　　　　（　　）

　　a.高速钢　　　　　b.弹簧钢　　　　　c.不锈钢　　　　　d.耐热钢

8.试制一台新机床,需制造床身,根据生产周期、试制成本等因素考虑,采用　（　　）

　　a.翻砂制造　　　　b.钢板焊接　　　　c.钢坯制造　　　　d.冲压加工

9.调质的目的是　　　　　　　　　　　　　　　　　　　　　　　　　　　（　　）

　　a.提高硬度　　　　b.降低硬度　　　　c.改善切削性能　　d.获得综合力学性能

10.钳工做的小锤头,热处理应采用　　　　　　　　　　　　　　　　　　（　　）

　　a.淬火＋低温回火　　b.正火　　　　　c.退火　　　　　　d.淬火＋高温回火

11.各种弹簧、锻模热处理常采用淬火加　　　　　　　　　　　　　　　　（　　）

　　a.低温回火　　　　b.中温回火　　　　c.高温回火　　　　d.退火

12.改善 T10A 锻造后的组织状态,一般采用的热处理工艺是　　　　　　　（　　）

　　a.正火　　　　　　b.完全退火　　　　c.去应力退火　　　d.球化退火

13.用 20 钢材料制作齿轮,其工艺路线为:下料→锻造→正火→机加工→渗碳、淬火、低温回火→机加工。其中,改善其切削加工性能的热处理工序为 （　　　）

    a.正火　　　　　b.渗碳　　　　　c.淬火　　　　　d.低温回火

四、问答题

1.指出下列材料的类型,并说明其符号和数字的含义。

25、HT200、60Si2MnA、T8A

2.常见的热处理缺陷有哪些?在生产中如何防止产生热处理缺陷?

3.热处理工艺对零件结构的基本要求有哪些?

4.用 9SiCr 制作圆板牙,其工艺路线为:下料→锻造→球化退火→机加工→淬火→低温回火→磨平面→开槽开口。试分析工艺路线中各热处理工序的作用。

五、工艺题

双头扳手的材料为 40Cr,要求热处理后的硬度为 41～47HRC。采用何种热处理方法可以达到要求,并表明使用的设备和工艺过程。

训练项目 2　铸造报告

专业_____　班级_____　姓名_____　学号_____　日期_____　成绩_____

一、填空题

1. 砂型铸造生产工序很多,其中主要工序有_____、_____、_____、_____
_____等。

2. 砂型一般由_____、_____、_____和_____等部分组成。

3. 造型材料的性能直接影响到造型工艺及铸件质量,对于型(芯)砂应当具有_____
_、_____、_____、_____等要求。

4. 手工造型根据铸件的结构特点及起模要求,常用造型方法主要有_____造型、__
_____造型、_____造型、_____造型等。

5. 手工造型的基本操作主要有以下几个步骤:_____、_____、_____、_
_____、_____、_____等。

6. 特种铸造有_____、_____、_____、_____等。

7. 模样上的拔模斜度其主要作用是_____,斜度大小与模样高度有关,两者关系为
_____。

8. 制作较大的型芯时,应在芯中放入_____,以提高芯的_____,并开排气孔
以增加芯的_____,芯子表面刷涂料以提高芯的_____,并能防止铸件_____
_____。

9. 指出下列图中各铸件合理的造型方法。

(a)_____　　(b)_____　　(c)_____　　(d)_____

(e)_____　　　　(f)_____　　　　(g)_____

10. 在铸造生产中,用木材制成的模样称为_____,用金属制成的模样称为_____

_____。模样的外形尺寸比零件大是因为_____和_____;模样上的起模斜度是为了_____。

二、是非题【正确答案打(√),错误答案(×)】

1. 砂型铸造是生产大型铸件的唯一方法。 （　　）
2. 当铸件大量生产时,为提高生产率,都采用机器造型。 （　　）
3. 小型有色金属铸件的批量生产采用金属模或压铸方法可取得最佳效益。 （　　）
4. 在造型时,舂砂太松,则会产生气孔。 （　　）
5. 分模造型适用于最大截面不在端部的铸件。 （　　）
6. 某铸件采用三箱造型时,操作复杂,且生产率低,如采用机器造型可提高生产率。 （　　）
7. 采用活块造型,可以简化分型面及减少型芯,且操作简单,生产率高。 （　　）
8. 为了改善砂型的透气性,应在砂型的上下箱都扎通气孔。 （　　）
9. 回转体铸件小批量生产时,采用刮板造型,可以节省材料,减少模样费用。 （　　）
10. 收缩是铸件产生缩孔、缩松、应力、变形、冷热裂等缺陷的根本原因。 （　　）
11. 冒口主要起补缩作用,因此其位置应放在铸件最高处。 （　　）
12. 熔模铸造无分型面,故铸件尺寸精度高。 （　　）
13. 用离心铸造中空的旋转体铸件,不需要型芯和浇注系统。 （　　）
14. 结构对某种成型工艺的适应要求,称为"结构工艺性"。 （　　）
15. 通过热处理可以改善灰铸铁的基体组织,故可以显著地提高其力学性能。 （　　）

三、选择题

1. 下列工件中,适宜采用铸造方法生产的是 （　　）
   a. 车床的进刀手轮　　　　　　　　b. 主轴箱中齿轮
   c. 机床丝杠　　　　　　　　　　　d. 自行车中轴

2. 铸造圆角的作用是 （　　）
   a. 避免应力集中,防止开裂　　　　b. 防止粘砂
   c. 防止夹砂　　　　　　　　　　　d. 防止缩孔

3. 造型方法按其手段不同,可分为 （　　）
   a. 整模造型和分模造型　　　　　　b. 挖砂造型和活块造型
   c. 刮板造型和三箱造型　　　　　　d. 手工造型与机器造型

4. 分型面应选择在 （　　）
   a. 铸件受力面上　　　　　　　　　b. 铸件加工面上
   c. 铸件最大截面处　　　　　　　　d. 铸件的中间

5. 车床上的导轨面在浇注时的位置应该 （　　）
   a. 朝上　　　　b. 朝下　　　　c. 朝左　　　　d. 朝右

6. 为提高合金的流动性,常采用的方法是 （　　）
   a. 适当提高浇注温度　　　　　　　b. 加大出气口
   c. 降低出铁温度　　　　　　　　　d. 延长浇注时间

7. 挖砂造型时,挖砂深度应达到 　　　　　　　　　　（　　）

    a. 模样的最大截面处   b. 模样的最大截面以下

    c. 模样的最大截面以上   d. 任意选择

8. 制好的砂型,通常要在型腔表面涂上一层涂料,其目的是 　　　　（　　）

    a. 提高耐火性   b. 改善透气性

    c. 增加退让性   d. 防止出现气孔

9. 型砂中加入附加物煤粉、木屑的目的是 　　　　　　　　　（　　）

    a. 提高型砂的强度   b. 便于起模

    c. 提高型砂的透气性   d. 提高型砂的退让性

10. 制造模样时,模样的尺寸应比零件大一个 　　　　　　　　（　　）

    a. 铸件材料的收缩量   b. 铸件材料的收缩量＋模样材料的收缩量

    c. 机械加工余量   d. 铸件材料的收缩量＋机械加工余量

11. 分型砂的作用是 　　　　　　　　　　　　　　　　（　　）

    a. 上砂箱与下砂箱分开   b. 分型面光洁

    c. 上砂型与下砂型顺利分开   d. 改善透气性

12. 舂砂时,上下砂箱的型砂紧实度应该 　　　　　　　　　（　　）

    a. 均匀一致   b. 上箱比下箱紧实度要大

    c. 下箱比上箱紧实度要大   d. 由操作者自定

13. 考虑到合金的流动性,设计铸件时应 　　　　　　　　　（　　）

    a. 加大铸造圆角   b. 减少铸造圆角

    c. 限制最大壁厚   d. 限制最小壁厚

14. 生产直径为 100mm 的铅球,生产 1000 只时的铸造方法应选用 　　（　　）

    a. 挖砂   b. 整模   c. 分模   d. 刮板

15. 生产下列铸件

    (1) 机床床身应选用 　　　　　　　　　　　　　（　　）

    (2) 汽车后桥外壳选用 　　　　　　　　　　　　（　　）

    (3) 柴油机曲轴选用 　　　　　　　　　　　　　（　　）

    (4) 机床用扳手选用 　　　　　　　　　　　　　（　　）

    a. KTH300-06   b. HT200   c. 45 号钢

    d. KTZ450-06   e. QT700-2   f. ZGMn13

四、问答题

1. 简述铸造生产工艺过程和特点。

2. 什么是分型面?什么是分模面?两者是否相同?如何正确选择分型面和分模面?

3.铸造中的气体来源于哪些方面？加强砂型透气性的措施有哪些？

4.试述浇注系统的组成及各部分的作用。

5.写出铸型装配图上所指部位的名称(1～7)。

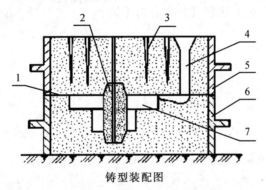

铸型装配图

(1)_____;(2)_____;(3)_____;

(4)_____;(5)_____;(6)_____;(7)_____

6.铸件的壁过厚或过薄对铸件质量有何影响？

7.下图所示铸件分型面有(a)和(b)两种,哪一种合理？为什么？

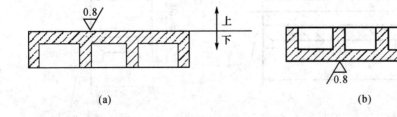

(a)   (b)

8.图示为薄壁箱体铸件浇注的两种位置,哪一种合理? 为什么?

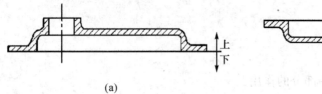

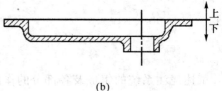

(a)

(b)

9.零件、铸件和模样在形状和尺寸上有何不同?

10.下列套筒类铸件都是单件生产,试确定它们的造型方法。

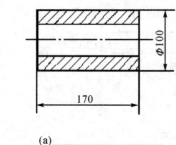

(a)_____

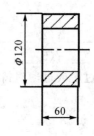

(b)_____

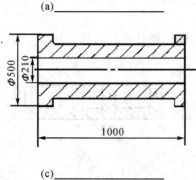

(c)_____

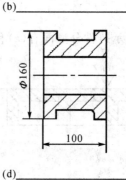

(d)_____

11. 下列铸件在不同生产批量时,各应采用什么造型方法?

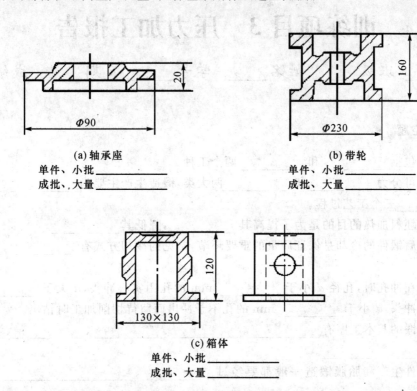

(a) 轴承座
单件、小批 _____
成批、大量 _____

(b) 带轮
单件、小批 _____
成批、大量 _____

(c) 箱体
单件、小批 _____
成批、大量 _____

12. 简述铸造、锻压、焊接和切削加工的特点和适用的场合。

训练项目3 压力加工报告

专业_____ 班级_____ 姓名_____ 学号_____ 日期_____ 成绩_____

一、填空题

1.锻压包括_____和_____两个工种。

2.锻造可分为_____和_____两大类,锻造生产主要为_____、_____、_____三个工艺过程。

3.锻造坯料加热的目的是为了提高其_____,降低其_____。

4.锻造后锻件的冷却是保证质量的重要环节,常见的冷却方式有_____、____和_____。

5.一般在冲孔时,孔径 d 小于_____mm 的孔用实心冲头,d 大于_____mm 的孔用空心冲头,d 小于_____mm 的孔不予冲出而留待切削加工时钻出。

6.自由锻的基本工序有_____、_____、_____、_____、_____。

7.模锻件生产和胎膜锻造一般都要经过_____、_____、_____三个步骤。

8.板料冲压中,属于变形工序的有_____、_____、_____等。

9.锻件生产易产生的锻造缺陷主要有_____、_____、_____等。

10.镦粗时对坯料尺寸的要求是_____。

二、是非题【正确答案打(√),错误答案(×)】

1.加热温度越高,材料塑性越好,越容易锻压成形,且锻件的质量也越好。 （   ）

2.除可锻铸件外,其他型号的铸铁都不能进行锻压加工。 （   ）

3.坯料在加热过程中出现了过烧,应对坯料进行热处理后,才能进行锻造。 （   ）

4.拔长时,送进量越大、越长,生产率越高。 （   ）

5.自由锻能锻制各种复杂形状的锻件。 （   ）

6.胎模锻具有自由锻和模锻的特点,常用于小型锻件的中、小批量生产。 （   ）

7.形状复杂的锻件,可采用锻焊复合结构,以简化锻压工艺。 （   ）

8.拉拔可分为热拉和冷拉两种。 （   ）

9.终锻温度过高会缩小锻造温度范围,但对锻件质量无影响。 （   ）

10.压力加工除能改变工件的形状和尺寸外,还能提高力学性能。 （   ）

三、选择题

1. 45 号钢锻造时的始锻温度和终锻温度分别为 （　　）
   a. 1200~1250℃,800℃　　　　　　b. 1150~1200℃,800℃
   c. 1100~1180℃,850℃　　　　　　d. 800~900℃,650~700℃

2. 坯料镦粗时,为了防止镦弯,坯料的原始高度与直径(或边长)之比应小于 （　　）
   a. 1~1.5　　　　b. 1.5~2.5　　　　c. 2.5　　　　d. 3~3.5

3. 大批量生产 20CrMnTi 齿轮轴时,其合适的毛坯制造方法是 （　　）
   a. 铸造　　　　b. 自由锻　　　　c. 模锻　　　　d. 冲压

4. 冲裁模的凸模和凹模 （　　）
   a. 均应有圆角过渡　　　　　　b. 均应有锋利刃口
   c. 凸模圆角过渡,凹模锋利刃口　　d. 凸模锋利刃口,凹模圆角过渡

6. 为了消除锻件过热组织,可采用 （　　）
   a. 退火　　　　b. 正火　　　　c. 淬火　　　　d. 调质处理

7. 下列工件中,适合于冲压加工的为 （　　）
   a. 减速箱体　　b. 低速齿轮　　c. 曲轴　　　　d. 电器箱体外廓

8. 压力加工不包括 （　　）
   a. 板料冲压　　b. 自由锻　　　c. 拉拔　　　　d. 压力铸造

9. 下列材料中,不能用来压力加工的是 （　　）
   a. 可锻铸铁　　b. 碳素结构钢　　c. 高速钢　　　d. 碳素工具钢

10. 轧制薄板时,为了获得准确的厚度、改变表面质量和提高钢板强度,常采用何种生产
    方法 （　　）
    a. 热轧　　　　b. 冷轧　　　　c. 自由锻

四、问答题

1. 简述锻压成型工艺的分类和特点。

2. 拔长时,为何要不断翻转工件? 冲孔前为何要先将坯料镦粗?

3. 试比较齿轮坯在自由锻、胎模锻和模锻时有哪些不同。

4.分析说明锻件坯料在加热过程中可能产生的缺陷的名称、原因及其防止办法。

5.什么叫始锻温度和终锻温度？始锻温度和终锻温度过高或过低对锻制有什么影响？

训练项目4　焊接报告

专业＿＿＿　班级＿＿＿　姓名＿＿＿　学号＿＿＿　日期＿＿＿　成绩＿＿＿

一、填空题

1. 焊接方法种类很多,按焊接过程的特点可分为＿＿＿＿、＿＿＿＿和＿＿＿＿三大类。

2. 焊接电弧由＿＿＿＿、＿＿＿＿和＿＿＿＿组成。

3. 焊芯有两个作用,一是作为＿＿＿＿,二是作为＿＿＿＿。

4. 焊条牌号 E4303 中,E 表示＿＿＿＿,43 表示＿＿＿＿,0 表示＿＿＿＿,3 表示＿＿＿＿。

5. 手工电弧中,焊接接头的基本形式可分为＿＿＿＿接头、＿＿＿＿接头、＿＿＿＿接头和＿＿＿＿接头四种。

6. 手工电弧焊的焊接工艺参数主要包括＿＿＿＿、＿＿＿＿、＿＿＿＿等,焊接时,焊条有三个基本运动,即焊条的＿＿＿＿、＿＿＿＿和＿＿＿＿。

7. 根据乙炔与氧气混合后的比例不同,可得到三种不同性质的火焰,即＿＿＿＿、＿＿＿＿和＿＿＿＿。

8. 按焊缝的空间位置不同,焊接操作可分为:＿＿＿＿、＿＿＿＿、＿＿＿＿、＿＿＿＿四种。其中＿＿＿＿操作最为方便,生产率高,且容易保证质量,一般情况下应尽量采用。

9. 气割是利用＿＿＿＿将割件切割处预热到＿＿＿＿温度后,喷出＿＿＿＿,使其燃烧放出热量,实现切割的方法。

10. 电阻焊是＿＿＿＿,利用电流＿＿＿＿进行焊接的方法,根据焊接接头的形式可分为＿＿＿＿、＿＿＿＿、＿＿＿＿三种。

二、是非题【正确答案打(√),错误答案(×)】

1. 焊条直径越粗,选择的焊接电流应越大。　　　　　　　　　　　　　　（　　）

2. 碳钢采用碳化焰气焊时,具有渗碳作用。　　　　　　　　　　　　　　（　　）

3. 不锈钢材料比碳钢材料容易气割。　　　　　　　　　　　　　　　　　（　　）

4. 焊接场所必须有好的通风条件,主要原因是焊接电弧温度太高。　　　　（　　）

5. 使用直流电源焊接时,正确接法是焊条接正极,工件接负极,主要用于焊接较厚的工件。　　　　　　　　　　　　　　　　　　　　　　　　　　　　　　（　　）

6. 当焊接厚度小于 6mm 时,一般开 V 形坡口,大于 6mm 时开 X 形坡口。（　　）

7. 电渣焊是利用电流通过液体熔渣所产生的电阻热进行焊接的方法。　　　（　　）

8. 钎焊不仅可以焊同种金属,也可以焊异种金属以及金属和非金属。　　　（　　）

9. 焊接时,运条太慢易产生未焊透。　　　　　　　　　　　　　　　　　（　　）

10.焊条受潮是焊缝产生气孔的原因之一。 （ ）

三、选择题

1.手工电弧焊时,正常的电弧长度为 （ ）
  a.等于焊条直径 b.大于焊条直径 c.小于焊条直径 d.等于工件厚度

2.影响焊缝宽度的主要因素是 （ ）
  a.焊接速度   b.焊接电流   c.焊条直径   d.运条方式

3.手工电弧焊焊接薄板时,为防止烧穿,应选用 （ ）
  a.直流正接   b.直流反接   c.交流正接   d.交流反接

4.焊接电流过大时,会造成 （ ）
  a.熔宽增大,熔深减小   b.熔宽减少,熔深增大
  c.熔宽和熔深都增大   d.熔宽和熔深都减小

5.气焊点火时,应 （ ）
  a.先打开氧气阀门,后打开乙炔阀门 b.先打开乙炔阀门,后打开氧气阀门
  c.氧气阀门和乙炔阀门同时打开 d.用 a、b、c 都可以

6.下列材料不能进行氧—乙炔气割的是 （ ）
  a.Q245   b.HT200   c.20 钢   d.45 钢

7.中性焰的最高温度位置处在 （ ）
  a.焰心尖端   b.焰心底端   c.内焰尖端   d.焰心前 2～4mm

8.氩弧焊最适宜焊接 （ ）
  a.碳素结构钢   b.合金工具钢   c.铸铁   d.不锈钢

9.车刀上的硬质合金刀片焊接在刀杆上,一般可采用 （ ）
  a.电弧焊   b.钎焊   c.氩弧焊   d.胶接

10.割炬的结构与焊炬相比,其结构是 （ ）
  a.完全一样   b.多一根切割氧气管
  c.多一根切割乙炔管   d.没有乙炔管

11.酸性焊条被广泛应用的原因是 （ ）
  a.焊缝含氢量少 b.焊接工艺性好 c.焊缝抗裂性好 d.焊件不变形

四、问答题

1.简述焊接工艺的特点及应用范围。

2.使用氧气瓶和乙炔瓶时要注意哪些安全事项?

3. 根据实习的体会，说出焊接电流过大或过小、电弧过长或过短、焊接速度过快或过慢分别对焊缝质量有什么影响？

4. 气焊时引起回火的原因是什么？遇到回火应如何处理？

5. 被气割的材料必须具有哪些条件？常用切割材料有哪些？

6. 常见的焊接缺陷和焊接变形有哪些？简述其形成原因。

7. 请选择下列工件合理的焊接方法。

工件名称	焊接方法
液化气缸筒体（成批生产）	
不锈钢薄壁管的焊接	
车刀刀把上硬质合金刀片的焊接	
2mm 厚的薄钢板的搭接	
角钢货架的焊接	

训练项目5　车削加工报告

专业_____　班级_____　姓名_____　学号_____　日期_____　成绩_____

一、填空题

1. 车削用量是指_____、_____和_____。

2. 车削加工的工艺范围为_____、_____、_____、_____、_____、_____、_____、_____等。

3. 车床种类很多,有_____、_____、_____、_____、_____等,其中_____车床应用最广泛。

4. 型号 C6132 车床,其中 C 表示_____,6 表示_____,1 表示_____,32 表示_____。

5. 你实习所用的车床型号为_____,能加工的工件最大直径为_____。工件最长可达_____,能穿过主轴孔的最大毛坯直径为_____,主轴锥孔为_____,尾架锥孔为_____,车床最高转速为_____,最低转速为_____,最小进给量为_____。车刀中心高为_____,车床丝杠螺距为_____。

6. 常用刀具材料种类有_____、_____、_____、_____等。

7. 在车削过程中,工件上形成的三个不断变化的面是_____面、_____面、_____面。

8. 工件的装夹方法一般有_____、_____、_____、_____、_____等。

9. 卡盘的种类主要有_____、_____和_____等。

10. 车床上装夹工件的附件有_____、_____、_____等。

11. 安装车刀时,刀尖应对准工件的_____。

12. 精车外圆时,车刀的前角、后角应选_____,刃倾角要_____,以保证加工质量。

13. 车削时,第一刀的背吃刀量要大于硬皮的厚度,目的是要防止_____。

14. 车圆锥面的方法有_____、_____、_____和_____四种。

15. 车削螺纹常用_____和_____两种进刀方法。

16. 指出车刀角度的主要作用:

前角 γ_0_____;后角 α_0_____;刃倾角 λ_s_____。

17. 粗车时应选择较_____ γ_0,较_____ α_0,精车时应选择_____ γ_0,较_____ α_0,车细长轴时应选择_____。

二、是非题【正确答案打(√),错误答案(×)】

1. 车床的转速越快,则进给量也越大。 （　）
2. 车削只能用于回转体零件的加工。 （　）
3. 要改变切屑的流向,可以通过改变车刀的刃倾角来实现。 （　）
4. 要改变进给量,不一定停车进行,但要改变车速,必须停车进行。 （　）
5. 车刀主偏角越大,则径向力越小。 （　）
6. 花盘适用于不对称和形状复杂的工件,并可直接安装在车床卡盘上。 （　）
7. 车端面时,为了不影响零件表面粗糙度,工件的转速要选高一些。 （　）
8. 切断刀刃磨和安装都应有两个对称的副偏角、副后角和主偏角。 （　）
9. 粗车时,车刀的切削部分要承受很大的切削力,因此,要选择较大的前角。 （　）
10. 安装切断刀时,刀尖要低于工件中心轴线,否则不易切断。 （　）
11. 在车床上钻孔,不用划线,就可以保证孔与外圆的同轴度。 （　）
12. 钻孔后,发现孔不圆,但有铰削余量,则可用铰刀铰孔,以纠正孔的圆度偏差。

 （　）
13. 采用小滑板转位法和偏移尾架法都可以加工锥体和锥孔。 （　）
14. 车 M24×2 螺纹时,主轴转速可以任意调换,不会影响螺距。 （　）
15. 公制三角螺纹牙形角为 60°。 （　）
16. 工件滚花的直径要比滚花前的直径小一些。 （　）
17. 用成型刀加工成型表面不但操作简单,而且可以加工所有成型表面。 （　）

三、选择题

1. 普通车床上加工零件能达到的精度等级为 （　）

    a. IT3～IT5　　　　b. IT6～IT8　　　　c. IT8～IT10　　　　d. IT10～IT12

2. 粗车加工中,切削用量的选择原则为 （　）

    a. 大的 a_p、f 和 v_c　　　　　　　　b. 小的 a_p、f 和 v_c

    c. 大的 a_p,小的 f 和 v_c　　　　　　d. 大的 a_p、f,小的 v_c

3. 安装车刀时,刀具伸出的长度应为 （　）

    a. 越长越好　　　　　　　　　　　b. 刀杆厚度的 1.1～1.5 倍

    c. 伸出刀架 10mm　　　　　　　　d. 无规定

4. 车床主轴箱中起传递动力和过载保护的是 （　）

    a. 制动器　　　　b. 安全挡块　　　　c. 摩擦离合器　　　　d. 中间齿轮

5. 车刀前角的主要作用是 （　）

    a. 使刀刃锋利,减少切削变形　　　　b. 改善刀具散热状况

    c. 控制切屑的流向　　　　　　　　　d. 减小径向力

6. 车刀上切屑流过的表面称为 （　）

    a. 切屑平面　　　　b. 前刀面　　　　c. 主后刀面　　　　d. 副后刀面

7. 车刀刃倾角的大小取决于 （　）

    a. 切削速度　　　　b. 工件材料　　　　c. 刀具材料　　　　d. 工件表面质量

8. 车台阶的右偏刀,其主偏角应为　　　　　　　　　　　　　　　　　　　（　　）

    a. 75°　　　　　　　b. 90°　　　　　　　c. 93°　　　　　　　d. 45°

9. 车端面时,车刀从工件圆周表面向中心走刀,其切削速度应为　　　　　（　　）

    a. 不变的　　　　　b. 逐渐增加　　　　c. 逐渐减小　　　d. 先减小后增加

10. 车端面时产生振动的原因是　　　　　　　　　　　　　　　　　　　　（　　）

    a. 刀尖磨损　　　　　　　　　　　　b. 车床主轴或刀架振动

    c. 切削接触面过大　　　　　　　　d. a、b、c 均可能

11. 夹持力量最强的是_____,工件整个长度上同心度最好的装夹是_____（　　）

    a. 三爪卡盘　　　　　　　　　　　b. 四爪卡盘

    c. 双顶尖加鸡心夹头　　　　　　　d. 套筒夹头

12. 应用中心架与跟刀架的车削,主要用于　　　　　　　　　　　　　　　（　　）

    a. 复杂零件　　　　b. 细长轴　　　　c. 长锥体　　　　d. 螺纹件

13. 车外圆时,车刀刀尖高于工件的轴线则会产生　　　　　　　　　　　　（　　）

    a. 加工面母线不直　　　　　　　　b. 圆度产生误差

    c. 加工表面粗糙度差　　　　　　　d. 车刀崩断

14. 切断时,防止振动的方法是　　　　　　　　　　　　　　　　　　　　（　　）

    a. 减小进给量　　　b. 提高切削速度　　c. 增大车刀前角　　d. 增加刀头宽度

15. 在车床上钻孔,钻出的孔径偏大的原因是　　　　　　　　　　　　　　（　　）

    a. 后角太大　　　　b. 顶角太小　　　　c. 横刃太长　　　d. 两切削刃长度不等

16. 小批量加工锥度大的锥体应采用_____,成批生产小锥度锥体应采用_____（　　）

    a. 转动小拖板法　　b. 偏移尾架法　　　c. 靠模法　　　　d. 宽刀法

17. 在车床上,用小滑板转位法车圆锥时,小滑板转过的角度为　　　　　　（　　）

    a. 工件锥度　　b. 工件锥度的1倍　　c. 工件锥度的$\frac{1}{2}$　　d. 工件锥度的$\frac{1}{4}$

18. 车锥度时,车刀刀尖中心偏离工件旋转中心,会产生　　　　　　　　　（　　）

    a. 锥度变化　　　　　　　　　　　b. 圆锥母线成双曲线

    c. 表面粗糙度增大　　　　　　　　d. 表面粗糙度减小

19. 采用车削方法车出的螺纹螺距不正确,其原因是　　　　　　　　　　　（　　）

    a. 主轴窜动最大　　　　　　　　　b. 车床丝杠轴向窜动

    c. 车刀刃磨不正确　　　　　　　　d. 无法确定

20. 用开启和扳下开合螺母法车螺纹产生乱扣的原因是　　　　　　　　　（　　）

    a. 车刀安装不正确　　　　　　　　b. 车床丝杠螺距不是工件螺距的整数倍

    c. 开合螺母未压下去　　　　　　　d. 车速不对

四、问答题

1. 简述车床的组成和车削的工艺特点。

2.说明你实习时所用车床型号的含义,并画出其主运动和进给运动的传动路线框图。

3.车刀有哪几个主要角度? 其作用是什么?

4.简述三爪卡盘和四爪卡盘的适用范围与特点。

5.车外圆要注意哪些问题?

6.加大切深时,如果刻度多转了 3 格,直接退回 3 格是否可以? 为什么?

7.切断的方法有几种? 各适用于什么场合?

8.在车床上钻孔要注意哪些问题？

9.车圆锥面的方法主要有几种？简述它们的区别与适用场合。

10.什么是螺纹的"乱扣"？产生的原因有哪些？如何防止？

训练项目6　铣削、刨削加工报告

专业_____　班级_____　姓名_____　学号_____　日期_____　成绩_____

一、填空题

1.铣床的种类较多,常用的有_____和_____两种。

2.X6132型机床,其中X表示_____,6表示_____,1表示_____,32表示_____。

3.常用的铣床附件有_____、_____、_____、_____等。

4.写出下图所示各种铣刀的名称。

(a)_____　　(b)_____　　(c)_____　　(d)_____

(e)_____　　(f)_____　　(g)_____　　(h)_____

5.铣削平面的常用方法有_____和_____两种。

6.铣削加工后,尺寸精度可达_____,表面粗糙度 R_a 值可达_____。

7.铣削加工时,一般情况下,切削用量选择次序为_____、_____、_____。

8.刨削加工的尺寸公差等级一般为_____,表面粗糙度 R_a 值一般为_____。刨床能加工的表面有_____、_____、_____。插床主要用于加工_____表面,如_____等。

二、是非题【正确答案打(√),错误答案(×)】

1.加工键槽只能在卧式铣床上进。　　　　　　　　　　　　　　　　　　　(　　)

273

2.铣床加工多面体零件时,利用万能分度头保证分度精确,提高效率,能适应大批量生产。 （　　）

3.各种铣刀结构形状不同,但安装方法相同。 （　　）

4.分度盘正反两面都有许多孔数相同的孔圈。 （　　）

5.用圆柱铣刀铣削工件,逆铣时切削厚度由零变到最大,顺铣时则相反。 （　　）

6.若分度手柄转一周,主轴则转动 1/40 周。 （　　）

7.T 形槽可以用 T 形槽铣刀直接加工出来。 （　　）

8.精铣时一般选用较高的切削速度、较小的进给量和背吃刀量。 （　　）

9.铣齿加工可以加工直齿、斜齿、人字齿、圆柱齿轮,齿条和锥齿轮等,并适合大批量生产。 （　　）

三、选择题

1.成形铣刀用于 （　　）

 a.加工平面   b.切断工件   c.加工键槽   d.加工特形面

2.在长方体工件上直接钻孔、铣封闭槽可采用 （　　）

 a.圆柱铣刀   b.T 形槽铣刀   c.键槽铣刀   d.三面刃铣刀

3.每一号齿轮铣刀可以加工 （　　）

 a.一种齿数的齿轮   b.同一模数、不同齿数的齿轮

 c.同一组内各种齿数的齿轮   d.不同模数、相同齿数的齿轮

4.回转工作台的主要用途是加工 （　　）

 a.等分的零件   b.圆弧形表面和圆弧形槽

 c.体积小、形状较规则的零件   d.齿轮

5.逆铣比顺铣突出的优点是 （　　）

 a.切削平稳   b.生产率高

 c.切削时工件不会窜动   d.加工质量好

6.在普通铣床上铣齿轮,一般用于 （　　）

 a.单件、高精度   b.单件、低精度

 c.批量、高精度   d.批量、低精度

7.可转位硬质合金端面铣刀,加工平面时通常采用 （　　）

 a.高速   b.中速   c.低速   d.任意速度

四、问答题

1.什么是铣削加工？简述其特点。

2. 说明铣削进给量三种表示方式的含义及相互关系。

3. 试述顺铣与逆铣的区别。

4. 用端面铣刀和圆柱铣刀铣平面各有什么特点？

5. 试述分度头的功能及安装的注意点，万能分度头装夹工件的方法有几种？

6. 欲铣一齿数为 38 齿的直齿圆柱齿轮,用简单分度法计算每铣一齿分度手柄应转多少圈?(已知分度盘的各圈孔数正面为 46、47、49、51、53、54,反面为 57、58、59、62、66。)

7. 成型法和展成法加工齿轮各有何特点？

训练项目7 磨削加工报告

专业_____ 班级_____ 姓名_____ 学号_____ 日期_____ 成绩_____

一、填空题

1.常用的磨床种类有_____、_____、_____等。

2.你实习中操作的磨床型号是_____,型号中字母含义是_____,数字含义分别是_____、_____、_____。

3.磨削时砂轮的转动是_____运动,纵、横向移动都是_____运动。

4.砂轮的特性有_____、_____、_____、_____等。

5.外圆磨削时,工件的装夹方法有_____、_____、_____。

6.在外圆磨床上磨外圆的方法有_____、_____等。

7.磨削切削液具有_____、_____的作用。

8.常采用_____法进行细长轴的外圆磨削。

9.平面磨削时,常用的方法有_____、_____。

10.磨削加工的尺寸公差等级一般为_____,表面粗糙度 R_a 值一般为_____。磨削加工的主运动为_____。

二、判断题【正确答案打(√),错误答案(×)】

1.磨削实际上是一种多刃刀具的超高速切削。   (   )

2.砂轮的硬度是指组成砂轮的磨料本身所具有的硬度。   (   )

3.淬火后零件的加工,比较适宜的方法是磨削。   (   )

4.砂轮具有一定的自锐性,因此磨削过程中,砂轮并不需要修整。   (   )

5.工件材料的硬度越高,选用的砂轮硬度也应越高。   (   )

6.内圆磨削时,砂轮和工件的旋转方向应相同。   (   )

7.磨床工作台采用机械传动,其优点是工作平稳,无冲击振动。   (   )

三、选择题

1.砂轮的硬度是指   (   )

  a.砂轮上磨料的硬度　　　　　　　　b.在硬度计上打出来的硬度

  c.磨粒从砂轮上脱落下来的难易程度

  d.砂轮上磨粒体积占整个砂轮体积的百分比

2.一根同轴度要求较高的淬硬钢台阶轴,其各段外圆表面的精加工应为   (   )

  a.精密车削　　　　　　　　　　　　b.在外圆磨床上磨外圆

  c.在无心磨床上磨外圆　　　　　　　d.a+c

3.粒度粗、硬度大、组织疏松的砂轮适合于   (   )

    a. 精磨　　　　　b. 硬金属的磨削　c. 软金属的磨削　d. 各种磨削

4. 磨细长轴外圆时,工件的转速及横向进给量应分别为　　　　　　　　（　　）

    a. 低、小　　　　　b. 高、小　　　　c. 低、大　　　　d. 高、大

5. 内圆磨削时,短圆柱形工件一般的装夹是　　　　　　　　　　　　（　　）

    a. 三爪卡盘　　　　b. V 形夹具　　　c. 心轴　　　　　d. 中心架

6. 磨削精度较高的套类工件的外圆表面时,应使用　　　　　　　　　（　　）

    a. 带台阶圆柱心轴　　　　　　　　b. 锥形心轴

    c. 无台阶圆柱心轴　　　　　　　　d. 中心架

7. M2120 型磨床,型号中的数字 1 表示　　　　　　　　　　　　　（　　）

    a. 类代号　　　　　b. 组代号　　　　c. 系代号　　　　d. 主参数

8. 薄壁套筒零件,在磨削外圆时,一般采用　　　　　　　　　　　　（　　）

    a. 两顶尖装夹　　　b. 卡盘装夹　　　c. 心轴装夹　　　d. a、b、c 都不行

四、问答题

1. 简述磨削加工的特点和应用范围。

2. 磨削加工中选择砂轮的原则是什么?

3. 什么是砂轮的自锐性? 砂轮有自锐性还需要修整吗? 为什么?

4. 磨削内孔与磨削外圆相比,有何特点?

5. 试述周磨法和端磨法两种磨平面方法各自的优缺点。

训练项目 8　钳工报告

专业＿＿＿＿　班级＿＿＿＿　姓名＿＿＿＿　学号＿＿＿＿　日期＿＿＿＿　成绩＿＿＿＿

一、填空题

1. 钳工常用的量具有＿＿＿＿＿、＿＿＿＿＿＿、＿＿＿＿＿和＿＿＿＿＿等。

2. 划线分＿＿＿＿＿和＿＿＿＿＿两种。对划线的要求是＿＿＿＿＿＿＿＿、＿＿＿
＿＿＿＿＿＿、＿＿＿＿＿＿＿＿。

3. 锯条安装时,锯齿的方向应与锯削时＿＿＿＿＿＿＿方向一致。

4. 锯切速度以每分钟往复＿＿＿＿＿次为宜,锯软材料时,速度可＿＿＿＿＿些,锯硬
材料时,速度可＿＿＿＿＿些。

5. 锯切时,锯条折断的主要原因是＿＿＿＿＿＿＿＿,防止方法有＿＿＿＿＿＿＿＿。

6. 锉刀一般分为＿＿＿＿＿、＿＿＿＿＿和＿＿＿＿＿三类,普通锉刀按其断面形状可
分为＿＿＿＿＿＿、＿＿＿＿＿＿、＿＿＿＿＿＿、＿＿＿＿＿＿和
＿＿＿＿＿＿五种。

7. 精锉外圆弧面,粗锉平面和精锉窄平面时分别选用＿＿＿＿＿＿＿＿、
＿＿＿＿＿和＿＿＿＿＿＿＿锉刀,相应的锉削方法有＿＿＿＿＿＿、＿＿＿＿＿＿和
＿＿＿＿＿＿。

8. 常用的钻床有＿＿＿＿＿＿＿钻床、＿＿＿＿＿＿＿钻床和＿＿＿＿＿＿
钻床三种。

9. 钻头是钻孔的主要工具,由＿＿＿＿＿＿、＿＿＿＿＿和＿＿＿＿＿组成。

10. 钻孔时,孔轴线偏斜的原因是＿＿＿＿＿。为防止引偏,大批量生产时可用＿＿＿
＿＿＿为钻头导向。

11. 铰孔时应注意＿＿＿＿＿＿＿＿＿＿＿＿＿＿＿＿。

12. 攻普通螺纹时,需确定底孔直径 d,攻钢材时,其经验公式是＿＿＿＿＿,攻铸铁件,
其经验公式是＿＿＿＿＿。攻盲孔螺纹时,钻孔深度的经验公式是＿＿＿＿＿。

13. 装配时连接的种类可分为＿＿＿＿＿＿＿＿连接和＿＿＿＿＿＿＿＿连接两类。

14. 装配方法有＿＿＿＿＿＿＿、＿＿＿＿＿＿＿、＿＿＿＿＿＿＿、
＿＿＿＿＿四种。

15. 拆卸部件或组件时,应按从＿＿＿＿＿＿＿＿,从＿＿＿＿＿＿＿的顺序,依次
拆卸。

二、是非题【正确答案打(√),错误答案(×)】

1. 合理选择划线基准,是提高划线质量和效率的关键。　　　　　　　　　　　(　　)

2. 为了使划出的线条清晰,划针应在工件上反复多次划线。　　　　　　　　　(　　)

3. 锯切时,一般手锯往复长度不应小于锯条长度的 2/3。　　　　　　　　　　(　　)

4.锯切铜、铝等软金属时,应选取细齿锯条。　　　　　　　　　（　　）

5.锉削时,发现锉刀表面被锉屑堵塞应及时用手除去,以防止锉刀打滑。　（　　）

6.锉削加工,工件表面的粗糙度主要决定于锉削方法。　　　　　　（　　）

7.大直径的钻头常采取修磨横刃的方法以改善钻削条件。　　　　　（　　）

8.麻花钻头顶角应随工件硬度面变化,工件材料越硬,顶角也越大。　（　　）

9.扩孔可以校正孔的轴线偏差。　　　　　　　　　　　　　　　（　　）

10.铰孔时,铰刀要经常倒转,以利排屑。　　　　　　　　　　　（　　）

11.钻头的旋转运动是主运动也是进给运动。　　　　　　　　　　（　　）

12.攻盲孔螺纹时,由于丝锥不能攻到孔底,所以钻孔深度应大于螺纹深度。（　　）

13.为使板牙容易对准工件中心和容易切入,排屑孔两端应有 $60°$ 的锥度。（　　）

14.用丝锥也可以加工外螺纹。　　　　　　　　　　　　　　　　（　　）

15.只要零件的加工精度高,就能保证产品的装配质量。　　　　　　（　　）

三、选择题

1.在零件图上用来确定其他点、线、面位置的基准,称为什么基准　　（　　）

  a.设计　　　　　b.划线　　　　　c.定位　　　　　d.工艺

2.一般起锯角度应　　　　　　　　　　　　　　　　　　　　（　　）

  a.小于 $15°$　　　b.大于 $15°$　　　c.等于 $15°$　　　d.任意

3.锯切厚件时应选用　　　　　　　　　　　　　　　　　　　（　　）

  a.粗齿锯条　　　b.中齿锯条　　　c.细齿锯条　　　d.任意锯条

4.锉削余量较大平面时,应采用　　　　　　　　　　　　　　　（　　）

  a.顺向锉　　　　b.交叉锉　　　　c.推锉　　　　　d.任意锉

5.锯切薄壁圆管时应采用　　　　　　　　　　　　　　　　　　（　　）

  a.一次装夹锯断　　　　　　b.锯到圆管当中翻转 $180°$,二次装夹后锯断

  c.每锯到圆管内壁时,将圆管沿推锯方向转过一个角度,装夹后逐次进行锯切

  d.每锯到圆管内壁时,将圆管沿推锯反向转过一个角度,装夹后逐次进行锯切

6.平锉适宜锉削　　　　　　　　　　　　　　　　　　　　　　（　　）

  a.内凹曲面　　　b.圆孔　　　　　c.平面和外凸曲面　　d.方孔

7.锉削时,锉刀的用力应为　　　　　　　　　　　　　　　　　（　　）

  a.锉削开始时　　　　　　　b.拉回锉刀时

  c.推锉和拉回锉刀时　　　　d.推锉时两手用力应变化

8.钻孔时,孔径扩大的原因是　　　　　　　　　　　　　　　　（　　）

  a.工作台面尺寸　　　　　　b.主轴最高转轴

  c.最大钻孔直径　　　　　　d.电机功率

9.攻丝时,每正转一圈要倒退 $\frac{1}{4}$ 圈的目的是　　　　　　　　（　　）

  a.减少摩擦　　　b.提高螺纹精度　c.断屑　　　　　d.减少切削力

10.在钢和铸铁工件上攻相同直径内螺纹,钢件的底孔直径应比铸铁的底孔直径（　　）

  a.大　　　　　　b.小　　　　　　c.一样　　　　　d.a、b、c 都可以

11. 手用丝锥中,头锥和二锥的主要区别是 （　　）

    a. 头锥的锥角较小　　　　　　b. 二锥的切削部分较长

    c. 头锥的不完整齿较多　　　　d. 头锥比二锥容易折断

12. 用扩孔钻扩孔比麻花钻扩孔精度高是因为 （　　）

    a. 没有横刃　　　b. 主切削刃短　　　c. 容屑槽小　　　d. 钻芯粗大,刚性好

13. 可拆连接件可用 （　　）

    a. 焊接　　　　b. 螺栓连接　　　c. 压合连接　　　d. 铆接

14. 修配适用于 （　　）

    a. 单件生产　　　b. 小批生产　　　c. 成批生产　　　d. 大批生产

四、问答题

1. 钳工的基本操作包括哪些工作?

2. 以手工操作为主的钳工,为什么在现代机械化生产中还得到广泛应用?

3. 使用虎钳时应注意哪些事项?

4. 简述选择划线基准的原则。

5. 根据什么原则选用锉刀的粗细、大小与截面形状?

6.钻孔、扩孔、铰孔各有什么区别？

7.钻孔时轴线容易偏斜的原因是什么？ 如果在斜面上钻孔应采取什么措施？

8.为什么在钻孔快钻通时要减慢进给速度？

9.套螺纹前的圆杆直径如何确定？ 并简述套螺纹的操作步骤。

10.什么叫装配,装配方法有哪几种,各种方法应用于何种场合？

训练项目9　数控加工实习报告

专业_____ 班级_____ 姓名_____ 学号_____ 日期_____ 成绩_____

一、填空题

1.数控加工,是指在_____上进行加工的一种工艺方法。

2.与普通机械加工相比较,数控加工工具有_____、_____的特点。

3.数控编程的方法有_____和_____两种。

4.功能字是由_____和_____构成,数控程序中使用的功能字主要有_____种。

5.将加工程序输入数控车床 CNC 装置的方法主要有_____、_____、_____三种。

6.数控铣床从结构上主要有_____和_____两种。

7.数控编程节点计算时采用_____和_____两种方法。

8.柔性制造系统由_____、_____和_____组成。

9.计算机集成制造系统的生产过程分为_____、_____、_____三级。

二、判断题【正确答案打(√),错误答案(×)】

1.数控车床是在普通机床的基础上发展而来的。　　　　　　　　　(　)

2.在数控机床上,一个程序只可加工一个工件。　　　　　　　　　(　)

3.数控机床价格贵,要求工人技术水平高,因此不宜大面积推广。　(　)

4.功能字 n1000 表示程序号,必须放在每个程序之首。　　　　　　(　)

5.编程中,工件的工艺分析和参数确定是关键。　　　　　　　　　(　)

6.车床主要由机床主体、操作面板和伺服系统组成。　　　　　　　(　)

7.机床开机后,首先要做的就是让数控系统复位,进行回零操作。　(　)

8.中心是指具有自动换刀功能的数控铣床。　　　　　　　　　　　(　)

9.数控加工主机一般为加工中心、车削中心或为 CNC 专用机床。　(　)

10.对产品的初始构思和设计直至最终装配和检验的全过程实行管理和控制的系统称为 CIMS 系统。　　　　　　　　　　　　　　　　　　　　　　　　　(　)

三、选择题

1.数控机床综合应用了自动控制、计算技术、精密测量和机床结构等方面的新成就,它特别适合于_____品种,_____批量零件的加工

　　a.多品种　　　　b.单一品种　　　c.形状简单　　　　d.大　　　e.小

2.零件上既有孔又有面需要加工时,一般数控机床进行加工的顺序为　　　(　)

　　a.先面后孔　　　b.先孔后面　　　c.孔面同时加工　　d.三者皆可

3.在数控车床上,不能自动完成的功能为 （　　）

    a. 车床的启动、停止　　　　　　　b.纵横向进给

    c.刀架转位、换刀　　　　　　　　d. 工件装夹、拆卸

4.功能字 F 加数值表示 （　　）

    a. 进给速度　　　　b.刀具功能　　　　c. 主轴功能　　　　d. 暂停功能

5.数控机床关机时,第一动作为 （　　）

    a.关闭数控系统电源　　　　　　　b.关闭机床总电源

    c.数控系统复位　　　　　　　　　d.删除数控程序

四、问答题

1.简述数控机床加工工艺过程、特色和应用范围。

2.数控编程的方法有哪几种,各有何特点?

3.开机后机床为何要进行回零操作?

4.什么是直线插补,什么是圆弧插补?

5. 什么是机床坐标系、工件坐标系、机床原点、程序原点?

6. 数控加工的对刀点即换刀点在设定时应注意哪些问题?

7. m、s、t 锁定按钮按下后,是否所有的 m、s、t 指令都无效?

训练项目 10　特种加工实习报告

专业＿＿＿＿　班级＿＿＿＿　姓名＿＿＿＿　学号＿＿＿＿　日期＿＿＿＿　成绩＿＿＿＿

一、填空题

1.特种加工工艺是直接利用＿＿＿＿＿＿、＿＿＿＿＿＿、＿＿＿＿＿＿、＿＿＿＿＿＿、＿＿＿＿＿＿等各种能量进行加工的方法。

2.电火花加工又称＿＿＿＿＿＿加工,可应用于＿＿＿＿＿＿、＿＿＿＿＿＿、＿＿＿＿＿＿和其他加工。

3.数控线切割机床的机床部分由＿＿＿＿＿＿系统和＿＿＿＿＿＿系统组成,数控柜部分由＿＿＿＿＿＿、＿＿＿＿＿＿、＿＿＿＿＿＿和＿＿＿＿＿＿等组成。

4.线切割加工中,＿＿＿＿＿＿是影响加工粗糙度和生产率的重要因素之一。

二、判断题【正确答案打(√),错误答案(×)】

1.特种加工是直接利用各种能量对材料进行加工,其加工机理与金属切割相同。
　　　　　　　　　　　　　　　　　　　　　　　　　　　　　　　( )

2.在电火花加工中,工具材料的硬度可低于工件材料的硬度。　　　( )

3.激光加工、电子束加工和离子束加工都属于高能束流加工,都必须在真空的环境中进行。
　　　　　　　　　　　　　　　　　　　　　　　　　　　　　　　( )

4.电火花加工中的放电,应具有放电间隙小、温度高、放电点电流密度大等特点。
　　　　　　　　　　　　　　　　　　　　　　　　　　　　　　　( )

5.激光焊接能焊接不同材料,如金属与非金属之间的焊接。　　　　( )

6.电火花线切割加工,不需要产生电弧。　　　　　　　　　　　　( )

7.机械系统是数控线切割机床能加工各种曲线及型腔的核心。　　　( )

三、选择题

1.电火花加工、电子束加工、等离子弧加工是利用何种能量加工材料的　　( )
　　a.电、热能　　　　b.电、机械能　　　c.电、化学能　　　d.电、磁能

2.加工小于 0.025mm 精密小孔,可采用　　　　　　　　　　　　( )
　　a.电解加工　　　　b.超声加工　　　　c.激光加工　　　　d.磨料喷射加工

3.加工汽轮机叶片最好的方法为　　　　　　　　　　　　　　　( )
　　a.电火花加工　　b.电解加工　　　c.激光加工　　　d.超声加工

4.下列特种加工中,何种加工可以不在工作液中进行　　　　　　　( )
　　a.电火花加工　　b.电解加工　　　c.激光加工　　　d.超声加工

5.数控柜中的何种部件是线切割机床能够进行加工的关键　　　　　( )
　　a.数控系统　　　b.脉冲电源　　　c.步进电机　　　d.操作面板

四、问答题

1.特种加工工艺与传统加工工艺相比较,有哪些特点?

2.电火花加工和电解加工都在工作液体中进行。两种工作液的性质和作用有何不同?

3.试述激光加工的特点和应用范围。

4.数控线切割程序编制的格式是什么？如何确定计算方向和计算长度？

五、工艺题

自行设计一平面图案或几何图形(要求含圆弧线),并编制线切割程序。

训练项目 11　CAD/CAM 实习报告

专业＿＿＿　班级＿＿＿　姓名＿＿＿　学号＿＿＿　日期＿＿＿　成绩＿＿＿

1. 简述 CAD、CAM 的特点和应用。

2. 设计一个象棋形状的图形并加工(下图是象棋实体图)。

象棋实体图

提示:(1)草图里做个圆的图形;

(2)实体/拉伸;

(3)在圆柱的上表面挖个槽;

(4)在槽的底部做个字体;

(5)将字体拉伸一个高度;

(6)边界倒圆角。

训练项目 12　综合试卷

教育部高等工科专科教育

金工实习教学评估应知试题（机类专业 I）

专业＿＿＿＿　班级＿＿＿＿　姓名＿＿＿＿　学号＿＿＿＿　日期＿＿＿＿　成绩＿＿＿＿

一、车工（30分）

1. 写出图1外圆车刀上各编号所指部位的名称。

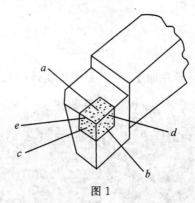

图1

2. 卧式车床由哪些部分组成？

3. 卧式车床上车削外圆锥面的方法有哪几种？每种方法的主要应用范围是什么？

4. 卧式车床上可以完成哪些加工工件？

5. 卧式车床上车削无内孔工件的端面时，车刀为什么一定要对准工件的轴线？

6. 在卧式车床上安装外圆车刀时，刀杆伸出长度大约为多少？

7. 在卧式车床上加工工件时，请判断下列情况是否允许？

(1) 戴帽子；

(2) 戴手套；

(3) 戴袖套；

(4) 工件在很低的速度下转动时扳动手柄变换主轴转速；

(5) 工件在很慢速度转动时测量工件直径尺寸。

8. 写出卧式车床上五种常用的夹具和附件的名称及主要功用。

9. 卧式车床上加工孔的方法有哪几种？（举出三种。）

二、铣、刨、磨加工（20分）

1. 万能铣床上铣削的主运动和进给运动是什么？主要加工范围有哪些？

2. 在卧式铣床上铣削工件时，什么是顺铣？什么是逆铣？

3. 在铣床上利用 FW250 分度头铣削直齿圆柱齿轮,齿数 $z=36$,求每铣一齿后分度头手柄转过的转数 n。(分度盘的孔圈数为 46,47,49,51,54,57,58,59,62,66。)

4. 牛头刨床刀架上的抬刀板起什么作用?

5. 切削液在平面磨削是所起的主要作用是什么?

6. 铣床的主要附件有哪些?

7. 在平面磨床上装夹工件常用哪些方法?

三、钳工(20 分)

1. 按用途写出钳工划线的常用工具有哪些?

2. 什么叫做锯路?它有什么作用?

3. 分别说明应根据哪些条件来选用锉刀的规格、截面形状和齿纹粗细。

4. 为什么套螺纹前要检查圆杆直径?圆杆直径大小应怎么确定?为什么圆杆要倒角?

5. 从锉削操作分析,锉削平面应如何防止产生中凸、塌边、塌角?

6. 在攻螺纹时你怎么辨认头锥、二锥?为什么在攻螺纹是要经常反转?

7. 为什么锯条装得太紧和太松都不好?锯条装反后对锯条有何影响?

四、铸、锻、焊工(30 分)

1. 铸铁件、铸钢件与铸铝件的浇冒口通常都用什么方法去掉?

2. 手工造型时,型砂舂得过紧或过松,会产生什么缺陷?

3. 冲天炉的炉料由哪三部分组成?

4. 典型的浇铸系统包括哪几个部分?

5. 冒口的主要作用是什么?

6. 锻造前对胚料加热的目的是什么?如果保温时间过长会产生什么缺陷?

7. 自由锻的基本工序有哪些?

8. 用手工电弧焊对接平焊 4mm 的板料(Q235A)时,怎样确定焊条直径与焊接电流?

9. 氧—乙炔焊的火焰有哪几种?

教育部高等工程专科教育

金工实习教学评估应知试题(机类专业 II)

专业＿＿＿ 班级＿＿＿ 姓名＿＿＿ 学号＿＿＿ 日期＿＿＿ 成绩＿＿＿

一、车工(30 分)

1. 在卧式车床上车削较大端面时,车刀由外向轴心进给,切削速度是否有变化? 为什么?

2. 卧式车床上加工螺纹时,主轴转速的快慢是否影响加工工件螺距的大小? 为什么?

3. 卧式车床由哪几个部分组成?

4. 车刀按用途分为哪几种? (至少三种)

5. 卧式车床上车削外圆锥面的方法有哪几种? 说出其中两种方法的主要特点和应用范围。

6. 选择题:在卧式车床上安装外圆车刀时,刀杆伸出的长度应为 (　　)

　　a. 刀杆部分长度的 2/3 　　　　b. 刀杆厚度的 1.5～2 倍

　　b. 伸出刀架端面 15mm 　　　　d. 根据加工需要进行调整

7. 卧式车床装夹工件的方法有哪几种? (至少指出四种。)说明其中两种装夹工件方法的特点和应用范围。

8. 在卧式车床上加工工件时,请判断下列情况是否允许?

　　(1)戴帽子;

　　(2)戴袖套;

　　(3)戴手套;

　　(4)工件在很低的转速下扳动手柄变换主轴转速;

　　(5)工件在很慢的速度转动下测量工件直径尺寸。

二、铣、刨、磨工(20 分)

1. 万能卧式铣床的工作台能否转动一定角度?

2. 万能立铣头的功用是什么?

3. 铣削加工时为什么要开车对刀?

4. 在卧式铣床上铣削工件时,什么是顺铣? 什么是逆铣?

5. 刨削类机床有哪几种? 其中哪些机床可以加工内孔中的键槽?

6. 刨削加工的范围是什么?

7. 常用的磨床有哪几种? (至少指出三种)

8. 在外圆磨床上磨削外圆时,工件和砂轮做哪些运动?

三、钳工(20分)

1. 钳工常用划线基准有哪三类?

2. 钳工錾子的楔角在什么?

3. 怎样判断粗齿、中齿、细齿三类锯齿?

4. 普通锉刀按截面形状分为哪五类? 说明各适合加工哪些表面?

5. 锉削平面有哪三种操作方法? 锉削外圆弧面有哪两种操作方法?

6. 在钳工操作中,有哪种操作要求操作者必须戴防护眼镜? 有哪种操作要求严禁戴手套? 当锉刀齿面塞积切屑后如何清除?

7. 螺纹连接防松办法有哪几种?(要求三种)

8. 欲在某铸件上攻 M12×1.75 的螺纹孔,螺纹底孔直径应为多少?

9. 装配时零部件之间的连接有可拆连接和不可拆连接,请分别各举两例。

10. 应根据加工表面哪些要求选用粗纹锉刀、细纹锉刀?

四、铸、锻、焊工(30分)

1. 试述砂型铸造带芯的分模造型工艺全过程。

2. 型砂是由哪些主要材料组成的?

3. 常见的铸件缺陷除气孔、沙眼、缩孔外,还有哪些?

4. 40 钢的始锻温度、终锻温度是多少? 某同学在工件温度为 600°C 时仍在锻造,合适吗?

5. 为什么机器上承受重载及冲击载荷的重要零件多以锻件为毛坯?

6. 手工电弧焊焊缝的空间位置有哪几种形式?

7. 手工电弧焊有哪几种接头形式?

金工实习(甲)样卷:

浙江大学 2005－2006 学年夏季学期

《金工实习(甲)》课程期末考试试卷

开课学院：_____,考试形式:闭卷,不允许带任何书籍等入场

考试时间：____年____月____日,所需时间：120 分钟

考生姓名：_____ 学号：_____ 专业：_____

答案做在答卷纸上有效

一、单选题(每小题 1 分,共 40 分)

1. 支架零件如图 1 所示,材料为 HT150,单件生产条件下选择手工造型方法时,下列各项中适宜的有哪些？(直径 25mm 孔要求铸出。)　　　　　　　　　　　(　　)

    A. 挖砂　　　　　B. 活块　　　　　C. 水平芯头型芯　　　D. 垂直芯头型芯

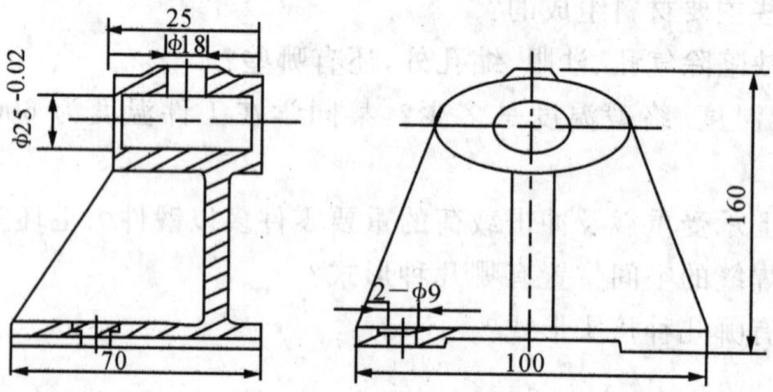

图 1

2. 浇口不正确,挡渣作用差,浇注时渣子没挡住,铸件上容易产生什么缺陷　　(　　)

    A. 砂眼　　　　　B. 渣眼　　　　　C. 气孔　　　　　D. 夹砂

3. 普通砂型铸造时,为了从砂型中取出模样,造型时一定要有　　　　　　　　(　　)

    A. 分模面　　　　B. 分模面和分型面　　　C. 分型面

4. 在锻压车间制造如图 2 所示台阶轴毛坯 5 件,材料 45 钢,合理的成型方法是

    　　　　　　　　　　　　　　　　　　　　　　　　　　　　　　　　　　(　　)

    A. 自由锻　　　　B. 胎模锻　　　　C. 模锻　　　　D. 冲压成形

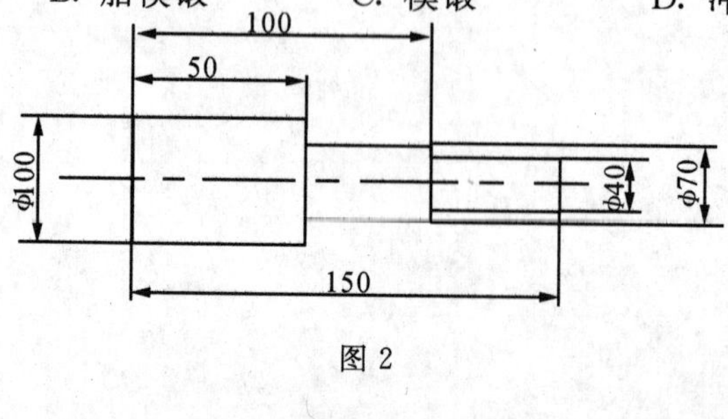

图 2

5. 焊接电流太小时,容易引起下列焊接缺陷中的哪几种　　　　　　　　　　(　　)

    A. 夹渣　　　　　　　B. 咬边　　　　　　　C. 未焊透　　　　　　D. 未焊满

6. 气焊熔剂的作用是　　　　　　　　　　　　　　　　　　　　　　　　　(　　)

    A. 保护熔池　　　　　　　　　　　　　B. 填充焊缝

    C. 去除氧化物　　　　　　　　　　　　D. 增加液态金属流动性

7. 焊条接直流弧焊机的负极,称为正接　　　　　　　　　　　　　　　　　(　　)

    A. 正确　　　　　　　B. 错误

8. 图 3 中螺纹与圆柱体之间的回转槽,是螺纹退刀槽还是进刀槽　　　　　(　　)

    A. 是螺纹退刀槽　　　　　B. 是螺纹进刀槽　　　　C. 此槽与螺纹加工无关

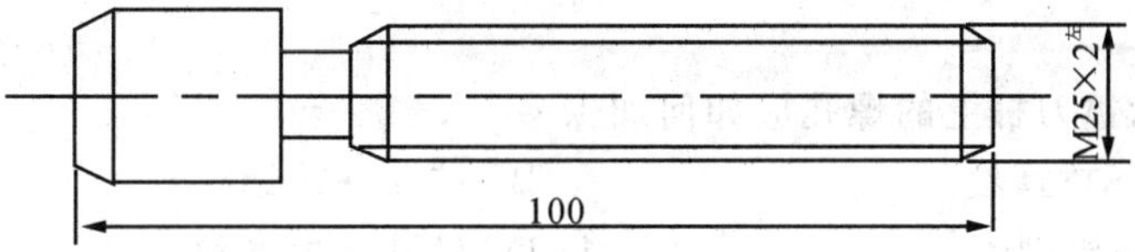

图 3

9. 在相同切削条件下,主偏角 K_r 为 $90°$ 的车刀,其切削径向分力比 K_r 为 $45°$ 的车刀大

    　　　　　　　　　　　　　　　　　　　　　　　　　　　　　　　(　　)

    A. 正确　　　　　　　B. 错误

10. 图 4 中的 a 是车刀的什么刀面　　　　　　　　　　　　　　　　　　(　　)

    A. 主后刀面　　　　　　B. 副后刀面　　　　　C. 前刀面

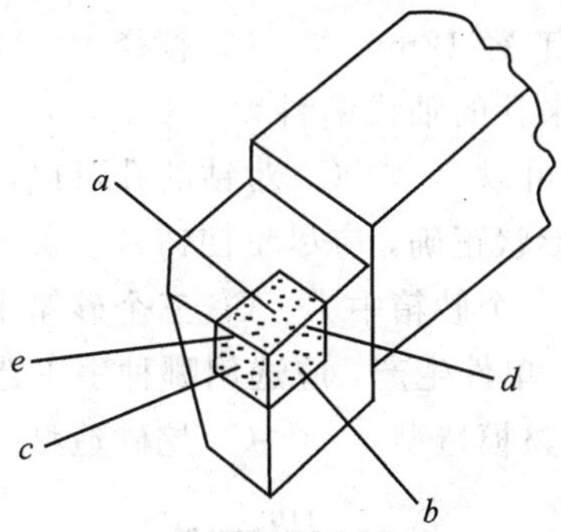

图 4

11. 轴上某直径 $\phi60h6$,长度 $120mm$,$R_a = 0.2\mu m$ 的外圆,其加工方法及顺序为

    　　　　　　　　　　　　　　　　　　　　　　　　　　　　　　　(　　)

    A. 粗车→精车　　　　　B. 粗车→半精车→磨　　　　C. 粗车→磨

12. 车床钻孔前,一般先车端面,主要目的是　　　　　　　　　　　　　　　(　　)

    A. 减小钻头偏斜便于控制钻孔深度　　　B. 为提高生产率

    C. 降低钻削的表面粗糙度　　　　　　　D. 减小钻削力

13. 四爪卡盘与三爪卡盘相比,其结构和性能的不同点主要是　　　　　　　(　　)

    A. 端面有一些同心圆,便于观察找正

    B. 四个卡爪可独立移动,以便装夹不规则形状的工件

C. 四爪卡盘多一个卡爪

14. 按机床刻度盘进刀，多进了两格应如何处理 （ ）

    A. 直接退回两格   B. 把刀架移回原位再进刀   C. 把手柄摇回半圈再进刀

15. 图 5 中工件为 1000 件，锥面可采用哪些车削方法 （ ）

    A. 宽刀法   B. 扳转小刀架法   C. 偏移尾架法   D. 靠模法

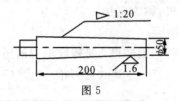

图 5

16. 图 6 所示镗刀杆上的螺孔应如何加工 （ ）

    A. 钻孔→攻螺纹   B. 扩孔→攻螺纹

    C. 镗孔→镗螺纹   D. 钻孔→镗螺纹

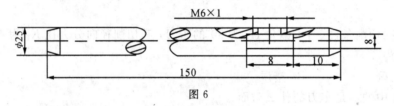

图 6

17. 钢件上 M12 螺距为 1.5mm 的螺纹，在攻螺纹前的钻孔直径应为多大 （ ）

    A. 直径 10mm   B. 直径 12mm   C. 直径 10.35mm   D. 直径 10.5mm

18. 车床镗孔可否校正原来孔的轴线偏斜 （ ）

    A. 不可以   B. 可以   C. 对钻的孔可以，对铸锻的孔不可以

19. 造型时为了保证铸件形状正确，应尽量使铸件全部或大部放在几个砂箱中 （ ）

    A. 两个砂箱中   B. 一个砂箱中   C. 三个砂箱中   D. 多个砂箱中

20. 手柄零件如图 7 所示，单件生产，应选用哪种手工造型方法 （ ）

    A. 分模造型   B. 整模造型   C. 挖砂造型   D. 三箱造型

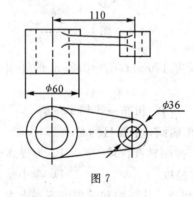

图 7

21. 将一圆钢坯料锻成带孔圆盘状锻件，合理的变形工序应是 （ ）

    A. 拔长→镦粗→冲孔   B. 镦粗→冲孔

C. 冲孔→镦粗   D. 先镦粗或先冲孔均可

22. 图 8 中的 a 角是刀具的什么角度   ( )

    A. 前角   B. 刃倾角

    C. 主后角   D. 主偏角

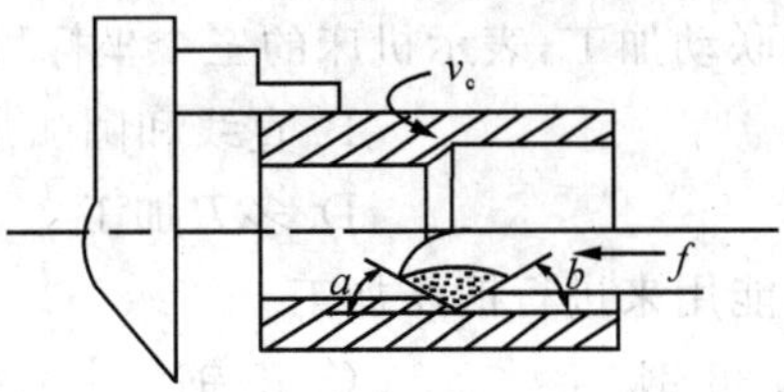

图 8

23. 铸造的突出优点之一是能够制造   ( )

    A. 形状复杂的毛坯   B. 形状简单的毛坯

    C. 大件毛坯   D. 小件毛坯

24. 酸性焊条比碱性焊条   ( )

    A. 工艺性能和焊缝力学性能(塑性、韧性)好

    B. 工艺性能好,焊缝力学性能较差

    C. 工艺性能差,焊缝力学性能较好

    D. 工艺性能和焊缝力学性能都较差

25. 车外圆时,如主轴转速增大,则进给量   ( )

    A. 按比例变大   B. 不变

    C. 变小   D. 因皮带可能打滑,变与不变难确定

26. 车削轴上 1:20 的锥面,小直径 $d=30$ mm,长度 $L=200$ mm,数量 $=10$ 件,应用什么方法加工   ( )

    A. 靠模法   B. 扳转小滑板法   C. 偏移尾架法   D. 宽刀法

27. 锯切钢、铸铁及中等厚度的工件,应选用什么锯条   ( )

    A. 粗齿锯条   B. 中齿锯条   C. 细齿锯条

28. 使用手锯,起锯时锯条与工件表面应约成多大角度   ( )

    A. 倾斜 45°   B. 倾斜 30°   C. 倾斜 15°   D. 平行

29. T12A 钢制造锯条时常采用   ( )

    A. 淬火+低温回火   B. 淬火+中温回火   C. 淬火+高温回火

30. 45 钢制作扳手时,其热处理工艺是   ( )

    A. 淬火+低温回火   B. 淬火+中温回火   C. 淬火+高温回火

31. 从零件图到工件加工完毕,数控机床需经过的信息的输入、____、信息的输出和对机床的控制等几个环节

    A. 信息的交换   B. 信息的跟踪   C. 信息的处理   D. 信息的筛选

32. 数控系统指令代码中,用于直线插补的指令是   ( )

    A. G99   B. G01   C. M01   D. G03

33. M 指令代码是辅助操作功能,主要有两类,一类是主轴的正、反转,停、开,冷却液的

开、关等;另一类是____,进行子程序调用、结束等

A. 程序控制指令　　B. 手动控制　　　C. 刀具控制　　　　D. 刀具补偿

34. 在数控机床上加工一个零件所需要的操作是功能控制和____控制

A. 工艺　　　　　　B. 数字　　　　　C. 信号　　　　　　D. 运动轨迹

35. 数控机床的三坐标的联动加工,表示机床的三个坐标可同时进行 　　　(　　)

A. 插补联动　　　　　　　　　　　B. 直线和圆弧加工

C. 不同方向的运动　　　　　　　　D. 多刀加工

36. 下面哪种金属材料不能用来进行锻压加工 　　　　　　　　　　　(　　)

A. Q235　　　　　B. 35 钢　　　　C. 45 钢　　　　　D. HT200

37. 使用分度头作业时,如要将工件转 10°,则分度头手柄应转 　　　　(　　)

A. 10/9 转　　　　B. 1/36 转　　　C. 1/4 转　　　　D. 1 转

38. 柔性制造系统是 　　　　　　　　　　　　　　　　　　　　　(　　)

A. 大批量多品种生产流水线　　　　B. 大量生产的自动生产线

C. 组合机床自动线　　　　　　　　D. 小批量生产的自动加工线

39. 数控步冲压力机是通过_____控制方式完成加工

A. 点位控制　　　　　　B. 直线控制　　　　　C. 连续控制

40. 与普通铣床比较,数控铣床的高精度和稳定性最主要是由____保证的

A. 伺服控制系统　　　　B. 刀具、机床系统刚性　　　C. 运动副精度

二、多选题(每题至少两个答案,每小题 1 分,共 15 分)

1. 按焊接过程的特点不同,焊接方法可分为哪几类 　　　　　　　　(　　)

A. 气焊　　　　　　B. 压焊　　　　　C. 熔焊　　　　　D. 钎焊

2. 以下哪几种齿轮的齿形可在万能卧铣上加工 　　　　　　　　　(　　)

A. 直齿圆柱齿轮　　　　　　　　　B. 螺旋齿圆柱齿轮

C. 双联齿轮　　　　　　　　　　　D. 内齿轮

3. 磨削的最后阶段常采用几次光磨行程,其目的是 　　　　　　　(　　)

A. 保证尺寸精度　　　　　　　　　B. 保证位置精度

C. 保证形状精度　　　　　　　　　D. 保证表面粗糙度要求

4. 有几种孔,其表面粗糙度 R_a 值分别如下,问哪几种用铰孔作为终加工较好 (　　)

A. $R_a = 0.8\mu m$　　B. $R_a = 0.1\mu m$　　C. $R_a = 1.6\mu m$　　D. $R_a = 6.3\mu m$

5. 下列加工工作哪些属于钳工的工作范围 　　　　　　　　　　　(　　)

A. 工件锉削　　　　B. 手工攻螺纹　　　C. 轴上加工键槽　　D. 工件划线

6. 下列哪几种机床可以进行钻孔 　　　　　　　　　　　　　　　(　　)

A. 钻床　　　　　　B. 车床　　　　　C. 铣床　　　　　D. 刨床

7. 单件小批生产中工件划线的作用是 　　　　　　　　　　　　　(　　)

A. 合理分配加工余量　　　　　　　B. 检查毛坯的形状和尺寸是否合格

C. 为保证工件的位置精度　　　　　D. 作为工件安装和加工的依据

8. 图 9 中直齿轮精度等级为 7 级,齿面粗糙度 R_a 值为 $1.6\mu m$,齿形加工可选用哪些

方法 　　　　　　　　　　　　　　　　　　　　　　　　　　　(　　)

A. 铣齿　　　　　　　　B. 插齿　　　　　　　　C. 滚齿

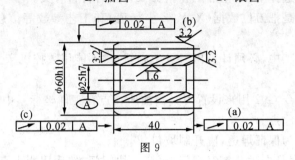

图 9

9. 车刀前角的主要作用是　　　　　　　　　　　　　　　　　（　　）

    A. 控制切屑流动方向　　　　　　　　B. 防止前刀面与切屑摩擦

    C. 使刀刃锋利　　　　　　　　　　　D. 减小后刀面与工件的摩擦

10. 在车削过程中,工件上有下列哪几个表面　　　　　　　　　　（　　）

    A. 切削平面　　　　　　　　　　　　B. 已加工表面

    C. 待加工表面　　　　　　　　　　　D. 加工表面(又称过渡表面)

11. 下列哪些机床可以进行钻、扩、铰孔的工作　　　　　　　　　（　　）

    A. 车床　　　　　　B. 钻床　　　　　　C. 铣床　　　　　　D. 刨床

12. 下列哪几种机床主要用于平面和直线型沟槽的加工　　　　　　（　　）

    A. 车床　　　　　　B. 刨床　　　　　　C. 铣床　　　　　　D. 钻床

13. 粗锉图 10 所示的上表面,可应用哪些锉削方法　　　　　　　（　　）

    A. 推锉法　　　　　B. 顺锉法　　　　　C. 交叉锉法　　　　D. 滚锉法

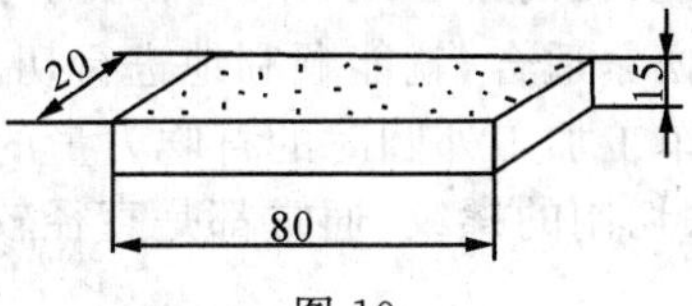

图 10

14. 用厚度 3mm 的不锈钢板制作清洗槽 100 件,在下列焊接方法中可采用　（　　）

    A. 手弧焊　　　B. 钎焊　　　C. 二氧化碳气体保护焊　　D. 氩弧焊

15. 下列焊接方法中属于熔焊的有　　　　　　　　　　　　　　　（　　）

    A. 气焊　　　　　　B. 点焊　　　　　　C. 氩弧焊　　　　　D. 火焰钎焊

三、判断题:(对打"√",错打"×",每小题 1 分,共 35 分)

1. 调质处理的主要目的在于提高结构零件的韧性。　　　　　　　　（　　）

2. 工件淬火后硬度偏低时,最好通过降低回火温度的办法来保证硬度。　（　　）

3. 由于正火较退火冷却速度快,过冷度大,获得组织较细,因此正火的强度和硬度比退
火高。　　　　　　　　　　　　　　　　　　　　　　　　　　　（　　）

4. X62W 型铣床的进给变速机构用来调整主轴速度。　　　　　　　（　　）

5. 铣床的回转工作台分为手动和机动两种,用于加工圆弧面和加工大零件的分度,回转
工作台中央有一基准孔,利用它便于确定机床的回转中心。　　　　　（　　）

6. 在铣削用量的选择上,用粗加工和精加工只是与材料有关。 （　　）

7. 后置处理程序是把刀位数据（X,Y,Z坐标值）和工艺参数等信息转换成机床能识别的数控加工指令。 （　　）

8. 在轮廓铣削加工中,必须计算出刀具中心轨迹,不能用数控机床上的刀具半径补偿功能。 （　　）

9. 坐标值预置指令 G92 用来设置刀具当前所在点在工件坐标系中的位置,利用 G92 可以移动机床坐标系的原点。 （　　）

10. 厚板焊接时,为保证焊透,应开制坡口。 （　　）

11. 气焊操作程序是先微开氧气阀门,再开乙炔阀门,然后用明火点燃。而关闭气焊时,则先关乙炔阀门再关氧气阀门。 （　　）

12. 焊接不能用来制造承受压力和要求气密的容器。 （　　）

13. 手工电弧焊焊条的焊芯在焊接中只作为焊缝的填充金属。 （　　）

14. 铸型一般由上砂型、下砂型、型芯、型腔和浇注系统等几部分组成。 （　　）

15. 45 钢的锻造温度范围是 800℃～1200℃。 （　　）

16. 可锻性的好坏,常用金属的塑性和变形抗力两个指标来衡量。 （　　）

17. 锻造时金属加热的温度越高,锻件的质量就越好。 （　　）

18. 自由锻件所需坯料的质量与锻件的质量相等。 （　　）

19. 机床转速减慢,进给量加快,可使工件表面光洁。 （　　）

20. 切削速度就是指机床转速。 （　　）

21. 车削外圆面时车刀刀杆应与车床轴线平行。 （　　）

22. 普通车床中加工小锥角时,都采用尾架偏移法。 （　　）

23. 锯条的长度是指两端安装孔的中心距,钳工常用的弓锯是 300mm 的锯条。 （　　）

24. 锯割时,只要锯条安装松紧适合,就能顺利地进行切割。 （　　）

25. 钻孔时背吃刀量 a_p 和车工加工外圆时的背吃刀量的计算相同。 （　　）

26. 钳工用攻丝和套丝方法切制的螺纹,通常都是直径较大的螺纹,而且工件不易搬动。 （　　）

27. 铣刀的几何角度与车刀的几何角度定义基本相同。 （　　）

28. 磨孔主要用来提高孔的形状和位置精度。 （　　）

29. 工件的硬度高要选择软的砂轮。 （　　）

30. 在钢棒和铸铁棒上可套扣同样尺寸大小的螺纹,但钢棒的外径应比铸铁棒的外径小些。 （　　）

31. 车削加工时,对刀具寿命影响最大是切削速度。 （　　）

32. 在 $\phi30\times30$ 的零件上钻一个 $\phi15$ 的孔（与 $\phi30$ 外圆同心）,常在钻床上钻孔。（　　）

33. 在车削加工时,为提高生产率,应首先选择较快的切削速度。 （　　）

34. 铰孔不仅可提高孔的尺寸精度和减小表面粗糙度值,而且还能提高孔与孔之间的位置精度。 （　　）

35. 产生缩孔的原因是浇注温度太高。 （　　）

四、问答题 （10分）

1. 有如下图所示零件,回答下述问题:

(1)该零件在普通车床和数控车床上进行加工,从刀具、切削用量的选择方法和加工的工序来说明各自如何保证零件的形状和尺寸精度。(5%)

(2)编制该零件数控加工时的 G 代码。(切断刀宽度为 2mm)(5%)

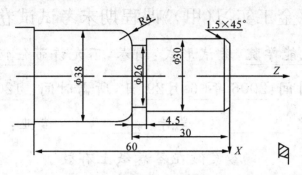

图 11

金工实习(甲)样卷:

浙江大学 2005－2006 学年夏季学期

《金工实习(甲)》课程期末考试试卷

开课学院:机能学院,考试形式:闭卷,不允许带任何书籍等入场

考试时间:2006 年 06 月 29 日,所需时间:120 分钟

考生姓名:_____ 学号:_____ 专业:_____

答案做在答卷纸上有效

一、单选题,(每小题 1 分,共 40 分)

1. C 2. B 3. C 4. A 5. C 6. A 7. A 8. A 9. B 10. C
11. B 12. A 13. B 14. C 15. C 16. A 17. D 18. B 19. B 20. C
21. A 22. D 23. C 24. C 25. C 26. C 27. C 28. C 29. A 30. C
31. C 32. B 33. A 34. D 35. A 36. D 37. A 38. A 39. A 40. A

二、多选题(每题至少两个答案,每小题 1 分,共 15 分)

1. B、C、D 2. A、C 3. A、C、D 4. A、C 5. A、B、D 6. A、B、C 7. A、B、D
8. B、C 9. B、C 10. B、C、D 11. A、B 12. B、C 13. A、B、C 14. C、D
15. A、C

三、判断题:(对打"√",错打"×",每小题 1 分,共 35 分)

1. × 2. × 3. √ 4. × 5. × 6. × 7. √ 8. × 9. √ 10. √
11. √ 12. √ 13. √ 14. √ 15. √ 16. √ 17. √ 18. √ 19. √ 20. ×
21. × 22. × 23. √ 24. × 25. × 26. × 27. √ 28. × 29. √ 30. √
31. √ 32. × 33. × 34. √ 35. ×

四、问答题 (10 分)

1. 如下图所示零件,回答下述问题:

(1)该零件在普通车床和数控车床上进行加工,从刀具、切削用量的选择方法和加工的工序来说明各自如何保证零件的形状和尺寸精度。(5%)

(2)编制该零件数控加工时的 G 代码。(切断刀宽度为 2mm)(5%)

1)答:普通车床:

刀具:高速钢或硬质合金;外圆刀,成型刀,切槽刀。

切削用量:粗加工:背吃刀量→进给量→切削速度;

　　　　　精加工:切削速度→进给量→背吃刀量。

加工工序:总原则是粗精加工分开;具体:端面→外圆→槽→倒角 45°、R4 用成型刀。

数控车床：

刀具：一般用硬质合金；外圆刀，切槽刀。

切削用量：粗加工：背吃刀量→进给量→切削速度；

精加工：切削速度→进给量→背吃刀量。

在程序中体现。

加工工序：总原则是粗精加工程序中切削用量不同，程序基本相同。

具体编程：自右向左，端面→倒角45°→外圆表面→换刀切槽。

2）O0002；

N10 M03 S500；

N20 T0101；

N30 G00 X40 Z5；

N40 G73 U3 W3 R5；

N50 G73 P60 Q100 U0.3 W0.3 F0.1；

N60 G01 X26 Z0.5 F0.1；

N70 X30 Z−1.5；

N80 Z−30；

N90 G03 X38 Z−34 R4；

N100 Z−60；

N110 G70 P60 Q100；

N120 G00 X100 Z150；

N130 T0100；

N140 T0202；

N150 G00 X40 Z−30；

N160 G01 X26 F0.05；　　　　　　　　切槽

N170 G00 X40；

N180 G00 X100 Z150；

N190 T0200；

N200 M30；

金工实习(乙)样卷:

浙江大学 2004－2005 学年夏季学期

《金工实习乙/工程训练》课程期末考试试卷

开课学院:_____,考试形式:闭卷,不允许带任何书籍等入场

考试时间:____年____月____日,所需时间:120 分钟

考生姓名:_____ 学号:_____ 专业:_____

答案做在答卷纸上有效

一、判断题:(对打"√",错打"×",每小题 1 分,共 40 分)

1.调质处理的主要目的在于提高结构零件的韧性。 ( )

2.工件淬火后硬度偏低时,最好通过降低回火温度的办法来保证硬度。 ( )

3.由于正火较退火冷却速度快,过冷度大,获得组织较细,因此正火的强度和硬度比退火高。 ( )

4.X62W 型铣床的进给变速机构用来调整主轴速度。 ( )

5.铣床的回转工作台分为手动和机动两种,用于加工圆弧面和加工大零件的分度,回转工作台中央有一基准孔,利用它便于确定机床的回转中心。 ( )

6.在铣削用量的选择上,用粗加工和精加工只是与材料有关。 ( )

7.后置处理程序是把刀位数据(X,Y,Z 坐标值)和工艺参数等信息转换成机床能识别的数控加工指令。 ( )

8.在轮廓铣削加工中,必须计算出刀具中心轨迹,不能用数控机床上的刀具半径补偿功能。 ( )

9.坐标值预置指令 G92 用来设置刀具当前所在点在工件坐标系中的位置,利用 G92 可以移动机床坐标系的原点。 ( )

10.随钢中含碳质量分数增加,其可焊性变差。 ( )

11.厚板焊接时,为保证焊透,应开制坡口。 ( )

12.气焊操作程序是先微开氧气阀门,再开乙炔阀门,然后用明火点燃。而关闭气焊时,则先关乙炔阀门再关氧气阀门。 ( )

13.焊接不能用来制造承受压力和要求气密的容器。 ( )

14.手工电弧焊焊条的焊芯在焊接中只作为焊缝的填充金属。 ( )

15.铸型一般由上砂型、下砂型、型芯、型腔和浇注系统等几部分组成。 ( )

16.产生缩孔的原因是浇注温度太高。 ( )

17.碳素钢比合金钢容易出现锻造缺陷。 ( )

18.45 钢的锻造温度范围是 800℃～1250℃。 ( )

19.冲压的基本工序分为分离工序和冲孔工序两大类。 ( )

20.可锻性的好坏,常用金属的塑性和变形抗力两个指标来衡量。 ( )

21.锻造时金属加热的温度越高,锻件的质量就越好。　　　　　　　　　　(　)

22.自由锻件所需坯料的质量与锻件的质量相等。　　　　　　　　　　　　(　)

23.机床转速减慢,进给量加快,可使工件表面光洁。　　　　　　　　　　(　)

24.切削速度就是指机床转速。　　　　　　　　　　　　　　　　　　　　(　)

25.车削外圆面时车刀刀杆应与车床轴线平行。　　　　　　　　　　　　　(　)

26.普通车床中加工小锥角时,都采用尾架偏移法。　　　　　　　　　　　(　)

27.锯条的长度是指两端安装孔的中心距,钳工常用的弓锯是 300mm 的锯条。(　)

28.锯割时,只要锯条安装松紧适合,就能顺利地进行切割。　　　　　　　(　)

29.钻孔时背吃刀量 a_p 和车工加工外圆时的背吃刀量的计算相同。　　　　(　)

30.钳工用攻丝和套丝方法切制的螺纹,通常都是直径较大的螺纹,而且工件不易搬动。
　　　　　　　　　　　　　　　　　　　　　　　　　　　　　　　(　)

31.铣刀的几何角度与车刀的几何角度定义基本相同。　　　　　　　　　　(　)

32.磨孔主要用来提高孔的形状和位置精度。　　　　　　　　　　　　　　(　)

33.工件的硬度高要选择软的砂轮。　　　　　　　　　　　　　　　　　　(　)

34.在粗锉平面时,为了锉削得快些,应选用粗齿平板锉和交叉锉削方法。　(　)

35.在钢棒和铸铁棒上可套扣同样尺寸大小的螺纹,但钢棒的外径应比铸铁棒的外径小些。
　　　　　　　　　　　　　　　　　　　　　　　　　　　　　　　(　)

36.车削加工时,对刀具寿命影响最大的是切削速度。　　　　　　　　　　(　)

37.在 φ30×30 的零件上钻一个 φ15 的孔(与 φ30 外圆同心),常在钻床上钻孔。(　)

38.在车削加工时,为提高生产率,应首先选择较快的切削速度。　　　　　(　)

39.铰孔不仅可提高孔的尺寸精度和减小表面粗糙度值,而且还能提高孔与孔之间的位置精度。
　　　　　　　　　　　　　　　　　　　　　　　　　　　　　　　(　)

40.线切割加工可加工软金属材料,也可加工硬金属材料。　　　　　　　　(　)

二、单选题:(每小题 1 分,共 50 分)

1.工件淬火回火的目的是　　　　　　　　　　　　　　　　　　　　　　(　)
　　A.获得优良的综合机械性能　　　　　B.提高合金元素在固溶体中的溶解度
　　C.获得强度很高的淬火马氏体

2.T12A 钢制造锯条时常采用　　　　　　　　　　　　　　　　　　　　　(　)
　　A.淬火+低温回火　　　　B.淬火+中温回火　　　C.淬火+高温回火

3.用 45 钢制作扳手时,其热处理工艺是　　　　　　　　　　　　　　　　(　)
　　A.淬火+低温回火　　　　B.淬火+中温回火　　　C.淬火+高温回火

4.从零件图到工件加工完毕,数控机床需经过的信息的输入、(　)、信息的输出和对机床的控制等几个环节
　　A.信息的交换　　　　　　　　　　　B.信息的跟踪
　　C.信息的处理　　　　　　　　　　　D.信息的筛选

5.数控系统指令代码中,用于直线插补的指令是　　　　　　　　　　　　(　)
　　A.G99　　　　　　B.G01　　　　　　C.M01　　　　　　D.G03

6.M 指令代码是辅助操作功能,主要有两类,一类是主轴的正、反转,停、开,冷却液的

开、关等;另一类是( ),进行子程序调用、结束等。

A. 程序控制指令 　　　　　　　B. 手动控制

C. 刀具控制 　　　　　　　　　D. 刀具补偿

7. 在数控机床上加工一个零件所需要的操作是功能控制和____控制。

A. 工艺 　　　　B. 数字 　　　　C. 信号 　　　　D. 运动轨迹

8. 数控机床的三坐标联动加工,表示机床的三个坐标可同时进行 　　( )

A. 插补联动 　　　　　　　　　B. 直线和圆弧加工

C. 不同方向的运动 　　　　　　D. 多刀加工

9. 气焊中,中碳钢和低碳钢焊接用

A. 中性焰 　　　　　　B. 碳化焰 　　　　　　C. 氧化焰

10. 气体保护焊中,哪个可用来做保护气体 　　　　　　　　　　　　( )

A. 氧气 　　　　　　B. 乙炔 　　　　　　C. 二氧化碳

11. 焊条的种类,根据药皮熔化后的熔渣特性分为 　　　　　　　　　( )

A. 酸性焊条和中性焊条 　　　　B. 碱性焊条和中性焊条

C. 酸性焊条和碱性焊条

12. 下列物品中适用铸造生产的有 　　　　　　　　　　　　　　　( )

A. 车床上进刀手轮 　　　　　　B. 螺栓

C. 机床丝杠 　　　　　　　　　D. 自行车中轴

13. 分型面是指 　　　　　　　　　　　　　　　　　　　　　　　( )

A. 上、下砂型的接触表面 　　　B. 模样的接触面 　　　C. 模样的垂直面

14. 离心铸造的铸件是在离心力的作用下结晶凝固,所以组织致密,无缩孔、气孔、渣眼等缺陷,因此力学性能较高。在铸造空心旋转件铸件时不需要安放 　( )

A. 型芯和浇注系统 　　　　B. 冒口补缩 　　　C. 型芯、浇注系统和冒口补缩

15. 机床床身一般都是 　　　　　　　　　　　　　　　　　　　　( )

A. 灰铸铁 　　　　　　B. 可锻铸铁 　　　　　　C. 球墨铸铁

16. 刮板造型适用于 　　　　　　　　　　　　　　　　　　　　　( )

A. 状简单的零件 　　　　　　B. 套筒、管子和阀体类形状复杂的零件

C. 单件或小批量生产大型旋转体的零件

17. 下列毛坯中,收缩最小的是 　　　　　　　　　　　　　　　　( )

A. 钢 　　　　B. 铸铁 　　　　C. 铸铝 　　　　D. 铸铜

18. 铸件表面产生粘砂,主要原因是 　　　　　　　　　　　　　　( )

A. 浇注温度太高 　　　　　　B. 型砂的耐火度不够

C. 浇注温度太高,型砂的耐火度不够,未刷涂料或涂料太薄

19. 始锻温度的确定主要受到金属在加热过程中不至于产生____现象所限制

A. 氧化 　　　　　　　　　　B. 过热和过烧

C. 过软 　　　　　　　　　　D. 脱碳

20. 有一金属材料加热后其表面性质变软,强度和耐磨性降低,严重地影响了材料的使用性能,这是该材料在加热过程中产生____造成的。

A. 加热温度过高 　　　　　　B. 脱碳

C.加热时间过长   D.炉气中含氧过多

21.下面哪种金属材料不能用来进行锻压加工   ( )

  A.Q235   B.35 钢

  C.45 钢   D.HT200

22.下面哪种钢的可锻性最好   ( )

  A.45 钢   B.10 钢   C.80 钢

23.车刀前角的主要作用是   ( )

  A.使刀刃锋利减少切屑变形   B.改变切削力和散热状况

  C.改变切屑流向

24.在车削螺纹时,下述哪个箱体内的齿轮允许进行调换,以满足螺距的要求 ( )

  A.进给箱   B.主轴变速箱   C.溜板箱

  D.挂轮箱   E.床头箱

25.车削工件时,横向背吃刀量调整方法是   ( )

  A.刻度圈直接退转到所需刻度   B.转动刀架向左偏移一定量

  C.相反方向退回全部空行程,然后再转到所需刻度

26.普通车床上加工零件一般能达到的公差等级为   ( )

  A.IT5～IT3   B.IT7～IT6   C.IT10～IT8

27.车削加工表面粗糙度 R_a 的数值一般能达到   ( )

  A.25～12.5   B.12.5～3.2

  C.3.2～1.6   D.1.6～0.4

28.在普通车床上主要加工   ( )

  A.带凸凹的零件   B.盘、轴、套类零件   C.平面零件

29.安装车刀时,刀杆伸出适当的长度应为   ( )

  A.刀杆总长的 2/3   B.刀杆厚度的 1.0～1.5 倍

  C.伸出刀架 5 毫米   D.任意伸长

30.车床通用夹具能自动定心的是   ( )

  A.四爪卡盘   B.三爪卡盘   C.花盘

31.车床钻孔时,其主运动是   ( )

  A.工件的旋转运动   B.钻头的纵向移动   C.钻头的旋转和纵向移动

32.在零件图上用来确定其他点、线、面位置的基准称为   ( )

  A.设计基准   B.划线基准   C.定位基准

33.锉削速度为   ( )

  A.80 次/分   B.40 次/分   C.20 次/分

34.一般起锯角度应   ( )

  A.小于 15°   B.大于 15°   C.等于 15°

35.锉削铜、铝等软金属的工具时,应选用   ( )

  A.细锉刀   B.油光锉   C.什锦锉

  D.粗锉刀   E.单齿纹锉刀

36.锯割厚工件时要选择____齿的锯条。

A. 粗   B. 中   C. 细

37. 回转工作台的主要用途是   ( )

A. 加工等分的零件   B. 加工圆弧形表面和圆弧形腰槽的零件

C. 加工体积不大,形状比较规则的零件

38. 砂轮的硬度是指   ( )

A. 砂轮上磨料的硬度

B. 在硬度计上打出来的硬度

C. 磨粒从砂轮上脱落下来的难易程度

D. 砂轮上磨粒体积占整个砂轮体积的百分比

39. 一根各段同轴度要求较高的淬硬钢的台阶轴,其各段外圆表面的精加工应为 ( )

A. 精密车削   B. 在外圆磨床上磨外圆   C. 在无心磨床上磨外圆

40. 如需 5 件 45 号钢的车床主轴箱齿轮,其合理的毛坯制造方法是   ( )

A. 模锻   B. 冲压   C. 铸造   D. 自由锻

41. 使用分度头作业时,如要将工件转 $10°$,则分度头手柄应转   ( )

A. 10/9 转   B. 1/36 转   C. 1/4 转   D. 1 转

42. 下列自行车零件中适用于冲压加工的是   ( )

A. 中轴   B. 挡泥板   C. 钢丝

43. 在一个铸铁的机架上欲加工 $\phi 12$ 的孔,其精度为 IT10,粗糙度 R_a 为 0.8,常用的加工方法为   ( )

A. 钻→铰   B. 钻→镗   C. 钻→磨

44. 一个 $\phi 30$ 内孔,其孔表面粗糙度 R_a 要求为 $0.6\mu m$,其精加工方法为   ( )

A. 钻孔   B. 磨孔   C. 车削镗孔

45. 欲用锻造方法生产尺寸为 $\phi 100 \times 40$ 的齿轮毛坯(材料为 45 号钢),应选用锻造坯料为   ( )

A. $\phi 100 \times 40$ B. $\phi 55 \times 135$ C. $\phi 20 \times 250$

46. 柔性制造系统是   ( )

A. 大批量多品种生产流水线   B. 大量生产的自动生产线

C. 组合机床自动线   D. 小批量生产的自动加工线

47. 数控车床上进行外圆锥的车削,可以采用____实现   ( )

A. 转动小拖板法   B. 偏移尾架法   C. 通过大小拖板丝杆复合运动

48. 数控步冲压力机是通过____控制方式完成加工的   ( )

A. 点位控制   B. 直线控制   C. 连续控制

49. 与普通铣床比较,数控铣床的高精度和稳定性最主要是由____保证的   ( )

A. 伺服控制系统   B. 刀具、机床系统刚性   C. 运动副精度

50. 下列几种焊接方法中,属于熔焊的是   ( )

A. 点焊   B. 钎焊

C. 电弧焊   D. 摩擦焊

三、问答题（10 分）

1.分析下图所示零件，回答下述问题：(10％)

(1)该零件在普通车床和数控车床上进行加工，从刀具、切削用量的选择方法和加工的工序来说明各自如何保证零件的形状和尺寸精度；(5％)

(2)该零件采用数控车削，试用 G 代码(绝对坐标法)编程。

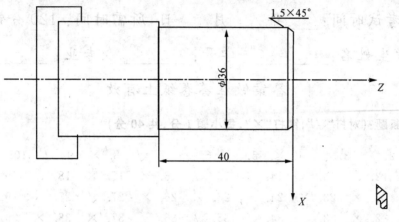

图 1

金工实习（乙）样卷：

浙江大学 2005－2006 学年夏季学期

《金工实习乙/工程训练》课程期末考试试卷

开课学院：_____，考试形式：闭卷，不允许带任何书籍等入场

考试时间：____年____月____日，所需时间：120分钟

考生姓名：_____　学号：_____　专业：_____

答案做在答卷纸上有效

一、判断题：(对打"√"，错打"×"，每小题1分，共40分)

1. ×　2. ×　3. √　4. ×　5. ×　6. ×　7. √　8. ×　9. √　10. √
11. √　12. √　13. ×　14. ×　15. √　16. ×　17. ×　18. √　19. √　20. √
21. ×　22. ×　23. √　24. ×　25. ×　26. ×　27. √　28. ×　29. ×　30. ×
31. √　32. ×　33. √　34. ×　35. √　36. ×　37. ×　38. ×　39. ×　40. √

二、单选题：(每小题1分，共50分)

1. A　2. A　3. C　4. C　5. B　6. A　7. D　8. A　9. A　10. C
11. C　12. A　13. A　14. C　15. A　16. C　17. B　18. C　19. B　20. B
21. D　22. B　23. A　24. A　25. C　26. C　27. C　28. B　29. C　30. B
31. C　32. A　33. B　34. A　35. D　36. A　37. B　38. C　39. B　40. D
41. A　42. B　43. A　44. B　45. B　46. A　47. C　48. A　49. A　50. C

三、问答题（10分）

1. 如下图所示零件，回答下述问题：(10%)

(1)该零件在普通车床和数控车床上进行加工，从刀具、切削用量的选择方法和加工的工序来说明各自如何保证零件的形状和尺寸精度。(5%)

(2)该零件采用数控车削，试用 G 代码（绝对坐标法）编程。

1)答：普通车床：

刀具：高速钢或硬质合金；外圆刀，成型刀，切槽刀。

切削用量：粗加工：背吃刀量→进给量→切削速度；

　　　　　精加工：切削速度→进给量→背吃刀量。

加工工序：总原则是粗精加工分开；具体：端面→外圆→槽→倒角45°。

数控车床：

刀具：一般用硬质合金刀；外圆刀，切槽刀。

切削用量：粗加工：背吃刀量→进给量→切削速度；

　　　　　精加工：切削速度→进给量→背吃刀量。

在程序中体现。

加工工序:总原则粗精加工程序中切削用量不同,程序基本相同。

具体编程:自右向左,端面→倒角45度→外圆表面→换刀切槽。

2)答:

O0001;

N10 M03 S600;   主轴正转、转速为600r/min

N20 T0101;   刀具为一号刀具

N30 G00 X36 Z5;   快速移动到(36,5)

N40 G01 Z-20 F0.1;   横线切削,进给速度为0.1mm/r

N50 G00 X50;   快速退刀,先 X 退刀

N60 Z5;   Z 退刀至端面

N70 G01 X32 Z0.5 F0.1;   车倒角

N80 X38 Z-1.5;

N90 G00 X100 Z150;   退刀

N100 T0100;   取消一号刀

N110 M30;   程序结束

参考文献

1. 陈培里. 金属工艺学实习指导及实习报告. 杭州:浙江大学出版社,1996.12

2. 周继烈,姚建华. 机械制造工程实训. 北京:科学出版社,2005.05

3. 张远明. 金属工艺学实习教材. 北京:高等教育出版社,2003.06

4. 张学政,李家枢. 金属工艺学实习教材. 北京:高等教育出版社,2003.06

5. 宋力宏,倪为国. 金属工艺学实习教材. 天津:天津大学出版社 1999.04

6. 萧泽新. 金工实习教材. 广州:华南理工大学出版社,2004.08

7. 陈培里. 钳工技能手册. 杭州:浙江科学技术出版社,2006.10

8. 陈培里. 车工技能手册. 杭州:浙江科学技术出版社,2007.10

9. 张万昌,金温楷,赵敖生. 机械制造实习. 北京:高等教育出版社;1991.08

10. 萧新. 金工实习教材. 广州:华南理工大学出版社,2004.06

11. 王英杰. 金属工艺学实习. 北京:高等教育出版社,2001.07

图书在版编目(CIP)数据

工程训练指导 / 潘晓弘，陈培里编著. —杭州：浙江大
学出版社，2008.6
（高等院校机械工程、工业工程系列教材）
ISBN 978-7-308-05977-0

Ⅰ.工… Ⅱ.①潘…②陈… Ⅲ.机械制造工艺－高等学
校－教学参考资料 Ⅳ.TH16

中国版本图书馆 CIP 数据核字(2008)第 074897 号

内容提要

本书在工程训练(金工实习)教学基本要求的基础上，增加了现代机械制造的新技术、新工艺、新材料
内容，全书按实践项目分开编写，主要介绍了机械制造工程训练中的基本理论和实践操作。

本书共分两篇，第一篇为工程训练指导，第二篇为工程训练报告。工程训练指导和工程训练报告互相
配合使用。主要内容有工程材料、铸造、锻造、焊接、车削加工、铣削与刨削加工、磨削加工、钳工、数控加
工、特种加工和 CAD/CAM，计 11 章。

本书可作为高等院校工科各专业工程训练或金工实习的教材，也可作为高等专科学校、中等专科学
校、职业技术学院等工程训练或金工实习的教材及有关工程技术人员参考。

工程训练指导

潘晓弘　陈培里　**编著**

责任编辑	张　明
封面设计	刘依群
出版发行	浙江大学出版社
	（杭州天目山路 148 号　邮政编码 310028）
	（E-mail:zupress@mail.hz.zj.cn）
	（网址:http://www.zjupress.com
	http://www.press.zju.edu.cn）
	电话:0571—88925592,88273066(传真)
排　版	浙江大学出版社电脑排版中心
印　刷	德清县第二印刷厂
开　本	787mm×1092mm　1/16
印　张	20.25
字　数	532 千
版印次	2008 年 6 月第 1 版　2008 年 6 月第 1 次印刷
印　数	0001—3000
书　号	ISBN 978-7-308-05977-0
定　价	38.00